KB170770

구
아
파

GUAPA by Saleem Haddad
Copyright © 2016 by Saleem Haddad
All rights reserved

Korean Translation Copyright © 2019 by Huud
Korean translation rights arranged
with Other Press, U.S.A., through Danny Hong Agency, Korea.

이 책의 한국어판 저작권은 대니홍 에이전시를 통한 저작권사와의 독점 계약으로 '홋'에 있습니다.
신저작권법에 의하여 한국 내에서 보호를 받는 저작물이므로 무단 전재와 복제를 금합니다.

www.huudbooks.com
www.facebook.com/huudbooks

동방문학총서 4

구아파

살림 하다드 지음

Saleem Haddad
GUAPA

홋

할머니 로제트 바티쉬 그리고 나의 어머니에게

자기 집에 있으면서도
집처럼 편안하게 느끼지 않는 것이 도덕적이다.

_ 테오도어 아도르노

차례

I. 당나귀
거세하기

수치심과 함께 아침이 밝아 온다. 새로운 것도 아니지만, 지난밤의 기억이 스며들기 시작하자 그때의 감정이 공명하며 무시무시하게 증폭된다. 나는 얼굴을 잔뜩 찡그린 채 몸부림친다. 그리고 지금의 감정이 피부에 느껴지도록 손톱으로 손바닥을 있는 힘껏 찌른다. 그러나 테타[1]가 본 것을 어찌할 방법은 없다. 그리고 테타가 침대 옆에 없는 것으로 봐서 약속한 대로 간밤의 사건을 마음 깊은 곳에서 지울 생각이 없는 것 같다.

평소 아침이었다면 오랜 흡연으로 거칠어진 테타의 목소리가 꿈속을 뚫고 들어왔을 것이다. **얄라[2], 라사. 얄라, 하비비[3]!** 할머니는 머리맡을 서성이다 자신의 담배를 내 입

---

1 할머니
2 어서, 빨리
3 'my love'의 의미로 가까운 관계의 사람을 부르는 말

에 물려 줄 것이고, 그러면 담배 연기가 폐로 빨려 들어오면서 정신이 번쩍 들었을 것이다.

평소 아침이었다면 도리스가 테타 옆에서 잰 동작으로 덧문을 거칠게 열어젖혔을 것이다. 그리고 눈을 뜰 때 눈부심이 덜하도록 안대를 벗겨 주고, 내게 일어나라고 몇 번 재촉을 하다 시트를 홱 걷어 던져 버렸을 것이다. 벗겨진 시트를 집으려고 닭살 돋은 몸으로 경중경중 뛰는 모습이 재밌는 모양인지 추운 겨울 아침이면 더욱 신이 나서 시트를 내던졌을 것이다.

그러나 오늘 아침은 다르다. 오늘은 잠에서 깨기 위해 게으름보다 더 강력한 악마와 싸워야 한다. 모든 일이 순식간에 벌어졌고, 그렇게 날이 밝았다. 나는 테타 앞에서 넘지 말아야 할 선을 넘고 말았던 것이다.

휴대 전화가 울린다. 나는 옆으로 굴러가 전화를 받는다.

"너 도대체 어디야?!" 바스마가 고함을 지른다. "20분 전에는 도착했어야지. 남아프리카 기자가 여성 난민들을 취재하고 싶다고 해서 만나기로 했는데, 사무실을 비워 놓으면 어떻게 해."

나는 목청을 가다듬고 눈을 비빈다. "바스마, 미안한데…."

"미안해하지만 말고 사무실에 붙어 있으란 말이야. 그리고 이따 저녁에 너 태워서 결혼식 가면 되지?"

결혼식. 그래, 결혼식이 있었다.

"태우러 가?" 바스마가 다시 묻는다.

"몸이 안 좋아." 나는 힘없이 말한다. "못 갈 것 같아."

"8시에 데리러 갈게."

나는 휴대 전화를 내려놓고 담배를 집는다. 담배 연기가 뇌를 깨우면 생각이라는 걸 다시 할 수 있을 것이다. 나는 담배에 불을 붙이고 한 모금 들이마신다. 간밤에 장황한 변명을 쏟아부은 후인지라 안 그래도 쓰라린 목구멍이 연기 때문에 더 화끈거린다.

나는 네가 마약을 하는 줄 알았다. 이런 일은 꿈에도 생각을 못 했는데….

몇 번을 잠들었다 다시 깨어 봐도 방 안의 공기는 여전히 무겁다. 아직 꿈에서 깰 준비가 안 된 나는 얼굴을 베개에 파묻고 다시 잠들려고 안간힘을 썼다. 하지만 서너 번, 아니 천 번쯤 더 시도하고 나서 잠들기를 아예 포기했다. 눈을 감아도 정신은 또렷했다. 결국 우리는 여기까지 왔다. 내게는 이제 선택의 여지가 없다. 오늘 어떤 결과가 주어지든 받아들여야 한다.

몸을 일으켜 앉으니 도리스가 침대 옆에 갖다 놓은 커피가 보인다. 나는 커피를 크게 한 모금 마신다. 차갑고 연한 커피가 담배 연기의 길목을 부드럽게 씻어 내려가며 니코틴의 희미한 웅성거림과 타르의 매끄러움만을 남긴다.

문 열어라. 당장 열라고.

테타는 어쩌다 열쇠 구멍을 들여다보게 됐을까?

타이무르. 그 사람을 보면 늘 젊은 시절의 로버트 드니로가 떠오른다. 다정다감한 두 눈과 사색에 잠긴 듯한 입술. 타이무르를 만나 부드러운 팔뚝의 털을 쓸어내리고 싶다. 어리석은 나는 몇 가지 조짐을 무시한 채 존재하지도 않을 미래를 기다렸다. 그러다 결국 이렇게 침대에 홀로 남겨졌다. 하지만 이렇게 헤어질 수는 없다. 어젯밤이 우리의 마지막이어서는 안 된다. 타이무르를 품에 안고 함께 헤쳐 나갈 수 있다고 속삭여야 한다. 시간을 되돌려 빌어먹을 열쇠로 열쇠 구멍을 막을 수는 없을까?

감정에 이끌려 결국 문자 메시지를 보낸다. **어젯밤 일에 대해서 얘기 좀 해.**

타이무르. 쿵쾅거리는 소리. 테타의 비명. 그 모든 상황이 귓가에 생생하다. 타이무르의 이름을 떠올리자 위장이 뒤틀린다. 3년 동안 사귀면서 이렇게 이름조차 떠올리기 힘든 경우는 처음이다. 얘기도 하고 싶고 목소리를 듣고 싶지만, 이름을 떠올리는 것만으로도 그 모든 수치심이 되살아난다. 나는 옳고 그름을 외면한 채 미치광이처럼 욕망만을 쫓는 더럽고 구역질나는 짐승이다.

불쾌한 기분으로 침대에서 벌떡 일어나 방 안을 살핀다. 나는 경솔함의 대가를 치르고 있다. 타이무르와 관련된 것들을 모조리 없애야 한다. 매트리스를 들어 올리고 그 밑에서 일기장을 꺼내어 침대 위로 던진다. 그리고 일기장을 차례로 넘기며 타이무르를 언급한 부분을 찢어

버린다. 그러나 혈관을 타고 퍼지는 바이러스처럼, 그 이름은 일기장을 가득 채우고 있다. 한 장씩 찢다 보니 일주일 전에 쓴 마지막 일기만 남는다. 일기 내용에 시선이 가닿는다.

그는 실수를 하고 있다. 난 그냥 안다. 그는 내게 비합리적이라고, 기적을 바라는 거라고 말한다. 비현실적인 생각일 수도 있지만 난 그가 변할 수 있다는 걸 안다. 그런데 상황이 더 나아질 거라는 이유로 누군가에게 변화를 강요해도 괜찮은 걸까?

나는 마지막 장을 찢어 구겨 버린 후 계속해서 증거를 없애 갔다. 타이무르가 오래전에 만들어 준 믹스 시디가 방 안에 어지러이 널려 있다. 빨강과 검정 마커 펜으로 은색 디스크에 제목도 직접 써 주었다. **타이무르 여름 믹스; 긴장 완화; 좋은 음악 4 라사**(4 기분 전환). 나는 믹스 시디를 일기장 위에 던져 놓는다. 그리고 침대 밑에서 엽서를 꺼낸다. 작년에 타이무르가 이스탄불에서 보낸 것으로 앞면에는 보스포루스 해협의 청명한 하늘이 담겨 있다. 뒷면에 쓴 편지가 보이지 않게 갈색 봉투에 넣어 보냈었다.

마지막 날이야. 아시안 사이드에서 신발을 몇 켤레 샀어. 신발을 신어 보다 끈을 끊어 먹었더니 가게 주인이 나한테 화가 많이 난 것 같다며 웃더군. 화날 일이 얼마나 많은지 말하고 싶었지만 곧

네 생각이 났어. 네가 있는데 어떻게 화가 날 수 있겠어? 밖에는 비가 세차게 내리고 있었어. 창문 밖을 내다보는데 갈매기가 쏜살같이 날아와 가게 문 앞에 앉아 있던 고양이를 덥석 무는 거야. 그 바람에 털 뭉치가 엄청 날렸어. 난 지금 페리에서 엽서를 쓰고 있어. 유리창 위로 흘러내리는 비와 거친 물살을 헤치는 보트들. 옆에서는 할아버지가 신문을 읽고 있어.

내가 이 엽서를, 우리를 없애 버릴 수 있을까? 지금으로서는 모조리 없애 버리기보다 잠시 숨겨 놓는 것이 최선일 수도 있다. 나는 침대에 수북이 쌓인 물건들 위에 엽서를 툭 던진다. 그리고 타이무르와 관련된 것들을 한꺼번에 벽장 꼭대기로 들어 올려 책 더미 뒤의 낡은 신발 상자에 쏟아 버린다. 안 그래도 무릎이 좋지 않은 테타가 의자에 올라가 선반 꼭대기를 들여다보지는 않을 것이다. 설사 그렇게 한다 해도 한 손으로 몸을 지지하면서 다른 손으로 책 더미를 치우기는 불가능하다.

나는 바닥에 놓인 옷더미에서 낡은 티셔츠와 바지를 꺼내 입고 양말을 신는다. 외출 준비를 마친 나는 방문을 열고 복도의 오래된 카펫 위에 발을 내디딘다. 테타의 방문은 여전히 닫혀 있다. 집 안도 조용하다. 나는 복도를 따라 걸으며 아무도 없다는 것을 확인한다. 그리고 다시 방 앞으로 돌아가 몸을 숙이고 열쇠 구멍으로 안을 들여다본다.

방 한가운데에 있는 침대가 마치 범죄 현장처럼 선명하게 보인다. 덧문의 얇은 판자들 틈을 뚫고 들어온 빛의 파편이 침대 위를 춤추듯 떠다니는 먼지 입자와 부딪쳐 반짝반짝 빛난다. 흰 벽은 모기의 사체로 뒤덮여 있다.

테타가 열쇠 구멍으로 모든 걸 봤을 수도 있다. 어젯밤 방 안을 들여다본 후 침대로 돌아가 한참을 뒤척거리다 다시 일어나서 방문을 두드렸다고 했다. 테타는 정확히 언제 우리를 봤을까? 키스할 때? 아니면 한참 뒤엉켜 있을 때? 아니면 발가벗은 채 침대에 누워 이마를 맞대고 속삭이던 그때?

아니, 더는 생각하기 싫다.

도자기 그릇에 물 부딪치는 소리가 난다. 도리스가 설거지를 하다 주방으로 들어온 나를 올려다본다. 도리스는 내가 미국에서 유학했던 대학의 이름이 적힌 낡은 티셔츠를 걸치고 있다.

"안녕히 주무셨어요, 도련님?" 도리스가 새된 목소리로 말한다. 나는 상황에 대한 도리스의 인지 정도와 충성도를 파악하기 위해 주방 세제의 감귤 향 너머로 그녀의 표정을 살핀다. 분명 간밤의 비명을 들었을 것이다. 어떤 상황이었는지도 충분히 이해했을까? 나는 도리스에 대해 아는 것이 거의 없다. 도리스는 필리핀에서 범죄학 학위를 취득하고 25년간 우리 집 가정부로 일했다. 걸레질과 설거지로 보낸 세월이 사랑과 도덕성에 대한 시각에 어떤 영향을 주었을까? 어젯밤 사건에 대해 어떻게 생각할까?

"커피 고마워요." 나는 이렇게 말하고 궁금증을 해소시켜 줄 단서를 찾으려 도리스의 움직임을 면밀히 살핀다. 도리스는 웃으며 포니테일을 정리한 후 다시 두 팔을 비눗물에 담근다. 어떤 단서도 찾지 못했지만 도리스는 틀림없이 알고 있다. 결국 모든 가정의 비밀은 가정부의 입을 통해 새어 나가기 마련이지 않은가?

나는 벽에 줄줄이 걸린 아버지의 초상화와 사진을 지나 거실로 들어간다. 아버지의 임종 후 이 집으로 이사를 왔을 때, 테타는 아버지의 사진을 모조리 벽에 걸었다. 그 후에도 매일 어디에선가 또 다른 사진이 발견되었고, 테타는 그 사진을 매번 똑같은 검은색 액자에 넣어 벽에 걸었다. 이제는 집 전체가 아버지를 기리는 성지나 다름없다. 아버지는 영적 지도자처럼 사방에서 우리를 내려다본다. 콧수염을 덥수룩하게 기른 70대의 아버지가 밝은 주황색 반바지 차림으로 담배를 든 사진도 있고, 의대 졸업식에서 친구의 어깨를 두 팔로 감싸고 찍은 사진도 있다. 우리는 해마다 사진관에서 사진을 찍었다. 사진 속에서 다섯 살 꼬마인 나는 아버지가 간지럼을 태우자 고개를 바짝 쳐들고 발작하듯 웃고 있다. 왼쪽 벽에 걸린 사진들은 매일 아침 해를 받아 누렇게 색이 바랬다. 아버지와 테타가 함께 찍은 사진도 있다. 아버지는 테타의 어깨에 손을 얹고 있고, 두 사람 모두 진지한 표정으로 카메라를 응시하고 있다. 또 다른 사진에서 테타는 활짝 웃으며 정면을 바라보고, 앵글 안에 얼굴의 절반만 걸친 아버지가 카메라 렌즈를 향해 손을 뻗고 있다. 누가 찍은 걸까? 아마 나였을 것이다. 일부러 아버지의 얼굴을 가렸던 것 같다.

어머니가 그린 아버지의 초상화만 눈에 잘 띄지 않는 곳에 걸려 있다. 초상화 속 아버지는 한 손으로 물담배 호스를 쥐고 다른 한 손으로는 턱을 받친 채 차분한 미소로 옆을 바라보고 있다. 테타는 이 그림을 못마땅해했다. 초상화가 완성되자 테타는 그 앞에 서서 몇 시간 동안이나 잘못된 점을 지적했다. 손이 여자처럼 너무 섬세하다, 콧수염이 한쪽으로 쳐졌다, 코가 너무 둥글납작하다, 피부의 명암 때문에 황달에 걸린 것처럼 보인다. 아버지의 임종 후 테타는 아들의 초상화이지만 감추느냐, 아니면 그것이 며느리의 기억이라 할지라도 걸어 두느냐를 두고 몹시 괴로워했다. 결국 도리스의 방 어두운 구석에 걸어 두는 것으로 타협했다.

가끔 나는 아버지의 사진을 전부 뜯어내는 상상을 한다. 아버지가 싫어서가 아니다. 오히려 나는 아버지를 사랑한다. 다만 시선이 닿는 모든 곳에서 기억을 강요당하는 게 아니라 자발적으로 아버지를 사랑하고 싶을 뿐이다. 사진들은 마치 이렇게 명령하는 것 같다. "날 사랑해라! 사랑해야 한다!" 어쨌든 사진을 뜯어내지는 않았다. 테타의 반응이 두려워서만은 아니다. 사진을 모두 내버리고 빈 공간만 남겨 두면 그 때는 누가 우리를 이끌어 줄 것인가?

어쨌든 이 집에 어머니 사진은 단 한 장도 없다.

나는 비좁은 발코니로 나갔다. 발코니 벽은 수년간 햇빛을 받아 여기저기 갈라져 있다. 테타의 카나리아 안타르가 새장 안에서 나를 향해 고개를 쳐들고 지저귄다. 7월의 아침이 뿜어내는 맹렬함에 도시 전체가 들썩이고 있다. 머릿속이 뒤죽박죽이다. 새벽부터 자동차 경적이 울려대고, 재스민 향과 함께 배기가스 냄새가 풍겨 온다. 희미하게 느껴지는 불확실성 외에 변화의 태동을 감지하기는 어렵다. 이 폐쇄적인 도시가 너무나 비좁게 느껴진다.

반대편 건물에서 장애물 코스처럼 십자 모양으로 설치한 철사 줄에 빨래를 널던 움[4] 나세르가 내게 손을 흔든다. 나도 살며시 손을 흔든다.

"할머니는 어디 계시니?" 움 나세르가 소리친다.

"아직 주무세요."

"평소답지 않네. 어디 편찮으시니?"

---

4 '어머니'라는 뜻으로, 자녀 이름 앞에 붙여서 아이가 딸린 여자를 이르거나 부를 때도 쓰임

"아니요. 그냥 좀 피곤하신가 봐요."

안타르가 거짓말을 지적이라도 하듯 짹짹거린다. 손가락으로 새장을 툭 치고 좁은 골목을 내려다보니 길고양이들이 고층 건물의 그늘 밑에서 한창 싸움 중이다. 과일 장수가 오늘의 과일 값을 외치는 소리가 울려 퍼진다. 이 동네, 그러니까 올드시티는 시장의 골칫거리 중 하나였을 텐데 다행히 그의 최근 프로젝트에서는 제외되었다. 서부 외곽 지역의 회전 교차로에 번쩍거리는 분홍색과 노란색 불빛을 설치해서 도시 전체가 광란의 파티에 던져진 것처럼 보이게 만들 프로젝트 말이다. 적어도 그런 상황을 피할 수 있어 감사하다.

나는 아버지가 돌아가시고 1년 후인 열세 살 때 이 동네로 이사 왔다. 저축해 둔 돈은 충분했지만 일정한 수입이 없었기 때문에 우리는 서부 외곽 지역의 빌라를 팔고 시내의 낡은 아파트 5층으로 옮겨 왔다. 그리고 남은 돈으로 매달 음식과 옷을 장만하여 체면치레 정도는 할 수 있었다. 아파트에서는 시장과 유치원, 큰 도로가 내려다보인다. 도로 주변에 모스크가 세 개나 있어 그 울부짖는 소리에 정말 미칠 지경이다. 크기가 아담한 우리 집에는 침실 두 개와 도리스의 침실로 쓰는 작은 세탁실이 있다. 그리고 거실에는 커다란 창문과 지금 내가 서 있는 발코니로 통하는 작은 문이 있다. 대부분의 친구들은 여전히 서부 외곽 지역에 살고 있지만 나는 시내에서 사는 게 좋다. 제멋대로 뻗어 나간 외곽 지역과 알 샤르키예가 만나는 이 지점이 우리의 주거지로 가장 적절한 것 같다.

나는 테타의 의자에 앉아 담뱃불을 붙인다. 의자는 티브이와 길거리가 한눈에 보이는 완벽한 위치에 놓여 있다. 잘 드라이한 금색 단발의 테타는 분홍색과 흰색이 섞인 면 잠옷을 입고 발코니에 앉아 뉴스와 이웃의 동향을 동시에 살피며 아침 시간을 보낸다. 보통은 터키식 커피한 잔에 담배 두 대를 피우며 치직거리는 텔레비전 뉴스를 본다. 똑같은 이야기들을 관영 티브이와 외국 펀드를 받은 채널들, 그리고 계속 쪼개지며 늘어나는 저항 단체들이 서로 다르게 보도한다. 테타는 각각의 뉴스에 야유를 보내는 동시에 잠에서 깬 이웃들과 인사를 나눈다. 그리고 오가는 사람들의 대화를 엿듣는다. 장담하건데 테타의 소문 수집 기술은 최고의 탐사 보도 전문 기자 못지않다. 이렇게 수집한 소문은 하나의 이야기로 재구성되어 아침나절에 커피와 담배를 즐기는 수비예[5] 시간에 이웃 여자들에게 퍼져 나간다.

어젯밤 사건이 오늘 아침 수비예에 등장했다고 상상해 보라.

― 걔네들 결혼식을 축하해 주기 싫다고 버티고 있는 그 고집

---

5 아침 모임

센 여자 있지? 일전에 발코니에서 부루퉁해 있는 걸 봤어. 지금 쯤이면 화해했겠지. 팔레스타인 문제를 해결하고 있는 것도 아니잖아.

— 하객 수를 제한한다고 설명했어. 나빌이 엄마한테 하객 수를 최소한으로 하자고 부탁했대. 그래도 예쁜 아가씨와 결혼하잖아. 피부색이 살짝 까맣기는 하지만….

— 걔네들은 돈에 파묻혀 사니까….

— 나빌도 지 아버지처럼 여자를 많이 얻을 거야.

— 라사는 언제쯤 참한 아가씨를 데리고 온대?

— 믿을지 모르겠지만 어젯밤에 방에서 누군가와 함께 있는 걸 봤어.

— 그럴 리가! 어떤 아가씨인데? 이 동네 사람이야?

— 남자랑 함께 있더라고!

— 아이쿠! 좋은 집안 출신이긴 한 거지?

아니다. 테타는 이 비밀을 타이무르와 나보다 더 철저히 감출 것이다.

도리스가 터키식 커피가 담긴 주전자를 가져온다.

"오늘 아침에 할머니 봤어요?" 나는 커피를 따라 주는 도리스에게 묻는다.

"아직 방에 계세요." 도리스는 이렇게 말한 뒤 초록색 형광 슬리퍼를 끌며 거실로 돌아간다. 나는 커피를 한 모금 마신다. 뜨겁고 진한 커피가 허전한 기분을 달래준다. 나는 테타의 의자에 제대로 자리를 잡고 앉아 텔레비전을 틀고 8시 뉴스를 시청한다. 분홍색 베일을 쓴 젊은 여자가 오늘의 주요 뉴스를 전달한다. 테타가 옆에 있었다면 이렇게 중얼거렸을 것이다. **저 여자 좀 봐! 히잡을 쓰고도 새빨간 립스틱으로 얼굴을 반이나 칠했네. 지 새끼 잡아먹은 고양이 같다.**

티브이 속 여자가 침울한 얼굴로 헤드라인 뉴스를 소개한다.

"오늘 새벽 외국산 무기로 무장한 테러리스트 단체가 알 샤르키예 동부를 점령했습니다." 여자의 음성과 함께 마스크로 얼굴을 가린 남자들이 육중한 기관총을 들고 빈민가를 가로지르는 영상이 흘러나온다. "테러범들이 공개한 이 영상에는 알 샤르키예 외곽에 있던 군인을 50명 넘게 살해하는 모습이 담겨 있습니다." 흐릿한 영상을 통해 흙길에 나란히 놓인 머리 없는 시신들이 비친다. 테러범 하나가 공중에 총구를 겨누고 여러 차례 발포하자 나머지 인원들이 "알라후 아크바르[6]"라고 외친다.

이어 군복 차림으로 책상 뒤에 앉은 대통령이 등장한다.

"내 입장을 명확히 하고자 합니다." 대통령은 평소보다 느리고 우렁찬 군대식 말투로 말한다. "이번 테러는 상황

---

6   신은 위대하시다

을 악화시켜 이익을 얻으려는 불순 세력이 국내에 존재함을 보여 주는 확실한 증거입니다. 우리는 국가와 국민의 안전을 위해 모든 국력을 동원하여 이 테러 단체를 진압할 것입니다."

대통령의 목소리와 목 잘린 시체들, 그리고 타이무르와 나를 염탐하던 테타에 대한 생각들로 머릿속이 복잡하다. 나는 발코니에서 알 샤르키예를 내려다본다. 한 무리의 새들이 도시 위를 맴돌고 있다. 인간이 어질러 놓은 상황을 향해, 내 위장 안에서 수치심과 두려움으로 버무려진 묵직한 덩어리를 향해 날아오는 것이 분명하다. 차량 행렬과 행상인들이 만드는 일상의 잡음 사이로 기괴한 고요함이 끼어든다. 이 불길한 고요함은 새로운 것인가, 아니면 이제야 알아차린 것일 뿐일까?

대통령의 얼굴을 더는 볼 수 없어 CNN으로 채널을 돌린다. 외국 매체에서 이 사건을 어떻게 다룰지 보고 싶다. 나이가 조금 더 들어 보이는 금발의 앵커가 우려스러운 눈빛으로 말한다. "문제의 이 나라는 올해 초 시위가 발발한 후 대변동을 겪어 왔으며, 최근에는 대통령의 통치에 반대하는 목소리가 과격화되어 가는 것을 둘러싸고 우려가 커져 가고 있습니다."

겨우 몇 달 전에 나도 저 텔레비전 화면에 나왔었다. 나는 빽빽이 모여든 수천 명과 함께 감격스러운 얼굴로 깃발을 흔들며 승리의 노래를 불렀다. 카메라가 수평으로 움직이며 이름 없는 얼굴들을 비추자 사람들은 환호했다. 모두에게는 각자의 이름과 역사와 삶이 있었다. 하지만 강인함과 결속력, 확고한 의지를 보여 주기 위해 그 모든 것을 기꺼이 저버리려 했다. 그 순간 우리는 이름 없는 사람이길 바랐다. 불합리하지만 불가피하다고 생각해 온 일들에 대항하기 위해 뭉친 하나의 덩어리였기 때문이다. '안정'이라는 명분을 위해 거짓 가면을 쓰고 두려움에 떨며, 침묵 속에서 정치판의 악마들에게 영혼을 파는 일을 멈추어야 했다. 두려움과 의심, 실망이 반복되어 오다 어느 순간 모든 것이 명확해졌고, 평생 우리의 얼굴을 마주보고 있었던 양 눈앞에 나타난 기회를 그저 손을 뻗어 잡기만 하면 될 것 같았다. 나는 CNN과의 인터뷰에서 다시는 돌아오지 않겠다고 맹세하며 떠났던 친구들에게 활짝 웃으며 말했다. "지금 돌아오면 돼! 이 나라를 재건할 수 있게 도와줘!" 그때 우리는 몹시 들떠 있었고 우스꽝스러울 정도로 순진했다.

티브이를 끄고 휴대 전화를 보니 검은 액정이 나를 빤히 쳐다본다. 타이무르에게서는 아직 답이 없다. 무슨 말을 해야 할지 모르겠지만 전화를 걸어 목소리만이라도 듣고 싶다. 그러나 차마 그럴 수 없어 마즈에게 전화를 건다. 전화기가 꺼져 있어 음성 메시지를 남긴다. **어젯밤에 타이무르와 함께 있는 걸 할머니에게 들켰어. 모든 게 엉망진창이야.**

바로 어젯밤 우리는 구아파에 있었다. 바스마, 타이무르, 마즈, 그리고 나 이렇게 넷이서 맥주를 마시며 언쟁을 벌였다. 주제는 늘 그렇듯 미국의 제국주의와 혁명의 딱한 현주소였다. 타이무르는 대통령이 유일한 대안이며 그 외에는 이슬람주의자들뿐이라며 유난히 고집을 부렸다.

　"들어 봐." 타이무르가 마즈에게 설명했다. "우리 모두 굶주린 상태라고 하자. 대통령이 오븐에서 크나페[7]를 만들고 있어. 그런데 너는 그 뒤에서 재료가 어떠니, 조리 방법이 어떠니 비판하면서 음식이 다 익지도 않았는데 취향에 맞지 않으니 꺼내라고 하는 꼴이야. 하지만 오븐을 열면 크나페를 망치려는 자들이 득달같이 달려들어서 다 못 쓰게 만들어 버릴 거야. 그러면 우리에게 뭐가 남겠어?"

　"이 정권이 원하는 게 바로 그거야." 마즈가 테이블에 담뱃재를 털며 말했다. "쓴 크나페가 먹기 싫으면 아예 먹지를 말라는 거지. 그런 태도는 받아들일 수 없어."

　"크나페 먹고 싶다." 바스마가 곱슬머리를 뒤로 넘기며 하품을 했다. 아까 피운 대마초 때문인지 눈이 게슴츠레했다. 나는 크나페와 상관없이 주방에서 쫓겨나 술이나 퍼마시며 노닥거리는 우리의 서글픈 현실을 짚어 주고 싶었다. 하지만 그러는 대신 나는 말없이 타이무르를 바라보았다. 신념에 찬 목소리와 어둑한 붉은색 조명에 비친

7　치즈 페이스트리를 설탕이나 꿀에 담가 만든 중동의 전통 과자

얼굴, 모든 것이 감탄스러웠다. 논쟁이 이어지는 내내 나는 타이무르의 볼에 키스하는 상상을 했다. 공공장소에서 연인의 뺨에 키스를 하는 것은 아주 평범한 행동이며, 내가 가장 바랐던 것은 평범한 연인 관계였다. 바스마가 자리를 떠나고, 나는 타이무르, 마즈와 함께 지하로 내려가 춤을 추고 술을 더 마셨다. 그리고 집으로 돌아온 타이무르와 나는….

나는 집 안을 자세히 들여다본다. 테타의 방문은 여전히 닫혀 있다. 이렇게 늦잠을 자는 것은 아버지의 장례식 다음 날 이후로 처음이다. 테타가 깨기 전에 나가 버릴 수도 있다. 하지만 그렇게 하면 내가 도망쳤다고, 생각했던 것보다 못난 사람이라고 생각할 것이다. 하긴, 지금 할머니가 들어와서 내가 이렇게 티브이를 보며 커피를 마시고 있는 걸 본다면, 간밤에 남자와 동침한 것이 부끄러운 일인지도 모르고 자랑스러워하고 있다고 생각할 것이다.

나는 반쯤 태운 담배를 비벼 끄고 집을 나선다.

회색 벽돌로 지어진 아파트에서 나와 북적이는 거리로 들어선다. 분홍색 건전지로 돌아가는 소형 선풍기와 휴지를 파는 행상인들이 한없이 치솟는 살구 가격에 대해 목소리를 높인다. 모퉁이를 돌아 큰 도로로 나가 대통령의 동상이 드리운 시원한 그늘을 지난다. 최루탄 가스가 동상 주위를 자욱하게 감싸고 숨구멍이 타들어가는 듯

한 고통이 밀려왔던 그날이 아주 선명히 떠오른다.

나는 길 건너 슈퍼마켓을 지난다. 몇 달 전 저격수들의 총격이 있던 날, 타이무르와 함께 숨어들었던 곳이다. 우리는 아이스크림과 냉동 닭으로 채워진 냉장고와 출입구 사이의 좁은 공간에 쭈그리고 앉았다. 슈퍼마켓을 지날 때면 군중의 비명, 깨진 유리에 비치던 쓰러진 사람들의 모습, 타이무르의 뜨겁고 축축한 목덜미에 얼굴을 파묻으며 느꼈던 감촉이 되살아난다. 깨진 유리에 낡은 판지를 덧대어 놓은 것만 빼면 예전 모습 그대로이다. 아직 이른 아침인데도 햇볕이 쨍쨍하고 맑은 하늘에 구름 한 점 없다. 오늘은 무척 무더울 것이다.

교통 정체 때문에 사무실까지 30분은 더 걸릴 것 같다. 나는 택시를 잡으려고 뛰기 시작한다. 차량과 카페 곳곳에서 이 나라를 파괴하려는 자들의 즉각적인 위협에 경고하는 대통령의 목소리가 들린다.

"경계를 늦추지 마십시오. 누구도 믿어서는 안 됩니다."

대통령은 반복해서 말한다. 알코올 같은 대통령의 목소리에 모두가 취하는 동안, 나는 끔찍한 숙취에 시달린다.

나는 드디어 발견한 택시를 불러 세운다. 세월의 흔적이 묻어나는 메르세데스는 나보다 연식이 더 되어 보인다. 택시 기사의 얼굴에 피곤한 기색이 역력하다. 나처럼 밤잠을 설친 것 같다. 담뱃재와 플라스틱 컵으로 뒤덮인 대시보드는 타르와 흡사한 터키식 커피 찌꺼기로 얼룩져 있다. 나는 툴툴대며 미터기를 누르는 기사에게 사무실로 가는 길을 알려 준다.

"저 아래 도로는 아주 못 봐줄 지경이에요." 기사가 차를 출발시키며 투덜거린다.

미국에서 막 돌아왔을 때 나는 일상에서 부딪치는 어려움에 대해 알고 싶었다. 그래서 일부러 택시를 잡아타고 생활비, 정부의 실패, 부패와 빈곤에 관한 기사들의 불평을 들었다. 나는 미국에서 이 나라 사람들을 분석하는 법을 배워 왔다. 세상의 진짜 소금, 아랍의 진정한 목소리와 섞이는 기분이었다. 그러나 오래된 연인처럼 수년이 지나도 불평은 여전했고 장밋빛이던 미래는 시들었다. 이제 기사들의 문제가 곧 내 문제가 되었고, 문제란 남의 것이었을 때보다 내 것일 때가 더 시시하게 느껴지는 법이다. 어쨌든 오늘은 택시 기사의 불평에 공감할 여력이 없다. 내게도 풀어야 할 문제가 있다. 생각할 공간이 필요했지만 기사는 끊임없이 투덜대며 내 머릿속을 침범한다. 나는 대화할 구실을 주지 않으려 창밖을 내다본다.

하지만 이러한 전략도 무용지물이다.

"기름 값이 또 오르고 있어요." 기사가 정면을 응시하며 말한다. 지독한 구취와 담배 연기, 그리고 억울함이 차 안의 공기를 탁하게 만든다. "이 무더위에 고물차를 끌고 다녀 봤자 기껏 대여섯 명 태울 겁니다. 버는 돈보다 기름 값이 더 들어요. 당나귀 거세하는 거랑 똑같다니까."

기사는 대답을 기다리는 듯 눈길을 주지만 나는 창밖만 내다본다. 기사가 말을 이어 가려는 것 같다. 나는 방해받지 않으려고 가방을 뒤져 아이팟을 꺼낸다. 흰색 이어폰이 심하게 엉켜 있다. 기사가 입을 열기 전에 풀려고 했지만 이미 늦은 후다. 불평이 다시 시작된다.

"당나귀 거세시키는 일 말이에요. 왜 그런지 알아요? 일당보다 목욕비가 두 배는 더 들거든."

나는 기사의 말에 아이팟을 치우며 웃는다. 기사가 만족스럽게 웃으며 의기양양하게 담뱃불을 붙인다.

택시가 검문소 앞에 멈춘다. 군인이 신분증을 요구하자 자동적으로 죄책감이 밀려든다. 모퉁이를 돌 때마다 나타나는 복잡한 규칙과 암묵적 규정의 미로 안에서 나도 모르는 죄로 인해 차 밖으로 끌려 나갈 것만 같다. 나는 군인에게 신분증을 건네주며 생각한다. 이 나라 정부는 국민의 필요와 요구에 답하지 않는다. 여기서는 국민이 정부에 답해야 한다.

"어디서 오는 길입니까?" 군인이 신분증을 훑어보며 묻는다.

"시내에서요." 기사가 대답한다.

"큰 도로는 피해 가십시오." 군인이 신분증을 넘겨주며 말한다. "어젯밤 사건 때문에 복잡할 겁니다."

택시는 다시 출발하여 고속 도로에서 우회전한 뒤 북적이는 샛길로 빠진다.

"얼마 안 있으면 똥 누러 갈 때도 신분증을 보여 달라고 하겠군." 기사가 말한다. 미터기에서 주기적으로 기계음이 울리며 요금이 올라간다. 기사가 한숨을 내쉰다. "요즘 사는 게 죄다 당나귀 거세시키기예요."

마을을 떠나는 사람들의 행렬이 늘어나면서 교통 체증도 심해진다. 인구 유출은 갈수록 더 심각해질 것이다. 자동차 경적과 날카로운 오토바이 소리가 분간할 수 없을 정도로 뒤섞이며 만들어 내는 불협화음으로 회전 교차로가 들썩인다. 배기가스가 택시 주위를 감싸며 우리를 사람들과 차량 사이에 얼기설기 엮어 놓는다. 신호등이 빨간불에서 녹색불로 바뀌자 차량들이 더 공격적으로 경적을 울리기 시작한다. 미터기가 또 한 번 딸깍 소리를 낸다.

그사이 태양이 우리를 요리하고 있다. 이마에 땀방울이 맺힌다. 기사가 창밖으로 몸을 내밀어 침을 뱉고 소음에서 벗어나기 위해 라디오를 켠다.

"성함과 전화 주신 지역 말씀해 주세요." 라디오에서 누군가가 말한다.

"제 이름은 움 노아만이에요. 전화받아 주셔서 감사합니다. 시민들을 위해 애써 주셔서 감사하고, 이렇게 훌륭한 방송을 내보내는 방송국에도 너무 감사하고——"

"감사합니다, 움 노아만 씨. 우리 청취자께서는 지금 어디신가요?"

"저는 도로에 대한 불만을 얘기하고 싶어요. 군청에서——"

"어디서 전화하셨죠, 움 노아만 씨?"

"베이트 누르예요."

"베이트 누르에서 전화 주신 움 노아만 씨, 문제가 뭔지 계속 말씀해 주세요."

"아까 말했던 것처럼 군청에서 도로를 부숴 놓은 데에 불만이 있어 전화했어요. 도로를 포장하겠다더니 마을에 와서——"

"그렇게 말했습니까? 도로를 포장할 거라고요?"

"네, 그랬어요. 얄라, 저희야 도로를 포장하면 좋겠다고 생각했죠. 겨울철마다 흙길이 물에 잠기거든요. 2년 연속으로 침수되어서 마을이 고립되기도 했고, 그래서——"

"그래서 포장은 했습니까?"

"아니요, 하지만 문제는 그게 아니에요."

"그럼 뭐가 문제인가요, 움 노아만 씨?"

"문제는 읍내로 나가는 큰길을 파헤쳐 놓기만 하고 포장하겠다는 약속을 지키지 않는다는 거예요. 그게 6개월 전이에요. 원래 등하교하던 길이라 애들이 6개월 동안 20미터 길이의 배수로를 오르내리며 학교를 다니고 있어요."

"군청에 전화는 해 보셨나요?"

"그런 사건들 때문에 너무 걱정스러워요. 완전히 고립

된 상태라고요. 어린 애들과 노인들이 있어 마을을 떠날 수도 없고요. 마을 사람들 모두 무서워서——"

"군청에 전화해 보셨어요, 움 노아만 씨?"

"매일 하다가 요즘은 안 해요. 늘 고쳐 주겠다고 말만 하더니 이제는 전화도 안 받아요."

꾸란과 수건을 파는 소년이 택시 앞으로 뛰어드는 바람에 기사가 급히 브레이크를 밟는다.

"60명의 거시기가 네 엄마랑 붙어먹느라 난리 부루스를 출 거다." 기사가 경적에 몸을 기댄 채 악다구니를 쓴다. 태양, 경적 소리, 라디오에서 흘러나오는 목소리. 이 모든 것으로 인해 머리가 지끈거린다.

"좋습니다, 움 노아만 씨. 지금 제가 군청에 전화를 할 겁니다. 전화번호를 찾고 있으니 끊지 말고 기다려 주세요. 네, 여기 있네요. 잠시만 기다리세요, 움 노아만."

라디오 진행자가 전화번호를 누르자 딸깍하는 소리에 이어 발신음이 들린다.

"카셈 씨 사무실입니다."

"안녕하세요, 저는 무함마드 바시르라고 합니다. 라디오 프로그램 비자라하에서 생방송 중에 전화 드렸어요. 카셈 씨와 통화 좀 할 수 있을까요?"

"잠시만 기다리세요." 잠시 부스럭거리더니 여자가 대답한다. "지금 바쁘신데요."

"아주 급한 일입니다, 선생님. 지금 생방송 중이고요,

질문 하나만 하면 됩니다. 생방송 중이라고 전해 주세요."

다시 부스럭거리는 소리가 들리더니 누군가가 퉁명스럽게 말한다.

"여보세요?"

"안녕하세요, 선생님. 저는 비자라하의 무함마드 바시르입니다. 혹시 들어본 적 있으신가요?"

"네."

"전국에 계신 국민들에게 전화를 받아서——"

"무슨 프로그램인지 알고 있어요."

"베이트 누르에서 한 청취자분이 전화를 하셨어요. 군청에서 도로 포장을 위해 배수로 공사를 허가했다고 들었습니다."

"지하드 테러범들이 국가를 공격하는 시국에 배수로 얘기를 하자는 겁니까? 제정신이에요?"

"선생님, 이건 6개월 전 일입니다. 6개월 전이요. 불쌍한 아이들이 20미터나 되는 배수로를 오가며 학교를 다닌답니다. 6개월 전부터요, 선생님."

"사람을 보내서 조치하겠습니다."

"여태껏 아무도 오지 않았답니다, 선생님. 아이들이 배수로를 오가며 학교를 다니고 있어요. 20미터 거리를요, 선생님. 이건 하람[8]이에요, 선생님."

"미국에서 지원하는 사업이라 그래요. 저는 그 사람들 결정을 따르는 것뿐입니다."

"오늘 안에 해결할 수 있는지 확인해 주세요, 선생님. 읍내로 가는 유일한 길이랍니다, 선생님. 20분 후에 다시 전화 드릴까요, 선생님?"

"하루 이틀 정도는 주셔야죠."

"30분은 어떠세요, 선생님? 방송을 마치기 전에 확답을 좀 받아야겠습니다."

"타맘[9]. 한 시간만 주세요."

"저 무함마드 바시르가 베이트 누르의 마을 주민들을 대표해서 감사를 전합니다, 선생님."

나는 휴대 전화를 흘끔거리며 타이무르나 마즈, 아니 누구든 전화해 주기를 간절히 바란다. 무함마드 바시르여도 상관없다.

— 할머님께 들켰다는 말씀이신가요, 선생님?

— 네, 들켰어요.

— 일단 두 분이 뭘 하고 계셨나요, 선생님?

— 그건 제 사생활이에요. 저도 제가 원하는 걸 할 수 있잖아요.

— 하지만 할머님 집에 사시잖아요, 선생님. 그분이 집을 소유하고 계시고요.

— 거긴 제 방인데요.

---

8   종교적·도덕적·윤리적 금기 사항

9   알겠어요, 좋아요

— 임대료를 내시나요, 선생님?

— 그건 아니지만——

— 집이 선생님 이름으로 되어 있습니까?

— 그래도 사생활을 보호받을 권리는 있죠.

— 할머님 집에 사신다면 그분의 규칙을 따라야죠.

— 저희는 잘못된 일을 하지 않았어요.

— 에이브[10], 선생님. 그건 변태적인 행위예요, 선생님.

— 변태적인 일이야 세상에 널렸잖아요.

— 하지만 선생님께서 하신 일은 하람입니다.

택시가 움푹 팬 곳을 지나며 덜커덩거리자 플라스틱 컵이 대시보드와 바닥 위를 나뒹군다. 컵 바닥에 있던 찌꺼기가 더러운 카펫에 스민다.

"아무 소용없어요." 기사가 성을 내며 말한다. "이게 나라래요. 무슨 나라가 이렇습니까? 이게 나라라고 생각해요?"

"늘 이런 식이었죠." 나는 창밖을 바라보며 입을 다문다. 왜 내가 이 사람과 정부에 대해 언쟁을 벌여야 하는가? 택시 기사들의 불평은 이미 충분히 들었다. 좌절한 비평가의 이야기를 또 들을 이유는 없다.

"몇 살이에요?" 기사가 묻는다.

"아직 어립니다."

---

10 부끄럽거나 수치스러운 일

"계집애처럼 이러기예요? 몇 살인지 말해 봐요."

목적지에 도착할 때까지 그냥 무시할까, 아니면 당신
의견 따위는 관심 없으니 입 닥치고 운전이나 잘하라고
말해 줄까. 주변 사람들 모두가 내 운명을 쥐락펴락하려
들 때는 뭘 믿거나 친절하게 굴 이유가 없다. 실수라도 했
다가는 모두가 타이무르와 내가 처한 상황을 비난할 것
이다. 그 모두가 사회의 구성원이며 우리를 떨어뜨려 놓
는 게 사회의 멍청한 규칙이기 때문이다. 그러나 도저히
기사를 무시할 수 없다. 기사를 무시하는 것은 **에이브**, 부
끄러운 일이기 때문이다. 결국 나는 대답한다.

"스물일곱 살이요."

"그것 봐요, 손님은 너무 어려서 기억 못 할 거예요. 이
렇게 나빴던 적이 없다니까. 결혼은 했어요?"

"아니요."

"왜요?"

나는 창밖을 내다보며 한숨을 쉰다. "아직 젊잖아요.
결혼 생각 없어요."

기사가 나를 돌아본다. 나는 여전히 창밖을 내다보며
시선을 피한다. 젊음만이 유일한 핑곗거리이다. 몇 년이
지나면 이것도 써먹지 못할 것이다. 사실 영원한 독신 생
활을 위한 이 변명은 벌써 거부당하기 시작했고, 적당한
여자를 찾아보라는 선의의 충고까지 받았다.

"똑똑한 친구네." 기사가 말한다.

택시 안 냄새를 맡으니 순전히 본능에 따라 움직였던 첫 경험이 떠오른다. 기억이 너무 생생해서 열네 살 무렵에 탔던 택시 뒷좌석으로 다시 돌아간 느낌이다. 아버지가 돌아가신 지 1년 반, 엄마가 사라진 지 1년 정도 지났을 때, 예상치 않은 여러 부위에서 털이 자라나는데도 나는 여전히 테타와 침대를 함께 썼다.

마즈네 집에서 역사 과외를 받고 돌아오는 길이었다. 우리 둘 다 역사 과목을 공부하느라 애를 먹고 있었다. 영국의 교육 과정을 따르는 학교에 다녔기 때문에 유럽의 역사와 세계 대전, 카이저, 베르사유 조약, 처칠과 스탈린에 대해 공부해야 했다. 그것들은 너무 낯선 세계였고, 테타와 마즈의 엄마는 개인 교습 비용을 반씩 부담하기로 했다.

나는 마즈네 집 앞에서 택시를 잡은 후 테타가 가르쳐 준 대로 뒷좌석에 탔다. 택시 기사는 앳돼 보이는 얼굴로 나이를 정확히 가늠하기 어려웠지만 대략 열여덟에서 스무 살쯤인 것 같았다. 몸에 꼭 끼는 빨간색 티셔츠 차림의 기사는 말없이 운전만 했다. 익숙한 압박감이 쌓이기 시작했다. 목을 조여 오는 끔찍한 느낌으로 부모님을 잃은 후부터 심해진 것이었다. 나는 운명을 통제할 수 없었고, 나를 둘러싼 모든 것이 갑자기 죽거나 달아날 것만 같았다.

나는 차창을 내리고 가죽 시트에 머리를 기댔다. 상쾌

한 11월의 찬 공기가 얼굴을 어루만지자 압박감이 다소 누그러졌다. 차 안을 밝히는 가로등 불빛에 기사의 팔뚝 여기저기에 팬 상처들이 드러났다. 나는 가슴에 착 달라붙은 티셔츠 위로 드러난 상체를 감탄하면서 바라보았다. 기사의 팔에 닭살이 큼지막하게 돋아 있었다.

"창문 닫아요. 추워요." 기사가 말했다. 나는 창문을 올렸고, 압박감이 다시 한 번 목을 조였다. 기어를 변속하자 기사의 팔 근육이 팽팽해졌다. 피부 아래의 굵은 정맥이 한 번도 느껴 본 적 없는 감각을 깨웠다. 어떤 식으로든 그 남자와 연결되고 싶었고, 어떻게든 가까워지고 싶었다.

"본인 택시예요?" 내가 물었다.

"형 겁니다." 기사가 말했다. 껌을 씹으며 턱으로 딱딱거리는 소리를 냈다. 기사는 한숨을 쉬며 한 팔을 조수석에 두른 채 다른 한 손으로 핸들을 조종했다. 나는 등받이에 얹은 손을 보았다. 금반지와 은반지 여러 개를 껴 멋을 낸 손가락 끝에 새까만 때가 끼어 있었다. 나는 그날 일찍 도리스가 깎아 준 내 손톱을 내려다보았다.

나는 이 남자의 택시 밖 삶은 어떨지 애써 상상해 보았다. 억센 말투로 봐서 양파 튀김과 담배 냄새가 풍기는 알샤르키예의 비좁은 방에 살고 있을 것이다, 내 머릿속 알샤르키예의 냄새는 그랬기 때문이다. 남자와 나에게는 공통점이 얼마나 있었을까? 지금 아는 것을 그때도 알더라면, 나는 우리의 차이점을 계급과 문화의 복잡한 알고리즘에 써넣었을 것이다. 하지만 그때는 그런 것들을 몰랐기 때문에 우리의 공통점, 함께 앉아 있는 그 차에만 집착했다.

"택시를 자주 몰아요?" 내가 물었다.

"일주일에 하루 이틀 정도요." 남자가 이렇게 대답하며 옆길로 방향을 틀어 고속 도로에서 빠져나간 후 우리 집 근처로 향한다.

"재밌어요?"

"뭐가요?" 남자가 고개를 휙 들어 룸 미러로 나를 쳐다보았다. 남자의 눈동자는 은색에 가까운 차가운 회색이었다.

"택시 모는 거 말이에요." 나는 무릎에 올려놓은 모서리가 잔뜩 접힌 역사책을 만지작거리며 남자를 빤히 쳐다보고 말했다.

"이건 그냥 일이에요." 기사가 도로로 시선을 옮기며 말했다.

"그러면 일 안 할 때는 주로 뭐해요? 티브이 봐요?" 테타는 멕시코의 더빙판 텔레노벨라[11]와 미국 티브이 쇼, 그리고 끊임없이 이어지는 뉴스를 끼니 챙기듯 내게 보여주었다. 어쩌면 남자의 티브이에서도 이런 채널들이 나올 수도 있었다.

---

11 중남미 지역의 연속극

"그럴 시간 없어요. 운전을 안 할 때는 공사판에서 일하거든요."

다시 방향을 틀자 익숙한 거리가 나왔다. 나는 갑자기 공황 상태에 빠졌다. 남자와 조금 더 함께 있고 싶었다. 우리는 새롭고 흥미진진한 뭔가에 다가가는 중이었다. 나는 남자의 친구가 되고 싶었다. 마즈나 바스마처럼 그저 그런 친구가 아니라 늘 곁에 있는, 품에 안을 수 있고 가까이 할 수 있는 누군가 말이다. 머릿속이 소란스러웠다. 남자가 멈추지 않고 달려서 이 슬픈 동네로부터, 도리스와 테타가 있는 빈 아파트로부터 아주 멀리 떨어진 곳으로 나를 데려가 주길 바랐다.

"그래서 그렇게 근육질이 됐나 봐요?" 나는 이별을 늦추려고 다급히 말했다. 남자가 나를 흘깃 쳐다보더니 껌을 딱딱 씹으며 잠시 내 얼굴을 살폈다. 그리고 비뚤어진 입술로 씩 웃었다.

"앞으로 와서 옆에 앉아." 기사가 말했다.

나는 망설였다. 거절해도 에이브, 수락해도 에이브였다. 나는 두 에이브 사이에서 어쩔 줄 모르다 책을 뒷좌석에 두고 조수석으로 옮겨 탔다. 택시는 테타의 아파트를 그냥 지나쳤다. 그리고 우회전하여 어두운 길가로 들어가더니 커다란 가로수 사이에서 멈췄다. 남자는 지퍼를 내리고 자신의 물건을 꺼냈다. 그것은 친밀한 대화에 끼어든 불청객처럼 우리 사이에 우뚝 서 있었다. 본능적으로 손을 뻗어 그것을 움켜잡으니 남자의 입에서 가벼운 신음이 흘러나왔다. 나는 손바닥 안에서 커지는 그것을 쥐고 가만히 들여다보았다.

"얄라." 남자가 주변을 살피며 속삭였다.

"네?"

"입에 넣어." 남자가 조바심을 내며 말했다.

나는 몸을 숙여 그것을 입에 넣었다. 시큼한 냄새와 열기가 풍겼다. 나는 그것을 입에 넣고 다음 지시를 기다리듯 남자를 올려다보았다.

"입안을 좀 적셔. 침으로 적시라고." 남자가 낮은 목소리로 말했다. "혀가 사포 같아."

입안이 축축해지도록 침을 몇 번 삼키고 나니 조금 전의 과정이 더 부드럽게 진행되었다. 남자는 행복한 듯 숨을 내뱉으며 내 머리를 아래로 눌렀다. 그러면서도 주변을 경계하느라 테니스 경기를 관전하듯 고개를 앞뒤로 획획 돌렸다. 흥분감이 사라지기 시작하면서 끔찍한 실수를 저지르고 있다는 강렬한 죄책감이 밀려와 잠시 우울해졌다. 나는 남자가 머리를 누를 때마다 코로 숨 쉬는 데 집중하며 구역질을 겨우 참았다. 시간이 얼마나 흘렀는지 알 수 없었다. 남자가 신음했다. 입안에 찝찔한 점액이 가득 찼다. 뒷목을 잡고 있던 따뜻한 손이 사라졌다.

"누가 보기 전에 나가." 남자가 바지 지퍼를 올리며 말했다. 나는 입을 닦고 차에서 내려 뒷좌석에서 책을 꺼냈다. 남자가 시동을 걸고 후진하더니 도로로 나가 쌩하니 사라졌다.

주변을 살폈다. 거리에는 아무도 없었다. 불편감이 서서히 사라지고 방금 전 일이 달콤하게 느껴졌다. 나는 나중을 위해 뒷목을 잡고 있던 따뜻한 손, 시큼한 냄새, 입 안에 있던 그것의 생김새를 기억 속에 조금 저장해 두었다. 그리고 그 기억들을 떠올리며 집으로 걸어갔다.

현관에 들어서자 테타가 나를 올려다보았다. 테타의 얼굴을 마주하기 두려웠다. 테타는 늘 모든 것을 아는 듯 보였다. 그러나 이것은 결코 알아서는 안 되는 일이었다. 테타는 잠옷 차림으로 앉아 구운 해바라기 씨를 까 먹고 있었다. 텔레비전 뉴스에서 번화한 이웃 동네에 폭탄이 떨어지는 장면을 보여 주고 있었다.

"택시가 있었니?" 테타가 이에 긴 해바라기 씨 조각을 쑤시며 물었다.

나를 쳐다보는 것만으로 모든 걸 눈치 챌 거라고, 아니면 옷과 얼굴에서 남자의 체취를 맡을 수 있을 거라고 잠시 생각했다. 침을 크게 삼키니 짭짤한 점액이 미끄러져 내려가는 느낌이 들었다. 감기가 오려는지 목이 깔깔했다.

"네, 그런데 택시 기사가 먼 길로 돌아왔어요." 나는 최대한 자연스럽게 말했다. 그리고 숨을 깊게 들이마셨다 내뱉었다. 그것이 테타에게 한 최초의 거짓말이었다, 그리고 그렇게 내 일부가 테타에게서 영원히 분리되었다.

목 뒤에서 끈적거리는 점액과 내 입에서 튀어나오는 말들이 이질적으로 느껴졌다. 나는 이제 분리된 두 개의 현실에 사는 두 사람이었다. 하나의 현실 속 규칙들이 또 다른 현실에서는 유예되거나 매우 달랐다.

 "이 난장판을 보세요." 기사가 이렇게 말하며 나를 한여름의 담배 연기 자욱한 택시로 소환한다. 기사는 수백 명은 되어 보이는 누더기 차림의 사람들이 빽빽이 들어찬 트럭을 가리키고 있다. 인파가 담배 속처럼 서로를 밀어붙이는 그 틈바구니에 의자와 여행 가방, 찢어진 비닐봉지가 꽉 끼어 있었다.

　나는 내가 이런 풍경에 익숙하다고 생각해 왔다. 평소였으면 갈 곳이 없어 타인의 선의에 의존하는 난민들을 바라보며 동정심을 느꼈을 수 있다. 그러나 오늘 나는 그들처럼 오도 가도 못 하는 처지이다. 내 물건을 챙겨 들고 트럭 뒤에 올라타 어딘지 모를 목적지를 향해 실려 가고 싶다. 어쩌면 모아 둔 돈과 영어 실력을 나누고 좋은 NGO나 적절한 UN 단체를 연결해 주는 식으로 이 사람들을 도울 수 있을지도 모른다. 나는 어떤 식으로든 활용될 수 있다. 저들은 나를 받아줄 것이다.

　기사가 앞차의 창문을 두드리고 있는 소년을 가리킨다. "혁명이 우리에게 가져다 준 게 뭡니까? 아이들은 체포되어 고문당하고 가족들은 살 곳을 잃었어요. 난민들이 떠나온 곳에 뭐가 남았겠어요? 여기 사람들도 머지않아 모두 난민이 될 거라는 사실을 모른 채 이렇게 계속 몰려오다가는 다 같이 떠돌이 신세가 되고 말 거예요. 베두인의 뿌리로 돌아가는 거죠." 기사는 씁쓸하게 웃는다. "우린 뭘 위해 나라를 무너뜨렸을까요? 그야말로 당나귀 거세시키기라니까요."

"나아질 거예요." 내가 말한다.

기사가 나를 쳐다보며 한쪽 눈썹을 치켰다.

"이 동네 출신이 아닌 모양이네요."

괜찮을 거라고 말해 줘. 그 일로 널 잃을 수는 없어. 침실은 아니어도 함께 있을 만한 곳을 찾을 수 있을 거야. 계획은 나중에 세울 수 있으니 지금은 그냥 괜찮다고만 말해 줘──

"모든 게 무너져 가고 있어." 나와프가 번쩍이는 대머리를 공동 사무실 출입문 사이로 들이밀고 외친다.

나는 타이무르에게 쓰던 이메일을 닫고 번역할 문서를 연다. 널뛰는 환율의 안정화 필요성에 관한 글이다. 지난주에 여섯 쪽을 번역하면서 불쾌한 문장은 멋대로 오역했다.

"바스마는 어디 있어?" 나와프가 책상 맞은편 의자에 몸을 구겨 넣으며 묻는다.

"아까 아침에 전화해서는… 남아프리카에서 기자가 찾

48

아왔다면서… 여자 통역사를 찾는다더라. 곧 들어올 거야."

나와프가 병에 담아 온 터키식 커피를 두 잔 따른다. 흰 셔츠의 싸구려 천이 배를 감싸느라 팽팽하게 늘어나 있다. 뱃살을 간신히 붙잡고 있는 낡은 단추 사이로 털 몇 가닥이 삐져나와 있다.

"건배." 나와프가 잔을 들며 말한다. "나라가 무너지고 있고, 내 연애 생활도 엉망이야. 정말 끝인 것 같아, 라사. 진심이야."

"알 샤르키예의 위기가, 아니면 여자가? 뭐가 끝인데?"

"위기? 이제 그렇게 불러? 위기라고? 아니, 위기가 아니라 여자 말이야, 친구! 모든 게 끔찍하고 비통한 난장판이야." 나와프는 한숨을 쉬고 담배를 급하게 빨아들인다. "그 여자는 불쌍하고 연약한 내 마음을 가지고 놀고…. 아, 이런 게 다 무슨 소용이야? 넌 절대 이해 못할 거야. 넌 미남에 키도 크고… 네 마음을 다치게 할 것이라곤 지금 피우는 그 담배뿐일 테니…. 내가 충고 하나 할게, 라사. 너무 많은 기대를 품지 마. 여자들은 무자비하거든."

"이번에는 또 무슨 일이야?" 모든 게 끝장난 것처럼 말하는 게 처음은 아니었다.

"영화 보러 가기로 했는데…."

"무슨 영화?"

"무슨 영화인지가 중요한 게 아니라… 일주일 내내 매력을 흘리면서 장난치고, 한밤중에는 전화에 문자 메시지에 진짜… 빨리 만나고 싶다느니, 그립다느니, 허니, 베이비, 그야말로 불! 진짜 불붙었었다니까. 그런데 어제 영화를 보러 가기로 하고는… 하루 종일 연락이 안 돼서 아침부터 저녁까지 멍청한 놈처럼 전화며 문자, 이메일, 스카이프, 페이스북까지 안간힘을 썼지. 결국 연락이 없었어. 그러더니 한밤중에 전화해서 미안하다고, 혼란스러웠다고 하는 거야." 나와프가 기침을 하더니 거친 손으로 얼굴을 문지른다. 까무잡잡한 나와프의 얼굴은 몸에 비해 두 톤 정도 더 어두워서 살짝 탄 팬케이크 같다. "의사나 기술자도 있는데 왜 굳이 통역사와 결혼해야 하냐고, 사람들이 뭐라고 하겠냐고 그러더라."

"꼭 우리 할머니처럼 말하네." 테타는 통번역 일을 탐탁지 않아 했다. 사실 아버지가 되지 않는 한 테타를 만족시킬 수 없다. *하비비, 테타는 이렇게 시작할 것이다. 날이 갈수록 할아버지를 닮아가는구나. 어리석은 결정을 내리는 것도 똑같은 걸 보니 차라리 돌아오지 말았어야 했어. 미국에 남아서 직업을 찾아야 했지만 그놈들이 여권을 내주지 않았지. 신은 그 이유를 아신다. 어차피 그 사람들 손해야. 하지만 여기라고 해서 뾰족한 수가 있겠니? 거기까지 가서 공부를 하고도 고작 통역사라니.*

나는 나와프를 돌아본다. "할머니는 아직도 걸프 지역에서 일자리를 구하라고 닦달하셔. 대체 뭘 위해서? 초고층 빌딩 꼭대기 층의 사무실에서 에어컨 바람이나 쐬며 영혼 없이 일하고, 정신을 온전하게 지켜줄 알코올의 위로도 없이, 재미도 못 본 채 지루함 속에서 잠들라고?"

"그래도 거긴 끝내주는 러시아 여자들이 있잖아." 나와프가 말한다. "들어보니 개네들은 무슨 슈퍼마켓처럼 사창가 한 방에는 러시아 여자들, 다른 방에는 태국 여자들을 넣어 놓는대. 더 자극적인 걸 원하면 미국 여자들 방에 가도 되고. 나라면 할머니 말씀대로 하겠다."

"그럴 수도." 나는 말한다. 미국에서 돌아왔을 때 나는 국제 구호 단체의 일원이나 혁명가가 되면 걸프 지역에서 보다 더 유용한 일을 할 수 있을 거라고 생각했다. 초창기에는 너무 낙관적이었다. 어쨌든 귀국 후에 나는 아무것도 변한 게 없다는 사실을 확인했다.

나는 나와프를 돌아본다. "아무튼 내 말 잘 들어. 우리 회사가 이윤을 내기 시작하면 그 여자가 결혼해 달라고 애원할 거야. 널 사랑했다면 애초에 그렇게 대하지도 않았을걸."

"사랑이 다가 아니야, 멍청아. 그건 그렇고 네 여자 친구는 어때?"

"잘 지내." 대답을 너무 서두른 감이 있다. 잠시 망설인다. 예전에 나와프의 집요한 질문 공세에 못 이겨 '여자 친구'에 대해 말했었다.

"이름 안 알려 줄 거야? 성도 안 돼? 아직도 비밀로 해 달래? 대체 누군데? 리한나?"

"입이 닳도록 얘기했잖아. 여자 친구 부모님이 무척 보수적이셔. 에이브."

"요즘 세상에 아직도 그런 사람들이 있다니."

타이무르의 이름을 말할 수 없어 괴롭다. '타라'나 '타마라'처럼 여성스럽게 바꿔서 말해 볼까도 생각해 봤지만, 매듭의 한쪽 끝을 잡아당기듯 이름을 말하면 성에 대한 질문이 불가피하게 따라올 것이다. 그리고 나면 아버지의 이름과 사는 동네까지. 질문이 꼬리에 꼬리를 물고, 결국 모든 게 밝혀질 것이다.

나는 에이브라는 핑계로 타이무르의 이름에 엠바고를 걸었다. 에이브와 가장 유사한 영어 단어는 아마 '수치'일 것이다. 하지만 에이브의 의미가 훨씬 더 강하다. 이 단어의 함의는 칼라밀-나스, 즉 "사람들이 뭐라고 할까"이며 공동 의무로 인지된 성실성과 공손함을 포함한다. 에이브는 테타가 수년 전에 내 어깨에 걸쳐 놓은 낡은 망토다. 아버지의 임종 후 테타는 우리 둘 사이에 정교한 그물망을 엮었다. 남들 앞에서 우리는 금욕적으로 사회적 의무를 처리했다. 그러나 둘만 있을 때는 내뱉지 못한 말들이 입 안에서 썩어 갔다. 테타는 꼬집힌 듯 주름진 코, 딱딱한 미소, 끝없이 늘어나는 에이브 목록 뒤에 슬픔을 감추었다. 이드[12] 동안 이웃을 방문하지 않는 것은 에이브다. 처음부터 끝까지 마음에 들지 않더라도 결혼식에 참석하지 않는 것은 에이브다. 공공장소에서 코를 파는 것도, 두 번째 접시를 덥석 받아드는 것도 에이브("아휴, 내가 밥을 충분히 주지 않았니?")이다. 여자에게 나이를 묻거나 남에게 종교를 묻는 것도 에이브다. 소년이 바비 인형을 가지고 노는 것도 에이브다. 에이브라는 크고 유연한 방패를 적절히 장착하면 수많은 비밀을 감추고 거슬리는 질문을 쫓아버릴 수 있음을 나는 깨달았다. 예를 들어 내가 먼저 말하지 않는데 여자 친구의 이름을 캐묻는 것은 에이브다.

비밀 유지 때문에 타이무르의 이름이 내게 설명할 수 없는 영향력을 미치는 것 같다. 이름 네 자가 비밀과 함의에 짓눌려 원래보다 훨씬 더 거대한 뭔가로 변했다. 사람들이 고유의 억양과 톤으로 타이무르의 이름을 말해 줬으면 좋겠다. 나는 그 이름을 분석하고 또박또박 말해 본다. 가끔 주위에 아무도 없으면 입 밖으로 살짝 꺼내 보기도 한다. 그것만으로 만족스러울 때도 있지만 결코 충분하지 않다. 아니, 다른 사람들도 그 이름을 말해야 한다. 그것이 타이무르의 이름을 진짜로 만든다. 우리를 진짜로 만든다.

"오늘 왜 그래?" 나와프가 묻는다. "무슨 생각을 그렇게 골똘히 해? 눈이 슬퍼 보여."

뭐라고 해야 할까? 휴대 전화를 테이블에 올려놓지 않

---

12 라마단이 끝나는 날 열리는 축제

고 늘 옆에 두는 데는 다 이유가 있다고? **잘라메**[13] 농담, 그러니까 남자들끼리의 농담부터 걸걸한 웃음과 굵은 목소리를 위한 혼신의 노력까지, 지금까지의 내 모습은 전부 꾸며 낸 것이라고? 여자 친구는 여태껏 한 번도 없었다고? 타이무르가 곁에 있을 때는 그 모든 거짓말 뒤에 숨어도 괜찮았다. 적어도 내가 뭔가를 감추고 있었기 때문이다. 하지만 뭔가를 더 숨겨야 할까? 우리는 모두 외로움으로부터 자신을 보호하기 위해 거짓말을 한다. 사회에 녹아들기 위해 진실을 부인하고 거짓 이미지를 늘어놓는다. 어디나 마찬가지지만 여기가 훨씬 위험하다. 그래서 나는 가면을 쓰고 호탕하게 웃는다.

"나와프, 이 뚱보 자식아. 넌 네 비참한 인생을 투영하고 있는 거야."

"내 거시기나 빨아, 라사." 나와프가 펜을 집어던지며 말한다.

바스마가 사무실로 들어와 책상 위에 핸드백을 던진다.

"마침내 다들 나타나셨군. 아침 내내 새 고객과 여기저기를 다니는 동안 사무실은 줄곧 비어있더라. 우리 중 3분의 2가 제시간에 나타나지도 않는 마당에 어떻게 사업을 시작할 수 있겠어?"

"아침에 일이 좀 있었어." 나는 담뱃불을 붙이며 말한

---

13 남자, 사내를 뜻하는 아랍어 방언

다. "질문은 사양할게."

바스마가 핸드백에서 작은 대마초 봉투를 꺼내더니 나와프를 향해 고개를 돌린다. "너는? 내가 얘기했던 웹 사이트 오자는 수정했어?" 얼마 전 우리는 작고 안쓰러운 회사를 위해 웹 사이트를 개설했고 현재 우리의 홈페이지는 "**홈** 잡을 데 없는 번역 서비스"를 제공하는 중이다.

"아침에 전화하려고 했는데 계속 바빴어."

"뭐하느라 바빴는데?" 바스마가 테이블에 앉아 대마초를 말며 말한다. "오자는 고쳐야지."

"존이랑 같이 있었어. 그 영국인 기자 기억하지? 존이 북부에 사는 부족들하고 인터뷰할 때 라사도 같이 갔었잖아?"

"당연히 기억하지." 바스마가 웃는다. "아라비아의 로렌스처럼 돌아다니다 오염된 우물물을 마시고 일주일 동안 병원 신세를 졌잖아."

"그래, 다행히 많이 좋아졌어. 존이 오늘 아침에 전화를 해서 미팅 몇 건을 급히 번역해 달라고 요청했어. 어젯밤에 개혁 절차의 책임자를 만나는 자리에 나도 참석했었거든. 정권 탈취에 관해 인터뷰를 했어."

"샤미?" 내가 묻는다. "하지만 샤미는 영어 할 줄 알잖아."

"그래, 그렇지. 그런데 운전해 줄 사람이 필요하다고 날 데려갔어." 나와프가 고개를 돌려 나를 쳐다본다. "너도 샤미랑 일했지, 안 그래?"

"미국에서 들어와서 처음 몇 달. 여행 가방 가득 실고 온 희망을 샤미가 모두 부서뜨렸지."

"왜?" 나와프가 휴대 전화를 들고 묻는다. 바스마는 대마초에 불을 붙여 한 모금 빨아들인다.

"샤미가 추진하는 사업에 지원서를 보냈었어. 국제 통화 기금의 야만적인 경제 정책에 관한 논문도 함께 말이야. 어떻게 부자를 더 부유하게 만들고 가난한 사람들은 더 비참하게 만드는지에 대한 내용이었지. 다음날 샤미가 날 사무실로 불렀어. 공공 부문을 좋아한다는 사람이 당신이냐고 묻더군. 그렇다고 했더니 윗입술에 빗자루처럼 붙어 있는 커다란 콧수염이 신이 난 듯 씰룩거리기 시작하는 거야. 샤미는 다음 날 바로 나를 고용했어. 첫 번째 업무는 무슨 정부 기관에 가서 서명을 받아 오는 거였어. 아침 8시 30분에 정부 기관에 도착하고… 11시가 되어서야 직원 하나가 나타나. 그리고 건물 구석구석을 돌아다니며 보물찾기를… 계단을 오르내리고… 수없이 많은 사무실을 들락거리면서 수백 개의 날인과 서명을 받는 거야."

"날강도 같은 놈…." 나와프가 고개 한 번 들지 않고 맹렬히 문자를 쓰며 고개를 젓는다.

"그 후 2주 동안은 부통령과 각 부처의 장차관들의 사무실에서 커피를 마시고 담배를 피우면서 대화하다 말고 전화를 받는 노친네들을 상대했어. 자살을 유발할 것 같으니 정부 관료제를 세세한 부분까지 얘기하진 않을게. 2주 후에 나는 드디어 모든 서명을 받은 서류를 가지고 샤미의 사무실에 가지. 샤미가 서류를 쳐다보더니 뭐냐고 묻는 거야. 서명이 필요하다고 했던 서류라고 하니까 앓는 소리를 내면서 가득 쌓인 종이 더미 위에 던지고… 나를 쳐다보는데 무성한 콧수염이 미친 듯 씰룩거려. 아직도 공공 부문이 좋으냐고 묻더니… 그게 끝이었어. 아직도 공공 부문이 좋냐… 나중에야 알았지만 정말 서명이 필요했다면 정부 기관의 친구들에게 전화해서 몇 시간 안에 간단히 끝날 일이었어."

"미국 학위가 여기서는 아무 쓸모없다는 걸 보여 주려고 했던 거지." 바스마가 말한다.

"샤미가 옳긴 했지." 샤미는 자신이 이 나라에 민주화를 정착시킬 개혁가라며 미국인들을 납득시켰다. 자신을 개혁가로 소개하는 것은 여기서 부자가 될 수 있는 확실한 방법이다. 그리고 나는 샤미와 함께 일하면서 이 모든 개혁의 난센스를 절충해 볼 수 있겠다고 생각했다. 나는 대통령의 어젠다에서 애매한 부분을 철저히 조사하여 '개혁'에 관한 보고서와 개요를 작성하고 아무 의미도 없는 선거를 옹호했다. 나는 이런 말들에 지나치게 열중했고 그 바람에 미국에서 돌아와 만들려고 했던 투명하고 아름다운 작품에 먹구름이 끼고 있었다. 하고 싶었던 말들이 종이 위에 흙탕물처럼 쏟아져 나왔다. 논문에서는 너무 간단해 보였던 말들에는 드러난 것보다 감춰진 것이 더 많았다. 말에게는 심각한 죄이다. 마치 방 안에 무엇이 있는지 확인하기 위해 램프를 켰지만 불빛이 너무 강해 눈을 뜨는 것조차 불가능한 상황과 같다. 그렇다면 램프가 존재하는 이유는 무엇일까? 램프가 방 안을 보는 걸 방해한다면 아무 쓸모가 없듯, 말이 진실을 감추는 데만 기여한다면 아예 말을 하지 않는 것이 낫다.

나와프가 대마초에 손을 뻗자 바스마가 고개를 젓는다. "밀린 번역부터 끝내."

"넌 근무 중에 약에 취해도 되지만 난 안 된다는 거야?" 나와프가 우는 소리를 한다.

"난 취하지 않으면 일을 못 해."

휴대 전화가 울린다. 모르는 번호다. 타이무르가 휴대 전화를 집에 두고 나온 게 틀림없다. 그래서 아침 내내 연락이 없었던 것이다.

"여보세요?"

"라사? 나 마즈 엄마야."

"안녕하세요, 이모."

"이모?" 나와프가 킥킥거린다. 나는 입술에 손가락을 갖다 대며 조용히 하라고 주의를 준다.

"오늘 마즈한테 연락 없었니?"

연락이 없었다고 대답하자 마즈의 어머니는 마지막 통

화가 언제였는지 묻는다.

"어젯밤이요." 나는 말한다. "오늘 아침에 문자를 보냈지만 답이 없었어요."

마즈의 어머니가 한숨을 쉰다. 수화기 너머로 뜨거운 튀김 기름에 뭔가가 떨어지며 지글거리는 소리가 들린다.

"어젯밤에 안 들어왔어." 마즈의 어머니가 말한다. "아침 내내 휴대 전화가 꺼져 있더구나. 걱정이야, 특히… 나라에 안 좋은 일들도 있고. 마즈는 구아파인가 뭔가, 그 유치한 술집에 있었니?"

"네, 하지만 전 먼저 나왔어요." 눈을 감으니 테타의 비명소리가 귓가에 들린다. "걱정 마세요, 이모. 분명 괜찮을 테니까…. 열쇠를 잃어버렸거나 휴대 전화 배터리가 떨어졌을 거예요. 아니면 친구 집에 갔거나…. 곧 전화 올 거예요." 마즈는 아마 누군가의 소파에 쓰러져 잠들었거나 어젯밤에 만난 남자와 함께 밤을 보냈을 것이다.

"그 바보 같은 일 때문에 곤란해질 게 분명해. 대체 뭘 위해 그러는 걸까? 그 경찰이 테러범들에게 무슨 짓을 하건 아무도 신경 쓰지 않잖아. 스스로 골칫거리를 자초하는 꼴이지."

전화를 끊으니 엄청난 불안감이 밀려온다. 가장 오래된 친구인 마즈가 잘못되었을지 모른다는 생각에 견딜 수가 없다. 나는 친구를 많이 사귀어 본 적이 없다. 비밀이 많으면 우정, 특히 친밀한 관계를 유지하기 힘들다. 어렸을 때 나는 옆집에 살았던 오마르와 늘 붙어 다녔다. 오마르의 집안은 정치와 관련된 일을 해서 돈을 벌었고 무척 부유했다. 오마르 아버지의 직업이 정확히 뭔지는 몰랐지만, 중요한 것은 우리가 친구라는 사실만으로 테타를 행복하게 하는 그런 집안의 아이였다는 점이다. 오마르는 전국에서 손꼽히는 명문 미국계 학교를 다녔다. 나는 그 미국계 학교가 세워지기 전까지 최고의 명문이었던 영국계 학교를 다녔다.

3학년 내내 우리는 수업을 마치고 슈퍼마켓에서 만났다. 그리고 슬러시를 사 마시며 집까지 함께 걸었다. 오마르는 여름마다 미국 여행을 다녀왔고, 거기에서 가져온 멋진 물건들을 보여 줬다. 처음에는 나도 유행을 따라가 보려고 했지만 늘 한참 뒤처졌다.

"시카고 불스?" 오마르는 비웃었다. "요즘은 레이커스가 대세야."

어느 날 오마르를 만나러 가는데 학교에서부터 한 남자애가 계속 나를 따라왔다. 같은 반 친구였지만 기피해야 할 유형이었다. 약하고 비쩍 말라서 골치 아픈 일만 생길 게 뻔했다. 나는 돌아서서 그 애를 잠시 노려본 후 다시 발걸음을 옮겼다. 그러나 여전히 그 애의 발소리가 나를 쫓았다. 나는 다시 멈추었다.

"이름이 뭐야?" 내가 쏘아붙이듯 물었다.

"마즈…." 소년이 대답했다.

"잘 들어, 마즈. 나 따라오면 안 돼. 알아들었어?"

나는 돌아서서 발걸음을 재촉했다. 5분 후 다시 뒤를 돌아보았다.

"아직도 따라오잖아."

"같은 동네에 사니까."

나는 한숨을 쉬었다. "좋아. 그럼 멀리 떨어져서 와." 마즈가 두 걸음 물러섰다. "아니, 그보다 더 멀리. 한 걸음 더 뒤로 가. 좋아, 그 정도면 됐어."

나는 평소처럼 슈퍼마켓에서 오마르를 만났다.

"쟨 누구야?" 오마르가 마즈를 가리키며 물었다.

"잘 모르는 앤데 학교에서부터 따라왔어." 나는 말했다. "그냥 무시해."

우리는 슬러시 퍼피를 고르고(역시 마즈는 분홍색을 골랐다) 계산을 하러 갔다. 계산대 뒤에 서 있던 할아버지가 마즈를 쳐다보며 웃었다.

"이 녀석, 캐러멜 색 피부에 큰 입술 좀 보게." 할아버지가 말했다. "여자애였으면 엄청 예쁘장했겠다."

오마르와 나는 낄낄거렸지만 마즈는 기분이 좋아 보였다. 슈퍼마켓에서 나와 길을 따라 걷는데 남자애들 네 명이 우리를 쫓아오기 시작했다. 그리고 우리를 건물 사이의 빈 골목으로 몰았다. 비좁고 나뭇잎이 무성하여 행인들의 눈에 띄지 않는 완벽한 장소였다.

한 녀석이 마즈의 셔츠 뒤를 움켜쥐더니 바닥에 내동

댕이쳤다. 마즈가 일어나려 하자 다른 녀석이 뒤에서 마즈를 걸어찼다. 그리고 세 번째 녀석이 분홍색 슬러시를 마즈의 얼굴에 쏟아 버리고 바닥에 굴린 후 슬러시와 섞여 분홍색이 된 진흙을 마즈의 얼굴에 문질렀다.

세 녀석들의 대장이 앞으로 걸어 나왔다. 같은 반 친구인 함자였다. 함자는 누르스름한 피부에 코가 넓적하고 땅딸막해서 꼭 개구리처럼 보였다. 함자가 마즈를 가리키며 웃자 나머지 세 명도 따라 웃었다. 오마르도 따라 웃었다. 그렇게 하면 봐줄 거라고 기대했겠지만 오히려 주목을 끌고 말았다. 한 녀석이 성난 표정으로 오마르에게 다가갔다.

"가까이 오기만 해 봐! 가만 안 둬!" 오마르가 더듬대며 말했다. "우리 아빠가 누군지 알아?"

녀석이 뒷걸음치더니 내게 다가왔다. 나는 검을 빼내어 들듯 슬러시 퍼피를 앞으로 내밀고 애써 침착한 표정을 유지했다. 녀석들이 뭘 원하는지 모르니 설득할 수도 없었다. 뒤에 있던 함자가 내 귀에 속삭였다.

"먼저 주먹을 날려. 내가 바로 뒤에 있을게, 라사. 먼저 때리면 나머지는 내가 책임질게."

나는 싸움을 해 본 적이 없어 어찌할 바를 몰랐다. 어쩌면 내게도 엄청난 힘이 있을지 몰랐다. 나는 주먹을 꽉 쥐었다 풀었다. 바짝 다가온 녀석은 내 귀를 손가락으로 툭 치더니 즐거운 듯 웃으며 뒤로 물러서서 팔짱을 꼈다.

"내가 대신 때려 줄 수는 없어, 라사." 함자가 속삭였다. "그렇게 하면 모두가 널 계집애라고 생각할 거야. 그랬으면 좋겠니? 널 보호해 줄 남자가 필요하다고 말하고 싶어? 내 말 들어, 한 대만 날리면 증명할 수 있어. 아무도 뭐라고 하지 못할 거야."

나는 주먹을 쥐고 속으로 숫자를 셌다. 셋, 둘, 하나. 하지만 주먹은 여전히 그대로였다. 그리고 녀석들은 처음 나타났을 때처럼 순식간에 사라졌다. 나는 주변을 둘러보았다. 마즈가 바닥에 쓰러져 있었다. 오마르는 화가 난 듯 상기된 얼굴로 부들부들 떨고 있었다. 나는 마즈에게 다가가 몸을 일으켜 주었다.

"괜찮냐?" 내가 물었다.

마즈가 웃으며 고개를 끄덕였다. 그리고 옷과 얼굴에서 진흙을 털어낸 후 아무 일도 없었다는 듯 걷기 시작했다. 우리는 충격 속에서 걸음을 재촉했다. 막 길가로 나가려는데 오마르가 몸을 숙이고 구토를 했다.

"하비비, 꼭 타불레[14] 같아." 마즈가 신음하며 말했다.

"내려갈 때 모습 그대로 올라오나 봐." 내가 말했다.

그날부터 타불레는 입에도 대지 않았다.

그 후로 마즈는 나와 함께 있으면 더 위험할 텐데도 내게 살갑게 굴었다. 처음에는 제풀에 떨어져 나가기를 바라며 애써 무시했지만 마즈는 늘 같은 자리에 있었고, 몇

---

14   중동식 샐러드

미터 뒤에서 껑충거리며 나를 따라왔다.

"오늘 마즈한테 연락 받은 거 없어?" 나는 업무 메일을 확인하는 바스마에게 묻는다.

바스마가 고개를 저으며 이유를 묻는다.

"걔네 엄마한테 방금 전화가 왔어. 어제 집에 안 들어 왔대."

"마즈가 누군데?" 나와프가 묻는다.

"그런 건 묻지 말고 일이나 해." 내가 말한다.

나와프는 한숨을 쉬며 책상에 쌓은 보고서를 휙휙 넘긴다. "난 너희 친구들을 하나도 몰라. 같이 놀자고 부르질 않으니까. 그러니 내가 어떻게 좋은 아가씨를 만날 수 있겠어?"

"네가 짐승이라 안 부르는 거야." 바스마가 말한다. "네가 이 회사에 있는 이유는 단지 내 육촌이기 때문이야." 바스마는 중지를 들어 보이는 나와프에게 키스를 날리며 대마초를 건네준다. "농담이야, 하비비…. 여기, 한 대 피워."

나는 바스마의 어깨 너머로 메일을 훑어본다.

"어젯밤 사태 때문에 새로 들어온 의뢰는 없었어?" 나는 묻는다.

"네가 그걸 혁명이라고 부르고 있는 줄 알았는데." 나와프가 연기를 내뿜으며 말한다.

몇 주 전까지 나는 그 사건들을 혁명이라고 불렀다.

6개월 전에 시위가 처음 시작되었을 때 나는 그 소식을 마즈에게 전해 들었다. **이번엔 달라**, 마즈가 문자를 보냈다. **엄청난 사건이야.** 그래서 우리는 운동화를 챙겨 신고 깃발과 구호를 준비해 광장으로 향했다. 처음 이틀 동안 그곳에는 유력한 용의자들이 대부분이었다. 줄담배를 피우는 노동조합원들, 여성 단체, 수염을 기른 이슬람주의자들, 그리고 지난 몇 년간 컴퓨터 스크린 뒤에 숨어 정권, 위선, 허울, 절망, 부당함에 관해 분노의 글을 작성해 익명으로 트위터에 올린 또래 청년들. 그때까지 우리는, 원래 다 그런 것이고 더 이상 기대할 것이 없다며 모든 것을 받아들인 채 도망치거나 발버둥 치다 죽어야 했다. 하지만 노동조합에서 나온 곱슬머리 활동가의 거친 손을 잡은 나는 세상에서 가장 부유한 나라에서 등 따시고 쾌적하게 지내는 것보다 차갑고 축축하더라도 함께 사는 게 낫다는 사실을 깨달았다.

첫 주에는 참가자 수가 매일 늘어났다. 들어본 적도 없는 여러 마을에서 찾아온, 있는지도 몰랐던 방언을 쓰는 사람들과 나란히 손을 잡고 섰다. 혁명은 모든 사람을 어머니의 무조건적인 사랑으로 감싸 주었다. 혁명은 우리를 꼭 끌어안고 늘 곁에 있겠다고 약속하며 밖으로 나가 소란을 일으키라고 말했다. 최루 가스와 폭행과 체포의 현장 속에서도 우리는 자리를 지켰다. 어느 날은 경찰들에게 체포되었던 바스마가 호송차를 탈출하여 군중 속으로 도망치기도 했다. 광장에 잠입해 들어온 폭력배들이 사람들을 폭행하고 칼로 찌르고 옷을 찢었다. 사람들은 폭력배들을 면전에서 비웃으며 노래를 부르고 춤을 췄고, 정권의 폭력배들이 던지는 최루 가스의 고통을 줄이는 법을 공유했다.

테타의 협박에도 나는 계속 시위 현장에 나갔다. 테타는 고함을 지르며 주먹으로 식탁을 내리쳤다. 나는 모두가 시위에 나간다고 설명했다. 집 안에서 트위터로 사망 소식만 읽고 있을 수는 없었다. 나는 테타를 끌어안고 두 볼에 팬 우아한 주름에 키스하며 집 근처에 있겠다고 약속했다.

전날과 다름없는 시위 여덟 번째 날이 밝았다. 나는 시위용 가방을 챙겨 도심을 뒤덮은 미국산 최루 가스의 구름을 따라 걸으며 시위 행렬을 찾아 나섰다. 건물 몇 개를 지나 타이무르를 만났고, 광장에 막 도착해서는 마즈와 바스마를 만났다. 마즈가 뛰어와 내 등에 매달렸고 나는 마즈를 업은 채 친구들과 함께 걸었다. 우리는 엇갈려 끼운 팔을 단단히 고정하고 행진하며 학창 시절에 불렀던 옛날 애국가를 불렀다. 이제야 가사는 의미를, 멜로디는 힘을 갖게 되었다. 우리는 과거를 되찾고 미래를 축복하기 위해 노래를 불렀다. 대통령을 위한 것이라고 생각했던 모든 것이 사실은 우리를 위한 것이었다. 우리가 되찾은 것은 길거리만이 아니었다. 우리의 삶이었다.

시위 행렬이 우리 집에서 두 블록 거리인 이웃 동네에 도착했다. 그리고 사건이 터졌다. 총소리와 함께 불빛이 번쩍였다. 나는 바스마를 쳐다보았다. 10년 전부터 알아 왔지만 바스마의 눈에서 두려움을 본 건 처음이었다. 진정한 공포이면서 희망과 힘, 분노가 혼재된 눈빛이었다. 사람들은 서로를 쳐다보며 거리에 빽빽이 들어선 건물을 둘러보았다. 그리고 총소리가 더 이어졌고, 건물 옥상에서 총을 쏘고 있는 놈들을 발견한 누군가가 비명을 지르자 갑자기 모두가 내달리기 시작했다.

히잡을 쓴 젊은 여자가 옆에서 달리다 자기 발에 걸려 넘어졌다. 머리가 바닥에 부딪치며 큰소리가 났고, 그 소리는 몇 달 동안 나를 괴롭혔다. 나는 무릎을 꿇고 앉아 여자를 돌려 눕힌 후 흔들어 깨웠다. 숨은 쉬고 있었지만 두 손에 받쳐 든 머리가 너무 무거웠다. 사람들에게 비키라고 소리쳤지만 아무도 듣지 않았다. 군중이 소리를 지르며 달려오다 우리와 부딪쳤고 비틀거리며 다시 도망쳤다. 나는 두 손으로 머리를 감싼 채 몰려드는 사람들의 발길에 채이지 않도록 여자의 몸 위로 엎드려 복부에 얼굴을 파묻었다. 얼마나 그렇게 있었는지 모른다. 갑자기 누군가가 내 셔츠를 거칠게 잡아당겼다.

"라사, 얄라, 일어나!" 타이무르의 목소리가 귓가에 울렸다. "여길 빠져나가야 해."

타이무르가 나를 일으켜 세우더니 내 손을 잡고 비틀

거리며 군중 속을 헤쳐 나갔다. 가까스로 뒤를 돌아보았지만 여자는 군중 속으로 집어삼켜졌다. 마즈와 바스마가 보이지 않았다. 돌과 화염병이 사방에서 날아들었다. 육중한 탱크 몇 대가 시내를 빠져나가는 길목을 막아서더니 도심에 죽음의 덫을 놓았다. 피범벅이 된 사람들이 줄지어 골목으로 뛰어들었다. 바닥에는 시신이 널브러져 있었고 피로 물든 아스팔트가 번들거렸다. 어떤 사람들은 울고 있었고, 어떤 사람들은 발작하듯 웃고 있었다. 뒤로 돌아선 우리는 100미터쯤 떨어진 길가의 슈퍼마켓을 발견했다. 바로 몇 시간 전에 내가 요거트와 담배를 산 곳이었다. 슈퍼마켓은 우리 집 바로 맞은편에 있었지만 사방으로 뛰어다니는 사람들 때문에 도로에 발을 딛기도 어려웠다. 나는 슈퍼마켓 방향으로 타이무르를 끌어당겼다. 우리는 두 손으로 머리를 감싼 채 도로 위를 전력 질주했다. 그리고 사람들로 미어터지는 슈퍼마켓 안을 비집고 들어가 출입문과 냉장고 사이에 쭈그려 앉았다. 휴대전화 진동이 울렸다. 마즈가 자신과 바스마의 무사함을 알리려고 보낸 문자였다. 우리는 30분 정도 서로의 목에 머리를 댄 채 웅크리고 있다가 총격이 잠잠해진 틈을 타 길 건너 테타의 아파트로 뛰어 들어갔다.

"못 올라가겠어." 타이무르가 고개를 저었다. "너희 할머니를 만나야 하잖아. 계단에 숨어 있다가 잠잠해지면 나갈게."

"우리 사이를 알아채지 못할 거야. 그냥 친구라고 생각할 걸."

"난 그냥 친구가 아니야, 라사." 타이무르의 오른쪽 볼에 핏자국이 얼룩져 있었다. 손을 내려다본 나는 그제야 알았다. 두 손이 여자의 피로 흠뻑 젖어 있었다. "내 말 들어. 할머니가 걱정하실 테니 넌 일단 올라가. 난 괜찮아."

공영 티브이에서 선지자의 삶에 관한 다큐멘터리를 방영 중이었고, 담배 연기를 피우며 거실을 서성이던 테타는 나를 보자마자 울음을 터뜨리며 꽉 끌어안았다. 그리고 입술이 찢어질 정도로 세게 내 뺨을 때렸다.

"다시는 나가지 마라." 이렇게 명령하는 테타의 모습이 대통령의 흉포함과 닮아 있었다.

나는 충격으로 얼어붙은 채 고개를 끄덕였다. 하지만 밖에서 들려오는 날카로운 총격 소리에 다시 돌아갈 것을 예감했다. 나는 혁명을 위해 기꺼이 목숨을 내놓을 생각이었다. 사람들 모두 혁명을 위해 목숨을 내놓을 것이다. 혁명은 개인의 목숨보다 중요했고 열 명, 아니 열다섯 명의 목숨보다 더 중요했다. 그리고 그날 저녁 대통령이 티브이에 나타나 시민들을 철없는 어린애들처럼 비난하는 모습을 보며 나는 한 가지를 확신했다. 집 안에만 있다가는 세대를 거쳐 사람들을 지배했던 공포와 부정의 상태로 다시 돌아갈 것이 분명했다.

그날 64명이 사망했고 300명 이상이 실종되었다. 그날 이후 사상자의 수는 계속 늘어났다. 밖에 나가려고만 하면 테타는 발코니에서 뛰어내리겠다며 협박하거나 심장이 두근거린다며 아픈 척을 해서 죄책감을 불러일으켰다. 공영 텔레비전은 테러범들이 시위대에 잠입하여 아이들을 납치하고 여자들을 강간하고 있다고 경고했다. 책임의 주체가 정권의 폭력배들임을 많은 사람들이 확신했지만, 시위 참가자의 수가 점차 줄어들었다. 그리고 친구들은 불확실한 것을 위해 그렇게 많은 것들을 잃을 수 없다며 하나둘 입장을 바꿨다.

바스마와 나는 대통령을 위한 선전 활동으로부터 자유로운 미디어 제작사를 기획했다. 새로운 지역 미디어의 선봉이 될 줄 알았던 회사는 혁명을 취재하기 위해 입국한 외국인 기자들을 대상으로 하는 쥐꼬리만 한 통번역 회사로 바뀌었다. 시간이 지나자 시위에 계속 참석하는 지인은 마즈뿐이었다. 마즈는 트위터에 글을 올리고 구호를 쓰고 턱수염을 기른 억센 남자들의 보호를 받지 못하는 낙오자들을 위해 따로 공간을 만들었다. 공격이 더 심해지면서 마즈는 바삭거릴 정도로 불에 타고 무딘 칼로 훼손된 시신들을 마주해야 했다. 마즈는 제복을 입은 남자들에게 돌이나 콘크리트 조각을 집어 던졌다. 하지만 사람들은 더 이상 그것을 '혁명'이라고 부르지 않았다. 대신 그것은 '사태'가 되었고, 대통령이 테러와의 전쟁을 선포하자 사람들은 열성적으로 지지했다.

나란히 행진했던 수많은 사람들이 지금은 혁명을 박살 내며 환호하는 상황에서 내 생각을 정리하기가 힘들다. 어쨌든 그 사건에 관한 의견이 충분히 많으니 하나를 더 얹을 필요는 없다. 나는 국가적인 문제나 팔레스타인 문제, 또 테러나 중동의 평화에 대한 해법을 찾아낼 만큼 똑똑하지 않다. 사실 타이무르와 함께 할 방법조차 찾기 어렵다.

나는 나와프를 보며 씩 웃는다. "혁명이었는지, 사태였는지 나도 모르겠어."

"아무튼 말이야." 바스마가 일 얘기로 화제를 돌리며 말한다. 시위 이후 바스마는 정책에 대한 얘기를 하지 않는다. 가끔 얘기하더라도 몹시 성난 표정으로 바보들을 상대하고 있다는 듯 아주 짧게만 한다. 그렇게 하는 게 맞는 것인지도 모른다. 어쨌든 나는 굶거나 삶을 영위하는 게 불가능한 사람들과 달리 그냥 지루하다. 지루하다고 해서 반란을 일으켜도 되는 걸까?

하지만 우리는 이 사태 때문에 너무 많은 것들을 잃었다. 함께 학교를 다니며 점심을 나눠 먹었던, 그리고 시위에서 나란히 섰던 많은 사람들이 쌀쌀했던 지난 1월의 어느 아침에 처음 만난 후로 지난 6개월 동안 모두 사라져 버렸다. 나디아는 감옥에 있다. 고등학교 동창인 나디아는 학교에서 주최한 그리스 공연에서 샌디 역을 맡았었다. 핸드 자이브가 너무 자극적이라는 한 학부모의 불만 때문에 공연은 이틀 만에 막을 내렸다. 지난 달 재판에서 나디아는 모욕적인 흰색 죄수복 차림으로 철창에서 나와 사람들 앞을 걸어야 했다. 검사가 터무니없는 기소 혐의를 읽는 동안, 나디아는 손가락으로 브이를 만들어 보이며 마치 연기를 하듯 반항적인 미소를 지었다. 우리 반 농구 스타였던 라미와 샤디도 총격이 있었던 날 사라졌다. 아마 어느 교도소에 갇혀 있거나 교외의 배수로에 버려져 있을 것이다. 그리고 졸업생 대표이자 내가 아는 여자들 중 가장 똑똑했던 주드는 어느 날 오후에 잠들었다가 영영 깨어나지 못했다. 장례식에 갔을 때 주드의 어머니는 나를 잡아당기더니 매트리스 밑에서 빈 약병을 찾았다고 털어놓았다.

"천국에 갈 거라고 말해 주겠니?" 주드의 어머니가 내 어깨를 움켜잡고 흐느끼며 말했다. "제발, 라샤. 그 애가 한 짓 때문에 지옥에 가지 않을 거라고 말해 줘."

타이무르의 이름이 휴대 전화 화면에 비친다. 전화기를 집으려고 하자 나와프가 내 손을 쳐낸다.

"곧 애 아버지가 될 사람처럼 전화기만 쳐다보지 마. 그 사건에 대한 내 의견을 듣고 싶지 않아?"

"언제부터 네 의견이란 게 있었는데?" 내가 말한다.

"글쎄." 나와프가 내 말을 무시하며 말한다. "정권 탈취는 대통령의 반테러 명분을 부추길 거고, 그러면 대통령의 탄압이 그렇게 심각해 보이지 않을 거야. 어쩌면 정당화될 수도… 혹시 알아, 정권이 알 샤르키예의 몰락을 계획했을지….”

나는 휴대 전화로 손을 뻗는다. 문자를 보려니 심장박동이 빨라진다. **얘기는 할 수 있지만 오늘은 안 돼. 바빠.**

“금방 돌아올게.” 나는 나와프와 바스마에게 말하고 사무실 밖으로 나간다. 그리고 화장실 칸막이 안에 들어가서 전화를 건다. 네 번째 통화음에 타이무르가 전화를 받는다.

“바쁜 건 알지만 목소리가 듣고 싶어서.” 내가 말한다. “괜찮지?”

“라사, 목소리 들으니 좋다.” 타이무르가 기분 좋게 말한다. 옆에서 사람들의 흥분한 목소리가 소란스럽게 들린다.

“좀 조용한 데로 옮기면 안 돼?” 내가 묻는다. “더 편하게 말할 만한 장소는 없어?”

“안타깝게도 없어.” 타이무르가 아까처럼 기분 좋은 목소리로 답한다.

“우리 아직 괜찮다고 말해 줄래?”

“좋아, 아주 잘됐네. 있잖아, 나 가봐야 해.”

“어딜 가? 널 잃지 않았다는 것만 확실히 말해줘.”

수화기 너머로 침묵이 흐른다. 타이무르의 무거운 숨소리가 들려온다. “넌 날 잃어버린 게 아니야.” 타이무르가 마침내 속삭인다. “그냥… 시간이 좀 필요해. 어젯밤에는 너무 위험했어. 그리고 아직 그 일이 마무리된 것도 아니고."

"나도 알지만 포기할 수는 없어. 조금만 시간을 주면 내가 방법을 찾을게, 응? 약속해. 함께 할 방법을 반드시 찾을 거야."

"나 가봐야 해, 라사. 뭘 좀 준비하던 중이라…. 가족과 점심 식사도 해야 하고…. 이제 끊을게, 미안해."

"조금만 시간을 줘." 내가 말한다. 그러나 전화가 이미 끊긴 후다.

두 손으로 머리를 감싼 채 변기 위에 앉아 있는데 마침내 통화를 했다는 안도감과 함께 죄책감이 밀려든다. 타이무르의 목소리가 내 허기를 깨웠기 때문이다. 허기가져 죽을 지경이다. 이 허기는 늘 내면을 갉아먹는다. 나는 다음 마약을 물색하는 중독자와 같다. 나는 아주 잠시뿐이라도 우리가 하나가 될 수 있는 순간을 갈망한다. 도둑 키스와 파티에 온 손님들 너머로 보내는 의미심장한 눈빛. 북적이는 술집에서 우연히 서로 마주친 우리는 잠시 몸을 밀착해야 했고, 타이무르가 술잔 또는 담배를 건넬 때 손가락끼리 닿았다. 아주 잠시였지만 충분했다. 공공장소에서 일어난 이러한 친밀감의 순간에 대해 아무도 묻지 않았다. 우리는 그저 친한 친구였다. 둘만 있을 때 우리는 아슬아슬했던 순간들에 대해 웃었고, 서로를 감싸며 키스를 나눴다. 나는 타이무르의 얼굴과 팔, 온몸을 어루만졌다. 그리고 타이무르의 몸 위로 올라가 그에게 밀어 넣었고 서로의 가슴털이 곤두서는 것을 느꼈다. 나는 타이무르의 귀에 숨을 불어넣으며 내 일부가 그의 거친 외면을 침투하기를 간절히 바랐다. 타이무르에게 최대한 가까이 다가가고 싶었다.

두 손이 떨리고 귀에서 삐 소리가 들린다. 접시를 엎어 테타가 아끼던 고가의 테이블보를 얼룩지게 했을 때와 같은 기분이다. 아직 타이무르를 잃지 않았으니 이성을 되찾아보려 노력한다. 타이무르가 직접 그렇게 말했다. 우리는 이 상황을 해결할 수 있다. 아직 희망이 있다. 희망은 늘 있다.

몇 주 전 테타는 지방으로 이사 간 오랜 친구를 방문했다. 그날 밤 테타는 집을 내게 맡기고 가방을 싸서 도리스와 함께 집을 나섰다. 타이무르가 곧장 집으로 놀러 왔다. 밤을 함께 보내고 처음으로 서로의 팔을 벤 채 잠에서 깼다. 타이무르에게서 승자의 입 냄새가 났다. 타이무르가 신선한 페이스트리를 사오는 동안 나는 커피 두 잔을 탔고, 우리는 발코니에서 아침 시간을 보냈다. 파이루즈[15]의 노래를 듣고 신문을 읽으며 세상이 깨어나는 모습을 지켜보았다. 움 나세르가 건너편 발코니에서 의심스러운 눈초리로 이쪽을 흘낏거렸고, 나는 아침 커피를 마시러 들른 친구라고 설명했다. 눈부시게 아름다운 날이었

---

15   아랍 세계에서 유명한 가수

다. 매일 곁에서 깨어나 타이무르가 가장 좋아하는 음식을 만들고 타이무르의 옷을 세탁하고 싶었다.

"이렇게 살 수도 있어." 나는 타이무르에게 말했다.

신문을 읽던 타이무르가 잠시 나를 올려다보았다. "덜 잔인한 세상에서는 아마도 그럴지도 모르지."

"이 세상이 정말 그렇게 잔인해?"

타이무르가 잠시 말을 아꼈다. 그리고 지평선까지 들쑥날쑥 늘어선 석회석 건물들을 내다보았다. "오랫동안 세상은 내게 공허했었어. 즐거운 일도 해 본 적 없어. 난 세상에 승복하고 죽은 듯 살았어. 그런데 변화가 찾아왔지. 우리가 만난 그날 밤에 말이야. 인생에서 가장 중요한 밤이었어. 넌 내게 느끼는 법을 알려 줬어."

"그리고 지금은?"

타이무르가 나를 바라보며 웃었다. "그리고 지금은 그것 때문에 널 사랑하는지, 아니면 미워하는지 모르겠어."

많은 거짓말과 죄책감 외에 우리 관계를 보여줄 만한 것이 없다. 타이무르를 내 침실로 데려올 수 없을 것이라는 자각이 또 다시 스민다. 저 침실은 우리에게, 우리의 사랑이 만들어 낼 가능성에 비해 충분치 않다. 우리의 갈망을 무시한 채 이렇게 가만히 있는 것은 죽은 것이나 다름없다.

나는 세수를 한 후 지저분한 거울에 비친 내 모습과 비

열한 얼굴에 달라붙은 물방울들을 바라본다. 자신의 동성애에 감정을 부여하는 아랍인보다 더 한심한 것이 또 있을까?

사무실에 들어서자 휴대 전화를 보고 있던 나와프가 나를 쳐다본다.

"뭐래?" 나와프가 묻는다.

"누구?"

"여자 친구 말이야. 문자 받았잖아. 네 눈에서 갈망이 보인다고, 하비비. 무슨 얘기했어?"

바스마가 즐거운 표정으로 나를 쳐다본다.

"바스마, 잠깐 단둘이 얘기 좀 할 수 있을까?"

바스마가 나를 따라 사무실 밖으로 나온다. 바스마가 문을 닫자마자 나는 어젯밤 일에 대해 작은 목소리로 허둥지둥 쏟아 낸다. 내 말이 끝나자 바스마가 숨을 돌린다.

"할머니가 너희 둘을 본 게 정말 확실해?"

"응, 확실해. 뭘 어떻게 해야 할지, 어디로 가야 할지 모르겠어. 타이무르와 연락해 보려고 했지만 내 말을 제대로 듣지 않아. 물론 지금 바쁘긴 하겠지만." 나는 말끝을 흐린다.

바스마는 다른 선택지에 대해 생각하는 듯 잠시 말없이 서 있다. 그리고 마침내 어깨를 으쓱한다. "네가 할 수 있는 일은 하나뿐이야, 하비비. 아무것도 모른다고 잡아 떼. 가여운 노인네가 마음을 활짝 열기라도 바라는 거야? 그냥 다 잡아떼. 할머니는 아무것도 못 봤고… 그랬던 걸로. 그래도 고집을 부리시면 연로한 탓에 착각한 거라고 설득해. 왜냐하면 아무 일도 없었으니까, 그렇지?"

"하지만….."

"아무 일도 없었어, 라사." 바스마는 내 등을 두드리고 다시 사무실 문을 연다.

대마초를 하나 더 말고 있던 나와프가 사무실로 들어오는 우리를 올려다본다. "날 대화에서 배제시키면 진짜한 팀처럼 일할 수 없어."

휴대 전화가 울리면서 곤란한 상황이 무마된다.

"라사, 나 로라예요." 수화기 너머에서 말한다.

"잘 지내요?" 내가 조심스럽게 묻는다. 로라는 배짱 좋고 유명세에 목숨 거는 젊은 미국인 기자들 중 한 명이다. 미국인 기자들은 겁도 없이 전국을 누비며 서방 국가의 여권이 없었다면 죽임을 당했을 질문을 당돌하게 던진다.

"약속을 잡아 놓은 중요한 인터뷰에 같이 가줬으면 해요. 지금 데리러 올 수 있어요?"

"오늘은 정신이 좀 없는데….." 나는 입을 연다. 지금 내게 가장 불필요한 일은 위험한 계획에 끌려가는 것이고, 로라는 정확히 그런 일을 할 만한 기자이다.

"두 배로 줄게요. 어떻게 안 될까요?" 로라가 말한다.

"무슨 일인데요?"

"만나면 말해 줄게요. 약속 시간은 11시고 약속 장소까지 최소 한 시간은 걸릴 거예요."

나는 한숨을 쉬며 지금 출발한다고 말한다.

한 번도 대 놓고 말한 적은 없었지만 테타는 아버지의
죽음이 어머니의 책임이라고 생각했고, 그것은 비밀이 아
니었다. 아버지는 어머니가 떠난 후 1년도 되지 않아 앓
아누웠고 6개월 후 돌아가셨다. 어머니의 일탈과 가출에
상심하여 트라우마가 생겼고, 그 탓에 암이 악화되어 아
버지가 죽은 것이라고 테타는 콕 집어 비난했다.

아버지라면 누구를 원망하더라도 아무도 모르게 했을
것이다. 아버지는 조용한 사람이었고, 어차피 빼앗길 미
래를 위해 열심히 일했다. 그것은 테타가 만들어 낸 신화
였다. 아버지는 바꿀 수 없는 것을 바꾸려고 애쓰면서 시
간을 낭비하기에는 삶이 너무 힘들다고 생각했으며, 이
를 내게 상기시키려 했다. 그리고 이러한 아버지의 의지
가 나와 아버지의 관계 대부분을 주도했다.

근본주의와 매우 가까운 실용주의에 입각한 아버지의
신념은 대부분 테타의 영향을 받아 형성된 것이었다. 테
타는 죽음에 대해서도 늘 실용주의적이었다. 테타는 비
통한 삶을 살아왔다. 16세에 결핵으로 아버지를 여의었
고, 1년 후 커피를 내리던 어머니는 주방 창문으로 날아
든 유탄에 목을 맞아 숨졌다. 남편은 몇 개월밖에 안 된
아들만 남긴 채 결혼 4년 만에 심장마비로 세상을 떠났

다. 그리고 테타의 모든 것이었던 아들마저 먼저 세상을 떠났다. 하지만 애도의 체계를 구축하기 시작한 것은 아버지의 죽음 이후부터였다. 아버지의 죽음은 비통한 삶의 정점이었고, 테타는 나를 포함한 그 누구보다 고통스러워했다.

"아버지의 죽음을 보는 건 자연스러운 일이야, 라사." 아버지의 임종 후 몇 년이 지난 어느 날 테타는 고등학생이던 내게 이렇게 설명했다. 저녁을 먹으려고 식탁에 막 앉던 참이었다. "인간의 몸은 부모의 죽음을 경험하도록 준비되어 있어. 하지만 자식의 죽음에 대한 준비라는 것은 없단다."

테타가 이런 말을 꺼낸 것은 아버지가 돌아가시고 한참이 지난 후였다. 아버지가 처음 투병 생활을 시작했을 때 나는 열두 살이었고, 테타가 내게 했던 말은 단 하나였다. "아무한테도 말하지 마라. 알겠니?"

다음날 나는 마즈에게 아버지가 암에 걸렸다고 말했다. "아무한테도 말하지 마." 나는 협박하듯 말했다. "알았지?"

테타는 의사의 진찰을 거부하고 자신만의 치료법을 개발했다. 테타는 집안에 지독한 악취가 가득 퍼질 때까지 당근, 호박, 감자, 아스파라거스를 몇 시간 동안 푹 끓였다. 그리고 삶은 채소를 마구 으깨 갈색 곤죽으로 만들어 소금으로 약간 간을 하고 아버지 방에 가져갔다. 아버지는 왜 이런 음식을 먹어야 했을까? 의사였던 아버지는 이 치료약의 무익함을 알고 있었을 테지만 아무 말도 하지 않았다. 나는 복도에 서서 방 안의 상황을 엿들으려고 했지만 목소리가 너무 작아 수저로 접시를 긁는 소리, 아버지가 채소 곤죽을 쩝쩝거리며 씹는 소리 외에는 아무 말도 듣지 못했다. 나는 방문에 귀를 대고 있다가 침대에서 삐걱대는 소리가 나면 들키지 않으려고 내 방으로 뛰어들어갔다.

그사이 나라는 변하고 있었다. 모든 알 샤르키예 사람들이 시장 개방, 빵 값과 연료 값 상승에 분노했다. 사람들은 거리로 몰려나와 고함을 지르고 타이어를 불태웠다. 그리고 시내로 뛰쳐나와 나머지 지역과 빠르게 분리되어 세계 경제에 편입된 서부 외곽 지역으로 행진하며 시위를 했다. 나는 이런 상황을 전혀 인지하지 못했다. 내게 영향을 준 유일한 변화는 슈퍼마켓에 갑자기 나타난 엄청난 맛의 미제 초콜릿이었다. 그중에서도 리세스 피넛버터컵이 최고였다. 내가 처음 먹어 본 피넛버터의 맛은 정말 감탄할 만했다. 가격이 비싼 편이었지만 집 밖에서 조금이라도 더 시간을 보내면 아버지에 관한 질문을 덜할 거라는 기대에 테타는 하루에 하나 정도 사 먹을 수 있는 용돈을 주었다.

옆집의 공사 소음만 제외하면 서부 외곽 지역은 전체적으로 차분했다. 오마르네 집은 빌라 확장 공사를 하고 있었다. 알 샤르키예 사람들이 더 가난해지고 분노할수록 오마르의 집은 더 커지고 화려해지는 것처럼 보였다. 아버지의 몸에서 증식하는 암처럼 오마르의 집도 증식하여 층수가 높아지고 방 개수도 늘어나고 부지도 점점 넓어졌다.

"우리 아빠는 게임 룸을 만들고 싶어 하셔." 내가 공사에 대해 묻자 오마르가 설명했다. "거기에 월풀 욕조랑 당구대를 놓을 거야."

오마르의 게임 룸은 내 안식처가 되었다. 월풀 욕조에 앉아서 볼 수 있도록 설치한 커다란 텔레비전에서 검열을 거치지 않은 온갖 미국 프로그램이 자막 없이 방송되었다. 정말 환상적이었다. 나는 부글거리는 월풀 욕조에 앉아 피넛버터컵을 먹으며 「골든 걸스」를 보았다. 내가 미국에 있는 것처럼 느껴지고, 영화 속에 등장하는 또 다른 캐릭터처럼 느껴지기도 했다. 그러나 그것들은 어디까지나 모두 가상이었다.

생각을 딴 데로 돌리기에 아주 좋았다. 병이 악화되면서 아버지는 약해진 모습을 보이기 싫었는지 나를 보려 하지 않았다. 그러한 수치심은 죽음을 앞당기기만 했을 것이다. 마지막 6개월 동안 테타는 아버지를 보게 해달라고 애원하는 내 앞에서 고약한 보호자 역할을 자처했다. 아버지를 보여 주면 회복의 실낱같은 희망마저 파괴될 것처럼 테타는 아버지를 침실에 숨겨 놓고 나를 포함한 모두에게서 격리시켰다. 아마 내가 어머니를 많이 닮았기 때문에 아버지를 쳐다보기만 해도 병이 더 악화될 거라고 생각했던 것 같다.

여름방학 몇 주 전, 나는 채소를 사러 나간 테타가 멀리 사라질 때까지 기다렸다가 아버지의 침실로 달려갔다. 그리고 열쇠 구멍으로 침대에 누운 아버지의 옆모습을 들여다보았다. 아버지는 흰 시트를 목까지 덮은 채 누워 있었다. 두 눈이 감겨 있었고 가슴도 움직이지 않았다.

나는 문을 열고 방 안으로 살금살금 들어갔다. 닫혀 있는 덧문의 널빤지 틈새로 햇살이 몇 가닥 비쳤다. 방 안의 공기는 향냄새와 처음 맡아 보는 차가운 팬케이크처럼 달콤한 냄새로 가득했다. 나는 침대 옆에 서서 아버지의 뻣뻣한 몸을 바라보았다. 건강하던 몇 달 전과 전혀 딴판이었다. 머리가 쪼그라든 것처럼 보였고 머리카락은 지푸라기처럼 바스라질 것 같았다. 안면 골격이 너무 날카롭게 도드라져서 손을 대면 베일 것만 같았다. 푹 꺼진 두 눈은 화산 분화구처럼 보였고 누렇게 뜬 피부는 타블라[16]의 가죽처럼 얼굴을 덮고 있었다. 침대에 누워 있는 남자는 내 아버지가 아니었다.

나는 방에서 뛰쳐나오며 문을 세게 닫았다. 그리고 거실로 가서 텔레비전을 틀어 요리 프로그램이 나오는 화면을 뚫어져라 응시했다. 요리사 모자를 쓴 남자가 칼을

---

16 두 개의 북으로 이루어진 전통 타악기

앞뒤로 움직여 파슬리를 잘게 다지고 있었다. 아버지는 죽었다. 마치 요리사가 그 칼로 나의 내장을 다지는 듯 속이 뒤틀렸다. 나는 화면을 쳐다보며 눈물을 흘렸다. 아버지의 모습이 어른거렸다. 30분 후 테타가 호박과 감자로 가득한 비닐봉투를 들고 들어왔다. 테타는 내 얼굴을 보자마자 얼어붙었다.

"아빠 방에 갔었니?"

나는 고개를 끄덕였다. 테타가 채소 봉투를 내팽개치고 복도로 쏜살같이 달렸다. 나는 뒤에서 살금살금 따라갔다. 테타가 아버지의 침실에 들어가 문을 닫았다. 나는 문밖에 서서 귀를 기울였다. 잠시 침묵이 흐르고, 격렬한 통곡 소리가 새어 나왔다. 아들을 돌려보내 달라고 신에게 간청하며 흐느끼는 소리가 들렸다. 나는 복도를 따라 거실로 돌아와 소파에 앉았다. 요리사가 타불레에 넣을 양파와 파슬리를 다지는 모습을 보니, 마즈가 방과 후에 두들겨 맞았던 날 보았던 오마르의 토사물이 떠올랐다. 타불레와 아버지의 죽음이 뒤섞여 토할 것 같았다.

전화벨이 울렸다. 오마르였다.

"오늘 놀러 올 거야?" 오마르가 물었다.

나는 복도를 응시했다. 테타는 아직 방 안에 있었다. "못 가." 내가 말했다.

"내일은?"

"모르겠어."

오마르가 잠시 침묵했다. "아빠는 괜찮으셔?" 오마르가 물었다.

"내일 같이 놀자." 나는 이렇게 말하고 전화를 끊었다.

한 시간 후 테타가 모습을 드러냈다. 거실에 나온 테타는 치마를 반듯하게 정리하고 내 옆에 앉아 담뱃불을 붙였다. 테타는 잠시 담배를 피우며 멍한 표정으로 앉아 있었다. 그리고 마침내 입을 열었다.

"아빠가 돌아가셨다."

"엄마가 간 곳으로 가셨어요?" 내가 물었다.

"아니. 네 엄마는 지옥에 갔어."

그때 나는 열두 살이었다.

아버지의 사적인 죽음과는 달리, 그의 장례식은 유일하게 모든 것이 공개된 순간이었다. 장례식 후 테타는 집으로 조문객을 초대하지 않았다. 대화는 시작과 동시에 재빨리 전환되었다. 입 밖으로 내지 못한 수치심과 비밀들이 허공을 떠다니던 날이었다.

장례식을 마치고 우리는 끔찍한 침묵으로 돌아갔다. 현관문이 열리자마자 나는 울음을 터뜨렸다. 하지만 테타는 모르는 척하며 곧장 방으로 들어갔다. 그리고 이튿날 저녁까지 밖으로 나오지 않았다. 나는 집 안을 서성이며 하루 종일 더 낯설고 불확실한 불빛 아래에서 물건들을 살펴보았다. 포크, 꽃병, 테타의 마으물[17] 쟁반, 거실 쿠션의 빨간색 술. 행복하지는 않았지만 늘 떠들썩하고 사람들로 가득했던 과거의 흔적을 담은 물건들. 그날부터는 테타와 나뿐이었다. 나는 물건들을 집어 올려 손바닥 안에서 돌려 보았다. 또 코에 갖다 대고 냄새를 맡았다. 어머니와 아버지의 부재 때문인지 물건들이 무겁게 느껴졌다.

해가 지면서 집 안 곳곳의 그림자가 길게 늘어졌고, 바람의 울부짖음과 함께 비를 머금은 하늘이 어두워졌다. 자동차 소리와 아이들을 집으로 부르는 이웃 아주머니의 고함 소리가 열린 창문을 통해 거실로 들어왔다. 나는 침묵뿐인 집안에서 땅속에 묻혀 서서히 썩고 있을 아버지를 생각했다.

개학하고 몇 주가 지난 9월, 대통령의 부친이 심장마비로 갑자기 사망했다. 절망이 전국을 뒤덮었다. 열흘 동안 나라는 비통함 속에 멈추어 있었다. 음악이 금지되었고, 모든 텔레비전과 라디오 채널에서 장례식 모습과 망자의 오래전 연설을 반복적으로 내보냈다. 국가에서 지정한 애도 기간이 끝나고 돌아간 학교에서는 일주일 내내 망자를 기리는 묵념으로 조례를 시작했고, 이는 교사들의 부추김 아래 종종 집단적인 울음으로 번졌다. 눈물에 이의를 제기했다가는 비정한 배반자가 될 수 있었기에 나도 동조하여 다른 아이들처럼 큰 소리로 목 놓아 울었다.

17　중동의 디저트

다만 대통령의 아버지가 아닌 내 아버지를 생각하며 울었던 사람은 내가 유일했을 것이다.

"1950년대에서 바로 튀어나온 차 같네요." 로라가 차에 올라타며 말한다. 로라는 조수석에 쌓여 있던 누렇게 바랜 신문지 더미를 옆으로 밀어 놓는다. 막 10시가 지난 늦은 아침의 태양이 대시보드에 두껍게 내려앉은 먼지를 굽고 있다. 악취 때문에 넋이 나갈 지경이다. 오랫동안 버려진 꿈이 아마 이런 냄새일 것이다. 플라스틱 움 칼숨[18] 인형이 핸들 앞에 서 있다. 엔진이 격렬한 소리를 내자 움 칼숨이 머리를 미친 듯이 까닥거린다.

나와프의 차라고 말하니 로라가 낄낄거리며 웃는다.

"당연히 그렇겠죠." 로라는 검은색 안경을 바짝 올린다.

"완전히 나세르주의네요."

우리는 로라가 「뉴욕 타임스」의 통신원으로 이 동네에 이사 왔을 때 처음 만났다. 시위 초기에 로라는 종종 내 말을 기사에 인용했다. 당시 이 나라에 대해 잘 몰랐던 로라는 조금이라도 오래된 '아랍 거리의 목소리'를 찾고 있었다. 인터넷에서 내 이름을 검색하면 기사 한두 개가 나올 것이다. 솔직히 로라는 나를 실제보다 더 똑똑한 사람으로 포장했다. 그러나 이곳의 삶에 적응하며 경력

18   20세기 중반 아랍에서 활동했던 유명 가수

을 쌓고, 야당의 지도자나 대통령의 고문 등 나보다 훨씬 주요한 위치에 있는 사람들과 접촉하는 일이 늘어나면서 나와의 인터뷰는 점점 줄어들었다. 그리고 한동안은 전혀 없기도 했다.

"어디로 가는 거예요?" 나는 이렇게 물으며 후진으로 진입로를 빠져나와 도로로 나간다.

"아흐메드 바라카라는 남자를 만나도 좋다는 승인을 받았어요. 야권의 고위 인사예요." 로라가 말한다. "동부에 살고 있대요. 그쪽으로 가는 길 알아요?"

"알 샤르키예 말이에요?"

"네." 로라는 숫자가 적힌 쪽지를 건넨다. "이 번호로 전화하면 약속 장소를 알려 줄 거예요."

"오늘 그 동네에 가는 게 안전할지 모르겠네요. 뉴스 못 들었어요?"

로라가 웃는다. "내가 뉴스잖아요. 괜찮을 거예요. 좋은 정보원이 있거든요."

일당을 두 배로 준다고 해도 도망가라고 본능이 말하지만, 일단 쪽지를 받아들고 전화를 건다. 신호음이 가자마자 한 남자가 낮은 목소리로 전화를 받는다. 내가 신원을 밝히자 남자는 알 샤르키예 중심에 있는 시계탑에서 만나자고 말한다.

"거기에 주차하고 이 번호로 전화를 줘요. 차에서 내리지 말고, 누가 물으면 바라카 쪽 사람이라고 말하세요."

남자가 지시한다.

나는 전화를 끊고 로라에게 쪽지를 돌려준다.

"최대한 빨리 약속 장소로 가야 해요." 로라가 쪽지를 접어 가방에 쑤셔 넣으며 말한다. "오늘은 취재로 바쁜 날이에요. 큰 뉴스거리만 세 개거든요. 지금 가는 데랑… 점심 후에 정보국 국장과 만나 어젯밤 사건에 대해 듣기로 했어요. 그리고 영화관에서 체포된 게이들에 관해서도 쓰려고요."

"체포라니요?" 내가 묻는다.

"못 들었어요? 어젯밤 알 샤르키예에서 테러가 일어나기 한 시간쯤 전에 경찰이 시내 영화관 한 곳을 덮쳐서 남자를 낚으러 돌아다니던 게이들을 체포했어요."

머릿속이 마즈 생각으로 가득 차서 로라의 말이 전혀 들리지 않는다. 두려움이 부식성 산(酸)처럼 위의 가장자리를 갉아먹는다. 도로에 집중하려고 애를 쓰다 결국 휴대 전화를 꺼내 마즈에게 다시 전화를 건다. 휴대 전화는 여전히 꺼져 있다. 아침 내내 문자나 SNS 업데이트 없이 이렇게 오랫동안 연락이 닿지 않는다니, 마즈답지 않다.

"영화관 사건에 대해 더 아는 것 있어요?" 나는 로라에게 묻는다.

"별로요." 로라는 수첩을 넘기며 말한다. "게이들을 어디에 억류하고 있는지 알아보는 중이에요. 그와 관련된 인권 단체가 몇 군데 있어요." 로라가 나를 올려다본다.

"왜 그렇게 궁금해 해요?"

"딱히 이유는 없어요." 나는 어깨를 으쓱한다. 마즈가 영화관 사건에 연루된 것이 틀림없다. 체포 명단에 없다면 테러 희생자들 중 한 명일 수도 있다. 오후에도 연락이 없으면 지금까지 알아낸 정보라도 마즈 어머니에게 알릴 것이다. 나는 로라를 돌아본다. "전화받은 남자가 무슨 오래된 시계탑에서 만나자고 했어요."

"알았어요."

몇 분간 침묵이 흐르고, 로라가 마침내 입을 연다.

"있잖아요." 로라가 조심스럽게 말을 꺼낸다. "서로 알게 된지 몇 개월째인데도 당신의 삶에 대해서는 아는 게 하나도 없는 것 같아요."

"뭘 알고 싶은데요?" 나는 묻는다.

"부모님하고 함께 살진 않죠?"

"할머니랑 살아요."

"오, 부모님은 어디 계세요?"

나는 주저하며 핸들을 더 꽉 쥔다.

"미안해요. 내가 상관할 바는 아니네요."

"괜찮아요." 나는 미소를 짓는다. 내가 불편해하는 것을 알아차린 듯 로라는 갑자기 화제를 바꾸어 쇼핑몰 입구에 추가된 보안 인력에 대해 언급하더니 다시 수첩을 내려다본다.

나는 초승달 모양으로 형성된 서부 부촌의 바깥 도로

를 탄다. 더 많은 건설 공사가 예정되어 있는 공터가 마을 가장자리를 둘러싸고 있다. 공터는 수영장과 정원, 가정부 숙소가 딸린 3층 빌라를 지을 몇 개의 구역으로 나뉘어 있다. 언젠가 타이무르가 했던 말처럼 이 구역 바깥에 있는 것은 '교통 체증과 간염'뿐이다.

우리는 외곽 지역의 남쪽 끝에 있는 미국 대사관을 지난다. 탱크와 무장 경비원, 커다란 콘크리트 바리케이드로 인해 요새처럼 보인다. 미국 대사관은 주위를 빙 둘러싼 인도에 바리케이드를 설치하여 교통을 지연시키고 길목을 막아 시민들을 도로로 내몰고 있다.

"이것 좀 봐요." 로라가 조롱하듯 말한다. "21세기 외교라… 만약 그것이 미국 정부에 달려 있었다면 아랍 세계의 모든 도시에 안전지대가 형성되었을 거예요." 로라는 자신의 말에 만족한 듯 기대어 앉는다. 움푹 팬 도로를 지나자 대시보드 위에 있는 움 칼숨의 머리가 흔들린다.

도로 양쪽으로 대통령의 사진이 붙어 있다. 가족사진 속 영부인은 우아한 자태로 선명한 진녹색 이브닝드레스에 반짝거리는 티아라를 쓰고 있다. 포스터 속 대통령은 턱수염을 길렀거나 말끔히 면도한 모습으로 북부 지역 부족들의 전통 의상인 디슈다샤를 입거나 양복 차림에 넥타이를 매고 있다. 마치 바비 인형처럼 다양한 의상을 통해 부족의 대통령, 사업가로서의 대통령, 이슬람교의 대통령, 세속적인 대통령 등 여러 가지 모습을 연출하는 것이다.

우리는 대통령의 사진으로 도배된 검문소 앞에 멈추어 선다. 길을 막은 장벽 위에 매달린 국기가 펄럭인다.

"어디로 가십니까?" 창문을 내리자 군인이 몸을 숙이며 묻는다.

"미팅이 있어요." 내가 대답한다. 열아홉 살 정도로 보이는 군인은 AK-47 소총을 어깨에 걸치고 헐거운 헬멧을 쓰고 있다.

"도로를 폐쇄하여 진입할 수 없습니다." 군인이 소총 무게를 지탱하려는 듯 체중을 반대쪽 발로 옮겨 실으며 말한다. 두 눈이 로라와 나의 얼굴을 차례로 살펴본 후 다시 내게 돌아온다.

"허가를 받았어요." 내가 말한다. 로라가 꼭 쥐고 있던 쪽지를 내게 툭 건넨다. 나는 그 쪽지를 군인에게 준다.

"무슨 용건으로 오셨습니까?" 군인이 종이를 찬찬히 들여다보며 묻는다.

"이분은 미국 신문사 기자예요. 인터뷰 약속을 했습니다."

군인이 말을 멈추자 우리 셋 사이에 불편한 침묵이 흐른다.

"담배 있습니까?" 군인이 마침내 침묵을 깨고 묻는다.

"세 개비 드릴게요." 나는 이렇게 말하고 담배 한 줌을 꺼내어 군인의 손바닥 위에 올려놓는다. 군인이 고개를 끄덕이며 지나가라고 손짓한다.

로라가 가방에서 스카프를 꺼내 머리에 감기 시작한다. 나는 아흐메드라는 남자가 어떤 사람인지 모른다. 서부 외곽 지역 출신인 내가 티셔츠에 세련된 청바지를 입고 미국인처럼 영어를 구사하는 걸 보면 어떤 반응을 보일까? 내 머리 모양이 아흐메드를 불쾌하게 할까? 캔버스 신발의 새 밑창에서 불평등의 냄새를 맡을까? 무엇보다 내가 어젯밤에 남자와 동침한 사실을 알아차리지 않을까? 내 몸에서 타이무르의 땀 냄새를 맡을 수 있지 않을까?

나는 큰 도로에서 빠져나와 알 샤르키예와 외곽 지역을 가르는 다리를 건넌다. 익숙한 맥도널드와 스타벅스 간판은 어느새 사라졌다. 그리고 페어 앤 러블리 미백 크림과 발라디 요거트 광고부터 개혁 절차에 대한 시민의 지지를 촉구하는 광고까지, 낡은 옥외 광고판들이 길가에 겹겹이 늘어서서 사람들의 시선을 끌기 위해 경쟁한다. 먼지 쌓인 생수병과 케이크, 바비큐 따위를 파는 구멍가게들이 금방이라도 주저앉을 것 같은 도로를 따라 늘어서 있다.

부모님과 함께 살았을 때 이 다리를 자주 건넜었다. 병원 일로 너무 피곤하지 않은 금요일이면 아버지는 청바지 차림으로 현관문 옆에 서서 미소를 지으며 차 열쇠를 흔들었다. 열쇠 소리는 어머니와 나를 무척 행복하게 했다. 우리는 동시에 소파에서 뛰어내려 차에 올라탔다. 아버지는 도시 외곽의 언덕을 향해 다리를 건넜다. 어머니는 늘 알 샤르키예를 거쳐 가자고 졸랐다. 그러나 테타가 함께 가는 날이면 창문을 닫으라는 잔소리를 들어야 했다.

"만약 이 나라에 살 거라면, 정말 이 나라에 **살아야 해요.**" 어머니는 '마이크 앤 더 메카닉스' 테이프를 카세트 플레이어에 넣으며 말하곤 했다. 그 앨범에서 엄마가 가장 좋아했던 노래는 커피를 엄청나게 마셔대는 불행한 여자에 관한 것이었다.

어머니는 홀로 무척 아름다우면서도 우울한 노래를 부르곤 했다. 나는 어머니가 그렇게 슬픈 노래를 좋아한다는 사실에 무력감을 느꼈고, 어떤 식으로든 내가 그 불행에 일조한 것은 아닌지 궁금했다. 한 번은 노래가 끝나자 어머니가 테이프를 돌려 다시 들었다. 서너 번쯤 더 반복해서 노래를 들은 어머니는 슬픔의 동반자를 찾은 듯 보였다. 우리는 차를 멈추고 알 샤르키예 한가운데에 있는 좌판에서 음식을 먹었다. 통닭구이가 너무 부드러워서 고기가 뼈에서 그냥 떨어져 나왔다.

"너희 그러다 설사병에 걸릴 거야." 길가에 서서 고기 육즙이 묻은 손가락을 빨고 있는 우리 셋을 향해 테타가 부루퉁하게 말했다. 우리는 다시 차에 올라탔다. 아버지는 세상에서 멀리 떨어진 산 속에 도착할 때까지 멈추지 않고 달렸다.

슬픔에 압도당하기 전까지 어머니는 매일 아침 페인트로 얼룩진 청바지를 입고 테타가 무척이나 업신여겼던 공공버스를 탔다. 그리고 알 샤르키예에서 내려 주변을 걷다 그림을 그리고 아이들과 수다를 떨거나 아이들에게 미술용품을 보여 주었다. 테타는 며느리가 빈민가를 계속 드나들면 "사람들의 입방아에 오르내릴 것"이라며 어머니에게 상류층 여성들을 소개해 주려고 수차례 시도했다. ("이 여자는 누구고, 런던에 있는 대학을 막 졸업했어. 그리고 저 여자는 누구 여동생인데, 어젯밤에 텔레비전 보면서 말했던 그 유명 여배우의 가장 친한 친구야. 그리고 저 여자는 길 아래 사는 누구고, 아주 멋진 보석 사업을 시작해서…") 하지만 어머니는 이에 아랑곳하지 않고 매일 아침 알 샤르키예로 향했다.

나는 더 이상 알 샤르키예에 가지 않는다. 그 지역을 돌아다니는 사람들은 대부분 상한 과일 조각에 개미처럼 달라붙는 기자들이기 때문이다.

다리를 건너 100미터쯤 지나자 또 다른 검문소가 나타난다. 이번 검문소는 정부에서 운영하는 곳이 아니다. 대통령의 통제에서 자유로울 수 있는 뭔가를 생각하면 흥분이 차올라야 하지만 검문소를 지키고 선 두 남자가 내 안에서 오래된 두려움을 끄집어낸다. 황록색 천으로 얼굴을 가려 두 눈만 보인다. 나는 차를 멈추고 창문을 내린다.

"안녕하세요." 나는 인사를 건넨다. 남자들은 대답이 없다. 한 남자가 몸을 숙여 로라와 나를 차례로 쳐다본다. 나는 로라를 기자라고 소개하며 신분 확인증을 내민다. 남자가 서류를 읽더니 어디론가 전화를 건다. 나는 눈을 감고 숨을 깊게 들이쉬며 진정하려 애쓴다. 로라가 조수석에서 몸을 뒤척인다.

통화가 몇 분간 이어진다. 통화를 마친 남자가 휴대 전화를 주머니에 넣고 차 뒤쪽으로 가더니 트렁크를 주먹으로 내리친다. 나는 버튼을 눌러 트렁크를 연다. 남자가 트렁크 안을 뒤진다. 나는 나와프가 트렁크 안에 어떤 너저분한 물건들을 남겨 두었을지 생각한다. 제길, 미리 확인했어야 했다. 나는 입을 문지르며 정면을 바라본다. 마침내 남자가 트렁크를 닫고 운전석 창문 바로 옆에 서 있는 동료에게 다가온다. 남자가 뭐라고 속삭이자 동료가 몸을 숙인다.

"이 길을 따라 쭉 가세요." 남자가 말한다. 남자의 날숨에서 시큼한 냄새가 난다. "신호등이 하나 나올 겁니다. 거기서 우회전해서 언덕으로 올라가세요. 시계탑은 꼭대기에 있습니다. 거기서 기다리세요."

"감사합니다." 안도감이 들면서 차에서 내려 두 사람을 안아 주고 싶다. 하지만 그러는 대신 지나가라고 손짓하는 두 사람을 향해 고마움을 담은 미소를 보낸다.

전보다 비좁아진 도로 옆으로 종려나무가 늘어서 있다. 로라가 말없이 질문 목록을 고치거나 트위터에 댓글을 다는 동안 나는 다시 마즈를 생각한다. 이쯤 되면 체포당하지 않았다고 믿는 것은 희망사항일 뿐이다. 경찰들이 마즈에게 무슨 짓을 할지는 신만이 안다. 마즈는 경찰의 화를 돋울 만한 말을 할 친구이다. 게다가 마즈가 수집하는 정보에 대해 경찰이 알게 되면 상황은 더 심각해질 것이다.

이런 걱정을 털어놓을 만큼 로라가 편하지는 않다. 나는 마즈가 맥락과 상관없는 이야깃거리가 되어 어느 외국 신문의 네 번째 면의 하부 헤드라인에 실리길 원치 않는다. 게다가 마즈의 방면을 요구하는 시위나 마즈의 편에서 함께 싸워 줄 단체도 없을 것이다. 그나마 있는 나도 미국인 기자에게 걱정거리를 말하지 못하고 있으니 아무런 도움도 줄 수 없을 것이다. 최악의 상황이라고 생각할 때마다 세상은 또 다른 층의 어둠을 드러낸다.

지금 이런 생각을 해 봐야 아무 소용이 없다. 이곳을 살아서 들어갔다 살아서 나오는 일에만 집중해야 한다. 전화를 받았던 남자는 차에서 내리지 말라고 지시했다. 함정처럼 들리지는 않았다. 뭣 하러 덫을 놓겠는가? 우리를 죽여서 무슨 이득을 보겠는가? 내 죽음이 그 사람들에게 정치적으로 이득이 될까? 나는 로라를 쳐다본다.

"아무래도 이번 건은 정말 두 배로 불러야겠어요."

로라가 웃는다. 웃음소리에 두려움이 배어 있지만 그 소리가 나를 안심시킨다.

"이 나라에 대해 낙관적으로 생각하세요?" 나는 상황을 잠시 잊기 위해 묻는다. 나는 모든 사람과 대화하고 상황에 대해 조감하는 좋은 외신 기자들의 이야기를 듣는 법을 배웠다. 포시즌스 호텔에서 나 같은 사람들과 얘기하며 시간을 허비하는 나쁜 기자들은 아무짝에도 쓸모가 없다. 그러나 좋은 기자들은 미래를 알려 줄 수 있다.

휴대 전화를 보던 로라가 고개를 들고 대통령의 포스터로 도배된 창밖을 유심히 내다본다. 대통령은 군복을 입은 포스터의 하단부에는 "우리는 함께 나라를 구할 것이다"라는 위협적인 검은색 문구가 적혀 있다. 대통령의 머리는 누군가에 의해 찢겨 나갔다.

"이제는 잘 모르겠어요." 로라가 한숨을 쉰다.

로라가 나라 안에서 벌어지는 일에 관해 내 생각을 묻는다. 나는 정치적 상황이 매우 좋지 않으며 우리는 테러리즘과 권위주의 사이에 갇혀 있다고 말한다. 로라는 외곽 지역에 사는 사람들 대부분이 정치에 관심을 가질 여유 없이 자녀를 먹여 살릴 방법만 생각한다고 말한다. 나는 그런 경우도 있지만 경제는 정치적인 것이라고 말한다. 로라가 눈을 가늘게 뜬다. 로라는 내 표정과 유창한 영어 발음에서 국제 교육의 흔적을 확인한다. 비록 그것으로 나를 판단할지라도 내가 필요한 사람이라는 것 또한 인지하고 있다. 나는 로라의 가교이자 믿을 만한 중동 가이드이다. 아랍어와 영어 모두 구사하며 중동 사람들에 대한 미국 사람들의 시각도 이해하기 때문이다.

우리는 말없이 도로를 달린다. 알 샤르키예에 진입하

자 도로 양 옆으로 쌓여 있는 쓰레기와 폐타이어가 보인다. 모든 것이 두꺼운 그을음에 덮여 있는 것처럼 느껴진다. 맨발의 소녀 둘이 도로 위에서 거죽만 남은 당나귀를 밀고 있다.

"불쌍한 사람들이네요." 이렇게 말하며 두 소녀 옆을 지나다 키 큰 소녀와 눈이 마주친다.

수첩을 보고 있던 로라가 고개를 들더니 씩 웃는다. "도시 반대편으로 온 걸 환영해요, 라사."

"이슬람 정부가 들어설 거라고 생각해요?" 내가 묻는다.

"사람들의 의지에 달려 있겠죠. 이슬람 정부인지 아닌지가 중요한가요?" 로라가 묻는다.

"대학을 막 졸업했을 때는 국민의 의지에 의한 정부라면 괜찮을 거라고 믿었어요."

"지금은요?"

"지금은 종교가 빈민들의 마지막 피난처라고 믿어요. 하루에 다섯 번 기도하기, 손 씻기와 엄격한 규칙들이… 사람들에게 체계와 목적을 제공하니까요. 삶에 궁극적인 의미가 있다고 믿는 한 진정한 절망에 빠지지는 않을 거예요."

"하지만 타인의 신념도 존중해야 해요." 로라가 말한다.

"네, 맞아요. 존중해야죠. 일거수일투족을 감시하지 않고 교육, 일자리, 미래에 대한 약간의 희망을 주면서 존중해야 해요."

디젤 연료와 열기가 합쳐져 차 안에 고약한 냄새가 난다. 마침내 언덕 꼭대기에 세워진 시계탑이 보인다. 빨간색, 흰색, 파란색 비닐봉투가 탑 주변에 휘날리고 있다. 나는 언덕 꼭대기에 차를 세운다. 차가 완전히 서기 전에 뒤로 조금 밀린다.

"차 안에 있어요." 나는 차 밖으로 나가며 말한다. 로라에게는 그렇게 말했지만 나는 바람을 좀 쐬어야 할 것 같다. 한낮의 태양이 머리 위로 내리쬔다. 등과 겨드랑이에 맺힌 땀이 흰 셔츠를 적시더니 또 다른 피부층처럼 살갗에 착 달라붙는다. 누군가가 지켜보고 있는 것이 분명하다. 나는 언덕 가장자리에 있는 건물 몇 채를 쳐다본다. 무화과를 담는 나무 상자가 바닥에 놓여 있다. 상자가 부서져 무화과 몇 개가 언덕 아래로 굴러떨어져 있고, 나머지는 태양열에 바짝 구워지는 중이다. 정오의 아잔[19] 소리가 도시를 가로지른다. 기도 시간을 알리는 목소리에 마음이 안정된다. 그래, 신은 이 모든 것보다 위대하다.

로라에게 받은 번호로 전화를 건 후 연결 음이 몇 번 울리는 것을 듣고 나서 다시 전화를 끊는다. 나는 돌아서서 로라를 흘깃 쳐다본다. 로라는 휴대 전화를 보느라 정신이 없다. 나는 재빨리 구아파의 매니저 노라에게 전화를 건다.

---

19 금요일 예배와 하루 다섯 번의 기도 시간을 알리는 소리

"오늘 마즈한테 연락 없었어요?" 내가 묻는다.

"아니요, 왜요?" 노라의 목소리에 걱정이 살짝 비친다.

나는 주변 공터를 빠르게 훑어본다. "별일 아닐 거예요. 한 시간쯤 전에 마즈 어머니에게 전화를 받았는데 어젯밤에 안 들어왔다고 하시더라고요. 구아파에서 언제 나갔는지 알아요? 혼자였어요?"

"기억이 안 나요. 어젯밤에 정신이 없었거든요. 몇 군데 전화해 보고 알려 줄게요."

나는 전화기를 주머니에 넣고 언덕 끝으로 걸어가 더 복잡해지고 유기적으로 확대되고 있는 도시를 내려다본다. 건물 옥상의 알루미늄 수조와 흰색 위성 안테나가 태양 아래에서 빛나고 있다. 서부 지역에서 오랫동안 살고 나서부터 이곳의 빈곤을 바라보는 것이 뭔가 불안하다. 그러나 동부와 서부 지역은 공존할 수 없는 동전의 양면처럼 친숙하게 느껴지기도 한다. 수백만의 삶이 저 아래 집과 자동차로 가득한 도로 위에 있다. 저 아래 어딘가에 마즈와 테타, 그리고 타이무르도 있다.

타이무르를 만나기 전에는 누군가에게 뭔가를 말할 이유가 없었다. 그러나 타이무르를 만나고부터 나는 세상과 기쁨을 나누고 싶어졌다. 나는 우리의 관계를 떠벌리지 않으려고 애썼고, 바스마와 마즈에게만 곧장 털어놓았다. 타이무르를 향한 사랑은 비밀스러운 삶에 국한되기에는 너무 위대했다. 나는 사람들에게 말하고 싶다고 말했지만 타이무르는 동의하지 않았다. 타이무르는 내가 누군가에게 말할까 봐 무척 불안해했다.

"하지만 이렇게 숨기고만 있다가는 너를 금방 잃어버릴 거야."

"함께할 방법을 찾을 수 있을 거야." 타이무르가 대답했다. "그렇다고 다른 사람에게 보증을 받을 필요는 없어."

지금 나는 타이무르를 잃기 직전이고, 이렇게 높은 절벽 꼭대기에 서서 타이무르의 이름을 외치고 싶을 뿐이다. 내 몸에서 고통을 쫓아내고 우리가 함께한 기억이 골짜기를 지나 도시 전체에 영원히 울릴 것임을 확인하고 싶다.

나는 휴대 전화를 꺼내어 메시지를 쓴다. **해결 방안을 같이 찾기로 했던 약속 기억나?**

나는 차로 돌아가 옆문에 기대어 선다. 한 소년이 건물 뒤에서 걸어 나온다. 소년은 가능성을 엿보는 듯 우리 둘을 쳐다보다 로라를 선택한다. 그리고 한 팔을 뻗으며 아랫입술을 내민다.

"돈 없어." 전화기를 보던 로라가 잠시 소년을 올려다보며 말한다. 로라는 두 손을 흔들며 말한다. "마 피, 마 피[20]." 그러나 소년은 물러서지 않고 아랫입술을 거의 코에 닿을 만큼 내민다. 로라가 한숨을 쉬며 무화과 상자를 가리킨

---

20 '없다'는 뜻의 아랍어 방언

다. "저걸 먹으면 좋겠는데."

놀란 소년의 입술이 제자리로 돌아온다. 소년은 돌아서서 한 주택으로 걸어간다.

"이게 아랍 사람들의 문제예요." 로라가 고개를 젓는다. "자존심을 위해서라면 굶주림도 마다하지 않죠."

우리 같은 직종은 이러한 지적을 무시하는 것에 익숙하다. 나는 여기 있는 동안 아흐메드 말고 다른 사람을 인터뷰할 계획이 있는지 묻는다. 로라는 휴대 전화에 시선을 고정한 채 고개를 젓는다.

먼지투성이 지프 한 대가 언덕을 올라와 몇 미터 앞에서 멈추어 선다. 턱수염을 기른 남자 두 명이 차에서 내린다. 두 사람은 나를 쳐다보며 경계한다. 나는 악의가 없음을 보이기 위해 최선을 다한다. 뜨거운 날씨에도 불구하고 두꺼운 재킷 차림인 두 남자의 엉덩이 뒤쪽이 툭 불거져 있다. 둘 중 더 어려 보이는 진녹색 눈동자의 미남이 먼저 말을 꺼낸다.

"로라." 남자가 로라를 가리키며 말한다.

"제가 로라예요." 로라가 히잡을 고쳐 쓰며 대답한다. 남자가 내게 손을 뻗어 악수를 한다.

"셰이크 아흐메드가 기다리고 있습니다." 남자가 아랍어로 말한다. "차에서 내려 저희와 함께 가시죠. 나중에 다시 데려다 드리겠습니다." 나는 남자의 말을 통역하고 로라와 함께 강렬한 냄새를 풍기는 지프에 올라탄다. 나중에야 그것이 화약 냄새라는 것을 깨닫는다.

오랫동안, 통역이 가장 순수한 형태로 세상을 서로 이어 주는 것이라 여겼다. 내 생각을 솔직히 말할 수 없다면 적어도 다른 사람들의 생각을 말로 만들고 각각의 세상을 서로에게 비춰 주어 두 사람의 생각이 만나는 지점에서 내가 하고 싶은 말을 찾을 수 있다. 가교는 힘을 가지고 있으므로, 나는 가능하면 언제든 이 힘을 선의를 위해 사용하려 한다. 하지만 통역을 부탁받은 말이 빤한 거짓말일 때 뭔가 조치를 취하는 것도 내 임무이다. 거짓말이 내 입을 통해 나온다면, 다른 사람의 거짓말이라도 나를 통해 전달된다면, 거짓말에 연루되지 않았다고 할 수 있겠는가? 그런 경우에는 오역을 한다. 오역에도 기술이 있다. 혼란을 야기하지는 않지만 애매한 느낌이 남아 있도록 교묘하게 해야 한다. 요즘처럼 모든 것이 불확실할 때가 오역하기에 가장 좋은 시기이다. 곳곳에 거짓말이 난무한다. 거짓말은 우리의 입술에 매달려 더 이상 무엇이 진실인지 알 수 없을 때까지 더 많은 거짓말을 만든다. 바로 그러한 순간에 오역이 아주 적절히 쓰일 수 있다. 하지만 말에는 힘이 있다. 미국이 내게 그것을 가르쳐 주었다.

언덕 아래로 내려간 지프는 금방이라도 무너질 듯한 벽돌집이 양옆으로 늘어선 휑한 거리를 지난다. 아이들 몇 명이 유리창 안에서 우리가 지나가는 모습을 유심히 바라본다. 하지만 그것 외에 삶의 흔적은 집 앞 철사 줄 위에 널어놓은 옷가지들뿐이다.

우리를 배수로로 데려가 그 안에 던져 넣는 것은 두 사람에게 일도 아닐 것이다. 저 어딘가의 모래 구덩이에 던져진 로라와 나의 목 없는 시신이 떠오른다. 나는 고개를 저은 후 창밖을 내다보며 집과 거리를 살피는 로라를 쳐다본다. 시선이 로라의 목젖을 덮은 여린 피부로 향한다. 그 남자들이 칼을 댈지도 모를 곳. 그만해, 라사. 나는 나 자신을 타이르며 고개를 조금 더 흔든다.

지프가 털털거리며 2층짜리 건물 앞에서 멈춘다. 턱수염을 기른 남자가 깔끔하게 다림질한 베이지색 디슈다샤를 입고 은색과 파란색이 섞인 테니스화를 신고 건물 앞에 서 있다. 신발의 브랜드가 낯선 것으로 봐서 싸구려 모조품인 것 같다. 남자가 쥔 나무 지팡이의 바니시가 햇볕을 받아 반짝거린다. 남자가 자신을 아흐메드라고 소개하며 우리를 맞이한다. 내가 지팡이를 보고 있다는 것을 눈치 챈 아흐메드가 미소를 짓는다.

"놈들이 내 골반을 부쉈거든요. 나도 이제는 늙었어요." 이렇게 설명하는 아흐메드의 얼굴에는 정작 주름이 거의 없다. 따스한 눈빛 아래로 긴장감을 주는 강인함이 언뜻 스친다. 지금은 우리가 환영을 받고 있지만 동시에 감시당하고 있음을 상기시킨다.

우리는 아흐메드를 따라 콘크리트 계단을 오른다. 건물 내부는 공사 중인 것처럼 보인다. 아니면 철거 중인 걸까? 단정 짓기 어렵다. 계단 옆에는 난간 대신 철재 막대기가 녹슨 뱀처럼 벽 위로 튀어나와 있다.

"운이 좋으시네요." 아흐메드가 계단을 오르며 우리를 돌아본다. 절뚝거리는 걸음걸이에도 아흐메드에게는 매혹적이면서 강렬하게 마음을 사로잡는 뭔가가 있다. "마침 오늘 아침에 디젤이 들어와서 발전기를 돌렸거든요. 지금 움 압달라가 이른 점심을 준비 중이에요."

나는 아흐메드의 말을 통역한다.

"디젤은 어디서 받으셨나요?" 로라가 묻는다.

로라의 말을 통역하려는데 아흐메드가 끼어든다.

"통역해 줄 필요 없어요." 아흐메드가 아랍어로 말한다. "영어도 할 줄 알지만 아랍어로 말하는 걸 좋아하는 것뿐이에요. 우리나라의 엘리트들은 세련돼 보이게 한다거나 자신을 낮은 계급과 구분하려고 영어를 쓴다고 설명해 주세요. 그래서 이 나라에서 영어를 사용하는 것은 제게 기만적인 행위라고요."

아흐메드가 잠시 기다리는 동안 내 통역을 들은 로라가 말없이 고개를 끄덕인다. 나는 내가 가진 유일한 힘이었던 오역의 가능성을 박탈당했음을 깨닫는다. 발가벗겨진 채 두 손을 결박당한 기분이다.

"그리고 아까 하신 질문에 답하자면," 아흐메드는 말을 이어간다. "가끔 친구들이 보내 줍니다."

"평소에는 전기를 쓰지 않으시나요?" 로라가 이렇게 묻자 아흐메드가 껄껄대며 웃는다.

"지난 20년간 여기서 본 정부의 유일한 서비스는, 길거리를 돌아다니는 정권의 폭력배들이 우리 아이들을 두들겨 패는 것뿐이었어요."

아흐메드는 우리를 수수하게 꾸민 거실로 안내한다. 빨간색과 금색 쿠션이 벽을 따라 줄지어 놓여 있고 거실 한구석의 작은 티브이에서 뉴스가 나오고 있다. 아흐메드가 우리에게 앉으라고 권한다. 구운 양고기와 밥의 진한 냄새가 콧속에 가득 차니 커피와 담배 말고 아침에 제대로 먹은 것이 없다는 사실이 떠오른다.

"라사 씨는 어디에 사세요?" 아흐메드가 나를 보며 묻는다. 내가 시내에 산다고 말하자 아흐메드가 놀란 표정을 짓는다.

"서부 외곽 지역에 살 줄 알았어요."

"예전에는 거기 살았어요." 나는 애써 침착하게 말한다. 아흐메드가 고개를 끄덕이며 나를 살핀다. 나는 화제를 전환해 주기를 바라며 로라를 흘끗 본다. 고맙게도 주전자가 달가닥거리는 소리에 아흐메드가 다른 방으로 시선을 옮긴다.

"움 압달라가 점심 준비를 끝냈나 보네요." 아흐메드가 말한다. "움 압달라는 지난 몇 주간 안녕하지 못했어요. 솔직히 말하면 저도 그랬고요."

내가 아흐메드의 말을 통역하자 로라가 이유를 묻는다.

"우리 아들이 지난달에 사라졌거든요." 아흐메드가 말한다. "도심에서 시위를 진행했는데 아들이 혼자 갔다가 집으로 돌아오지 않았어요."

"힘드셨겠네요." 로라가 말한다. "아드님이 몇 살이죠?"

"스물넷이요." 아흐메드가 벽에 걸린 14×10인치짜리 액자를 떼어 내어 로라에게 준다. "애가 압달라예요." 아흐메드가 말한다. 로라가 사진을 보고 내게 건넨다. 사진 속 청년은 어두운 색 피부에 말끔히 면도를 하고 무표정한 얼굴로 나를 응시하고 있다. 청년은 아버지처럼 차분하고 예민한 눈을 가지고 있다. 아흐메드는 돌려받은 사진을 다시 벽에 건다.

"당신 아들이 사라진 후에도 시위를 계속 하시나요?" 로라가 묻는다.

"한동안은 했어요." 아흐메드가 말한다. 주방에서 밥을 긁어 그릇에 담는 소리가 들린다. "우리에게는 혁명에 대한 의무가 있어요. 압달라의 실종은 그 투쟁을 더 개인적으로 만들 뿐이에요. 절망에서 피어난 희망은 그 무엇보다 강력한 희망이 될 수 있고, 변화를 요구할 의무는 나라뿐 아니라 내 자신에게도 해당해요. 하지만 시위는 그만뒀어요. 이제 우리 것을 가져갈 거예요."

로라는 아흐메드의 말을 받아 적는 사이, 아흐메드가 양해를 구하고 주방으로 들어간다. 주방에서 속삭이는 소리가 들린다. 중간에 이런 말이 들린다. "괜찮아, 나와도 돼. 우리 아들 또래야."

잠시 후 아흐메드가 양고기와 밥이 담긴, 김이 모락모락 나는 접시를 들고 거실로 돌아온다. 움 압달라가 샐러드 그릇을 들고 아흐메드를 따라 나온다. 그녀는 동그란 얼굴과 커다란 갈색 눈동자를 가진 작고 통통한 여성이다. 나이를 가늠하기 어렵지만 생각보다는 젊어 보인다. 30대 같기도 하고 50대 같기도 하다.

움 압달라는 가져온 접시를 테이블에 내려놓고 우리에게 빠르게 다가온다. 움 압달라는 오래전 잃어버린 친구를 만난 듯 로라의 어깨를 감싸고 양 볼에 키스한다. 그리고 나를 향해 돌아서서 가슴에 손을 대고 가볍게 목례를 한다. 우리가 자리에 앉자 밥과 양고기, 샐러드를 각자의 접시에 듬뿍 덜어 준다. 움 압달라는 내 접시에 밥을 덜어 주며 아흐메드를 돌아본다.

"압달라 얘기 했어요?" 움 압달라가 속삭인다.

아흐메드가 고개를 끄덕이자 무슨 얘기를 했는지 묻는다. 아흐메드가 아내의 팔에 손을 얹는다.

"전화상으로 말씀드렸듯이," 로라가 입을 연다. "저는 미국 신문에 어젯밤 사건에 대한 기사를 쓰고 있어요. 부담 갖지 마시고 솔직히 말씀해 주세요. 기사로 쓰지 않았으면 하는 내용이 있으면 따로 알려 주시고요."

"저희는 겁나지 않아요, 실명을 쓰셔도 돼요." 아흐메드가 말한다. "그럼 식사하시면서 뭐든 물어보세요."

"최근 도시 일부를 탈취한 움직임이 어디로 이어질 거라고 보세요?" 로라가 묻는다.

"우리는 많은 기회를 주고 있어요. 기존 국회를 해산시키고 공정한 선거를 하자고 요구했죠. 대통령에게 기회를 한 번 더 준 거예요. 하지만 정당성은 우리 스스로 얻어야 해요. 우리에게는 나름의 계획이 있어요."

아흐메드가 갑자기 일어나 다른 방으로 걸어간다. 그리고 잠시 후 큰 종이를 가지고 나와 테이블 위에 올려놓는다. 종이에는 도시 계획 같은 것이 그려져 있다. 중심에 '모스크'라고 적힌 커다란 원이 있다. 그 주변으로 '집', '학교', '병원'과 같은 문구가 적힌 사각형들이 원형으로 정렬되어 있다.

"미래의 도시는 이런 모습일 거예요. 엘리트들 위주로 시민들을 분리하는 치안도 없을 것이고, 사방으로 흩어진 공공 기관도 없을 겁니다."

"그리고 이것 보세요." 움 압달라가 중심에 있는 커다란 모스크를 가리키며 신이 나서 말한다. "모든 집이… 아니, 심지어 모든 건물이 모스크에서 도보로 5분 거리에 있어요."

두 사람의 말을 통역하자 로라가 이슬람 국가를 원하느냐고 묻는다.

"우리는 무슬림 나라에 살고 있어요." 아흐메드가 대답한다.

"하지만 무슬림 나라는 이슬람 국가와 다르잖아요." 로라가 말한다.

"모든 사람이 이슬람 국가를 원해요." 움 압달라가 끼어든다. 나는 이 말을 통역할지 망설인다. 하지만 부부는 눈치 채지 못한 것 같다.

주머니에 있던 휴대 전화가 진동한다. 타이무르가 보낸 짧은 문자이다. **그런 약속한 적 없어.** 타이무르의 말이 목 뒤에서 작은 덩어리로 뭉친다. 나는 타이무르의 말을 밥 한 숟가락과 함께 삼킨다.

"이슬람 국가를 원하지 않는 사람도 많아요." 로라가 주장한다.

"아니, 아니에요." 아흐메드가 고개를 젓는다. "그런 사람들은 극소수예요. 그 극소수는 다시 두 부류로 나뉘어요. 한 부류는 이슬람의 적들이고 의도적으로 신에게서 대중을 떼어 놓으려고 하는 사람들이죠. 다른 부류는 그저 잘 모르는 사람들이에요. 변화의 혜택을 알게 된다면 당장 마음을 바꿀 사람들이죠." 아흐메드는 미소 띤 얼굴로 나를 쳐다본다. "안 그래요?"

나는 대답 없이 밥과 양고기를 가득 문 채로 모든 말을 통역하는 데에만 집중한다. 아흐메드는 "안 그래요?"라는 질문으로 나를 도발한 걸까, 아니면 내가 너무 과하게 해석한 걸까? 부부는 내가 어느 부류라고 생각할지 궁금해진다. 아흐메드의 말이 틀리다고만 할 수 있을까? 나는 저격수들의 공격이 있고 난 몇 주 후를 떠올린다. 그 사건에서 벗어나지 못했지만, 나와 바스마는 마즈가 참가하고 있는 시위에 동참하러 갔었다. 광장으로 들어가려는데 한 청년이 팔을 들고 익숙한 눈빛으로 우리를 노려보며 길을 막아섰다.

"여성 구역은 저쪽이에요." 청년이 바스마에게 말했다. 그리고 자신의 왼쪽에 있는 파란색 플라스틱 방수포로 둘러싸인 작은 사각형을 가리켰다.

"여성 구역이라니?" 바스마가 청년을 밀쳤다. "국경 통제라도 하시나?"

"여성을 위한 특별 구역이에요. 안전을 위한 거라고요." 청년이 말했다.

"우리는 함께 있을 때 더 안전해요." 나는 청년에게 말했다.

청년이 나를 쳐다보았다. "오, 그래요? 다칠까 봐 무서운가 봐요? 그쪽도 여성 구역으로 가야겠네요."

나는 여성 구역이 아닌 집으로 돌아갔다. 그 후 나는 마즈의 고집 때문에 한 번 더 시위에 참가했다. 당시 마즈는 미국 인권 단체에 경찰의 공권력 남용을 고발하는 일에 관여하고 있었다. 시위 현장에 도착했을 때 나는 그 무엇도 예전과 같지 않음을 깨달았다. 턱수염을 기른 남자들이 사라졌고 여자들은 분리되었으며 구호도 바뀌었다. 나는 사람들의 얼굴을 훑어보았다. 사람들은 전과 다른 눈빛으로 나를 쳐다보았다. 벽이 돌아왔고 신뢰는 사라졌다. 그리고 나는 익숙한 내면의 벽이 다시 솟아오르는 것을 느꼈다. 주변을 돌아보며 나는 생각했다. 만약 우리가 가까스로 대통령을 끌어내렸다면, 대통령의 사진과 동상을 모두 파괴했다면, 그 자리를 무엇으로 대신할 수 있었을까? 내가 살아오면서 했던 일 중에 가장 진실한 행위가 시위라고 생각했다. 하지만 그 이후로 시위는 새로운 세대의 독재자들에게 권력을 쥐여 주는 순교 행위처럼 느껴졌다. 그 변화는 아마 내게 여성 구역으로 가라고 했던 청년의 말과 함께 시작되었을 것이다. 사각의 구역 안에 있는 사람들과 내 개인적 꿈조차 공유할 수 없는 상황에서 어떻게 정치적 꿈을 공유할 수 있겠는가? 나는 더 이상 가면을 쓰지 않기 위해 시위에 참가했다. 하지만 또 다른 가면을 써야 한다면, 가면을 벗기 위해 목숨을 거는 것에 무슨 의미가 있겠는가? 그것은 당나귀 거세시키기와 마찬가지일 것이다. 나는 잠시 담배 한 대를 피우며 사각형 안에 머물렀다 그 자리를 떠났다.

혁명이 성공한다면 아흐메드 같은 사람들의 손에 내 운명이 쥐어질 것이다. 그런 일이 일어난다 해도 여전히 대화 뒤에 숨을 수 있을까? 오늘은 다행히 맛있는 음식이 일조를 한다. 양고기는 부드럽고 기름져서 입에 넣는 순간 녹아 버리고, 샐러드는 시원하게 바삭거린다. 게걸스럽게 내 몫을 비우니 움 압달라가 즉시 밥과 양고기를 접시에 더 담아 준다. 애써 거절하지만 움 압달라는 단호하다.

"먹어요, 먹어." 움 압달라가 내 접시에 샐러드를 더 얹으며 고집을 부린다. 그리고 로라를 돌아본다. "압달라 좀 보세요. 그 애는 실패한 정권 아래에 있는 청년의 완벽한 표상이에요. 너무 아름다운 아이죠." 움 압달라는 샐러드 스푼을 들고 서 있다 문득 나를 돌아보며 묻는다. "라사 선생님, 질문 하나 해도 될까요?"

"물론⋯."

"기도하세요?"

"기도요?" 나는 망설인다. "가끔씩⋯ 자주 하지는 않아요."

움 압달라가 고개를 젓는다. "안 돼요, 젊은이. 그건 옳지 않아요. 신께서 당신을 위해 이 세상을 창조하셨고, 이 훌륭한 식사와 당신이 입은 옷, 이 찰나의 순간 들이쉬는 숨까지 제공하셨어요. 모두 신이 주신 거잖아요. 그런데 그런 신을 위해 하루에 5분도 낼 시간이 없다는 거예요? 제발, 당신을 위한 일이니까⋯, 시간을 내기 힘들면 하루에 딱 두 번만⋯. 정신과 몸에서 즉시 변화를 느낄 거예요."

나는 화나지 않았다는 것을 보여 주기 위해 미소를 짓는다. "기도할게요." 나는 말한다. 순간 갑작스러운 이미지가 나를 흔들며 많은 생각들이 뒤섞이더니 움 압달라가 내 어머니가 될 수도 있다는 생각이 든다. 부부의 아들이 사라졌으니 대신 내가 테타의 집에서 나와 두 사람과 함께 살 수도 있다는 생각이 빠르고 은밀하게 다가온다. 나는 이렇게 접시에 담아 준 맛있는 음식을 하루 종일 먹고, 부부와 하루에 다섯 번씩 기도할 것이다. 그리고 함께 시위를 하러 갈 것이다. 우리는 알 샤르키예의 바로 이곳, 이 비좁은 거실에서 나라를 재건할 것이고, 모든 집은 모스크에서 도보로 5분 거리에 자리하게 될 것이다. 저런 어머니와 아버지를 갖는다면 정말 멋질 것이다. 나는 부르주아적 거품에서도 벗어날 것이다. 여기에서 나는 어떤 진정성을 얻을 것이며, 여러 가지 측면에 대한 견해도 분명해질 것이다.

로라가 뭐라고 말하자 움 압달라가 재빨리 이런 식으로 답한다. "기자님이 쓴 기사가 아들을 찾는 데 도움이 되었으면 좋겠네요." 하지만 정확히 무슨 말인지 알아듣지 못했다. 나는 말이 너무 빨라 통역할 수 없으니 더 천천히 말해 달라고 부탁한다. 그러나 움 압달라는 여전히 속사포로 말하고, 아흐메드가 그것을 내게 반복하여 말해 준다.

"집사람은 아들을 찾는 데 도움이 될 만한 질문이 있느냐고 묻는 거예요." 아흐메드가 말한다. 나는 아흐메드의 말을 로라에게 전달한다.

"헛된 희망을 주고 싶지 않아요." 로라가 설명한다. "신문사에서는 좀 더 광범위한 이야기를 다루길 원하지만 아들의 실종도 꼭 언급할게요." 움 압달라가 일어서서 벽에 걸린 액자를 움켜쥔다. 그리고 조심스럽게 사진을 꺼내어 로라에게 건넨다.

"이 사진을 가져가세요." 움 압달라가 말한다. "사진을 신문에 실어 주면——"

"오, 아니요. 그렇게는 못 해요." 로라가 사진을 밀어내며 말한다. 아흐메드가 사진을 빼앗아 테이블 위에 올려놓는다.

"어떤 질문을 하실 건가요?" 아흐메드가 사진 속 아들의 얼굴에 왼손을 올려놓은 채 말한다. "저희가 답해 드리죠."

로라는 포크를 내려놓고 입가에 묻은 기름기를 티슈로 닦는다. 그리고 노트북을 꺼낸 후 두 사람에게 질문을 퍼붓기 시작한다. 마치 내가 없는 방에서 세 사람이 직접 대화하는 것처럼 느낄 수 있도록 나는 부부의 대답을 빠르게 통역하여 로라의 귓가에 조용히 전달한다.

부부는 시위를 어떤 식으로 계획했고 무엇을 요구하는지에 관해 설명한다. 움 압달라는 자욱한 최루 가스 연기 속에서 천사 가브리엘을 봤던 경험을 이야기한다. (만약 이슬람 국가의 신이 보낸 신호가 아니라면 가브리엘을 어떻게 설명할 수 있나요?) 자신들을 폭력배, 테러범으로 묘사하는 언론에 대해 말하면서도 부부는 무척 신난 듯 보인다. 두 사람은 정부가 필요 없다고 확신한다. 두 사람은 자신들만의 세계를 창조했고, 그것은 이곳에서만 자랄 수 있다.

나는 통역을 하다 그만 흥분하여 목소리를 높인다. 아흐메드가 내 눈을 쳐다본다.

"사람들이 대통령의 전략에 대해 뭐라고 말하는지 아시잖아요." 아흐메드가 말한다. "개인의 존재가 발가벗겨져 무력해질 때까지 조금씩 허물어뜨려 놓고, 가장 비밀스러운 생각마저 온 천하에 까발리는 방식 말이에요. 하지만 우리는 이제 두렵지 않아요. 더는 못 본 척하지 않을 거예요."

아흐메드는 이렇게 말하며 내 눈을 빤히 쳐다본다. 자신의 이상에 대한 내 믿음을 시험하는 걸까? 아흐메드의 눈빛은 대통령의 눈빛을 떠올리게 한다.

움 압달라가 고양된 목소리로 말한다. "그 사람들 말처럼 압달라가 정말 죽는다면 압달라는 순교자가 되어 천국에서 혁명의 완성을 지켜볼 거예요. 우리는 나라 전체를 불태워서 아들의 죽음이 헛되지 않게 할 겁니다."

아흐메드가 자신의 철학에 대해 이야기하기 시작하면서 대화가 급전환된다. 로라는 서양에 대한 아흐메드의 의견을 묻는다.

"사회는 서방 세계의 사악한 영향을 피해야 해요." 아흐메드가 무미건조하게 말한다. 로라는 내가 통역하는 말을 열심히 받아 적는다.

"예를 들어 당신네 나라 남자들은 여자처럼 보이고, 여자들은 남자처럼 보이잖아요. 그런 일은 서양 사회에서 허용될 뿐 아니라 동등한 권리로 장려되죠." 나는 아흐메드의 말을 통역한다. "그러다 보니 서양 국가에 여자 같은 남자들과 잠자리를 하는 남자들이 생겨나는 거예요. 이건 양고기를 얻으려고 양처럼 입힌 돼지를 도살하는 것과 같아요."

"이 혁명은 아름다운 일이에요." 움 압달라가 말한다. "이제 우리를 가르치는 건 평범한 사람들, 가난뱅이들과 탄압받아 온 까막눈들이에요.

같은 나라, 심지어 같은 도시 출신이면서도 서로를 진정으로 이해하지 못한다는 깨달음이 슬며시 고개를 든다. 나는 아흐메드에게 많은 것을 이야기하고, 그것에 대한 더 많은 생각을 듣고 싶다. 동의하고 싶은 견해도 있고 반박하고 싶은 견해도 있다. 나의 가장 친한 친구도 자신이 되고자 하는 존재, 정체성 때문에 정권에 붙잡혀 있다고 움 압달라에게 말하고 싶지만 적당한 말을 찾을 수 없다. 마즈가 그 영화관에서 체포됐다고 하면 두 사람은 어떻게 반응할까? 나도 그들처럼 정권과 언론에 의해 오해받고 비난받을 수 있다는 사실을 어떻게 설명할까? 이러한 이야기를 잘 전달할 방법이 없다. 깊은 결속의 짧은 순간이 눈앞에서 소멸되는 느낌이다.

아흐메드가 갑자기 자리에서 일어선다. "기도 시간이에요." 방 한구석으로 자리를 옮긴 아흐메드가 나를 돌아본다. "안 오세요?"

나는 고개를 저으려다 그것이 질문이 아님을 깨닫는
다. 통역 중에 내 의견을 가장하거나 그림자 뒤에 숨는 일
은 더 이상 없다. 여기에 남든 저기서 아흐메드와 함께하
든 둘 중 하나를 선택해야 한다. 진정한 근본주의자라면
자신의 신념을 타인에게 강요하지 않아도 될 만큼의 확
신은 있을 것이다.

나는 일어서서 아흐메드를 따라 구석으로 간다. 그리
고 아흐메드가 두 손을 머리에 얹고 무릎을 꿇는 모습을
보고 똑같이 따라 한다. 그러다 갑자기 아흐메드의 팔을
잡아채 기도를 방해하고 싶은 충동이 일어난다. 손을 맞
잡고 거실에서 탱고를 추고 싶다. 더 이상의 설교나 다툼
은 없다. 모순을 선택하게 두고 모순의 박자에 맞춰 춤추
자. 춤이 아니라면 사랑을 나누자. 나는 기꺼이 아흐메드
와 사랑을 나눌 것이다. 디슈다샤를 벗기고 허벅지를 움
켜쥔 채 그것을 입으로 가져가 좋은 시간을 보내고 그가
긴장을 풀도록 도와줄 것이다.

나는 테이블로 돌아가 노라가 남긴 메시지를 확인한
다. **마즈가 혼자 나가는 걸 바텐더가 봤대. 상황이 좋지 않아⋯.**
나는 휴대 전화를 주머니에 넣고 테이블 앞에 앉는다.

"기자님이 우리에 대한 진실을 세상에 알려 주면 좋겠
어요." 아흐메드가 로라에게 말한다.

움 압달라가 테이블에 있던 압달라의 사진을 내 손에
쥐여 준다. 그리고 사진을 거절하면 아들의 실종에 일조

한 것이나 마찬가지라고 협박하듯 내 눈을 쳐다본다. 나는 사진을 가방에 넣는다.

"아들을 찾는 데 도움이 좀 될 거예요." 움 압달라가 말한다.

나는 대답 없는 로라를 보며 지킬 수 없는 약속을 거절하는 모습에 미움과 존경을 동시에 느낀다. 나는 로라가 기사에 아들을 언급할 것이며 아들을 찾을 수 있을 거라고 장담하고 싶다. 로라는 아무 말도 없고 아흐마드는 대화가 바뀌려는 어떤 낌새도 분명 눈치 챌 것이었기 때문에 나는 아무 말도 하지 못한다. 대신 그저 말없이 부부를 바라본다. 두 사람의 얼굴은 마치 일어나자마자 짐을 챙겨 도망간 거주민의 빈집처럼 보인다.

나는 로라를 데려다 준 후 서부 외곽 지역을 정처 없이 방황한다. 녹음이 우거진 넓은 도로는 시내의 군중이나 소음과 거리가 멀다. 이곳은 더위마저 다르게 느껴진다. 다급함은 덜하고 쾌활함은 풍부하다. 집으로, 테타와 도리스에게로, 그리고 내 침실로 곧장 돌아가고 싶지 않다. 마즈의 집을 지나며 다시 전화를 걸어 보지만 전화기는 여전히 꺼져 있다. 오랜 이웃 동네를 지나다 열세 살을 앞둔 몇 달을 떠올린다. 이곳에서 이사하기 전이었다. 아버지가 돌아가시고 한동안 테타는 거의 죽어 있었다. 방 안에 틀어박혀 화장실을 가거나 물주전자를 채워야 할 때

만 밖으로 나왔다. 그보다 먼저 어머니가 집을 나간 이후
부터 나도 죽고 싶었기 때문에, 적어도 아버지의 죽음이
테타에게 그와 같은 수준의 슬픔을 가져다 준 것이라고
생각했다.

당시 우리는 아버지의 죽음에 대해 이야기하지 않았
다. 아버지의 부재를 느끼게 하는 것은 선생님들, 같은 반
친구들, 가족의 오랜 지인들이 보이는 표정뿐이었다. 나
는 형사처럼 출입문과 창문 틈으로 테타를 훔쳐보며 그
녀가 무방비한 순간을 노렸다. 테타는 대게 크림을 바르
거나 화장을 하거나 머리를 말렸다. 그러나 때로 창밖을
응시하거나 침대용 탁자 위에 어지러이 늘어 가는 아버
지의 사진을 바라보기도 했다.

아버지가 세상을 떠나고 처음 몇 달 동안 테타는 아들
이 떠난 자리에 나를 욱여넣었다. 테타는 내가 좋아하는
음식들을 만들었다. 배탈이 나면 아락[21]을 배에 문질러
주었고, 아침에 조금이라도 기침을 하면 타히니[22]를 한
숟가락 가득 떠서 내 입에 밀어 넣었다. 테타의 곁에는 나
뿐이었다. 나는 단순한 손자가 아니었다. 테타의 아들이
자 남편이었다.

그러나 이런 시간은 그리 오래가지 않았다. 나는 곧 테

---

21 쌀이나 야자로 만든 아랍의 전통 증류주
22 참깨를 갈아 만든 소스

타의 규칙으로 세워진 요새 안으로 돌아갔다. "찬 바닥을 맨발로 다니지 마라. 안 그러면 설사병 난다. 내가 소파에서 자고 있으면 텔레비전을 끄지 마라. 잠이 깨버리면 다시 잠들지 못할 거야. 내가 낮잠을 못 자면 정말 큰일 난단다. 그것 때문에 몇 주간 내 수면 일정이 망가질 테니. 집에 온 손님을 잠옷 차림으로 맞이하지 마라. 물 마실 때는 같은 컵을 사용하렴. 매번 새 컵을 쓸 필요 없어. 네가 무슨 왕자님이라도 되니? 잊어버리지 않게 그냥 컵을 냉수기 위에 올려 놔. 남자답게 굴어라. 8시 이후에는 밥 먹지 말고. 잠잘 때 위가 움직이지 않아서 아침에 소화불량이 올 거야."

결국 개학을 한 주 앞두고 나는 도망치기로 결심했다. 집에는 내 것이 없었다. 그리고 나는 어머니를 찾아야 했다. 어머니는 수치심 없이 아버지의 죽음에 대해 이야기하고, 내가 던지는 어려운 질문에 답해 줄 것이며 불편한 주제에 대해 다룰 수 있을 것이라고 믿었다. 어머니는 테타와 다르니까 말이다. 어머니가 했던 대로 일단 문밖을 나서는 것이 가장 좋은 방법이라고 생각했다. 그러면 자연스럽게 어머니의 발자취를 따라갈 수 있을 줄 알았다.

테타가 낮잠을 자러 침실로 들어간 후 나는 신중하게 여정에 필요한 짐을 쌌다. 플라스틱 물병, 바나나 한 개, 책 두 권, 휴대용 시디플레이어와 시디 몇 장, 반창고 한 통, 여벌의 티셔츠, 그리고 가장 좋아하는 피타 빵으로

싼 할와 샌드위치. 할와가 말랑말랑하게 녹도록 정확히 30초 동안 전자레인지에 돌렸다. 테타의 코고는 소리가 복도에 울렸다. 나는 현관까지 살금살금 걸어가 조용히 밖으로 나왔다.

건물 밖으로 나온 나는 왼쪽으로 꺾어 길을 따라 걸었다. 그리고 거대하고 흉물스러운 오마르의 집 앞을 지날 때는 혹시 누가 볼까 봐 전력 질주했다. 길 끝에 다다라서는 오른쪽으로 돌아 슈퍼마켓 방향으로 걸었다. 늦여름의 태양이 머리 위로 내리쬐었다. 나는 더위를 식혀 줄 슬러시 퍼피를 사는 것이 꽤 좋은 투자일 거라고 생각하며 슈퍼마켓에 들어갔다.

나는 슬러시 퍼피를 들고 큰길의 신호등을 향해 걸어갔다. 시내와 알 샤르키예로 향하는 고속 도로까지 이어져 있는 길이었다. 고속 도로를 걸어 내려가는 것은 쉽지 않아 보였지만 가장자리에 바짝 붙어서 걸으면 괜찮을 것 같았다. 도로가 시야에 들어오자 지독한 외로움이 현기증처럼 덮쳐 왔다. 나는 슬픔에 잠겨 있던 테타와 그 집에서 벗어나 적막하고 푸르른 거리에 오롯이 홀로 있음을 깨달았다. 그렇다. 나는 자유로웠다. 그러나 자유로움 속에서도 철저히 혼자였다. 테타가 잠에서 깨어 내가 사라진 것을 알면 어떻게 할까? 나는 결코 집으로 돌아갈 수 없을 것이다. 내가 도망치려고 했다는 사실을 알면 테타가 용서하지 않을 것이기 때문이다.

인도에 앉아 선택지를 고민하며 바나나 껍질을 벗겼다. 나는 늘 어머니에게 조잘댔지만, 어머니는 그다지 좋은 청자가 아니었다. 노력이 부족했던 것은 아니다. 사실 어머니는 늘 들으려고 애썼지만 그리 오래 집중하지 못했다. 그렇지 않으면 자신의 생각을 강요하거나 내 말을 자신의 기분에 맞추어 왜곡했다. 그럼에도 불구하고 나는 테타보다는 어머니에게 더 많은 이야기를 했다. 테타에게 했던 얘기는 충분히 좋은 성적을 받고 있는지, 대학에서 무엇을 전공할지, 내 첫 아이의 이름을 뭐라고 지을지 정도가 전부였다.

어머니는 2년 전 집을 나간 후 연락이 닿지 않는 상태였다. 반면 금욕적이고 꽉 막힌 테타는 늘 믿음직한 내 편이 되어 주었다. 어머니는 다정한 만큼 예측 불가였다. 나를 또 떠나지 않을지, 죽지는 않을지 어떻게 확신할 수 있는가? 게다가 집에서 나온 지 30분 만에 슬러시를 사 먹느라 용돈을 거의 다 써 버렸고 유일한 식량인 바나나도 먹어 치웠다. 오늘 저녁, 아니 내일이나 모레에는 무엇을 해야 할까? 그러나 숨 막힐 듯한 침묵이 흐르는 테타의 집으로 돌아간다는 것은 또 다른 종류의 죽음을 의미할 뿐인데….

집에 돌아갔을 때 테타는 여전히 방 안에 있었다. 시원한 바람이 집 안과 복도로 불어 왔다. 나는 방으로 들어갔다. 살짝 테타의 방문이 열려 있었다. 나는 문틈으로 침대에 앉아 있는 테타를 슬쩍 보았다. 테타는 옷을 입는 중이었다. 뱃살을 집어넣은 연한 갈색의 보정 속옷인 가인의 끄트머리까지 커다란 가슴이 축 늘어져 있었다. 테타는 더 효과적인 코르셋이 출시된 후에도 여전히 가인을 입었다. 마치 유니폼인 듯 가벼운 스웨터와 1950년대 펜슬 스커트와 함께 말이다. 일주일에 한 번 감는 머리는 늘 드라이하여 단정한 단발로 유지했고, 80대에 들어서자 금발의 윤기를 유지하기 위해 매달 모발 뿌리를 염색했다.

테타는 침대 위에 앉아 있었다. 가인의 실크 천이 둥근 배를 감싸고 있었다. 테타는 자신의 두 손을 가만히 보며 생각에 빠져 있었다. 나는 그런 테타를 유심히 보았다. 막 돌아서려는데 테타가 고개를 들어 나를 쳐다보았고 우리의 시선이 마주쳤다. 테타의 두 눈에는 극심한 공포가 서려 있었다. 아니면 취약함이었을까? 그게 무엇이었든 나는 방으로 달려가 문을 닫았다. 그리고 오후 내내 방 안에서 꿈쩍하지 않았다. 이른 저녁 밖으로 나왔지만, 아무 말 없이 식탁에 앉아 저녁을 먹었다. 그 후부터 테타는 가면을 벗기 전에 침실 문이 잠겼는지 꼭 확인했다.

나는 문득 오래전 그 슈퍼마켓을 지나고 있음을 깨닫는다. 차를 주차하고 슈퍼마켓 안으로 들어가 오렌지 맛 슬러시 퍼피를 산다. 그리고 아스팔트길을 따라 예전 집이 있던 곳을 향해 걷는다. 한때 오마르의 거대한 빌라가 있었던 자리가 보인다. 지금은 체육관과 피트니스 센터가 서 있다. 꼭대기 층에서 많은 여성들이 러닝머신 위에서 뛰고 있다. 졸업 몇 달 전에 오마르의 아버지가 비리 사건에 연루되었다는 소식이 퍼졌다. 오마르의 아버지는 가능한 많은 것들을 챙겨 외국으로 도주했다. 오마르는 현재 유럽 어딘가에서 영화를 만들고 있다. 소문에 의하면 오마르의 아버지는 지중해에 요트를 띄우고 산다고 한다. 아마 여전히 요트 위에 있을 것이다.

우리 집은 다른 집들과 마찬가지로 철거되어 화려한 복합 쇼핑몰로 대체되었다. 그것 때문에 슬프지는 않다. 그보다는 필연적인 허무함을 느낀다. 나는 쇼핑몰 맞은편에 있는 잎이 무성한 오렌지 나무 아래의 벤치에 앉는다. 나는 그늘을 즐기며 지나치게 커다란 선글라스를 쓴 세련된 복장의 여자들과 그녀들의 팔꿈치에 걸린 쇼핑백을 구경한다. 여자들은 하이힐을 신고 포장된 길 위를 또각또각 걸으며 런던행 비행기의 출발 시간에 대해 불평하고 있다. 나는 주변에서 들려오는 즐겁고 두서없으며 무의미한 대화의 조각들을 붙잡는다. 잠시 후 그 평온함이 나를 짜증나게 하고, 여자들의 목소리는 거슬리기 시작한다.

근처 카페에서 젊은 연인이 햇볕을 받으며 점심을 먹고 있다. 말쑥한 양복 차림의 남자가 무언가를 이야기하고, 여자는 퀴노아와 페타 치즈를 버무린 샐러드를 집으며 열심히 듣고 있다. 결정적인 대목에서 여자는 두 손을 번쩍 들고 활기차게 웃는다. 포크에 붙어 있던 퀴노아 몇 알이 여자 뒤로 날아가 몇 미터 밖에 떨어진다. 비둘기 두 마리가 부스러기를 향해 몰려든다.

대지와 나무를 비추며 타오르는 빛줄기가 슬러시의 과일 향과 어우러져 나의 유년 시절을 떠올리게 하는 익숙한 냄새를 만들어 낸다. 갑자기 그 시절로 돌아간 기분이다. 아버지를 막 떠나보낸 열두 살의 기억이 마치 어제처럼 생생하다.

아버지의 죽음은 모든 것을 바꿔 놓았다. 나는 아무런 준비 없이 가장이 되었다. 그와 동시에 테타의 규칙에 반항하려는 위험한 감정들이 내게 슬금슬금 영향을 미치기 시작했다. 외부에서는 내게 무슨 일이 일어나는지 전혀 알 수 없었을 것이다. 하지만 나는 아무도 모르게 나의 어두운 생각들을 보관할 비밀 새장을 마음속에 만들었다. 어두운 생각들이 날아가려 하면 나중에 필요할 때를 대비해 새장에 잡아 두었다. 나는 새장 안에 비밀을 보관했고, 그 비밀이 세상으로 새어 나갈지도 모른다는 두려움 때문에 혼잣말조차 하지 못했다. 비밀들이 새장 안에서 돌아다니는 것은 자유지만 테타에게 발각될 수 있으니 밖으로 나갈 수는 없었다. 대화나 진단이 없으니 나는 내 증상을 이해할 수도, 치료할 수도 없었다. 내 끔찍한 불행은 이름 없이 남았다. 조지 마이클이 나타나기 전까지.

"인기 그룹 웸!(Wham!)의 멤버였던 영국의 팝 스타 조지 마이클이 금요일 밤에 시엔엔과의 인터뷰에서 자신이 게이라고 밝혔습니다." 어느 날 저녁, 거실 카펫 위에 누워 숙제를 하고 있는데 텔레비전에서 한 금발 여성이 미국인 특유의 발랄한 목소리로 말했다. "이는 올해 34세인 가수가 베벌리힐스 파크의 화장실에서 음란 행위 혐의로 체포된 이후 처음으로 가진 인터뷰였습니다."

게이. 바로 그 단어였다. 갑자기 모든 것이 명확해졌다. 나는 테타가 아직 주방에서 요리하느라 바쁜지 확인하고, 더 자세히 보기 위해 텔레비전에 가까이 다가갔다. 나는 마치 내 생존의 비밀을 품고 있기라도 한 듯 티브이 화면의 그 모든 내용을 받아들이고 싶었다.

"저는 조금도 부끄럽지 않습니다." 화면에 등장한 마이클이 말했다. 커다란 선글라스 때문에 얼굴은 거의 보이지 않았다. "제 성정체성을 이런 식으로 노출했다는 것이 바보 같고 경솔한 행동이라고 생각하고 저 자신이 무력하게도 느껴집니다. 하지만 부끄럽지는 않습니다."

나는 자리에서 일어나 욕실로 갔다. 그리고 수도꼭지를 틀어 놓은 채 거울에 비친 내 모습을 바라보았다. 마침내 용기를 낸 나는 거울 속의 나에게 더없이 부드럽게 두 마디를 속삭였다. "나는 게이다."

나는 이 문장이 딱 맞게 혀에서 굴러 떨어지는지 확인하기 위해 입 모양을 자세히 살피며 몇 번씩 문장을 되뇌었다. 가끔 거울 속 내 모습이나 치아 혹은 거울에 묻은 얼룩에 정신이 팔리기도 했다. 거울을 잘 닦아 놓지 않았다며 도리스에게 소리를 지르는 테타의 모습이 떠올랐다. 하지만 나는 다시 집중하여 두 단어를 말할 때 입의 윤곽과 움직임이 어떠한지, 입술에 닿는 입김의 느낌이 어떠한지, 숨을 내쉴 때 거울에 어떻게 김이 서리며 거울 속 내 모습을 어떤 식으로 왜곡시키는지 확인했다. 나는 두 단어를 나조차 들을 수 없을 정도로 최대한 낮게 말했다. 처음에는 의문문으로, 다음에는 서술문으로, 그리고 마지막에는 슬픈 탄식으로 말했다.

나는 게이다.

처음 말했을 때에는 안도감을 느꼈다. 그러한 생각과 감정을 말로 내뱉고 비밀의 새장에서 나오게 내버려 둔 것은 처음이었다. 아직 확실한 것은 아니었다. 하지만 그것은 시작이었고, 낯선 내 고통의 모습이 담긴 가능성의 예고편이었다.

나는 다른 사람들과 다르다.

나는 혼자가 될 운명이다.

나는 영원히 지옥에서 썩을 것이다.

하지만 게이라는 말로는 충분하지 않았다. 그 단어는

너무 멀고 막연했다. 조지 마이클 말고는 그 어디에서도 게이의 낌새를 찾을 수 없었다. 여기에는 없는 질병일까? 나는 어떻게 감염된 걸까? 내가 봤던 모든 미국 텔레비전 프로그램이 나를 감염시켜 게이로 만든 걸까? 미국을 포함한 외국 신문의 헤드라인에 국한될 운명을 타고난 그 단어는 내 삶과 전혀 어울리지 않는 공상의 대상이었고 내 실체와 부조화를 이루는 비현실적인 정체성이었다.

나는 비슷한 단어를 모두 생각한 후 얼마나 입에 잘 붙는지 확인하기 위해 거울 앞에서 말해 보았다. 욕실은 새 아파트에서 가장 좋아하는 공간이 되었다. 진한 파란색 타일로 둘러싸인 이 곳에는 골목이 내려다보이는 작은 환풍기를 제외하면 바깥세상과 이어지는 통로가 없었다. 독립적이고 폐쇄적이며 통제 가능한 공간이었다. 나는 욕실에서 몇 시간, 혹은 테타가 욕실 문을 두드리기 시작하기 전까지 최대한 오래 시간을 보냈다. 변비인 척 핑계를 댄 탓에 말린 자두와 요거트를 먹어야 했지만 그만한 가치가 있는 일이었다.

우연히 알게 된 첫 번째 단어는 종교 수업에서 마주쳤다. 평범한 그날의 수업은 질문과 답변 시간으로 변질되어 무엇이 **하람**인지에 관한 지루한 견해를 들어야 했다. (성형 수술: 의학적인 이유에서라면 **하람**이 아님, 헬스장에 가는 것: 알라가 주신 몸을 변형해서는 안 되므로 **하람**임, 오럴 섹스: 하람이지만 복잡한 문제로, 선생님은 그에 대해 논의할 생각이 없어

130

보였음.)

어느 날 대통령의 집무실에서 온 누군가가 종교 수업을 참관했고, 선생님은 마지못해 수업을 해야 했다. 선생님은 소돔과 고모라 이야기를 해주었다. 동성애를 포함한 여러 죄가 만연하여 신의 징벌을 불러왔다. 신은 불덩이를 비처럼 퍼부어 인간들을 벌했고 예언자 롯에게 그곳을 탈출하여 다시는 돌아보지 말라고 명령했다. 하지만 롯과 함께 소돔을 탈출하던 그의 아내가 뒤를 돌아보자 그녀는 바로 소금 기둥으로 변했다.

"그래서 사해가 소금물이 된 거란다." 선생님이 친절하게 설명했다.

바스마가 손을 들었다.

"로티가 거기에서 유래된 거예요?" 바스마가 물었다. "예언자 롯에서?"

선생님이 대통령 집무실에서 나온 남자를 흘끗 보자 남자가 고개를 끄덕였다. "맞아요, 로티는 예언자 롯의 이름에서 유래한 거예요." 선생님이 말했다.

"로티가 무슨 뜻이에요?" 마즈가 물었다.

선생님은 머뭇거리며 남자를 쳐다보았다. 남자가 허락의 의미로 또 고개를 끄덕였다. 선생님은 목청을 가다듬었고 꾸란을 열어 읽기 시작했다. "이 세상에서 누구도 행한 적 없는 방식으로 그와 같은 외설을 저질렀는가? 너희는 여자 대신 남자들에게 음탕한 방식으로 접근하는

구나. 진정으로 너희는 도를 넘어서는 죄를 짓는 종족이로다." 선생님이 학생들을 의기양양하게 쳐다보았다.

학생들이 짜증스러운 듯 신음 소리를 냈다.

"마즈, 넌 원래 소돔에서 살았냐?" 함자가 말했다.

아이들이 낄낄거렸다. 나는 손을 들었다.

"그러면 그게 하람이라는 뜻인가요?"

"지금 농담하려는 거니, 라사?" 선생님이 말했다.

"아니요." 나는 이유를 설명하려고 했다.

"버릇없이 굴지 말거라." 선생님이 내 말을 가로막았다.

로티. 나는 집으로 돌아가 수도꼭지를 틀고 거울 앞에서서 이렇게 말했다. **"아나 로티, 나는 남색자야."**

소도마이트(Sodomite)라는 단어도 있었지만, 그건 너무 종교적이었다. 지옥에 갈 거라는 생각만 들었다.

몇 주가 지난 어느 아침, 학생들이 줄을 서서 다 같이 국가를 부르며 학교로 걸어가고 있었다. 함자가 내 뒤를 바짝 쫓아오며 걸음을 내딛을 때마다 발뒤꿈치를 밟았다.

"**카왈.**" 내가 발을 헛디딜 때마다 함자가 내 귓가에 코웃음을 쳤다. 나는 무시하고 계속 걸었다. 함자가 다시 발을 걸었다. "**카왈.**"

함자는 멈추지 않았다. 결국 나는 호기심을 이기지 못하고 돌아섰다.

"**카왈**이 뭔데?"

함자는 내 눈을 쳐다보며 입 모양으로 말했다. "**바니칵,**

널 따먹을 거야." 좋은 말처럼 들리지는 않았다. 함자의 눈빛에 수치심을 느낀 나는 얼굴을 붉혔다. **함자가 날 따먹을 거야.** 나는 황급히 시선을 돌렸다.

나는 점심시간에 역사 담당인 라빕 선생님을 찾아갔다. 늘 말라붙은 침의 하얀 거품을 양쪽 입가에 달고 있는 다정한 눈의 할아버지 선생님이었다. 나는 라빕 선생님에게 **카왈**의 뜻에 대해 물었다.

"그런 말은 어디서 들었니?" 라빕 선생님이 물었다. 각 음절을 입 밖으로 내기 전에 연구라도 하듯 아주 천천히 말했다. 나는 어깨를 으쓱했다. 선생님은 한숨을 내쉬고 입술에 침을 발랐다. 말라붙은 침이 반짝거렸다. "**카왈**은 여성스러운 남자를 뜻하는 말이란다. 옛날에는 남성 벨리 댄서를 가리키는 말로 쓰였지. 하지만 요새는 쓰지 않는단다."

"게이한테 쓰는 말이에요?" 내가 물었다.

"뭐… 뭐라고?" 라빕 선생님이 말을 더듬으며 물었다.

"게이요."

"여기서 그런 말은 쓰지 말거라." 선생님은 두 눈을 가늘게 뜨고 말했다. 선생님은 입술에 침을 바르며 책상에서 일어났고 나를 사무실 문으로 안내했다.

나는 집으로 돌아가 욕실 거울 앞에 섰다.

아나 카왈, 나는 카왈이다.

"라사, 물을 틀어 놓은 지 10분째다." 테타가 문 밖에서 주의를 주었다. "너 때문에 전국에 가뭄이 들겠어."

어쩌면 나는 정말 **카왈**일지도 몰랐다. 함자가 나를 **카왈**이라고 부를 만한 행동이 있었는지 돌이켜 보았다. 선생님의 말에 집중하는 동안 턱 밑에서 흐늘거렸던 손목 때문일까? 조절하는 것을 깜빡하고 입술 사이로 새어 나간 또래 친구들보다 높은 목소리 때문일까?

어쩌면 **카왈**은 내 모습의 일부였을지 모른다. 계집애 같은 남자아이. 여성스러운 소년. 하지만 그 단어가 내 모든 것을 아우르는 것은 아니었다.

완벽한 단어를 찾으려는 집착은 계속되었다. 내가 느꼈던 것들을 설명하는 아랍어와 영어 단어는 무척 많았지만, 이상하게도 그 모든 것을 요약하는 한 단어를 찾을 수 없었다. 김 서린 거울 앞에서 단어 뒤에 숨은 의미를 해석했던 유년 시절을 생각하면 내가 통역사 일을 하는 것도 그리 놀랍지 않다.

결국 그 모든 행위는 내가 남들과 다르길 원하지 않는다는 결론으로 압축되었다. 나는 사전에 있는 모호한 단어의 음절 사이일지라도 어딘가에 속해야만 했다. 나는 어딘가에 속해야 했고, 우리의 삶이 다른 사람들과 같았던 때로 돌아가길 바랐다. 마즈, 오마르와 함께 서부 외곽 지역으로 돌아가고 싶었다. 나는 부모님이 그들이 앗아가 버린 익숙한 것을 모두 가지고 돌아오기를 바랐다. 사과 맛 물담배 향과 어머니의 진한 향수 냄새, 라마단 특

집 드라마와 "골!"이라고 외치던 스포츠 해설자의 흥분된 목소리, 엄마가 "아인슈타인도 악필이었다."며 내 글씨체를 열심히 변호해 주었던 학부모 모임. 이제 집에서든 학부모 모임에서든 남은 건 테타뿐이었다. 테타는 머리카락을 귀 뒤로 넘긴 채 젊은 학부모들 틈에서 조용히 일을 꾸몄다. 선생님의 제재를 무시한 채, 테타는 가느다란 갈색 담배를 주름진 입술에 물고는 교실에서 담배를 피우겠다고 고집을 부렸다.

한동안 나는 비밀 새장 안에 택시 기사를 이국적인 새처럼 보관했다. 그러다 열여섯 살이 되면서 새장에는 비밀스러운 짝사랑과 판타지, 집착 그리고 같은 반 남자아이들의 여러 신체 부위에 대한 이미지가 추가되었다. 나는 이 생각들을 붙잡아 두었다가 욕실에 들어가 몇 시간씩 꺼내 보았고, 테타가 문을 두드리기 시작하면 다시 조심스럽게 새장에 집어넣었다.

결혼이라는 악몽은 내게 엄청난 정신적 충격을 주었다. 나는 많은 여자들에게 애정을 느끼면서도 한 여자와 함께인 나를 상상할 수 없었다. 내가 여성에게 느끼는 매력은 모두 여성에 대한 구애가 사회적으로 용인된다는 것에서 비롯되었기 때문이었다. 나는 결혼이라는 불가피한 징역형을 받아들였다. 결혼하여 아이들을 낳고 매일 침대 맨 구석자리에 웅크리고 누울 것이다. 그리고 아내를 만져야 한다는 생각에 불안해하며 밤을 지새울 예정이었다. 나는 불행하고 고독한 삶을 살 것이고, 아이들은 단지 수년간 고생한 테타에게 주는 선물일 뿐이었다.

고등학교 3학년 때 나는 폴스카사트를 알게 되었다. 폴스카사트를 알려 준 사람은 오마르였다. 어느 날 오마르가 전화를 해서 잘 알려지지 않은 폴란드 위성 채널이 있는데 정확한 주파수만 알면 볼 수 있다며 잔뜩 들뜬 목소리로 속닥거렸다. 토요일이었던 그날 밤, 나는 테타가 하품을 하며 자러 들어간다고 말할 때까지 기다렸다. 그리고 조용한 집 안에 코 고는 소리가 울려 퍼지는 것을 확인한 후 잽싸게 채널을 돌려 폴스카사트를 찾았다.

그 채널에서는 할리우드 영화 「델마와 루이스」를 방송하고 있었다. 다만 모든 등장인물이 한 폴란드 남성의 따분한 목소리로 더빙되어 있었다. 영원과 같은 시간이 흐르고, 델마와 루이스가 마침내 차를 몰고 절벽 아래로 뛰어들었다. 그리고 엔딩 크레딧이 올라갔다. 마지막 스크롤이 올라갈 때쯤 화면이 몇 초간 깜빡거리더니 분홍색 드레스를 입은 여자가 나타났다. 가슴이 툭 불거진 차가운 금발 아가씨였다. 전화번호 하나가 '전화 해', '섹시한 여자들', '파티'와 같은 화려한 색으로 번쩍거리는 단어들에 둘러싸인 채 지나갔다. 이어 유럽의 테크노 음악이 텔레비전에서 터져 나오고, 화장과 절망으로 도배된 얼굴의 여자가 "전화 해."라며 손짓했다.

나는 이 채널이 나를 가장 가혹한 지옥으로 보낼 뿐이

라는 것을 마음속 깊이 알고 있었지만 멈출 수 없었다. 그 자리에 얼어붙은 채 비슷한 여자들이 계속 나타나 전화하라고 재촉하는 모습을 지켜보았다. 빨간색 긴 드레스를 입은 여자와 잠옷 차림의 여자들이 장난스럽게 베개 싸움을 했다. 어떤 여자는 나체로 무릎 높이의 부츠만 신은 채 공원에서 털북숭이 하얀 푸들을 산책시키고 있었다. 여자의 가슴이 햇빛을 받아 반짝거렸다. 나는 이 여자들을 보는 내내 집중력을 분산시키며 집 안의 소음을 동시에 듣기 위해 애썼다. 그리고 뭔가 들었다고 생각할 때마다 터키의 게임 쇼 방송으로 채널을 돌렸다.

한 시간 후 화면이 다시 깜박거렸다. 짙은 머리색의 남자가 정장 차림으로 사무실 책상에 다리를 올린 채 뒤로 기대어 앉아 신문을 읽고 있었다. 나는 코가 거의 화면에 닿을 정도로 가까이 다가갔다. 밝은 빨간색 머리의 여자가 들어왔다. 두 사람은 대화를 나누었고, 「델마와 루이스」의 더빙을 맡았던 폴란드 남자가 두 사람의 목소리를 연기했다.

남자가 여자의 목에 키스하기 시작하자 내 눈이 텔레비전 화면과 캄캄한 복도 사이를 빠르게 오갔다. 남자가 여자의 셔츠를 벗겨 가슴을 핥기 시작했고, 여자는 뒤로 기대어 신음했다. 나는 여자의 몸 곳곳을 더듬는 남자를 가까이서 지켜보았다. 남자의 흥분한 모습이 나를 강하게 자극했다. 남자의 순서가 끝나자 이번에는 여자가 돌아서서 남자의 셔츠를 벗기기 시작했다. 남자가 벨트를 풀었다. 남자가 바지를 내리는 동안 그 아래에 있는 것을 잠깐이라도 보기 위해 나는 숨을 참고 기다렸다.

카메라가 절묘한 타이밍에 빠지더니 새로운 장면에 초점을 맞추었다. 이제 두 사람은 섹스를 하고 있었다. 카메라가 남자의 나체를 피하려고 엎치락덮치락하는 두 사람 사이를 교묘히 돌아다녔다. 나는 남자를 조금만 더 보여 달라고 카메라맨에게 애원하며 편집자가 놓쳤을지 모를 뭔가를 보기 위해 고개를 이쪽저쪽으로 기울였다. 빌어먹을 카메라맨, 그와 나는 끊임없는 전투 속에 갇혀 버렸다.

폴스카사트는 나에게 의례적인 일과이자 교육 자료였다. 토요일 아침에 시작된 흥분감은 시간이 갈수록 커져갔다. 나는 오후 내내 방바닥에 누워 시디플레이어로 조지 마이클의 노래를 들으며 폴스카사트의 방영 시간을 기다렸다. 테타가 깨어 있는 마지막 몇 시간 동안은 흥분감이 거의 참을 수 없는 지경에 이르렀지만 저녁 뉴스를 다 볼 때까지 기다려야 했다.

일단 테타가 곯아떨어지고 나면 나는 채널을 돌려 정신없이 폴스카사트를 시청했다. 음량을 최대로 낮춰 놓고 신음 소리를 들으려 안간힘을 쓰면서, 동시에 손가락을 리모컨의 채널 업 버튼에 올려놓고 복도에서 들려오는 발소리에 귀를 기울였다. 테타가 복도로 나오는 것을 미리 알아차리기 위해 문을 닫거나 의자를 갖다 놓기도 했다. 그러나 테타의 한밤중 외출은 물 한 잔을 마시거나 늦게까지 티브이 보는 내 습관을 졸린 목소리로 불평하는 것으로 끝났다. 다행히 지속적인 관심을 가지고 대체 무엇을 보느라 늦게까지 깨어 있는지는 파고들지 않았다.

이런 습관이 계속되던 어느 토요일 저녁, 자만한 나는 성급하게 굴기 시작했다.

"늦었어요." 저녁 뉴스가 끝나고 내가 이렇게 말했지만 테타는 아락을 한 잔 더 따랐다.

"오늘 밤에는 깨어 있을 거야." 테타가 말했다.

"왜요?"

"난 어제 갓 태어난 아기가 아니란다, 하비비. 그게 무슨 채널이지? 채널을 다 돌려 보게 만들지 마라."

"무슨 말을 하시는 건지 모르겠어요." 일단은 우겨 보았지만 점점 초조해졌다.

"더러운 소련 놈들 거겠지?" 테타가 동유럽 채널들을 돌려 보며 물었다.

저항해 봤자 소용없다는 것을 알았던 나는 포기하고 사실대로 말했다. 테타가 폴스카사트를 틀었고, 우리는 폴란드어로 더빙된 「사랑과 영혼」의 마지막 30분 분량을 함께 보았다. 나는 마음을 안정시키기 위해 영화의 간략한 줄거리를 분주히 설명했다.

"저 남자가 귀신이라고? 정말 터무니없는 얘기구나." 테타가 단호히 말했다. 슬픈 영화라고 설명했지만 테타는 재밌는 부분만 보았다. 모든 등장인물을 더빙한 폴란드 남자의 따분한 목소리도 소용없었다. "저렇게 예쁜 여자가 남자애처럼 머리를 자르다니, 정말 바보 같구나." 패트릭 스웨이지에게 마지막 인사를 건네는 데미 무어를 보며 테타가 말했다.

마침내 그 시간이 왔다. 엔딩 크레딧이 늘 그렇듯 마지막 이름까지 올라갔다. 그리고 익숙한 깜박거림, 짧은 정지 화면, 블랙, 마침내 첫 번째 여자가 나타났다.

"오, 라사." 테타가 담배에 불을 붙였다. 그리고 한숨을 쉬며 롤리타를 연상시키는 교복 차림의 금발 여자가 엄지손가락을 빠는 모습을 바라보았다. "이 창녀 같은 것 때문에 늦은 밤까지 깨어 있었던 거니?"

다음 영상에는 벤치에 앉은 여자가 나왔다. 여자는 다 안다는 듯한 미소를 지으며 입술을 오므렸다. 여자가 다리를 벌렸다 오므렸다 하는 동안 카메라는 치마를 확대했다가 축소했다. 나는 테타를 곁눈질하며 어서 지루해하기를 바랐다. 그때 여자가 다리를 벌리더니 갑자기 평소와 다른 상황이 벌어졌다.

"저 여자 뭐하는 거니?" 테타는 헉 하고 숨을 내쉬며 몸을 앞으로 내밀었다. "아니야! 맞네. 맙소사, 오줌을 누잖아." 테타가 입을 떡하고 벌리더니 낄낄거리기 시작했다. "저 여자 좀 봐라, 저 더러운 년 좀 봐. 개처럼 다리를 벌리고 공원 벤치에서 오줌을 누고 있잖니."

"평소에는 이런 거 안 나와요." 나는 이렇게 설명하며 벌떡 일어나 텔레비전을 껐다. 연한 노란색 오줌 줄기가 갑자기 검은색 화면으로 바뀌었다.

"이걸 보려고 한밤중에 깨어 있었니?" 테타가 낄낄거리다 못해 너무 심하게 웃어 기침을 했다. "공원에서 개처럼 오줌을 누다니… 개 같은 것!"

그 후로 나는 폴스카사트를 볼 수 없었다. 내가 늦게까지 깨어 있는 이유를 테타가 정확히 알고 있을 것이라는 생각 때문이었다. 수치심이 내가 느꼈어야 할 기쁨을 모두 앗아가 버렸다. 테타도 내가 지옥에 가리라는 것을 알게 되었다. 하지만 적어도 내가 건강한 청년이라는 믿음은 여전할 것이었다.

몇 달 후 문화부 어디의 누군가가 폴스카사트에 관해 들은 것이 분명했다. 어쩌면 장관이 폴스카사트를 보는 아들을 발견하고 뭔가 조치를 취하라고 지시했는지 모른다. 아무튼 내가 아는 상황은 이게 전부였다. 어느 날 밤 나는 호기심에 폴스카사트를 틀었고 할리우드 영화를 끝까지 보았다. 엔딩 크레딧이 올라가고 회색 화면에서 갑자기 영상이 멈추었다. 폴스카사트로 인해 아름다웠던 시절은 이렇게 끝이 났다.

"실례지만 라이터 있으세요?" 금색과 은색이 섞인 선글라스로 얼굴의 반을 가린 젊은 여자가 내게 묻는다. 어깨까지 내려온 검은 머리는 너무 빳빳해서 마치 얼굴 옆에 단검이 꽂힌 것 같다. 여자는 귀와 어깨 사이에 휴대 전화를 끼고 있다.

나는 남은 슬러시 퍼피를 후루룩 마시고 라이터를 건네준다.

"어제 저녁을 먹으면서 그 사람이 그랬어." 여자가 담뱃불을 붙이며 휴대 전화에 대고 말했다. "모든 게 너무 지겨워. 기다림의 고통이란 게…. 아니, 아니다. 당신이 나와 결혼을 하든 말든 난 그런 여자가 아니야." 여자는 라이터를 돌려주고 어딘가로 걸어간다.

오후 1시 반이다. 타이무르가 근처 쇼핑몰의 한 레스토랑에서 가족과 점심 식사 중이라는 사실을 신경 쓰지 않으려 무던히 애써 보지만 나도 모르게 그쪽으로 걸어가고 있다. 고급 레스토랑 중 하나로 삼사십 명 정도를 수용할 수 있는 대규모 홀이다. 가족 단위 손님들이 식사를 마치는 동안 일부에서는 테이블을 천천히 정리하고 있다. 내가 타이무르를 찾으며 입구를 서성이자 멋진 양복을 입은 웨이터가 다가온다.

"뭘 좀 도와 드릴까요?"

"한 사람 자리 좀 부탁해요." 나는 말한다. 웨이터가 이상한 눈초리로 나를 쳐다본다. 당혹스러움이 곧 업신여김으로 바뀌지만 내가 영어로 다시 한 번 요청하자 선뜻 받아들인다. 웨이터를 따라 홀로 들어간 나는 수많은 테이블 틈에서 타이무르를 찾는다. 마침내 커다란 테이블 중앙에 앉은 타이무르를 발견한다. 적어도 스무 명 정도의 식구들이 함께 모여 있다. 타이무르는 흰색 셔츠를 입고 있다. 담당 웨이터가 커다란 접시에 얹은 바비큐 고기를 막 테이블 위에 올려놓고 있다. 타이무르의 가족은 장신의 남자가 가련한 눈빛으로 자신들을 지켜보고 있다는 사실도 모른 채 식사를 시작한다. 타이무르는 옷깃에 주황색 냅킨을 조심스럽게 걸치고 접시에서 시시 타우크[23] 몇 조각을 집는다. 어머니 혹은 이모로 보이는 중년의 여성이 몸을 내밀어 타이무르의 접시에 구운 토마토를 놓아준다. 타이무르가 고개를 저으며 인상을 쓴다. 그리고 기름이 묻어 번들거리는 아름다운 입술로 소리 없이 "싫어요, 싫어요."라고 말하지만 토마토를 접시에서 빼내지는 않는다.

"이쪽으로 오시겠어요?" 웨이터가 몇 미터 앞에서 조바심을 내며 묻는다.

"네, 미안해요."

나는 웨이터를 따라 빈 테이블로 가 앉는다. 그리고 타이무르에게 들키지 않도록 대리석 기둥과 가짜 나무의 플라스틱 가지 뒤로 의자 위치를 옮긴다. 식사에 정신을 빼앗긴 타이무르의 가족은 서로 웃고 떠들고 잔을 부딪

---

23 중동의 전통 닭 요리

치느라 나는 안중에도 없다. 내가 긴 테이블 끝에 외로운 유령처럼 서 있어도 알아채지 못했을 것이다.

"주문하시겠어요?" 웨이터가 묻는다.

"사과 향 물담배랑 터키 커피 미디엄으로 한 잔이요."

"더 필요한 건 없으시고요?" 웨이터가 귀찮은 듯 묻는다.

"바클라바[24]도 주세요."

웨이터를 보내고 나는 다시 타이무르를 지켜본다. 타이무르의 맞은편에 앉아 시야를 가리고 있는 뚱뚱한 대머리 남자가 머리를 너무 빨리, 그리고 자주 움직이는 바람에 한자리에 가만히 있을 수가 없다. 타이무르는 말끔하게 면도를 하고 머리에 젤을 발라 한쪽 방향으로 빗었다. 셔츠가 어깨와 팔로 팽팽하게 뻗어 있다. 그 품에 안기면 얼마나 좋은지 모른다. 얼굴을 보면 기분이 나아질 거라고 생각했지만 더 나빠지기만 한다. 홀 저편에 앉아 있는 타이무르는 사회가 원하는 책임감 있고 근면한 사람, 가족과 정부에 순종하는 좋은 시민이기 때문이다. 나는 저 테이블에 초대받아 타이무르 옆에 앉아서 가족과 인사하고 음식을 나눠 먹거나, 타이무르의 접시에 구운 토마토를 억지로 올려 주면서 함께 웃을 수 없을 것이다. 타이무르가 너무나 멀게 느껴진다. 나는 두 팔로 서로를 감싸 안았던 어젯밤을 생각한다.

---

24 중동식 파이

웨이터가 주문한 음식을 가져온다. 물담배를 들이마시자 연기에 얼굴이 더 가려진다. 나는 가방에서 압달라의 사진을 꺼낸다. 압달라의 눈이 나를 응시하며 자신을 찾아 달라고 요구한다. 도시의 어느 교도소가 이 눈동자를 가둬 둔 걸까? 압달라의 눈동자에는 쉽지 않았던 그의 삶에 대한 슬픔이 있다. 그게 아니면 내가 눈빛을 너무 지나치게 해석하여 존재하지 않는 삶까지 끌어내고 있는 걸까? 나는 사진을 뒤집고 가방에서 펜을 꺼낸다. 만약 타이무르에게 하고 싶은 말을 하지 못한다면, 그에게 걸어가 할 말을 내뱉지 못한다면, 글로 써서 내 감정을 알릴 것이다. 나는 둘의 역사를 사진 뒷면에 기록하여 우리 곁에 둘 것이다. 나는 부부의 아들 사진에 하고픈 말을 적어 타이무르에게 줄 것이다. 타이무르가 글을 읽으며 내가 만진 그 사진, 움 압달라와 아흐메드가 만진 그 사진을 만지면 우리 관계를 위해 싸워 볼 가치가 있다고 인정할 것이고 우리 모두는 어떻게든 연결될 것이다. 나는 작은 글씨로 뒷면 가득 편지를 쓰기 시작한다. 타이무르네 테이블에서 한바탕 웃음이 터져 나오더니 잔을 부딪치며 건배하는 소리가 들린다.

하비비 타이무르,
하비비라고 부르는 게 싫겠지만, 이런 기회가 다시 오지 않을 수도 있으니 이 편지에서만이라도 그렇게 부를 수 있게 해 줘. 원한다면 읽고 태워 버려도 돼. 그러면 네가 내 하비비라는 걸 누구도 알아채지 못할 거야. 그리고 좋든 싫든 넌 내 하비비야. 어젯밤 이후로 네가 나와 대화를 해 줄지 알 수 없어 이렇게 편지를 써. 내게 말을 전혀 하지 않는다는 뜻은 아니야. 그런 게 아니고, 우리가 서로에게 진실하도록 네가 허락할지, 어젯밤과 그저께 밤, 그리고 3년 전 처음 만났던 그날 밤처럼 우리가 장애물을 넘을 수 있을지 더는 확신이 없다는 거야. 내가 얘기할 수 있는, 모든 걸 털어놓을 수 있는 누군가를 만난다는 게 나에게 어떤 의미였는지 어디서부터 어떻게 설명할 수 있을까.

처음 만나고 일주일 동안 네가 우리 집에 어떻게 찾아왔는지 기억나니? 테타는 전혀 몰랐지. 난 하루 종일 널 기다렸어. 부재 중 전화를 보고 네가 밖에 와 있다는 생각에 가슴이 뛰었지. 난 어두운 계단에 서서 네 발소리가 가까워지는 걸 들으며 설렘으로 위장이 조여 오는 걸 느꼈어. 너를 보낸 후에는 침대로 돌아와 네 베개에 얼굴을 깊숙이 파묻고 도리스가 쓰는 세탁 세제의 오렌지 꽃 향에 섞인 너의 체취를 맡았어. 난 거기에 누워서 잠이 들기를 기다리며 네 꿈을 꾸지 않기를, 아예 너를 잊어버리기를 바랐어.

얼마 안 가 세상이 우리 사이에 끼어들었지만 넌 만나는 횟수만 줄이자고 고집했지. 넌 여전히 내 낮과 밤, 내 생각과 기쁨의 원천이었어. 넌 사람들로 북적거리는 방 안을 편안하게 걸었고, 내 침실에서 나체로 걸을 때도 마찬가지였어. 입을 벌린 채 탐욕스럽게 너를 쳐다보는 내 시선을 느끼며 너는 걸어갔지. 그리고 닥치는 대로 아무 거나 집어 들더니 그걸 다시 반대편으로 옮겨 놓았어. 넓은 웨딩홀이나 붐비는 술집을 으스대며 가로지르는 것처럼 그건 일종의 퍼포먼스였지. 하지만 그 퍼포먼스는 나만을 위한 것이었어. 난 유일한 관객이었고. 난 여기에서만 너를 이런 식으로 볼 거라고 혼자 말했어. 다음 날 도리스가 청소를 하러 들어왔지만 네가 알몸으로 방 안을 돌아다니며 보이지 않는 발자국을 남겼다는 걸 눈치 채지 못했어. 내 침실에 단둘이 있을 때 넌 노래를 불러 주었어. 노래 부를 때 네 얼굴이 달라지는 거 알고 있니? 사회를 너무 의식하지 않는 흔치 않은 순간이거든. 연약함과 슬픔, 그리움이 드러나지. 넌 기타를 치며 조용히 흥얼거리기 시작했고, 노래를 부르는 네 목소리는 아침 햇살처럼 퍼지며 내 안에 평생 잠들어 있던 뭔가를 깨웠어.

"내 앞에서만 노래를 부른다고 약속해 줘." 나는 애원했고, 너는 웃으며 내 이마에 입을 맞췄어. 그리고 우리에게 이마는? 오, 이마는 서로에게 향하는 문이었어. 몇 시간씩 이마를 맞대고 가만히 침대에 앉아 있었던 그 순간들을 잊지 마. 마치 서로 연결되어 있는 것처럼, 이마를 맞댄 지점으로 우리의 생각이 오고가는 것 같았지. 더 넓은 공간을 찾아온 내 여정에서 너와 나 사이의 공간은 쥐어 짜내고 싶은 유일한 것이었어. 내 생각들은 이제 갈 곳을 잃었어. 그저 내 머릿속을 빙빙 돌며 헤엄치고 뒤섞이다 내 머릿속에 있는 그 빌어먹을 새장에 갇혔어.

내가 너무 겁 없이 꿈을 꿨나 봐. 너무 무모했어. 어쩌면 너의 노랫소리가 조금 컸을지도 몰라. 그래서 지금은? 예전에 가졌던 걸 다시 만들 수 있을까? 내 방은 우리의 피난처였어. 그렇지 않으면 움직이는 차 안에서 서둘러야 했지. 항상 어두운 거리에서 한 손으로 어렵게 운전하면서 다른 한 손으로는 장난을 쳤어. 갈망을 충족시키기보다 진정시키기 위한 연습이었지. 마지막 탐닉의 피난처는 사라졌어. 그리고 하필 오늘… 미친 짓일까? 내가 미친 거라면 그럼 난 미친 거야. 미쳤고 화가 났어. 네게 화가 난건 아니야. 경계를 늦추고 우리가 했던 짓에서 빠져나갈 수 있다고 기대했던 내게 화가 나. 난 머뭇거린 적이 없어. 네게 모든 걸주었고, 우리를 위해 모든 걸 희생했지.

아무튼… 이 편지는 과거의 기억을 탐닉하기 위한 게 아니야. 그 기억이 내가 가진 전부라고 해도 말이야. 이메일은 지웠어. 문자 메시지도 지웠고 사진도 없어. 이런 것들을 운이나 낯선 사람의 호기심 어린 눈에 맡길 수는 없잖아. 오직 내 기억들만 남았어. 그리고 여기에서 난 모든 걸 기억하면서…, 있잖아, 난 네가 내 삶에서 중요한 역할을 하길 원해. 그 역할이 무엇인지 꼬집어 말할 수는 없지만. 어떤 식으로든 늘 내 곁에 있을 거라고, 어느 날 일어나 예고도 없이 떠나지 않을 거라고 약속해 줬으면 좋겠어.

너의 본능이 우리 관계에서 도망치라고 말하더라도 기억해 줘. 내가 얼마나 좋은 사람이었는지, 널 얼마나 깔끔하고 솔직하게 대했는지, 널 얼마나 사랑했는지…. 그리고 우린 사랑이 그 무엇보다도 위대하다고 믿어야만 해. 만약 그것이 도망쳐서 다시 새로 시작하는 걸 의미한다면 어쩌면 우리는 그렇게 해야 할지도….

나는 고개를 든다. 자욱한 물담배 연기에 숨을 쉬기가 힘들다. 타이무르의 가족이 접시를 거의 다 비워 간다. 남은 것이 거의 없는 과일 접시가 테이블 중앙에 놓여 있다. 가족 중 몇몇이 담배에 불을 붙인다. 나는 타이무르의 움직임을 살피며 연기파 배우의 속임수를 찾아내듯 무의식 중에 본모습이 튀어나오는 순간들을 기다린다. 여성스러운 손목의 움직임이나 호들갑스러운 호흡, 혹은 과장되게 굴리는 눈. 누군가가 다가가 어깨를 치자 타이무르가 돌아보며 미소를 짓는다. 돌아보는 모습 역시 그렇다. 여성스러움이 살짝 묻어나지 않는가? 하지만 거의 알아보기 힘들다. 작은 결함이나 누구도 감지할 수 없을 만큼 미세한 무의식적인 행동도 나는 모두 알아볼 수 있지만 타이무르의 연기에는 결점이 없다.

나는 오랫동안 타이무르와 사회생활을 함께하며 많은 것들을 배웠다. 우리는 디너파티에 참석하여 나란히 앉았다. 타이무르는 테이블 위에서는 내게 관심을 보이지 않았지만 테이블 아래에서는 내 발을 쓰다듬었다. 그의 발은 뒤로 물러났다가 곧 되돌아오곤 했다. 나는 여러 역할을 자연스럽게 오가며 적절히 처신하는 타이무르를 존경했다. 타이무르는 사회적으로 성공한 남자들 특유의 세련된 무심함과 시원시원하면서도 절제된 웃음소리도 갖추고 있었다. 또 자신을 흠모하는 수많은 사람들 틈에 있으면서도 한 번의 빠른 눈짓만으로 자신의 마음이 어디를 향하고 있는지 내게 상기시켰다.

시행착오 속에서 나는 타이무르의 규칙을 배웠다. 공공장소에서는 손을 잡거나 부적절한 스킨십을 하지 않았다. 대신 힘껏 악수를 하거나 볼에 입을 맞추며 인사를 했다. 사적인 자리에서도 남자친구나 **하비비**라고 불러서는 안 되었다. 타이무르는 일주일에 한 번, 목요일 밤에 나를 찾아왔다가 새벽녘 무에진[25]이 기도 시간을 알릴 때 떠났다. 나는 농담으로라도 너무 여성스럽게는 행동하지 않기로 했지만 뒤에서 내가 다가가거나 조종하려고 하면 타이무르는 바짝 긴장하며 재빨리 달아났다. 내 안에 들어와도 되는지 타이무르가 물었지만 나는 거절했다. 본능적인 거절이었다. 거기에는 논리가 없었다. 내게 들어오게 두는 것은 마치 절벽에서 뛰어내리는 것과 같았다. 게다가 타이무르가 뒤따라 뛰어내릴 것이라는 보장도 없었다. 만약 타이무르가 사람들 앞에서 그렇게 열심히 노력하지 않았다면, 남자로서 남자 역할을 하는 것을 편안해했다면 나도 동의했을 것이다. 타이무르가 원했던 대로 나를 갖게 두고 그 과정을 즐겼을 것이다. 하지만 사람들 앞에서 경쟁하듯 남자다움을 연기하는 그가 나를 갖게 둘 수는 없었다. 그렇지 않으면 내가 질 것 같았다. 하지만 정확히 무엇에서 진다는 것이었을까? 나는 말

---

25 하루에 다섯 번 모스크에서 예배 시간을 알리는 사람

로 표현하기 힘든 패배의 위협을 본능적으로 느꼈다. 나를 망신시키고 나에게 수치심을 줄 만한 위험 요소를 그냥 둘 만큼 타이무르를 믿지는 않았다.

예전에 말했듯 타이무르는 한 발은 담그고 한 발은 빼놓고 있었다. 그것은 균형을 잡기 위한 행동이었고 타이무르는 그런 상황을 무척 쉽게 다루었다. 하지만 나는 타이무르가 빼놓은 한 발이지 않은가? 사실 타이무르는 내가 자기 어머니를 만날 일은 절대 없을 거라고 장담했었다. 몇 년 전에 먼 친척의 결혼식에서 아버지를 소개해 준 적은 있다. 아버지는 놀랄 정도로 장신인 데다 타이무르처럼 미남이었다. 침착함과 태도, 말투까지 너무 닮아 타이무르를 더욱 사랑하게 되었다. 타이무르뿐 아니라 역사와 유전적 특성을 공유하며 수백 년간 이어진 타이무르의 가문과 사랑에 빠졌기 때문이다.

나는 타이무르의 아버지를 만나고 느꼈던 커다란 행복감을 그도 맛보게 하고 싶었다. 내 안의 모든 것이 오직 타이무르에게만 열려 있음을 보여 주고 싶었다. 나는 타이무르를 데리고 예전에 살았던 서부 외곽 지역을 방문했다. 늦은 오후의 거리는 텅 비어 있었다. 나는 예전에 살았던 집터를 보여 주며 타이무르에게 부모님에 대해 얘기했다. 나는 오래된 거리를 걸으며 속으로 아버지에게 타이무르를 소개했고, 우리에게 일어났던 일들을 모두 이야기했다. 그리고 내가 할 수 있는 일이 없었다며 아버지에게 용서를 구하고 이렇게 될 수밖에 없었던 사정을 설명했다. 나는 이 비밀로부터 테타를 지키면서 동시에 진실한 삶을 살겠다고 약속했다. 마음이 편안해졌다. 아버지의 축복을 받는 느낌이었다.

그곳을 빠져나오자 수치심이 엄습했다. 나의 은밀한 연인 타이무르를 데리고 아버지의 무덤을 찾아갔다는 사실을 알게 되면 테타가 어떻게 반응할지 생각했다. 아버지에 대한 기억을 더럽힌 느낌이었다. 나는 테타와 아버지의 기대를 저버렸고, 수치심의 원인 제공자를 무덤에 데려가 그를 인정할 것을 요구했다. 조수석에 앉아 있던 나는 울기 시작했다. 울음을 그치려 할수록 더 많은 눈물이 쏟아졌다. 얼굴을 두 손에 묻은 채 타이무르에게 나의 수치심을 들켰다고 생각했다. 더는 숨길 것이 없었다.

나는 다가오는 타이무르의 손길을 뿌리쳤다.

"제발 그러지 마." 나는 흐느꼈다. 타이무르는 괜찮다는 듯 내 다리를 꽉 잡았다.

타이무르는 끝내 어머니를 소개해 주지 않았다. 가장 가까운 사람을 유보한 이유가 있었을까? 어머니가 나를 만나면 우리 관계를 단번에 눈치 챌 거라고 생각했을까? 타이무르는 결코 가족과 함께 하는 테이블의 옆자리를 허락하지 않았다. 내 역할은 담배 연기와 기둥 뒤에 숨어 있는 것이 전부였다.

테이블에서 한 여자가 일어난다. 나를 향해 걸어오던

여자는 눈길 한 번 주지 않고 내 옆을 빠르게 지나 화장
실로 들어간다. 만나 본 적은 없지만 타이무르의 어머니
가 분명하다고 확신한 나는 화장실로 따라가 문 앞을 서
성인다. 그리고 잠시 후 화장실에서 나온 여자와 마주한
다. 여자는 타이무르와 같은 벌꿀색 눈동자로 나를 쳐다
본다. 애수 어린 두 눈이 잠시 예리하게 빛난다. 여자는
고개를 왼쪽으로 살짝 돌려 나를 살핀다. 나는 내 표정이
어떤지 모른 채 여자와 마주 본다. 타이무르의 어머니는
알고 있을까? 내 눈에서 뭔가를 눈치 챌 수 있을까?

"우리 구면이던가요?" 타이무르의 어머니가 주저하며
묻는다. 목소리가 상상했던 것보다 훨씬 깊다.

"아니요, 아주머니." 나는 이렇게 대답하고 침을 삼킨다.

"성이 뭐예요? 뭔가 굉장히 친숙해서요."

"모르실 거예요, 아주머니." 나는 단호하게 말한다.

타이무르의 어머니는 의심스러운 듯 고개를 끄덕인다.
그리고 내 옆을 지나 뒤도 돌아보지 않고 원래 자리로 돌
아간다.

나도 자리로 돌아온다. 조금 전의 만남은 생각했던 것보
다 나를 더 많이 흔들었다. 뭘 기대했던 걸까? 나를 환영
해 주고, 함께 앉자며 테이블로 초대해 주고, 나머지 가족
들에게 예비 사위라며 나를 소개해 주기를 바랐던 걸까?

나는 압달라의 사진을 작게 접어 주머니에 넣고 테이
블 위에 밥값을 내려놓은 채 아무도 알아차리지 못하게

그곳을 빠져나간다. 나와프의 차로 돌아오자 휴대 전화가 울린다.

누구의 목소리인지 알아듣기 어렵다.

"시내 교도소에 있어." 마즈가 더 이상 질문을 하지 말라는 듯한 투로 웅얼거린다.

나는 차를 몰고 사무실로 돌아간 후 15분 거리의 경찰서까지 걸어간다. 바깥 공기가 숨 막힐 듯이 텁텁하지만 머리를 좀 식히고 싶다. 나는 마즈가 곧 무사히 풀려날 것이라고 혼잣말을 한다. 테타와 타이무르 문제가 여전히 남아 있지만 이것보다 급하지는 않다. 지금 수치심과 실연을 걱정하는 것은 사치일 뿐이라고 내 자신에게 말한다. 은유적인 감옥은 진짜 감옥의 상대가 되지 못한다.

나는 큰길을 따라 걸으며 차량 행렬과 북적대는 좌판을 지난다. 처음 시위를 나갔을 때는 눈앞의 모든 것이 새롭게 느껴졌었다. 감각들이 살아 있었다. 여기는 나의 도시였고, 나는 비로소 내 운명을 좌우하게 되었다. 너무 강렬한 감각들을 경험해서인지 재스민 향과 살에 닿는 시원한 여름비에도 감사했다. 차량들에서 풍기는 디젤 냄새마저 향수를 자극했다. 그러나 요즘 나는 재스민 향을 맡지 않는다. 시내의 소음은 두통을 유발하고 디젤 냄새는 고약하기만 하다. 모든 광경이 다시 잿빛으로 돌아갔다.

차량들이 혼잡한 로터리에서 경적을 울리며 우선 통행

권을 두고 다툰다. 지지직거리는 몇몇 차량의 스피커에서 가요가 시끄럽게 들려온다. 서로 섞여 버린 노래들은 그저 카랑카랑한 '하비비'와 '얄라'의 불협화음이다. 로터리 중앙에 둥그렇게 심어 놓은 나무들은 대통령의 동상을 에워싸고 있다. 정부에서 포스터를 얼마나 많이 붙여 놓았는지를 보면 특정 동네에서의 대통령의 인기를 가늠해 볼 수 있다. 인기가 없는 지역일수록, 정부의 폭력배들은 반항의 의미로 더 많은 포스터를 붙인다.

누군가가 녹슨 못을 두개골에 박고 있는 것처럼 두통이 심해진다. 마즈는 무사하다고 다시 혼잣말을 한다. 마즈는 무사하다. 나는 마즈의 목소리를 들었다. 하지만 그 목소리는… 처음 듣는 목소리였다. 적어도 살아 있고, 말을 할 수 있을 만큼은 무사하다. 지금은 그게 중요하다.

마즈는 늘 자기 자신을 곤경에 빠뜨렸고, 친해진 후부터는 나도 덩달아 그런 상황에 엮여야 했다. 어렸을 때 마즈와 밖에 있으면 늘 누군가에게 쫓겼다. 그래서 나는 가능한 한 내 방에서 놀려고 했다. 아홉 살 때, 마즈는 늘 신랑 신부 놀이를 하고 싶어 했다. 그리고 신부를 하겠다며 흰 시트를 걸치고 방 안을 돌아다녔다. 마즈는 결혼식에서 봤던 진짜 신부들의 행동을 흉내 내며 무척 즐거워했다. 나는 각이 잡히고 딱 잘라메의 옷 같은 양복을 입고 마지못해 마즈의 옆에 섰다. 마즈는 내 손을 잡고 방 안 여기저기로 이끌며 손을 흔들었고, 우리를 둘러싼 가상의 하객들에 대해 신나게 떠들었다.

어느 날 어머니가 방에 들어왔다. 나는 어렸고, 이유는 알 수 없었지만 뭔가 잘못을 했다는 생각이 들어 형언하기 힘든 감정에 휩싸인 채 얼어붙었다.

마즈는 긴장하지 않았다.

"와 주셔서 감사합니다, 부인." 마즈가 어머니에게 포옹과 키스를 퍼부으며 말했다. "어서 앉으세요."

"축하해." 어머니가 혼란스러운 표정으로 웃었다. "아름답구나, 마즈."

"어머, 감사합니다. 감사해요, 부인." 마즈가 신난 듯 말을 쏟아 낸다. "이발사가 몇 시간에 걸쳐 머리를 해 줘서 그런지 딱 맘에 들어요."

"정말 아름다운 신부인 걸." 어머니가 말했다. "하지만 그 드레스를 벗는 순간부터 평생 양파를 다져야 할 거야."

"그래서 벗지 않으려고요, 부인." 마즈가 방 안을 활보했다. "결혼식이 매일 있으면 일을 시킬 수 없을 거예요."

"그만해!" 나는 마즈의 얼굴에서 베일을 벗겨 내 바닥에 내동댕이쳤다.

어머니는 무척 화난 것처럼 보였다. "라사!" 어머니는 제대로 말을 잇지 못했다.

"이건 에이브잖아요." 내가 해명했다.

세상의 모든 괴짜와 외톨이를 좋아하는 어머니는 마즈의 얼굴에 베일을 다시 씌워 주었다. 그리고 방을 나가다 돌아서더니 내 눈을 쳐다보았다.

"내가 할머니에게 너를 뺏겠나 보구나, 안 그러니?"

고등학교 시절 나의 주요 목표 중 하나는 마즈 때문에 매일 얻어맞지 않도록 조심하는 것이었다. 마즈의 여성스러움은 모두를 불쾌하게 했고, 그럴수록 마즈는 더 고집스럽게 여성스러움을 과시했다. 마즈는 남자애들에게 추파를 던지며 긴 속눈썹을 깜박거렸고, 팔과 다리를 촉수처럼 뻗어 남자애들을 대화에 끌어들였다. 그러다 남자애들이 우리를 쫓아오면 나는 뒤처지는 마즈를 끌고 도망쳐야 했다.

대학에 진학한 후 마즈는 길게 기른 손톱에 묘한 분위기의 프렌치 매니큐어를 바르기 시작했고, 이어 진한 빨간색을 칠하더니 눈썹을 뽑아 과한 아치 모양으로 만들기 시작했다. 그 후에는 구아파의 지하 파티에서 공연을 시작했다. 그때까지도 나는 마즈의 곁을 지켰다. 남들의 시선을 그 정도로 신경 쓰지 않으면서 동시에 인류에 대해 흔들리지 않는 믿음을 가진 사람을 만나기는 쉽지 않기 때문이었다. 나는 많은 부분에서 수치심을 느끼지만 마즈와의 우정은 인생에서 몇 안 되는 자랑스러운 일들 중에 하나이다.

나는 버려진 빌딩 사이의 지름길을 택한다. 한 남자가 골목 가운데에서 그랜드 피아노를 치고 있다. 피아노는 채소를 담는 수레에 고정되어 있다. 남자를 둘러싼 한 무리의 어린아이들이 소리 내어 웃고 노래를 부르며 수레를 골목 아래로 굴리고 있다. 남자는 피아노 건반을 두드리며 고개를 뒤로 젖힐 때마다 크게 웃고 포효한다. 내가 알아들은 노래 가사의 일부는 다음과 같다.

파괴는 나쁜 것, 하지만 내부에서 시작되면 더욱 끔찍해
우리는 전기와 물을 기다려 왔지만
세상이 보내는 건 파견단뿐이지
그들은 왔다 가면서 인도를 막고 교통을 멈춰 버려
세상이 대체 왜 이런 거야? 신께 맹세컨대 정말 끔찍해

젊은 피아니스트가 다가가는 나를 보고 미소 짓는다. 보조개가 양 볼에 깊게 팬다. "같이 불러요." 남자가 말한다.

나는 고개를 저으며 발걸음을 재촉한다. 내 마음은 어젯밤의 구아파에 가 있다. 이 도시에 있는 대부분의 것들이 그러하듯 대외용 구아파와 '진짜' 구아파가 있었다. 메인 바가 문을 닫으면 손님들은 보통 친구 집에 가거나 술에 취한 채 차를 몰고 빈 거리를 돌아다닌다. 그사이에 어둑한 붉은 빛이 지하를 밝히고 몇 분간 마이크에서 날카로운 하울링이 울리고 나면 진짜 쇼가 시작된다.

붉은 빛 외에 구아파의 지하에는 작은 초승달 모양의 목재 바가 있고, 한쪽에는 테이블과 의자 몇 개, 다른 쪽에는 낡은 소파가 놓여 있다. 그리고 한 세트의 스피커에

서 저질스러운 아랍의 팝 음악이 쾅쾅 울린다. 테니스 코트 절반만 한 지하에는 구아파의 매니저인 노라가 살고 있다. 정부 당국으로부터 안전한 것도 이것 때문이다. 남자들 몇몇이 드레스를 입고 바보 같은 음악에 맞춰 춤을 춘대도 그곳이 사적인 공간이기만 하면 당국은 신경 쓰지 않는다.

어젯밤 구아파는 평소보다 더 활기가 넘쳤다. 지하로 들어서자마자 마즈는 옷을 갈아입으러 황급히 사라졌고 타이무르와 나만 남았다. 나는 타이무르가 사람들 때문에 겁을 먹을까 봐 걱정했다. 위층에서는 자주 술을 마셨지만 지하에는 거의 내려오지 않았던 탓인지 타이무르는 불편한 듯 자세를 바꾸며 주변을 흘끔거렸다. 이런 상황을 만회하려면 나라도 자신감 있게 행동해야 할 것 같았다. 칼날처럼 마른 두 소년이 아이라이너를 살짝 그린 눈으로 우리를 향해 미소 지었다.

"남자친구예요?" 한 소년이 약간의 존경심을 비추며 물었다. 열여섯 살쯤으로 보이는 소년은 지방 출신 같았지만 완벽한 미국식 발음으로 말했다.

소년의 질문에 타이무르는 굳어 버렸다.

"나도 남자친구가 있었으면 좋겠다." 소년이 말했다.

타이무르가 내 쪽으로 몸을 기울이더니 귓가에 속삭였다. "만약에 누가 알아보기라도 하면 내가 어떤 거지 같은 상황에 처할지 알아?"

"진정해. 잠깐 술 마시면서 마즈 공연만 볼 거야."

나는 알아차리지 못했지만 멋지게 차려입은 여자 둘이 구아파의 단골 부치[26]들 몇몇에게 둘러싸인 채 어두운 구석자리 테이블에 앉아 있었다. 부치들은 늘 그렇듯 검은색 티셔츠에 낡은 청바지 차림이었고, 낯선 사람이라면 겁을 집어 먹을 만한 험악한 표정을 짓고 있었다. 두 여자는 예쁘게 앉아 담배를 피우며 휴대 전화를 보는 것만으로 만족하는 듯 보였다.

물론 구아파에도 단골손님들이 있다. 대부분은 바에 앉아 있는 나이든 남자들과 택시 기사들로, 그들은 녹초가 된 눈으로 위스키 잔 너머 비쩍 마른 소년들을 바라보았다. 소년들은 새된 소리를 지르며 이쪽저쪽으로 뛰어다니다가 구아파를 처음 찾은 순진한 손님들에게 공짜 술을 얻어먹었다. 소년들은 옷을 맞춰 입는 것 같았다. 어느 날에는 가죽조끼를 입고, 다음 날에는 화려한 시폰 스카프를 목에 둘렀다. 하지만 그들이 중년의 주부들처럼 서로 이야기를 나눌 때는 가짜 명품 핸드백이 늘 팔꿈치에 걸려 있었고 양손은 물 밖에 나온 물고기처럼 파닥거렸다.

셔츠 단추를 풀어 헤치고 우스꽝스럽게 부풀린 팔뚝과 가슴을 자랑하며 공작새처럼 서 있는 근육질의 남자들도 있었다. 그들은 실내 가장자리를 따라 쭉 늘어서서

---

26 레즈비언 중 남성스러운 쪽을 가리키는 말

음악에 맞춰 로봇처럼 발을 이리저리 움직였다. 대부분은 여성스러운 말투가 갑자기 튀어나오지 않도록 무척 신경을 쓰며 말했다. 심지어 그중 일부는 자신을 게이라고 부르지도 않는다고 했다. 다른 남자를 위해 허리를 구부린 적이 없기 때문이다. (마즈는 술만 충분히 먹이면 저 남자들을 재주 부리는 개처럼 굴릴 수 있다고 단언하지만 말이다.)

잘생긴 남자들은 주로 외국인에게만 관심을 보였다, 외국인은 이 감옥에서 나갈 수 있는 면죄부였기 때문이다. 사실 그 면죄부는 수년 동안 극소수의 운 좋은 사람들에게만 주어졌기 때문에 나는 저 불쌍한 남자들이 애쓰는 이유를 이해할 수 없다. 그러나 지하로 들어오는 외국인의 유형을 보면 그가 어떤 상품을 구매하려고 하는지는 누구든 쉽게 알 수 있다. 어떤 외국인 손님은 마른 몸에 값비싼 양복을 걸치고 끊임없이 머리를 매만진다. 그러면 남성적인 남자들과 택시 기사들이 성적 즐거움과 외국 여권을 기대하며 그에게 달려들어 담배에 불을 붙여주고 가슴을 잔뜩 부풀렸다. 가랑이 사이에 축구공만 한 고환을 단 외국인이 거드름을 피우며 들어오면 어린 소년들이 떠들썩하게 몰려들었다. 그리고 그가 냄새를 맡고 상대를 선택할 수 있도록 속눈썹을 깜박이며 자신들의 엉덩이를 잔뜩 추켜올렸다.

바 뒤에서는 알 샤르키예 청년 두 명이 음료 주문을 받았다. 구아파의 일반적인 바텐더들처럼 키가 훤칠하고 피부는 까무잡잡한 청년들이었다. 가냘픈 몸매를 빠르게 놀리며 칵테일을 흔들어 잔에 따르는 그들의 모습에 모두 넋이 나가지만 바텐더들에게는 접근할 수 없다. 노라는 일과 개인적인 즐거움이 섞이지 않도록 항상 이성애자 남성만 고용했다. 처음 온 손님이 아무것도 모르고 바텐더에게 작업을 걸었다가 그 자리에서 출입 금지를 당한 적도 있다.

하이힐을 신은 남자들이 또각또각 소리를 내며 걸었다. 타이무르가 그중 한 명을 쳐다보았다. 배가 볼록 튀어나온 나이 든 여장 남자였다. 밝은 주황색 머리를 하고 트로피컬 그린색 아이섀도를 바른 그는 바에 기대어 뭉툭한 손가락으로 입술을 칠하고 있었다.

"날 알아볼 사람이 정말 하나도 없을까?" 타이무르가 물었다.

"확실해. 있다고 해도 너도 그들을 알아볼 테니 네 비밀은 안전할 거야."

"그건 중요하지 않아." 타이무르가 쏘아붙였다. "비밀이 안전하길 바라는 게 아니라 누구에게도 들키고 싶지 않다는 거야. 상대가 누구든 상관없다고. 정말이지, 이건 실수였어."

"마즈가 어디에 있는지 궁금하네." 나는 화제를 바꾸려고 시도했다.

타이무르에게 호감을 보이던 깡마른 소년들이 우리에

게 접근하고 있었다. 소년들은 주변을 둥글게 둘러싸더
니 타이무르의 볼과 팔뚝을 꼬집었다. 타이무르는 놀란
눈으로 비틀거리며 구석으로 걸어갔다. 주머니에 있던 휴
대 전화가 진동했다.

화장실에서 옷 갈아입는 중이야!

화장실 쪽으로 고개를 드니 진하게 화장을 한 마즈의
눈이 문틈으로 보였다. 나는 타이무르의 팔을 잡아끌었
다. 실내를 헤치고 나가다 무정부주의자처럼 보이는 소년
과 세게 부딪쳤다. 소년의 길고 검은 곱슬머리는 반다나
로 묶여 있었다. 몇 달 전 시위에서 봤던 얼굴이었다. 하
지만 아랍 음악이 베이스의 강한 테크노 비트와 뒤섞이
면서 소년은 나를 알아보지 못했다. 그는 두 눈을 감고
활짝 웃으며 더없이 행복한 표정으로 홀을 빙글빙글 돌
고 있었다. 그 모습은 요즘 시위에서 상상력 없이 일상적
으로 반복되는 신앙적 구호를 치유할 눈부시게 아름다
운 해독제였다.

마즈가 화장실 문을 살짝 열어 우리만 들어오게 했다.
화장실은 비좁았고, 개수대는 검은색 아이라이너 자국
으로 지저분했다. 우리는 마즈가 가리키는 대로 빈 욕조
의 가장자리에 걸터앉았다. 화장실은 연기로 가득 차 있
었다. 한 손에 담배를 든 마즈는 청록색 브래지어와 지니
팬츠, 검은색 긴 가발로 이루어진 재스민 공주 의상을 입
고 있었다. 브래지어 끈이 어깨에 느슨하게 걸려 있어 목

둘레에 새긴 문신이 다 보였다. 마즈는 시위에서 처음 폭행을 당한 후 쇄골에 간단한 아랍어 문장으로 문신을 새겼다. 우리를 꿈꾸게 두지 않으면 너희는 잠들지 못 할 것이다, 라고.

마즈는 여장을 시작하고 밤마다 마돈나처럼 혹은 셰어처럼 차려입었다. 그러던 어느 날 마즈는 구아파로 들어가 더는 서양의 유명 여가수들을 흉내 내지 않겠다고 선언했다. "퀴어다움을 위한 지출이 자본주의 체제로 흘러 들어가는 일이 서양에서는 너무 끔찍하게 많이 일어나고 있어. 우리가 그다음이야. 우리가 가진 게 무엇이든 다음은 우리야."

그래서 마즈는 아랍의 팝 여신으로 분장하고 공연을 했다. 입술은 레바논 가수 하이파처럼 두껍고 육감적으로 칠하고 또 다른 레바논 가수인 엘리사처럼 금발의 가발을 썼다. 그리고 아랍 노래에 맞춰 립싱크를 했다. 가사가 영어에서 아랍어로 바뀐 것 외에는 모든 것이 이전과 같았다. 하지만 최근 마즈는 다시 한 번 변화했다. 마즈는 자신의 공연을 "반테러 네오오리엔탈리스트 젠더는 개나 줘"라고 부르는 것을 좋아했다.

마즈는 나를 한 번 안아 주고 개수대에 놓인 술잔을 들이켰다.

"준비됐어?" 내가 물었다.

"언제나 준비되어 있지." 마즈가 말했다. "너도 볼 거지?"

"물론이지!"

"훌륭한 자세야." 마즈가 말했다. "우린 항상 즐거울 거야. 오른쪽에 폭탄이 있으면 왼쪽을 향해 춤을 추면 돼." 마즈는 불쾌한 표정으로 타이무르를 쳐다보았다. "그렇지 않아요, 무슈?"

타이무르가 목청을 가다듬었다. 마즈와 타이무르는 시선을 맞춘 적이 없다. 오직 나를 위해 서로를 참아 왔다. 타이무르를 좋아하지 않는다는 마즈의 말을 믿기 어려웠다. 모든 사람이 타이무르에게 반하기 때문이다. 그리고 마즈는 타이무르가 나를 만나는 것을 행운으로 여기는지 확인하고 싶어 했다. 마즈는 담배를 개수대에 던지고 연기를 입 가장자리로 뿜으며 엄지손가락으로 문을 가리켰다. "어서, 나가자. 곧 내 차례야."

나는 타이무르와 함께 밖으로 나가 사람들 틈에 섰다. '지니 인 더 보틀(Genie in a Bottle)'의 첫 코드가 시작되자 마즈가 화장실에서 걸어 나왔다. 마즈는 니깝[27]을 입고 있었지만 얼굴을 덮은 천에는 마릴린 먼로의 얼굴이 찍혀 있었다. 관중이 포효했다. 타이무르가 옆에서 킥킥거렸던 것이 기억난다. 우리는 마즈가 방 한가운데에서 천천히 니깝을 벗고 벨리 댄스를 추며 음악에 맞춰 립싱크

---

27 눈을 제외한 얼굴 전체를 덮는 무슬림 여성들의 가리개

하는 모습을 지켜보았다. 사람들도 춤을 추며 노래를 따라 불렀다.

노래가 끝나고 1990년대 테크노 음악과 혼합된 낮은 타블라 비트가 이어졌다. 마즈가 커피 테이블 위로 뛰어올라가자 플라스틱 컵에 담겨 있던 맥주가 바닥에 쏟아졌다. 두 소년이 마즈 옆으로 올라갔다. 세 사람은 숄을 허리에 두르고 비트에 맞춰 엉덩이를 격렬하게 흔들었다. 소년들은 알 샤르키예 출신으로 보였다. 알 샤르키예 출신들은 늘 남보다 노력했고, 두 소년도 서부 외곽 지역 출신들보다 더 열심히 춤을 추는 것처럼 보였기 때문이다. 구아파에 와서 잃을 것이 더 많은 소년들이었지만, 지금이 춤을 출 수 있는 마지막 순간인 것처럼 음악에 맞춰 엉덩이를 이리저리 열심히 흔들었다.

타이무르가 손목시계를 가리켰다. 무시하고 계속 춤을 췄어야 했지만 내게는 타이무르가 가장 중요했다. 나는 타이무르의 손을 잡고 비틀거리며 밖으로 나왔다. 땀투성이가 된 우리는 바보처럼 깔깔대고 웃었다. 그리고 자정이 다 된 시간에 길모퉁이에서 샤와르마[28]를 샀다. 우리는 캄캄한 골목길을 지나 커다란 레몬 나무 아래에 세워 둔 타이무르의 차로 돌아가서 샤와르마를 먹었다. 타이무르는 슬픔과 좌절에 빠진 사람처럼 근심스러운 표정

---

28   양념한 각종 고기를 불에 구워 채소와 함께 빵에 싸 먹는 음식

을 하고 닭고기 조각 하나를 마늘 소스에 찍었다.

"무슨 생각해, 하비비?" 내가 물었다.

타이무르가 놀란 표정으로 쳐다보았다. 하지만 내가 '하비비'라는 단어를 말해서 그런 것인지, 혹은 자신을 그렇게 불러서 놀란 것인지는 확실하지 않았다. "이 도시에서 벗어나야 해." 타이무르가 말했다.

"그런데 나가고 싶은 거면, 네가 왜——"

"그 부분에 대해서는 말하고 싶지 않아." 타이무르가 말을 잘랐다. "적어도 오늘밤은 내일이 오지 않을 것처럼 보내자."

"좋아." 나는 피클을 입에 넣으며 말했.

"어딜 가든 난 상관없어." 타이무르가 마늘 소스를 잔뜩 찍은 닭고기를 입안에 넣으며 말했다. 타이무르는 진지한 눈빛으로 나를 바라봤다. 그리고 내게 몸을 숙여 자신의 손가락에 묻은 기름을 빨아먹은 후 엄지손가락으로 내 입술을 쓰다듬었다. "만약 내가 떠난다고 하면," 타이무르가 속삭였다. "같이 갈래?" 뜨거운 입김에서 마늘과 알코올 냄새가 났다. "아니면 평생을 할머니랑 그 아파트에서 살래?"

타이무르가 엄지손가락으로 내 입술을 쓱 훑었고, 나는 침을 삼켰다. "너랑 함께 있고 싶어. 이미 다 알고 있었던 것 아니야? 그러니까 네가 가면 나도 갈 거야. 네가 여기에서 살면 나도 그 아파트에서 살 거야. 할머니가 돌아가시거나 내가 죽거나, 아니면 이 도시가 정말 무너져 버릴 때까지 말이야."

타이무르가 한숨을 쉬며 자리에 등을 기대고 앉았다. "그렇게 무너져 버리는 건 없어." 타이무르가 씁쓸하게 말했다. "이 도시는 지금까지 수십 년간 썩어 왔고 앞으로도 쭉 그럴 거야. 이곳을 떠나지 않으면 우리도 함께 썩어 갈 거야."

나는 긴장을 풀기 위해 웃었다. "낙관적인 생각이네."

갑자기 피로가 몰려왔다. 좁은 길을 내다보니 은색 쓰레기통은 쓰레기로 넘쳐 나고 고양이 가족이 까만 비닐봉지를 찢고 있다. 나는 타이무르가 이 도시 출신이어서 사랑했다. 타이무르의 모든 것이 도시의 모든 것을 상기시켰고, 타이무르를 사랑하는 것이 이 도시와 도시의 역사를 사랑하는 것이었기 때문이다. 그리고 나는 타이무르가 이 도시 출신이라 사랑할 수 없었다. 타이무르는 이 도시에서 살아가고 사랑하는 방식을 고수했고 그것은 우리가 공유했던 사랑과 절대 어울릴 수 없었다.

하지만 나는 이런 생각들을 입 밖으로 꺼내지 않았다. 그 대신 어둠 속에서 소리 내어 웃으며 타이무르에게 입을 맞췄다. 타이무르도 내게 강렬한 키스를 퍼부었다. 절대 놓고 싶지 않았던 삶을 향해 엔진이 으르렁댔다. 우리의 마지막 밤이었다. 그날을 돌이켜 보니 나는 너무나 순진했고, 희망과 꿈으로 가득 차 있었다. 타이무르와 나는 밀고 당기며 불장난을 하고 있었다. 정말 떠나고 싶은지, 어떻게 가야 하는지도 모르는 채 서로를 죽음의 사막으로 끌어당기고 있었다.

경찰서는 창문을 찾아보기 힘든 매우 인상적인 벽돌 건물이다. 경찰서를 보니 스스로 도살장으로 걸어 들어가는 것 같아 내 자신이 바보처럼 느껴진다. 머리를 번지르르하게 정리한 경찰관들이 두 명씩 짝을 지어 육중한 금속 재질의 출입문을 지키고 서 있다. 경찰관들에게 친구를 데리러 왔다고 말하는 동안 이 모든 게 함정일지도 모른다는 생각이 든다. 어쩌면 경찰이 마즈에게 어젯밤 구아파에 있었던 사람들 모두에게 전화를 걸라고 협박했는지도 모른다. 아니다. 마즈는 드레스 입는 것을 부끄러워하지 않고 자존심도 무척 강해 다른 사람을 팔아먹지 못할 것이다.

경찰관들은 땀에 전 발 냄새가 풍기는 어두운 복도를 가리킨다. 끈적끈적한 복도 바닥을 따라 걸어가자 대기실처럼 보이는 공간이 나타난다. 휑한 방 안의 앞쪽에는 커다란 책상이 하나 있고 한쪽 벽에는 녹색의 금속 벤치가, 중앙에는 파란색 의자가 나란히 놓여 있다. 파란 페인트가 벗겨진 틈으로 녹슨 금속이 보인다.

벤치에 여자 두 명과 남자 한 명이 앉아 있다. 40대로 보이는 남자는 키가 크고 늘씬하다. 남자는 초조한 듯 금연

표시 아래에서 담배를 피우고 있다. 그러다 방 안을 훑어보고 자리에서 일어나 긴 다리로 잠시 서성거리다 다시 앉는다. 두 여자 중 한 명은 필리핀 가정부이고 바닥만 쳐다보고 있다. 또 다른 여자는 매춘부로 보이며 짧은 치마에 뾰족구두를 신고 녹색과 연보라색으로 색조 화장을 했다. 여자는 라벤더색 매니큐어를 바른 손가락을 만지작거리다 내가 걸어 들어가자 알아보기 가볍게 한숨을 쉰다.

나는 책상 뒤에 앉은 제복 차림의 50대 경찰에게 다가간다. 그리고 이마의 점에 털이 나 있고 머리가 벗겨진 키 작은 그 경찰에게 머뭇거리며 상황을 설명한다. 나는 마즈의 이름을 말하며 풀려날 예정이라고 얘기한다.

"앉으세요." 경찰은 눈길도 주지 않은 채 말한다.

나는 필리핀 여자 옆에 앉는다. 책상 뒤에 앉아 있던 경찰이 일어선다.

"거기 말고요." 경찰이 소리를 빽 지르며 파란 의자를 가리킨다.

나는 다시 일어나서 대기실 중앙에 있는 의자에 앉는다. 그리고 주의를 딴 데로 돌리기 위해 휴대 전화를 꺼내 타이무르에게 메시지를 쓴다. **항상 함께할 방법을 찾을 거라고 약속했잖아. 호텔에서 만날 수도 있어. 봐, 벌써 한 가지 방법을 찾았잖아. 긍정적인 측면을 본다면 다른 방법들도 찾을 수 있을 거야.**

"전화 치워요, 면상에서 부숴 버리기 전에." 경찰이 날

170

카롭게 소리를 지른다. 나는 재빨리 보내기 버튼을 누르고 전화기를 주머니에 다시 넣는다. 심장이 두근거린다.

경찰은 다시 자리에 앉아 담배에 불을 붙이고 휴대 전화 화면을 획획 넘겨 본다. 잠시 후 또 다른 경찰이 책상 뒤로 보이는 여러 개의 방들 중 한 곳에서 나온다. 두 경찰은 잠시 대화를 나눈 후 다시 그 방으로 들어간다. 짧은 치마를 입은 여자가 기침을 하더니 무거운 한숨을 내쉰다.

윤이 나는 베이지색 벽에 들쭉날쭉 금이 가 있다. 흉측한 금색 틀 안에 있는 대통령의 초상화가 책상 뒤에서 나를 노려보고 있다. 초상화 속 대통령은 경찰 제복을 입고 있다. 게다가 대통령의 어린 아들도 경찰 제복을 입고 있다. 나는 초상화를 잠시 응시하다 스멀스멀 피어오르려는 분노를 피하며 시선을 돌린다. 그때 찰싹 하는 소리가 복도에 울려 퍼진다. 도살업자가 고기 덩어리를 작업대 위에 털썩 내려놓는 소리 같다.

현재 진행 중인 내 두려움도 부주의한 어떤 말이나 생각으로 인해 체포되어 저런 일을 당할 수 있다. 마즈가 몇 달간 수집한 경찰의 공권력 남용에 대한 기록을 본 후로 깊게 베인 허벅지와 뽑힌 손톱, 쪼개진 두개골 등 살인과 고문의 이미지가 자주 머릿속을 맴돈다. 무엇이 감옥 안에서 벌어지는 죽음과 공포의 향연을 강제하는가? 이데올로기? 권력? 순수한 가학적 쾌감? 아니면 공포? 사방의 벽이 나를 포위하자 다시 무력감이 느껴진다. 다음에 벌어질 일을 받아들이는 것 외에 여기에서 내가 할 수 있는 일은 없다. 대기 중인 남자가 초조하게 벤치 옆을 서성이다 담배꽁초를 비벼 끄고 곧장 새 담배에 불을 붙인다.

"거기. 추하게 머리를 자른 당신 말이야." 경찰관이 나를 가리킨다. "그래, 당신. 뭐, 그렇게 놀라. 자기 머리 모양이 추하다는 걸 모르고 있었나?"

나는 자리에서 일어나 경찰을 따라 방으로 들어간다. 어떤 일이 벌어지고 있다는 사실에 두려움과 안도감이 동시에 밀려든다. 방 안의 철재 테이블에 메모지와 재떨이, 반쯤 빈 찻잔, 그리고 커다란 폴더가 놓여 있다. 어떻게 해야 할지 혼란스럽다. 보호 장치라도 있는 것처럼 거만을 떨까, 아니면 정권의 단호한 협력자처럼 상냥하게 굴어야 할까? 어쩌면 사과를 해야 할지도 모른다. 하지만 정확히 무엇에 대해 사과해야 하지? 마즈를 데리고 이곳을 무사히 빠져나가려면 나는 어떤 가면을 써야 할까?

"앉으세요." 이마에 점이 난 경찰이 문을 닫으며 이렇게 말하고 문 옆에 선다. 남은 경찰관은 책상 뒤로 가 앉는다.

나는 맞은편 의자에 앉아 두 손을 무릎에 올려놓는다. 그러자 책상 뒤에 앉아 있던 경찰관이 자리에서 벌떡 일어선다.

"다리 꼬지 마!" 경찰관이 소리를 지른다. 아래를 내려다보니 오른쪽 다리가 왼쪽 무릎 위에 올라와 있다. 나는 황급히 오른쪽 다리를 내려놓는다.

"여기 왜 왔어?" 경찰관이 묻는다.

두 손이 떨린다. 나는 두 손을 무릎에 올려놓고 뭐라고 웅얼거린다. 어떤 가면을 쓰기로 했는지 생각나지 않는다.

"더 크게 말해." 경찰관이 말한다.

"아는 사람을 데리러 왔어요. 마즈… 마즈데딘이요. 전화를 받았거든요."

"수감자와는 어떻게 아는 사이지?"

"저는…, 학교를 같이 다녔습니다."

경찰관이 책상에 놓인 서류 폴더를 집어 들어 내게 내민다.

"이건 네 파일이야." 경찰관이 말한다. "알겠나?"

나는 아무 대답도 하지 않는다. 잠시 침묵이 흐른다. 두 사람은 나를 쳐다보고, 나는 책상에 놓인 그 폴더를 쳐다본다. 서류처럼 보이는 종이가 검은색 폴더 여기저기로 삐져나와 있다. 내 인생, 아니 정권이 내 인생과 관련 있다고 판단한 모든 것이 저 안에 들어 있다. 27년 동안의 일들. 그 동안 내가 처벌받을 만한 행동을 했던가? 만약 저들이 입증하고자 했다면 내가 해 온 그 어떤 일도 정권에 대한 위협으로 받아들여질 수 있었다. 나는 그저 자리에 앉아 논리적으로 말하고, 그것이 받아들여지길 바라는 수밖에 없었다. 이번 한 번만 그 논리가 충분했기를 바라면서 말이다.

"샤미 밑에서 일한 적이 있더군." 경찰이 말한다.

"네. 왜 그런 질문을 하시는지 여쭤 봐도 될까요? 제가 무슨 잘못을 했습니까?"

"당신은 테러 용의자야."

헛웃음이 나온다. "뭐라고요?"

"입 다물어!" 경찰이 소리를 지른다. "시위에 참가했잖아."

"몇 번 참가했죠." 나는 속으로 이 상황에서 나를 꺼내 줄 몇 안 되는 친구 목록을 떠올리며 상황이 악화될 경우 각각의 친구들이 발휘할 수 있을 능력을 고려한다. 로라는 언론을 통해 목소리를 낼 수 있고, 바스마에게는 정부에서 일하는 삼촌이 있고….

"왜 그랬어?" 경찰이 묻는다.

"네?"

결국 나는 그의 화를 불렀다. "도대체. 왜. 시위에. 참여. 했나?" 내게 속아서 쓴 아몬드를 먹은 것처럼 경찰은 한 단어씩 또박또박 내뱉는다.

"다른 사람들도 다 참여했어요." 나는 대답한다.

"난 가지 않았는걸." 경찰이 말한다.

"나도 안 갔는데." 문 옆에 서 있던 경찰도 끼어든다.

"그러면 나라가 더 좋아질 거라고 생각했어요." 나는 설명한다.

"그렇게 생각하는 건가?" 경찰이 눈썹을 치키며 말한다.

"이제는 저도 제가 무슨 생각을 하는지 모르겠어요." 나는 말한다.

경찰이 잠시 침묵한다. 그리고 팔을 뻗어 서류철을 펼치더니 가장 위에 있는 종이를 집어 들고 훑어본다.

"오늘 아침 수감자에게 메시지를 보냈더군, 맞나?"

"기억이 안 납니다." 경찰이 내게 종이를 내민다. 비어 있는 종이 맨 위에 딱 한 문장이 찍혀 있다.

어젯밤에 타이무르와 함께 있는 걸 할머니에게 들켰어. 모든 게 엉망진창이야.

"당신이 보낸 것 맞아?" 경찰이 다시 묻는다.

"이보세요, 난 친구를 데리러 온 거예요. 잘못한 게 없다고요."

경찰이 원숭이를 앞에 두고 말하는 것 같다는 듯 당황해하더니 동료를 돌아본다.

"이 아가씨가 시위에 참여하고 범죄자에게 애매한 메시지도 보내 놓고서 자기는 잘못한 게 없다는데?" 동료가 낄낄대며 웃는다.

"죄송해요." 나는 말한다. 이렇게 말하는 내가 싫다. 아랍인들이 자존심을 지키느라 어떻게 죽어 가는지에 대한 로라의 말이 떠오른다. 죽기라도 하면 자존심이 다 무슨 소용일까? 하지만 이것은 자존심이 아닌 존엄성에 관한 문제이며, 지금 나는 일말의 존엄성마저 잃어버린 기분이다. 존엄성을 위해 죽음도 마다하지 않겠다고 하고 싶지만 이 방 안에서 떠오르는 생각은 도망칠 방법에 관한 것뿐이다.

경찰이 내 손에서 종이를 가져가며 웃는다. 그리고 의자에 기대어 앉아 서류철의 종이를 휙휙 넘긴다.

"미국에서 4년간 대학을 다녔군." 경찰이 말한다. "미국에서 뭘 했지?"

"공부했습니다."

"미국인들이 시위에 내보냈나?"

"아니요." 웃음이 새어 나온다. 대신 미국인이 우리 편에 선다면 무척 행운일 것이라는 말은 덧붙이지 않는다.

"그래도 영어를 잘 하는군. 늘 외국인들과 이곳저곳을 돌아다니고 있고."

"통역사니까요."

"어떤 내용을 통역하나? 보통 뭐라고 하지?"

"장담하는데 제 입에서 나오는 말은 모두 들은 그대로예요." 나는 이렇게 말하며 왠지 모를 미소를 짓는다.

경찰이 서류철을 옆으로 치우고 내 눈을 빤히 쳐다본다.

"신을 믿나?" 경찰이 묻는다. 차가운 두 눈이 나를 뚫어져라 쳐다보며 정직한 답을 요구한다.

나는 침을 삼키고 어깨를 으쓱하며 경찰과 마주본다. "선생님께서 믿으라고 하는 걸 믿겠습니다."

갑자기 방 안의 분위기가 바뀐다. 방 안 공기가 왠지 가볍게 느껴지면서 내가 안전하다는 것을 깨닫는다. 경찰이 한숨을 쉬며 종이를 쳐다보더니 마치 나 때문에 시간을 낭비했다는 듯 팔을 내젓는다. 옆에 서 있던 동료가 문을 열어 준다. 나는 한심한 인간 취급을 받고도 이렇게 안도한 적이 있었는지 생각하며 대기실로 걸어간다. 필리핀 여자는 대기실에 없다. 남은 두 사람이 내 눈빛 속에서 자신의 운명을 점쳐 보려는 듯 호기심 어리게 나를 쳐다본다. 나는 파란 의자에 다시 앉아 기다린다.

눈을 감고 호흡에 집중해 본다. 숨이 들어왔다 나간다. 저쪽 방에서 들리는 누군가의 비명과 바퀴벌레들이 발옆을 지나며 종종걸음 치는 소리가 두 귀로 흘러 들어온다. 영원과 같은 시간이 흐르고 다시 눈을 떴지만 아무것도 변한 게 없다. 타이무르와 침대에 누워 있었던 시간을 떠올리지만 위안이 되지 않는다. 오늘 타이무르는 테타의 비명, 아흐메드의 당당한 눈빛, 경찰들의 협박을 떠올리게 한다. 그리고 내게 두려움과 수치심을 되돌려 준다.

타이무르가 옳았다. 우리는 이곳을 벗어나야 한다. 야만스러운 정부의 폭력배와 야권의 미치광이 근본주의 밑에서 그들의 입맛에 맞추어 살려면 타이무르와 나는 늘 가면을 써야 한다. 테타가 첫 번째일 뿐 테타 말고도 넘어야 할 산이 너무나 많다. 이곳에서 우리는 더러운 비밀이 드러나기를 기다리는 것 외에 아무것도 할 수 없다. 유일한 선택지는 이 빌어먹을 도시에서 최대한 멀리 도망가는 것이다.

나는 이러한 생각들을 곧장 밀어내어 새장 안에 감춰버린다, 그 생각이 불러오는 희망이 표정에 나타날까 봐 두렵기 때문이다. 하지만 밀어내면 밀어낼수록 더 많은 생각들이 저항하듯 떠오른다. 나는 대통령을 죽이고 싶다. 폭탄을 설치하여 이 도시를 통째로 날려 버리고 깡그리 불타 없어지는 모습을 지켜보고 싶다. 이런 생각들을 없애려는 시도는 무의미하다. 피하려고 할수록 이런 생각들은 더 많이 피어나고 더 파괴적으로 변하기 때문이다. 여기서 이런 생각들로 머릿속을 오염시킬 수는 없다. 나는 이런 생각들을 읽은 경찰들이 난입하여 나를 어두운 지하 감옥으로 끌고 가주기를 바란다. 나는 미쳐가고 있다. 정말 미쳤다. 나는 눈을 감는다. 눈을 뜨자 대통령 부자의 초상화에 시선이 가 닿는다. 빠르게 시선을 옮긴다. 어쩌면 초상화를 보는 내 시선을 싫어할 사람이 있을지도 모른다.

이번에는 경찰이 마즈를 데리고 방에서 나온다. 대기실로 들어오는 두 사람을 보고 내가 일어서지만 경찰과 마즈 모두 나와 눈을 마주치지 않는다. 마즈는 발을 질질 끌며 책상으로 걸어와서 석방 서류를 읽지도 않고 시키는 대로 서명한다. 나를 돌아보는 마즈의 한쪽 눈이 잔뜩 부은 채 감겨 있다. 머리카락은 엉겨 붙은 채 굳어 이마에 착 달라붙어 있다. 볼에 멍이 들었고 아랫입술이 두 배로 부어 있다. 홀쭉해진 양 볼에 마스카라가 번져 있다. 나는 어젯밤 두 팔을 흔들며 의기양양하게 춤을 췄던 마즈를 생각한다. 마즈는 나와 아주 잠시 눈을 마주친 후 다시 신발을 내려다본다.

나는 경찰에 떠밀린 마즈를 붙잡는다. 경찰은 마치 더러운 걸레라도 만진 것처럼 두 손을 바지 뒤에 문질러 닦는다. 가까이 살펴보니 한쪽 콧구멍 주변으로 말라붙은 피딱지가 보인다. 나는 마즈를 감싸 안고 밖으로 나간다. 오후 중반의 햇볕을 마주한 마즈가 움찔하며 놀란다. 생수 한 병을 건네자 갈증이 났는지 다급히 마신다. 우리는 몇 분간 길을 따라 말없이 걷는다. 불안한 마음이 잦아들 때까지 한참을 걷다 마즈에게 괜찮은지 묻는다. 마즈는 고개를 끄덕이고 내게서 담배 한 대를 빼앗아 피딱지가 앉은 부르튼 입술로 가져간다.

"무슨 일이 있었던 거야?" 경찰서에서 충분히 멀어지고 나서 내가 묻는다. 분위기를 가볍게 만들려고 약간의 농담을 섞는다. "마지막으로 봤을 때는 재스민 공주 의상을 입고 말라깽이 남자애들 사이에서 몸을 비벼 대고 있었잖아. 영화관에 갔었어?"

"뉴스에 나왔냐?" 마즈가 담배를 한 모금 빨고 기침을 한다.

"잘 모르겠어. 나도 로라한테 들었거든."

"그럼 뉴스에 나오겠네." 마즈가 한숨을 쉬며 머리를 넘긴다.

우리는 주차된 마즈의 차로 걸어간다. 사람들이 좀비처럼 비틀거리는 마즈를 쳐다본다. 가는 길에 마즈가 체포된 영화관을 지난다. 출입구는 음란죄가 일어난 장소라는 것을 의미하는 붉은색 왁스가 칠해진 널빤지로 봉쇄되어 있다. 그리고 다음과 같은 안내문이 붙어 있다.

관계자 여러분께,
이 출입문은 이 도시의 시급한 사안을 담당하는 판사가 내린 판결에 의해 붉은 왁스로 봉쇄되었습니다. 본 건은 파우지 바샤에 의해 접수되었고 사건 번호 080537번에 입각하며 상기 날짜로부터 한 달간 시행된 후 이후 연장될 수 있습니다. 위 판결을 내린 법원의 사전 심사 없이 붉은 왁스를 제거하는 행위를 금합니다.

병원에 가라고 말하지만 마즈는 고개를 젓는다. 차 열쇠를 건네받은 나는 문을 열고 마즈를 부축하여 태운다.

"이 일에 대해 말할 사람은 있어?" 내가 묻는다.
"누구한테 말할 수 있겠어? 경찰?"
"상해 정도를 기록으로 남겨서 네가 프리랜서로 일하는 인권 단체에 보고하는 건 어때?"
마즈가 선글라스를 끼고 쓴웃음을 뱉는다. "보고서를 제출해 봤자 이 나라 정권에 무기를 파는 서방 국가들을 기분 좋게 해주는 일밖에 안 돼."

우리는 차 안에 앉아 담배를 피운다. 둘 다 어디론가 서둘러 갈 생각이 없다. 걱정을 가라앉히기 위해 오늘 담배를 많이 피우고 있다. 나의 문제들은 연기의 형태로 내 몸을 탈출하여 공기 중으로 사라진다. 하지만 담배꽁초를 비벼 끄면 그 문제들은 어김없이 다시 되돌아온다. 마치 수치심과 두려움이 끊임없이 솟아나는 우물처럼 말이다. 그래서 다시 불을 붙여야 한다. 나는 이렇게 서서히 죽어가고 있다. 오늘만 벌써 한 갑을 피웠다.

화난 듯 차창을 두드리는 소리에 정신이 번쩍 든다. 말끔하게 면도한 얼굴에 선글라스를 쓴 남자가 우리를 쳐다보고 있다. 나는 창문을 내린다.

"얄라," 남자가 툴툴거리며 말한다. "여기 서 계시면 안 돼요."

"안 된다니요?" 나는 남자에게 묻는다. 조사실에서 잃어버린 존엄성의 일부를 되찾고 싶은지 내 목소리에서 무례함이 묻어난다.

"그러니까," 남자가 씩씩거리며 말한다. "주차된 차에 앉아 있으면 안전하지 않잖아요. 차에서 내리든가, 출발하든가 하세요."

"차 안에 앉아 있는 게 어떤 종류의 안전에 위협을 줍니까?" 내가 묻는다. "출발하기 전에 담배 한 대 피우는 거예요. 운전하면서 피웠으면 좋겠어요?"

"담배를 피우려면 차에서 내리세요. 정차한 차 안에 계시면 안 됩니다. 새 규정이에요."

"괜찮아요. 막 출발하려던 참이었어요." 마즈가 남자에게 말한다.

"멍청이 같은 새끼." 나는 시동을 걸면서 중얼거린다. 대시보드의 시계를 보니 4시 반이 다 되어 간다. 타이무르는 내 하루에 대해 전혀 모른 채 오늘 밤을 위해 준비해야 한다. 마즈가 조수석에 기대어 앉으며 한숨을 쉰다.

집으로 가고 싶지 않았던 우리는 슈퍼마켓에 들러 아이스 팩과 토마토, 모르타델라 소시지를 산다. 마즈의 눈에 아이스 팩을 얹어 놓고, 우리는 터키 커피를 마시며 토마토와 모르타델라를 먹는다. 나는 마즈가 토마토 조각을 모르타델라에 천천히 싸는 모습을 지켜본다. 토마토의 산성 액이 입술에 닿자 움찔하며 놀란다.

"그 안에서 무슨 일을 당한 거야?" 내가 묻는다.

마즈는 어깨를 으쓱할 뿐 말이 없다. 나는 모르타델라를 한 입 베어 문 후 커피 한 모금으로 씻어 낸다. 나는 마즈의 얼굴을 바라보며 멍 자국이 생긴 이유를 찾으려 애쓴다. 주먹으로 입을 맞은 것이 분명하다. 눈 아래도 맞은 것 같다. 뺨의 긁힌 자국은 거친 벽에 밀쳐졌거나 바닥에 내동댕이쳐지면서 생긴 찰과상처럼 보인다. 또 무슨 짓을 했을까? 상처가 남지 않을 다른 짓도 했을까?

"강간당했어?" 내가 불쑥 묻는다.

마즈가 잠시 멈칫하더니 고개를 젓고 어깨를 으쓱한다. "우릴 거칠게 대했어. 이름을 부르거나 악마 숭배자들이라고 했지. 경찰들이 내 파일을 꺼내서 기록들을 보여 줬고⋯. 내가 먹고 살려고 했던 일들이었어. 낮일과 밤일 중에서 그들이 뭐에 더 화를 내는 건지도 알 수 없었어. 어쨌든 나를 더 궁지로 몰았어. 우리를 콘크리트 방에 밀어 넣고 얼음처럼 차가운 물을 끼얹었지. 더러운 변태들이라 씻어야 한다고 했어."

나는 분노를 애써 누르며 눈을 감는다. 경찰서로 차를 돌려서 나를 앉혔던 파란색 의자의 녹슨 다리로 두 경찰 놈들을 내리찍고 싶다. 신장이나 고환을 세게 걷어차고 싶다. 그러다 싸워 본 적이 없다는 사실을 떠올리고 또다시 무력감에 빠진다. "물이 너무 차가웠어." 마즈가 몸을 떨며 말한다. "옷을 벗게 하고 벽에 줄을 세웠어. 그리고 어떤 남자들이 뒤로 다가왔어. 그리고 차가운 손으로 다리를 벌리더니 뭔가를 안에 넣었어." 나는 마즈에게 무슨 일이 일어났음을 금세 알아차린다. 그전에 본 적 없는 어떤 일. 마즈의 목소리에서 처음으로 수치심이 배어나와 얼굴에 자리 잡는다. "달걀 같았어. 손이 정말 차가운 데다가 사포처럼 거칠었어."

나는 수년 전에 만났던 택시 기사를 떠올린다. **혀가 사포 같아.** 나는 마즈를 쳐다본다. 하지만 마즈는 입을 굳게 닫은 채 모르타델라를 접고 또 접는 손가락만 내려다본다.

"내 머리가 그렇게 보기 싫으냐?" 나는 분위기를 가볍게 하려는 생각에 불쑥 묻는다. "경찰이 보기 흉하다던데."

마즈는 숨이 넘어가도록 웃다 음식이 목에 걸려 컥컥거린다. "사실이야, 라사. 미안하지만 할머니한테 머리를 맡기는 건 이제 그만해야겠다." 까맣게 멍든 채 감긴 눈에서 눈물처럼 보이는 액체 한 방울이 떨어진다.

II. 제국의 꿈

오후 다섯 시쯤 나는 우울한 기분으로 피곤한 몸을 이끌고 집에 들어간다. 테타의 침실 문은 여전히 닫혀 있다. 이 시간쯤이면 리모컨을 배 위에 얹은 채 소파에 누운 테타의 코 고는 소리가 오후 뉴스와 함께 희미하게 들려와야 했다. 하지만 쿠션은 눌린 자국 없이 빵빵하고 꺼진 티브이는 차갑게 식어 있다. 테타의 가방이 커피 테이블 위에 놓여 있다. 그 가방에는 늘 납작한 껌이나 단단한 사탕, 민트 향이 나는 얇은 갈색 담배가 들어 있어 내게는 선물로 가득한 보물 상자와 같았다. 하지만 모두 오래된 휴지로 싸여 있어 손으로 집자마자 풀어 헤쳐져 버렸다. 테타는 이렇게 늦게까지 잠을 잔 적이 없다. 아마도 나 때문에 죽을 만큼 수치스러운 모양이다.

도리스가 얼음을 가득 넣은 네스카페를 타 준다. 평소라면 텔레비전 앞에 앉아 가장 정직한 자신으로 살라고 말하는 오프라를 보며 커피를 마셨을 것이다. 타이무르

꿈을 꾸지 않을 때는 보통 이런 식으로 한여름의 길고 지루한 오후를 보냈다. 하지만 오늘은 아이스 네스카페를 욕실로 가져간다. 그리고 옷을 벗은 후 속옷을 문고리에 걸어 열쇠 구멍을 막는다. 지난 번 사건으로 얻은 교훈이다. 열쇠 구멍을 들여다보게 방치한 대가였다. 타이무르에게 전화를 걸어보지만 받지 않아 다시 문자를 보낸다. **우린 방법을 찾을 거야. 비자가 필요 없는 나라를 찾으면 이 모든 이흐밧, 이 모든 절망감에서 벗어나 우리 인생을 살 수 있어.** 답을 기대하지는 않지만 어쨌든 문자를 보낸다. 나는 이 생각을 타이무르에게 주지시키고, 오늘밤에 편지를 전할 것이다. 편지는 우리가 대항해 싸우고 있는 모든 것들을 상기시키며 나와 함께 도망치라고 타이무르를 설득할 것이다. 그가 일단 내 얼굴을 본다면 우리 둘의 삶을 포기할 수 없을 것이다. 타이무르는 생각할 것도 없이 당장 이곳을 떠날 것이다.

나는 벌거벗은 채로 빈 욕조에 앉아 아이스 네스카페와 말보로를 즐기며 캔디 크러쉬 게임을 한다. 별 하나를 따면 타이무르가 나를 사랑한다는 의미이고, 두 개를 따면 절대 나를 떠나지 않을 것이라는 의미이다. 만약 별 세 개를 따면 우리가 함께 할 방법을 찾는다는 의미이다.

나는 캔디 크러쉬를 하며 미국을 꿈꾼다. 뭘 하고 있는지 아무도 묻지 않는 곳, 좋아하는 것을 자유롭게 할 수 있는 곳, 원한다면 상대가 누구든 키스하고 사랑할 수 있

는 곳, 원래의 내가 될 수 있는 곳. 유학 전에는 내가 누구
이며 어디서 왔는지보다 내 머릿속에 있는 것들이 더 중
요할 거라고 생각했다.

하지만 그건 잘못된 생각이었다.

"전 세계의 몽상가들이 미국으로 모여들지." 테타가 경
고했다. "하지만 그 꿈은 그저 미끼일 뿐이야. 미국은 낚
싯바늘처럼 너를 잡아서 조각을 내 먹어 치울 거다. 맛이
없으면 볼에 갈고리 모양의 구멍만 낸 채 널 다시 바다로
던져 버리겠지."

나는 테타의 경고를 듣지 않기로 했다. 볼에 갈고리 모
양의 구멍이 난 채 빈 욕조에 앉아 있는 지금도 미국의
가능성에 대한 기억은 강렬하게 남아 있다.

미국 유학은 아버지가 아프기 전에 결정한 일이었다.
아버지와 테타는 모아 놓은 돈으로 유학을 보내 주겠다
고 약속했다. 아버지가 세상을 떠났을 때 우리에게는 수
입원이 없었다. 그럼에도 불구하고 테타는 아버지가 내
교육비로 쓰려고 모아 놓은 돈을 건들지 못하게 했다. 테
타는 아버지의 돈을 은행에 넣어 둔 채 동네 여자들의 머
리를 해주기 시작했다. 곧 우리 집에서 20킬로미터 반경
안에 있는 여자들 모두가 테타의 금색 단발머리를 따라
하기 시작했다. 게다가 금요일에는 기부금을 가져오기 위
해 히잡을 쓰고 검은색 아바야를 입고서는 길 아래에 있
는 모스크에 갔고, 일요일에는 십자가를 목에 걸고 근처

마을로 차를 몰고 나갔다. 테타는 성당 신도들 틈에 숨어서 사람들이 하는 대로 일어섰다 앉았다를 반복했다. 테타는 "키리에 엘레이손[1]"이라고 말하는 타이밍을 익혔고 영성체에도 참여했다. 그러고 나서 예물함이 앞에 오면 테타는 손을 집어넣어 헌금을 집어 왔다.

수입은 줄고 있었지만 우리 가족의 사회적 위치는 이전과 같았다. 우리는 동정심과 의무감의 도움으로 살아남았다. "건축 프로젝트"와 "부동산 투자"와 "수출입 계획"을 논의하는 신선한 유형의 엘리트가 나타나는 것을 지켜보며 우리는 고개를 높이 쳐들었다. 마치 도시를 질주하는 신상 페라리에 둘러싸인 낡은 쉐보레 같았다.

미국 유학을 향한 욕망은 미국을 둘러싼 근거 없는 믿음에 의해 더 확고해졌다. 텔레비전, 영화, 책을 넘어 미국은 내 아버지와 어머니가 사랑에 빠진 장소였다. 당시 아버지는 의대 졸업을 앞두고 있었고, 어머니는 지역 대학에서 미술사를 전공하고 있었다. 어머니는 오전에 수업을 듣고 오후에는 미술관에서 스케치를 하며 시간을 보냈다. 저녁에는 친구들과 프랑스식 카페에 갔다. 그곳에서 어머니는 아버지를 처음 만났다.

아버지는 어머니를 보고 첫눈에 반했다. 짙은 회색의 긴 머리카락과 커다란 초록색 눈동자, 올리브색 피부를

---

1   주여, 저희를 불쌍히 여기소서

가진 어머니는 무척 아름다웠다. 거실 바닥에 고인 피 웅덩이와 깨진 유리 조각 위에서 흐느껴 울던 최악의 상황에서도 나는 아버지가 어머니를 얻기 위해 왜 그렇게 열심히 싸웠는지 알 것 같았다.

6개월 동안 끈질기게 따라다니며 애원한 끝에 아버지는 어머니와 커피 한 잔을 마시게 되었다. 그리고 첫 데이트에서 어머니의 마음을 얻는 데 성공했다. 다시 6개월이 지나고 아버지는 용기를 내어 어머니를 테타에게 소개하기로 했다. 두 사람이 나란히 집으로 들어왔을 때 테타는 아들이 미국에서 아랍 여자를 찾았다는 사실에 더없이 행복해했다.

"이 아가씨는 미국에서 뭘 하고 있니?" 테타가 억지웃음을 띄운 채 어머니를 쳐다보며 아들에게 물었다.

대통령이 정권을 장악했을 때 어머니의 가족 모두 미국으로 이민을 갔다고 아버지가 설명했다.

"저희 아버지는 정권 이양까지 기다리지 않으셨어요." 어머니가 잘못된 사실을 짚어 주었다. "소란의 조짐이 보이기 시작하자마자 짐을 싸서 떠나셨죠."

테타는 불만스러운 듯 눈을 가늘게 떴다. "그렇게 빨리 도망간 걸 왜 그렇게 자랑스러워하는 거니? 그러니까 나는 미국에서 자랐다, 그 말인가? 여자아이를 기르기에 적합한 환경은 아니란다. 어떤 일이 있어도 여기서 결혼을 해라. 여기서 살아야 해."

어머니의 부모님은 이 소식을 달가워하지 않았다.

"이민 오느라 그 고생을 했는데, 다시 돌아가겠다고?" 외할아버지는 수천 킬로미터 떨어진 곳에서 전화에 대고 고함을 질렀다.

"하지만 그 사람을 사랑해요." 어머니가 반항적으로 말했다.

"너의 자유보다 그 남자를 더 사랑한단 말이냐?"

하지만 어렸던 내 부모님은 시선이 닿는 모든 곳에서 가능성을 보았던 이상주의적인 세대였다. 두 사람은 새로운 범-아랍 국가를 건설하기 위해 손을 맞잡고 고향으로 돌아왔다.

비가 내리던 그날 테타는 날 공항에 바래다주었다. 테타를 껴안은 나는 테타가 애써 눈물을 참고 있다는 것을 눈치 챘다. 몇 시간도 떨어져 본 적이 없는데 일 년이나 못 본다는 생각에 우리는 세상이 끝나는 것만 같았다. 저 비행기에 오르는 순간 내 안의 무언가가 변할 것임을 우리는 알고 있었다. 테타를 껴안으며 작별 인사를 하던 소년은 영원히 사라질 것이며, 소년을 대신할 남자에 대해서는 전혀 아는 바가 없었다.

"도착하자마자 전화해." 테타가 할 수 있는 말은 이것뿐이었다. 나는 테타의 말 마디마디에 맺힌 눈물을 모르는 척하려 애썼다. 계속 생각하다가는 눈물이 터져 나올 것 같았다. 나는 감정을 보이지 않는 진짜 남자, **잘라메**가 되고 싶었다. 테타는 공항으로 들어가는 나를 보며 내가 인파 속의 작은 점이 될 때까지 손을 흔들었다. 테타가 더 이상 보이지 않는 것을 확인한 나는 화장실로 뛰어 들어 갔다. 눈물이 걷잡을 수 없을 정도로 쏟아졌다. 비행기에 오른 후 잠이 들고 나서야 울음을 멈출 수 있었다. 너무 지쳐 있었고 눈물이 모두 말라 버린 느낌이었다.

입국 심사를 기다리는 사람들이 길게 줄을 서 있었다. 나는 대학에서 온 입학 허가서, 은행 계좌 내역, 비자, 그리고 테타와 함께 심사 서류를 색깔별로 깔끔하게 분류해 정리한 폴더를 들고 차례를 기다렸다. 해가 지고 나서야 심사가 끝났다. 나는 공항 셔틀버스를 타고 시내로 나가 전철을 갈아타고 새 보금자리인 캠퍼스 서쪽의 기숙사를 찾아갔다. 외관의 곡선과 아치형 입구가 인상적인 고층의 갈색 벽돌 건물이었다.

구불구불하게 이어진 복도에서 학생들이 큰소리로 웃으며 텔레비전으로만 들었던 낯선 억양으로 이야기를 나누었다. 기숙사 벽이 너무 얇아서 방 안에 함께 있는 것 같았다. 내가 챙겨 온 것은 옷가지와 영화에서 본 미국 대학 캠퍼스에 대한 심리적 이미지, 그리고 지금껏 모아온 나우 시리즈(Now That's What I Call Music!) 시디 몇 장뿐이었다. 자라면서 티브이와 책으로 익숙하게 접해서인지, 미국 땅을 밟기 전부터 미국은 이미 내 일부였다. 하지만 현실은 생각했던 것보다 더 팍팍하고 이질적이었다. 9층에 있는 내 방은 딱딱한 침대와 나무 책상, 볼품없는 플라스틱 노끈에 달린 백열전구가 전부인 종이 상자 같았다. 나는 블라인드를 당겨 바깥을 내다보았다. 도시의 반짝이는 불빛이 지평선 저 너머까지 뻗어 있었고, 그 아래로 푸릇푸릇한 뜰이 보였다. 물기를 머금은 잔디가 가로등 불빛 아래에서 빛나고 있었다.

나는 미국에 발을 들여놓자마자 내가 텔레비전에 나오는 사람들처럼 변할 줄 알았다. 그러나 집에 돌아와서도 내가 여전히 같은 사람임을 깨닫고 슬퍼졌다.

나는 짐 가방을 낡은 매트리스 위에 올려놓고 테타에게 전화를 했다. 마치 다른 세계에서 말하고 있는 것처럼 테타의 목소리가 멀게 느껴졌다.

"함두릴라, 다행이에요 할머니, 여행은 무난하고 엄청 쉬웠고… 지하철도 그렇게 비싸지 않고… 아니, 흥정을 할 필요가 없었어요. 가격표를 벽에 붙여 놔서…. 네, 잘 정리되어 있어요. 탑승권만 보여 주면 공짜로 태워 주는 공항 셔틀버스도 다녀요. 학교에 도착하자마자 등록을 하고 열쇠를 받았는데… 아니, 그냥 보증금으로…. 네, 좋아요. 할머니가 주신 현금으로 냈고…, 영수증도 받았어요. 네, 당연하죠. 내일 나가서 좋은 코트부터 산다고 약속할…. 방도 되게 좋아요. 갖고 싶었던 것들이 다 있고…, 침대랑 책상, 옷걸이가 설치된 옷장, 전구도 있고… 엄청

신나요."

침묵이 흘렀다.

"아파트가 텅 빈 것 같구나." 테타가 작은 목소리로 말했다.

눈물이 흘렀지만 어찌할 방법이 없었다. "집에 가고 싶어요." 나는 전화기에 대고 흐느꼈다.

"남자답게 견뎌야지, 라사. 아버지에게 자랑스러운 아들이 되고 싶지 않니?"

그래, 그랬다. 자랑스러운 아들이 되고 싶었다. 하지만 내게는 또 다른 목적이 있었다. 잘 알려지지 않은 게이들의 세계를 탐험하고 관찰하면서 내가 정말 거기에 어울리는지 확인하고 싶었다. 나는 텔레비전에 나오는 누군가처럼 미국에 도착했을 때보다 더 나은 뭔가로 변신하기로 결심했다. 미국에 도착한 첫 주에 나는 이 새로운 세계를 연구하고 관찰했다. 짧은 반바지를 입은 소녀들이 나뭇잎이 무성한 거리를 과시하듯 걸어 다녔고, 피어싱과 문신, 무지개색 염색을 한 불량 청소년들이 중고 가게에서 먼지 쌓인 레코드판을 구경했다. 또 사교 클럽의 건장한 남학생들이 앞마당에 내다 놓은 소파에 앉아 어마어마한 양의 맥주를 마셨고, 거기에 같이 놓여 있는 바비큐 그릴은 너무 커서 사람도 구울 수 있을 정도였다. 나는 규칙과 관습, 체계와 정확성을 연구했다. 그리고 들뜬 두려움을 안고 그 모든 것 안에 존재하는 탐욕스러운 의식을 관찰했다. 나는 잽싸게 조지 마이클 포스터를 사서 침대 위에 걸어 두고 내가 그곳에 있는 진짜 이유를 상기했다.

아버지가 남긴 돈으로 미국에 가는 것은 충분했지만 그걸로 생활을 유지하는 것은 어려웠다. 그래서 나는 일단 일을 구하기로 했다. 마침 대학 도서관에서 일할 사람을 구하고 있었고, 나는 개강 하루 전 거대하고 위협적인 석회석 건물에 들어가 비치 볼처럼 배가 볼록 튀어나온 대머리 수석 사서에게 지원서를 제출했다.

"경력이 전혀 없네요." 사서가 지원서를 쓱 훑어보며 말했다. "고등학교 다닐 때 아르바이트 안 해 봤어요?"

나는 고개를 저었다.

사서는 고개를 들더니 입술을 오므렸다. "외국인이죠?"

나는 고개를 끄덕였다.

"그러면… 의무 채용 인원이 있으니까….'

이튿날 아침 나는 지하 2층에서 19세기 말에 발간된 다량의 미술사 학술지를 선반에 정리했다. 사소하지만 집중력을 요구하는 일이었다. 잘못된 자리에 꽂은 책은 영영 찾을 수 없다며 수석 사서가 주의를 주었다. 굉장히 오래되고 역사와 기억이 켜켜이 쌓인 뭔가를 영원히 잃어버리지 않으려면 그 어느 때보다 신중함을 기해야 했다. 지하 책장, 특히 오랫동안 사용하지 않은 학술지 코너는 먼지투성이어서 자주 쉬면서 손과 눈을 씻어 줘야 했다.

가끔 나는 학술지를 한 장씩 넘기며 오랜 세월 학생들의
지식을 채우느라 닳고 해진 종이의 질감을 느껴 보기도
했다.

　나는 오후 서너 시쯤 깊은 무덤과 같은 도서관을 빠져
나왔다. 햇빛이 눈부셔 눈을 가늘게 떴다. 캠퍼스에는 인
적이 없었다. 오후 수업을 들으러 가는데 묘한 불안감이
나를 감쌌다. 아니나 다를까 교실은 텅 비어 있었다. 누군
가가 칠판에 흰 분필로 적어 놓은 공지사항이 보였다.

　오늘 행사로 인해 오후 수업은 취소되었습니다.

　나는 빈 캠퍼스를 가로질러 기숙사로 돌아오는 동안
지하 세탁실에 있는 세탁기를 작동해 볼 용기가 있는지
에 대해 깊이 고민했다. 몇 시간 동안 책장을 정리하느라
멍해진 상태로 걸어가다 옆방에 사는 땅딸막한 여자와
부딪칠 뻔 했다. 창백한 피부에 새까만 머리카락을 가진
여자는 코걸이를 하고 있었다. 테타의 속삭임이 귓가에
들리는 듯했다. "소처럼 코걸이라니."

　"미안해요." 나는 한 발짝 물러서며 웅얼거렸다. 여자
의 눈이 붉게 충혈된 채 젖어 있었다. "괜찮아요? 무슨 일
있어요?"

　"무슨 일이라니 그게 무슨 뜻이에요?" 여자가 코를 훌
쩍거렸다. 그리고 당황해하는 내 얼굴을 보더니 갑자기

웃음을 터뜨렸다. "정말 무슨 일이 있었는지 몰라요? 이런, 맙소사. 다른 사람은 아니어도 그쪽은 알아야죠."

복도 아래에 사는 검은색 매니큐어를 바른 비쩍 마른 남자가 걸어오더니 여자를 뒤에서 두 팔로 감싸 안았다. 나는 두 사람이 침묵 속에서 서로를 껴안는 모습을 지켜보았다. 남자의 턱이 여자의 목 안쪽을 파고드는 동안 나는 검은색 매니큐어를 바른 남자는 처음 본다고 생각했다. 다른 사람들은 뭐라고 할까?

몇 분 후에도 두 사람은 여전히 서로를 껴안고 있었다. 지루해진 나는 휴게실로 향했다. 학생 여럿이 텔레비전 주변에 모여 뉴스를 보고 있었다. 연기와 화재, 단 몇 초짜리 영상이었지만 끊임없이 반복해서 나왔다. 그 장면만 예닐곱 번은 보았다. 누구도 입을 열지 않았다. 나는 방으로 돌아가 테타에게 전화를 걸었다.

"다시 돌아와야 할지도 모르겠다." 테타가 조심스럽게 제안했다. 멀게 느껴지는 목소리에 두려움이 묻어났다.

"내가 왜 돌아가야 해요?"

방문 두드리는 소리가 나더니 처음 보는 여자가 문을 열고 머리를 쑥 내밀었다. 영화에 나오는 긴 금발머리였다.

"테러 희생자를 위한 헌혈 지원자를 모집하는 중이에요. 헌혈할래요?"

"아니요." 나는 말했다. 여자가 어색하게 웃어 보이고 돌아서며 방문을 닫았다.

"너 지금 뭐 하는 거니?" 테타가 전화기 너머에서 소리를 질렀다. "헌혈하기 싫으면 핑계를 대야지! 그냥 싫다고 하면 안 돼! 널 테러범으로 생각할 거야."

"여기 사람들은 안 그래요."

또 방문 두드리는 소리가 들렸다. 아까 그 여자였다.

"저기요." 여자가 말했다. "이 사건으로 당신을 비난할 사람은 없다는 걸 알았으면 좋겠어요."

잠시 어쩔 줄 모르던 나는 고개를 끄덕이며 고마움을 표시했다. 여자가 사과의 의미로 미소를 지어 보이고 방을 나갔다.

"내 말 좀 들어라, 녀석아." 테타가 말했다. "뭔가 잘못된 것 같으면 곧장 돌아와, 알았지?"

"잘못되다니, 그게 무슨 뜻이에요?" 내가 물었다. 모든 것이 잘못된 것 같았다.

그날 나는 방 안에서 한 발짝도 나가지 않았다. 그리고 경찰이 날 잡으려고 들이닥치는 꿈을 꾸었다. 기숙사 방 유리창 밖에서 사이렌 소리가 요란하게 울리고, 빨간색과 파란색 불빛이 번쩍이며 어두운 방 안을 밝혔다. 금발에 교정기를 낀 여자가 방문을 활짝 열더니 겁을 먹고 침대 위에 웅크린 나를 가리켰다. "저 사람이에요." 여자가 칼날 같은 은색 치아를 드러내며 낄낄거렸다. 커다란 기관총을 든 경찰들이 방 안으로 쏟아져 들어와 나를 끌고 나갔다. 경찰들은 한 사교 클럽의 앞마당에 있는 거대한 바비큐 그릴 안에 나를 던져 넣었다. 뜨거운 숯이 닿자 피부가 타들어 갔다. 사교 클럽 남학생들이 그릴을 둘러쌌다. 그리고 내가 타들어 가는 것을 지켜보며 맥주를 가득 채운 빨간색 플라스틱 컵을 서로 부딪치면서 대학 미식축구 팀의 응원가를 불렀다.

아침에 일어나 보니 몸에 열이 났다. 비틀거리며 아침을 먹으러 학생 식당으로 가는 내내 뼈마디가 쑤셨다. 식당 안의 분위기는 침울했고, 몇 사람은 식당 안을 좀비처럼 걸어 다녔다. 시선이 마주치는 것을 피하기 위해 나는 녹색 쟁반을 집어 들고 할로겐 등 불빛 아래에서 희미하게 빛나는 음식을 향해 곧장 걸어갔다. 흐물흐물한 감자튀김, 끈적거리는 스크램블 에그, 기름기로 번들거리는 분홍색 베이컨. 위장이 요동쳤다. 나는 접시를 떨어뜨렸고, 종종걸음을 치며 방으로 돌아갔다.

오후 늦게 일어나니 머리가 지끈거렸다. 이마는 여전히 뜨거웠지만 의사에게 가고 싶지 않았다. 대신 나는 교내 약국을 찾아가 약품 선반 사이를 정처 없이 돌아다녔다. 같은 증상에 쓰이는 수백만 가지 약품들의 설명서를 일일이 확인할 수는 없었다. 나는 계산원을 향해 돌아섰다. 연필을 콧수염처럼 입술 위에 얹은 창백하고 마른 남자였다.

"항생제 있어요?" 나는 가까스로 입을 열었다.

"항생제는 처방전이 있어야 해요." 남자가 낱말 맞추기를 하느라 고개도 들지 않았다.

"그럼 먹을 만한 약이 있을까요?" 내가 물었다. "열나고 목이 아프고 두통도…."

남자가 한숨을 쉬며 카운터 뒤로 손을 뻗더니 내 앞에 다양한 색상의 상자를 몇 개 내려놓았다. 나는 무슨 약인지 확인해 보지도 않고 2주 치 용돈으로 남자가 꺼내 준 약을 전부 샀다. 같은 증상에 효과적이라고 적힌 수천 개의 약품 중에 하나를 고르느라 시간을 낭비할 필요가 없으니 다행이었다. 방으로 돌아가 알약을 여러 개 삼키고 다시 침대에 누웠지만 잠든 지 겨우 한 시간 만에 깨어나 먹은 것을 모두 토해냈다.

이튿날 아침, 몸 상태가 더 악화되고 나서야 나는 교내 진료소를 찾아갔다.

"독감이네요." 간호사가 말했다. "기숙사로 돌아가서 좀 쉬어요, 학생."

"무슨 독감이요?"

"그냥 독감이요."

"심각한가요?"

"좀 쉬면서 음료를 많이 마셔 보세요. 이틀 정도 지켜보고 낫지 않으면 다시 와요."

"저기요." 나는 얼굴을 문질렀다. 끔찍한 꿈을 꾸는 것 같았다. "살면서 이렇게 아픈 건 처음이에요. 죽을병에 걸린 것 같아요. 항생제를 처방해 주시면…."

"독감에는 항생제가 필요 없어요." 간호사가 픽 웃더니 항생제의 각 음절을 길게 끌며 말했다. "게다가 처방전을 마구잡이로 써주지도 않아요. 항생제 내성이 생기면 종이에 베인 상처에도 항생제가 한 트럭은 필요할 거예요."

"하지만 지금 아프다고요." 나는 말했다. 생물학 수업을 들을 상황이 아니었다. "마구잡이로 써달라는 게 아니에요. 며칠분이라도 구입할 수 있게 한 장만 써달라는 거예요."

"며칠 지내보고 낫지 않으면 다시 와요. 잘 가요."

간호사의 말이 옳았다. 미국 독감을 앓으며 사흘 동안 땀을 흘린 나는 완전히 회복하여 방을 나왔다. 아침을 먹으러 학내 식당에 들어서자 다른 학생들의 시선이 음식을 접시에 담는 내 뒤를 쫓았다. 뭔가가 달라져 있었다.

그 후 몇 주간 아랍인들과 무슬림들을 심문한다며 데려가서 강제 추방한다는 소문이 돌았다. 난폭한 학생들이 무슬림들을 캠퍼스에서 쫓아냈다는 이야기가 학교 신문의 헤드라인을 장식하기도 했다. 나는 내 어두운 색 피부를 쳐다보았다. 수업 시간에 내 이름의 r을 굴려서 발음할 때마다 우려의 시선들이 나를 향했다. 오랫동안 나는 다른 사람들과 다르다고 느껴왔다. 이제 나는 익명의 무리와 한 덩어리로 묶였다. 아랍인. 무슬림. 나는 "그 사람들" 중 하나였다.

"넌 중동에서 왔지? 정말 부럽다." 수업 중에 한 여학생이 말했다. "네 인생은 굉장히 흥미로웠을 테니까."

"그렇지 않아, 정말이야."

"난 오하이오에서 자랐어." 여학생이 설명을 덧붙였다. "우리에게는 전쟁과 정치, 그런 것들이 없었어. 네가 자란 곳은 분명 내가 자란 곳보다 열 배는 더 흥미로웠을 거야."

미국에 도착해서 처음 세 달간은 강의실과 기숙사만 오갔다. 그리고 가끔 도서관에서 책을 정리하며 교대 근무를 했고, 저녁에는 다른 사람들의 반응을 이해해 보려고 노력했다. 나는 내 인생의 사건들을 전쟁과 탄압의 서사에 등장하는 결정적 지점으로 이해하기 시작했고, 천진한 질문과 예리한 표현의 붓놀림으로 내 연대기를 색칠했다. 너희 나라는 왜 강제로 여자들에게 히잡을 쓰게 해? 너희 문화는 왜 증오로 사로잡혀 있어? 너희는 왜 테러범들을 만들어? 너도 지저스 샌들 신어? 왜? 이슬람과 관련된 거야? 자유가 없거나 자유를 싫어해서 그런 거야? 왜 그렇게 여자들을 싫어해? 우리에게 왜 그랬냐고 사람들은 물었다. 왜 우리를 미워하냐며 안타까워했다. 왜, 왜, 왜?

물속에 사는 피라냐들처럼 수많은 질문이 나를 물어뜯었고, "우리"를 물어뜯었다. 저녁이 되면 하루 종일 수많은 질문을 받느라 지친 몸을 이끌고 휴게실 텔레비전 앞에 앉았다. 그리고 전문가들이 우리나라에 대해 나는 처음 듣는 얘기들로 논쟁을 하며 서로에게 고함을 치는 모습을 지켜보았다. 마치 잘못된 그림을 보면서 퍼즐 조각을 맞추려고 옥신각신하는 것 같았다.

나는 티브이를 오래 보지 못하고 비좁은 기숙사 방으로 돌아갔다. 지하의 보푸라기 가득한 회전식 건조기처럼 두루뭉술한 생각들이 머릿속에서 공중제비를 했다. 누가 질문을 할까 봐 밖에 나가는 게 무서웠다. 나는 생각에 잠긴 채 조심스럽게 걸어 다녔다. 아랍인다움. 무슬림다움. 이 모든 게 낯설었다. 다름의 새로운 표지였다. "그것"은 평생 내 모습이었던 것이며, 이전에는 두 번 생각할 필요도 없는 것이었다. 하지만 이것은 다른 오래된 것들과 달랐다. 아니. 이것은 죽이고 불구로 만들고 파괴하는 것이었다. 나는 더 이상 생각과 꿈과 비밀을 가진 사람이 아니었다. 나는 억압적인 문화의 부산물이자 문명과 전쟁 중인 민족의 대사나 마찬가지였다.

나는 텔레비전에 나오는 캐릭터처럼 되려고 미국에 왔다. 시트콤 「블로섬」 속 주인공의 절친한 친구가 되고 싶었고, 시트콤 「프렌즈」에서처럼 함께 카페에 다닐 패거리를 만들고 싶었다. 더 나아가 욕실의 뿌연 거울보다 깨끗한 뭔가에 내 자신을 비춰 볼 수 있는 공간을 찾아볼 생각이었다. 적어도 미국은 머릿속 새장에 갇힌 새들을 풀어 주고 택시 기사에 대한 기억과 부지런히 저장해 둔 폴스카사트의 장면을 옮겨 놓을 공간을 제공해 줄 것이라고 기대했다. 하지만 기대와 달리 나는 완전히 새로운 뭔가에 직면했다. 바로 아랍인다움이다. 의심스러운 눈빛을 피할 수만 있다면 내 피부와 이름, 억양까지 모두 박박 문질러 씻어 내고 싶었다.

머릿속 비밀 새장은 꽁꽁 잠긴 채로 남았다. 나는 남자들이 캠퍼스에서 손을 잡고 다니거나 학생들이 성적인 일탈 행위에 대해 자유롭게 토론하는 모습을 지켜보았다. 그들이 어린 시절 텔레비전에서 봤던 조지 마이클보다 더 멀게 느껴졌다.

복도에서 술 취한 학생들의 웃음소리가 들렸다. 나는 생각에 잠긴 채 좁은 방 안을 맴돌았다. 나는 내 인생에 대해 생각했고, 가지들이 자라난 방식을 이해하기 위해 내 뿌리를 파고들었다. 아랍인다움, 이 새로운 정체성이 내게 슬그머니 자리 잡았다. 그것도 아버지의 죽음과 어머니의 행방처럼 내게 비밀이었던 걸까? 지금껏 들어왔던 얘기들 외에 무슬림이 된다는 것에 다른 무언가가 더 있는 걸까?

어느 저녁, 나는 도서관에서 기숙사로 돌아가다 길모퉁이에 앉아 있는 노숙자의 옆을 지나게 되었다. 남자는 검은색 청바지와 검푸른 후드 티셔츠를 입고 있었다. 검은색 머리카락이 제멋대로 길게 자라 있었고 턱수염도 덥수룩했다.

"잔돈 있나, 친구?" 남자가 물었다.

나는 주머니에 있던 몇 달러를 건네주었다.

"신의 축복이 있을 걸세, 친구."

"별말씀을요."

나는 이렇게 말하고 다시 걸음을 재촉했다.

"어디 억양이지?" 남자가 소리쳤다.

"여기 출신은 아니에요." 내가 말했다.

"이 봐, 이제 알겠어. 우린 같은 댄스 플로어 위에 있는 거야, 자기."

나는 기숙사로 걸어가며 집과 미국의 차이를 골똘히 생각했다. 가장 명확한 차이 중 하나는 테타의 집에 있을 때는 최신 할리우드 영화의 해적판이 들어왔는지 확인하기 위해 몇 달 동안 길 아래에 있는 비디오 가게를 문지방이 닳도록 드나들었다는 점이다. 그런 영화들은 멀리 있는 영화관에서 비밀리에 상영되었다. 화면이 흔들려서 액션 장면이 시작될 때면 사람들은 종종 자리에서 일어나 스크린 앞으로 걸어 나갔다. 반면 미국 영화관에서는 검열되지 않은 온전한 최신 영화를 상영했다. 리뷰를 읽는 것으로 만족하는 대신 진짜 영화관에 가서 영화를 볼 수 있었다.

미국에서는 내가 좋아하는 프로그램의 최신 에피소드가 기숙사 휴게실의 텔레비전에서 방송되었다. 수백 개의 채널이 있고, 방송 시간도 철저히 지켜졌다. 꿈에 그리던 코미디 프로그램을 클릭 한 번으로 모두 볼 수 있었다. 테타의 집에서는 티브이 안테나를 만지작거리며 수많은 여름을 보냈다. 나는 미스 유니버스 대회가 잠깐이라도 잡혀서 도리스와 함께 미스 필리핀을 응원할 수 있기를 바랐다. 운 좋게 오마르의 게임 룸에서 티브이를 볼 때에도 최소 6개월 전 에피소드만 볼 수 있었다.

그리고 무엇보다 미국에는 책이 많았다. 수많은 책장 위에 꽂힌 책들. 한 번쯤 꿈꿔 본 책이라면 어떤 것이든! 모든 책이 손가락 끝에 있었다. 외국인 관광객들에게 잘 알려지지 않은 책들을 보여 달라고 부탁하거나, 시내 서점의 네 칸짜리 원서 코너를 집요하게 들여다 볼 필요가 없었다.

그리고 그 책들은 내가 세상을 이해하도록 도와주었다. 나는 유학 첫 해에 아민 말루프(Amin Maalouf)와 카를 마르크스(Karl Marx), 파사 채터지(Partha Chatterjee), 에드워드 사이드(Edward Said)의 책을 모두 읽었다. 미국과 도서관 아르바이트를 통해 내가 얻은 것이 있다면, 얼마든 이런 책들을 탐독할 수 있는 고독의 시간이었다. 유일하게 나를 방해하는 것은 수업 교재나 필요한 책을 찾아 달라는 독특한 학생의 요청뿐이었다.

마르크스를 처음 읽었을 때의 기분은 폴스카사트를 처음 접했을 때와 비슷했다. 마르크스는 들어 본 적은 있었지만 절대 접해서는 안 되는 금기였고, 그의 글은 존재하는지조차 몰랐던 내 새로운 면들을 휘저어 놓았다. 「공산당 선언」의 첫 줄을 읽자 마르크스의 모습과 자신만만한 그의 목소리가 다른 위인들의 글에서 접해 본 적 없는 방식으로 내게 말을 건넸다.

아민 말루프는 정체성을 가변적이며 사회의 변화에 영향을 받는 것이라고 말했다. 말루프에 따르면 한 개인은 공격을 받는 정체성의 측면을 자신과 가장 강하게 동일시한다. 실제로 미국에서 가장 절망적이었던 것은 게이다움이 아니라 아랍인다움이었다.

에드워드 사이드는 내게 사고하는 법을 가르쳐 주었다. 사이드의 글은 따뜻하면서 정직했고, 느긋하면서 강력했다. 사이드의 이야기는 마술사의 잔인한 속임수를 볼 수 있는 뒷문을 열어 주는 자경단처럼, 약자를 대변하고 압제자의 기만을 드러내는 데 일생을 바친 한 지식인의 열정을 고스란히 담고 있었다.

채터지는 일부 서양 작가들의 이론을 무모한 발상처럼 보이게 했다. 환상의 나라를 사실로 묘사하는 공상 과학 소설처럼 말이다. 식민지 세계에 서양의 상상력이 전해지지 않았다면 과연 한 나라의 정체성은 무엇이었을까? 만약 그랬다면 우리에게 남겨진 상상의 대상은 무엇인가? 내가 만난 학생들이 우리가 온 마음을 다해 미워하는 곳, 테러에 목숨을 바치는 곳을 환상의 세계로 그렸다면, 그러한 환상의 대안은 무엇일까?

과거에 나는 행복한 결혼 생활을 선택하여 나를 부정하면 삶의 이유를 잃을 것이라며 걱정했었다.

그리고 미국에서 고립에 직면한 나는 존재감을 거의 느낄 수 없었다. 익숙한 것들에 대해 이야기 나눌 사람 없이 외로움의 우물 밑바닥으로 가라앉는 것을 막을 방법이 없었다. 그런 상황에서 이렇게 강렬한 생각들을 발견하는 것은 나를 절망에서 꺼내 줄 스승을 여러 명 갖는 것과 다름없었다.

먼지 쌓인 오래된 책에 코를 묻고 있으니 기억이 되살아났다. 일곱 살 때 부모님이 거실에서 열었던 디너파티를 떠올렸다. 파티는 일 년간 매주 한 번씩 열렸고, 예술가와 작가, 아버지가 근무했던 병원의 의사, 대학 교수, 기자 등의 지식인들이 모였다. 늦은 오후 어머니는 음식 준비를 시작했고 아버지는 집안 여기저기에 세워 둔 초에 불을 붙였다. 거실은 온통 짙은 빨간색과 갈색, 금색으로 가득했고, 거실 중앙에 놓인 거대한 페르시안 카펫이 꽃과 가지 모양의 대칭적인 패턴을 뽐냈다. 해가 질 무렵 손님들이 도착했다. 손님들은 마호가니 커피 테이블 주위에 깔아 둔 방석에 앉아 담배를 피우고 아락을 마시거나, 거실에 갖다 놓은 그릇에서 구운 견과류를 집어먹었다.

파티가 열리는 날이면 나는 거실로 불려 나가 손님들에게 인사를 하고 재빨리 방으로 도망치거나 도리스와 함께 주방에 있었다. 튀긴 소시지와 치즈, 시금치로 속을 채운 페이스트리, 향수와 위스키, 그리고 물담배 냄새, 활기찬 웃음소리와 토론, 핑크 플로이드와 사미라 타우픽, 압델 할림의 음악, 온갖 냄새와 소리의 아찔한 혼합물이 거실에서 퍼져 나왔다.

나는 가끔 손님들의 옆자리에 초대되었다. 그러면 나는 갈색 가죽 소파에 앉아 따스한 어머니와 아버지 사이에 몸을 구겨 넣었다. 그리고 아버지가 다른 사람이 먹을 것을 남겨 놓으라며 눈빛으로 꾸짖을 때까지 견과류가 담긴 그릇에서 구운 아몬드를 꺼내 먹었다.

어느 밤이었다. 손님 여섯이 담배 연기 밑에서 맹렬하게 토론을 벌였다. 당시 토론 내용은 머리 위로 내던져지는 말일 뿐 내게 아무 의미도 없었다. 하지만 미국에서 책을 읽으면서 그 대화에 대한 기억이 내 사고와 견해를 형성했고, 나는 어머니와 아버지의 세계를 이해하기 시작했다. 당시는 베를린 장벽이 무너진 후였고, 부모님의 친구이자 외국계 기업의 직원인 무함마드가 역시 부모님의 친구이자 변호사 협회의 회장인 나딤을 비웃고 있었다.

"오, 나딤 오!" 무함마드가 견과류 한 줌을 입에 털어 넣으며 노래를 불렀다. "너를 구하러 온다던 소비에트 친구들은 어디에 있니? 이게 종말의 시작이라는 걸 너도 알잖아, 안 그래? 자본주의가 승리한 거야."

나딤은 비웃으며 서양의 제국주의와 자유 시장의 악마

들에 대해 불평했다. 두꺼운 곱슬머리에 스모키 화장을 한 저널리스트 시마가 고개를 끄덕이며 아버지가 신선한 숯을 쓴다고 보증한 물담배를 들이마셨다. "아랍인들은 식민주의자들이 가상의 국경을 정해 놓은 상상의 나라 속 시민이 되는 것에 만족해서는 안 돼." 시마가 말했다. "결국 우리는 모두 같은 아랍 사람들이잖아."

"그러면 아랍 지역에 있는 비아랍권 사람들은 어떻게 해야 한다고 생각해?" 나딤이 물었다. "화형에 처할까? 아니, 아니지. 해결책은 사회주의야."

"넌 해결책을 너무 밖에서만 찾아." 아버지의 오랜 친구인 핫산이 끼어들었다. 까만 곱슬머리의 핫산은 둥그런 코 위에 코안경을 썼다. "답은 안에 있어."

"네가 제안하는 게 정확히 뭔데?" 시마가 물었다. 연기를 너무 많이 뿜어서 몇 분 만에 시마의 얼굴이 하얀 연기 뒤로 사라졌다.

핫산은 진한 홍차를 한 모금 마셨다. 그리고 턱수염 위에 달라붙은 젖은 민트 이파리 조각을 핥아 먹었다. "우리는 아랍인이기 전에 무슬림이었어. 우리의 진정한 길은 예언자의 가르침을 따라 예언자처럼 살면서 **움마**[2]를 재건설하는 거야."

"야, 핫산. 하비비." 시마가 불쑥 끼어들었다. "그건 유전

---

2 이슬람 공동체

에서 몇 년을 일하고 고향으로 돌아와서 우리를 다시 7세기로 끌고 가는 꼴이잖아. 아락이나 마시면서 좀 쉬어."

핫산이 웃으며 안경을 올려 썼다. "나 대신 즐기게, 자매여. 난 차만 마셔도 행복해."

아버지가 입을 열었다. "아랍권의 주요 연합 형태는 기본적으로 가족과 부족, 공동체야. 그래, 아랍 문화를 공유하는 전체에 대해 얘기할 수 있지. 하지만 가족은 인간이라는 존재의 핵심이야. 가족이 없으면 아랍은 아무것도 아니야."

토론이 이어지는 동안 나는 어머니의 크고 반짝이는 눈을 바라보았다. 어머니는 돌아가는 상황을 살피며 미소 지었다. 담배를 피울 때 말고는 입에서 술잔을 거의 떼지 않았다. 파티가 열리는 밤이면 어머니는 술을 많이 마셨고, 가끔 과음을 해서 손님이 모두 떠난 뒤에도 홀로 거실에 남아 있다가 아버지의 부축을 받아 침실로 들어갔다. 그때가 인생에서 가장 행복했던 순간 중 하나였다. 나는 늦은 밤까지 계속되는 파티의 소리와 냄새를 이불 삼아 잠이 들었다. 하지만 어느 날 아침 정부에서 나온 남자 두 명이 문을 두드렸고, 파티를 중단시켰다. 그 이후로 어머니의 술잔은 다시는 어머니의 입술에서 떨어지지 않았다. 그들의 파티에서 유일하게 남은 것은 그 술잔뿐이었다.

미국의 냉혹한 시선 속에서 아랍인으로 산다는 것이
무슨 의미였을까? 아랍인이나 무슬림이 허구가 아니라
면, 즉 단어의 함의를 역사에 맞게 설계한 정치인들이 거
듭 날조해 만들어 낸 것이 아니라면 아랍인과 무슬림은
도대체 무엇이란 말인가? 티브이에서 서로에게 소리를
지르던 미국인 전문가들은 이 허구를 만드는 일에 아주
즐거운 마음으로 동조하는 듯 보였다.

나는 거짓말과 허구에 대해 많은 것들을 알고 있었다.
내 나라와 가문이 공유한 역사에 전해진 하얀 거짓말과
그 뒤에 숨겨진 교활한 의도를 파악했다. 나는 20년 전
반역자 무리가 대통령의 정권을 전복하고 사회주의 정부
를 세우려고 시도했던 사건을 떠올렸다. 반란은 빠르게
진압되었고, 대통령은 자신의 메시지를 보여 주기 위해
도시 한복판에서 반역자들의 가족을 학살했다.

이 사건에 대해 알아보고 싶어도 자료를 찾기가 쉽지
않을 것이다. 역사책이나 학교 교육 과정에 나오지 않기
때문이다. 그 사건은 살아남은 반역자 가족의 기억 속에
만 존재하며 절대 입 밖으로 나오지 않을 것이다. 우리는
학교에서 수백 년 전의 작은 업적들을 미화한 교재로 공
부했다. 정권의 치명적 허점은 역사에서 지워졌다. 반란
에 대해 말하는 것, 아니, 생각하는 것조차 대통령과 국
가에 대한 중대한 배반 행위로 간주된다.

테타는 대통령의 국정 운영 방식과 비슷하게 가정을

꾸려 갔다. 기억을 매우 인색하게 통제했으며 현재를 통제하기 위해 과거 또한 마음대로 지워 버렸다. 어머니가 집을 나간 후 벽에 걸려 있던 어머니의 사진이 전부 아버지의 사진으로 대체된 것은 우연이 아니었다. 내가 어머니에 대해 물을 때마다 테타는 깊은 한숨을 쉬며 고개를 돌렸다. 나는 차가운 침묵 속에서 몇 시간이나 벌을 받아야 했다. 어머니 얘기를 꺼내는 것, 어머니의 이름을 언급하는 것은 곧 쿠데타였다. 또한 그것은 테타, 그리고 아버지에 대한 배신이었다.

미국에서의 고독과 그곳의 책들이 대통령과 테타의 패권에 대한 비밀을 밝히도록 도와주었다. 그제야 나는 어머니에 대해 생각함으로써 새로 찾은 자유를 탐구할 수 있었다. 나는 열한 살까지 일어났던 일들을 밝히고 테타의 규칙을 뒤엎기 위해 아주 사소한 기억이라도 전부 수면 위로 끌어올렸다.

어머니에게 들었던 바에 따르면 부모님이 미국에서 돌아왔을 때 테타는 결혼 전까지 두 사람이 따로 살아야 한다고 고집했다고 한다. 그래서 어머니는 손님방에서, 아버지는 이웃집에서 지냈다. 테타의 집으로 이사 온 어머니는 미술 용품을 방 한쪽에 정리해 놓고 그림을 그리기 시작했다. 어머니는 그곳에서 새로운 세상을 보았고, 그러한 시선을 사랑했던 아버지는 어머니와 함께 여러 마을을 돌아다니며 농부들이나 수놓은 전통 의상을 입은 여자들을 만났다. 어머니는 그 사람들이 오렌지 나무와 시끄럽게 우는 갈색 당나귀들로 둘러싸인 들판에서 일하는 모습을 그렸다.

처음에는 어머니의 등장이 테타를 무척 설레게 했다. 테타는 자신이 꿈꿔 온 대로 며느릿감을 상류 사회 여성으로 만들려고 했다. 밤사이 아버지가 몰래 다녀갔을까 봐 아침마다 침대 시트에 핏자국이 있는지 확인했고, 이웃에 사는 상류 사회 여성들을 수비예에 초대했다. 하지만 어머니는 그런 것들에 전혀 관심을 보이지 않았다.

"알 샤르키예의 여러 마을에 병원을 세울 거예요." 어느 날 오후 어머니는 테타에게 이렇게 설명하고 아버지 쪽으로 고개를 돌렸다. "당신은 사람들을 치료하고, 당연히 무료겠지. 나는 아이들에게 미술을 가르치는 거야."

"개인의 권리는 사람들 스스로 찾게 두자, 하야티[3]." 테타가 말했다. 그리고 아버지를 돌아보았다. "공항 가는 길에 개인 병원이 개업했더구나. 내가 거기 총괄 매니저 부인이랑 카드놀이를 하거든. 잘 얘기해 두마."

테타의 계획대로 아버지는 개인 병원에서 일하게 되었다. "몇 년만 일하면 돼." 아버지가 어머니에게 설명했다. "집 살 돈을 모으고 나서 병원에 투자를…."

아버지는 야간 근무부터 시작해서 주간 근무로 옮겼

---

3 my life의 뜻으로 가까운 사람을 부르는 말

고, 곧 주야 근무를 병행했다. 집안에 돈이 쏟아져 들어왔고, 어머니는 혼자 시골 마을과 알 샤르키예에 다녔다. 하지만 테타는 이를 탐탁지 않아 했다. 며느릿감이 빈민가의 아이들과 거리에서 그림을 그리게 둘 수 없었다.

"여긴 미국이 아니야, 하빕티[4]." 테타가 말했다. "마더 테레사라도 되는 양 돌아다녀선 안 돼. 사람들이 수군거릴 거야."

어머니는 테타의 말을 이해했지만 걱정하지는 않았다. 테타가 사 온 드레스는 옷장에 그대로 걸려 있었다. 어머니가 페인트 얼룩이 묻은 청바지를 입을 때마다 테타의 의지는 더 강해지기만 했다. 가족의 평판이 위태로웠다. 테타는 아버지에게 경고했다. "조심하렴. 인생도 평판도 한 번뿐이야. 망치지 마라." 만약 어머니에게 좋은 아내가 되려는 의도가 없었다면, 테타는 그런 어머니를 수치스러워 했을 것이다.

"주름을 따라 다림질하지 않는구나, 얘야. 주름을 펼게 아니라면 다림질이 다 무슨 소용이냐? 어쨌든 이 늙은이가 뭘 알겠니? 아마도 주름진 옷이 유행인 모양이지. 난 입 다물고 있으마. 네가 하고 싶은 대로 하렴, 하빕티."

늘 그런 식이었다. "방해할 생각은 아니었다만… 그렇게 빨려던 게 아니고… 너는 그렇게 입으려던 거였는

---

4   my love, '하비비'의 여성형으로 가까운 사람을 부르는 말

데…. 내가 멍청해서 그렇지… 내가 미련퉁이야, 이해를 못해서 그런 거지. 좋을 대로 하렴, 하빕티. 난 조용히 있으마. 그게 낫겠다." 기타 등등.

부모님의 결혼식 날 아침, 어머니의 방문을 벌컥 열고 들어간 테타는 빈 침대를 발견했다. 테타는 정신 나간 사람처럼 아버지를 불렀다.

"네 아내가 달아났어." 테타가 울먹거리며 말했다. "몇 시간 후면 준비를 도와줄 애들이 올 텐데 도망을 갔어."

마지막으로 처리해야 할 일이 있거나 생각할 시간이 필요해서 나갔을 거라며 아버지는 테타를 안심시켰다. 테타는 어머니가 돌아오지 않을까 봐 겁에 질려 있었다. 하지만 이 당황스러운 상황을 누구에게도 알리고 싶지 않았기 때문에 거실로 나가 커피를 마시고 담배를 피우며 혼자 혀를 끌끌 찼다.

어머니는 결혼식 한 시간 전인 정오쯤 돌아왔다. 테타는 어머니의 얼굴 대신 소리를 먼저 들었다. 시끌벅적한 드럼 소리와 노랫소리가 길가에서 들려왔기 때문이다. 테타는 창문으로 당나귀에 올라탄 어머니가 공항로의 공터를 배회하던 집시들의 행렬에 둘러싸인 모습을 내려다보았다. 집시 여자들이 노래를 부르며 맨발로 춤을 췄고, 남자들은 동물 가죽으로 만든 타블라를 두드리며 결혼을 축하하는 민요를 불렀다. 집시들은 테타의 집 앞에 멈추어 서서 춤을 추고 노래를 불렀다. 테타는 커튼 뒤에서 수치심과 분노에 떨며 그 모습을 지켜보았다.

결혼식 후 어머니는 약속한 대로 저축한 돈으로 집을 사자고 아버지에게 애원했다. 그렇게 해서 테타의 손아귀에서 벗어날 생각이었다.

"집을 또 사다니, 그게 무슨 말이냐?" 아버지의 말을 들은 테타가 호통을 쳤다. "돈을 낭비하면 안 되지. 그 돈은 아이를 위해 저축해 두고 그냥 이 집에 한 층을 더 올리면 되잖니."

말을 다 마치기도 전에, 테타는 계획을 짜기 위해 건설회사에 전화를 했다. 공사가 끝나자 부모님은 위층으로 이사를 했다. 이렇게 해서 테타는 어머니를 계속 감시할 수 있었고, 아침마다 전날 밤에 준비해 둔 음식을 들고 위층으로 올라갔다.

"네 요리도 훌륭하단다, 하빕티. 하지만 우리 아들 입맛이 워낙 까다롭잖니. 걔는 양념이 들어간 음식을 더 좋아해."

그리고 마침내 내 이름을 두고 갈등이 터졌다. 어머니는 내 이름을 라사로 짓기를 원했고, 테타는 그 이름만을 극구 반대했다. 아마 단순한 분풀이였던 것 같다.

"저는 라사가 좋아요." 어머니가 말했다. 그리고 처음으로 그 이유를 설명하지 않았다. 나를 임신하면서 어머니는 처음으로 주도권을 잡았다.

"내 마음대로 할 수 있을 때까지 널 배 안에 두겠다고 어머니께 말씀드렸지." 어느 저녁, 어머니가 침대에서 내 등을 토닥이며 의기양양한 미소로 말했다.

나는 밸런타인데이 다음 날 태어났다. 테타는 나를 보고 울음을 터뜨렸다.

"알라후 아크바르! 아빠를 꼭 닮았구나." 테타는 병원 바닥에 키스를 했다. 그리고 가슴을 움켜쥔 채 어머니를 향해 돌아섰다. "너무 무서웠다, 하빕티. 엄마를 닮을까 봐 그랬다는 건 아니고, 너도 알다시피…."

둘의 전투는 내 이름에서 그치지 않았다.

하지만 중요한 전투에서 승리를 거두며 테타의 의지는 더욱 확고해졌다.

"모유를 끊겠다고? 이제 겨우 두 살이야. 나는 네 살 때까지 모유를 먹였다."

"제발 제 마음대로 하게 두세요."

"그래, 알았다. 내가 입을 다물어야지. 다 내가 잘 몰라서 그런 거지." 테타는 어머니만 들을 수 있는 목소리로 이렇게 중얼거리며 자리를 피했다. "젖가슴이 너무 귀해서 아들도 못 먹이겠다니. 그러니 엄마만 곁에 가면 애가 울지."

내가 세 살이었을 때 일이다. 어머니는 테타가 내 변비를 낫게 한다며 엉덩이에 아몬드를 애써 밀어 넣는 모습을 발견했다. (지금 돌이켜 보면, 그 아몬드가 남자에 대한 욕구에 일부 영향을 주지 않았나 싶다.)

"지금 뭐 하시는 거예요?" 어머니가 테타의 품에서 나를 빼앗으며 말했다.

"이틀째 변을 못 보고 있잖니." 테타가 아몬드를 하나 더 집으며 중얼거렸다.

"그런 식으로는 변비를 치료할 수 없어요." 어머니가 내 바지를 끌어올리며 날카롭게 말했다. "그리고 애 앞에서 담배 피우지 마시라고 말씀드렸잖아요. 아이 옷이 담뱃재투성이예요."

"어차피 내가 뭘 알겠니? 그래도 나는 네 남편 키워서 장가가는 것까지 지켜봤다."

내가 네 살이 되면서 다툼의 주된 원인은 언어로 바뀌었다. 테타는 내게 아랍어로만 말했고, 영어를 권력의 언어로 여겼던 어머니는 영어를 고집했다. 그래서 나는 아랍어와 영어 사이를 전투 지역처럼 오가며 두 언어를 모두 사용했다.

"웨얼 아유 고잉?" 어머니가 물었다.

"투 스쿨(To school)." 내가 대답했다.

"아랍어로 말해야지!" 테타가 호통을 쳤다.

"투 알-스쿨(To al-school)." 나는 대답했다.

나이를 먹으면서 나는 어머니의 과한 영어 발음 때문에 좌절했다. 어머니의 영어 발음은 텔레비전에서 들었던 것과 너무 달랐다. "스네이크"는 "에스네이크", "오렌지 쥬스"는 "어륀쥬스.", "미러"는 "미로우"로 발음했다.

"스네이크 앞에는 e가 없어요." 나는 이렇게 말했다. 그리고 e 발음을 없애 보려고 애썼다. 어머니는 내 비위를 맞추느라 스네이크를 반복해서 말했지만 e를 없앨 수는 없었다.

나는 절망했다. 우리 엄마는 왜 텔레비전에 나오는 엄마들처럼 말하지 못하는 걸까? 왜 저렇게 촌스럽게 발음하지? 단어 앞에 나오는 그 배신자 e에 정말 넌더리가 났다. 어머니는 인생의 반 이상을 미국에서 살았으면서도 어째서인지 진정한 미국인이 되지 못했다. 어머니는 미국인도 아랍인도 아닌, 그 사이 어디쯤에 걸쳐 있는 괴짜이자 아웃사이더였다. 나는 우리 가족이 그저 평범하기만을 바랐다. 하지만 발음에서조차 어머니는 우리를 철저히 차별화했다. 하지만 미국에서 직접 살아보니 모든 사람이 s를 발음하며 쉬익 하는 소리를 냈고, 완벽한 발음은 찾아보기 어려웠다. 촌스러워서 달갑지 않았던 e가 나는 무척 그리워졌다.

이 지점부터 어머니에 대한 기억들이 흐릿했다. 세월에 누렇게 바랜 오래된 사진 같았다. 그렇지만 잊힌 기억들을 찾으려고 노력하면 서서히 그 기억들이 의식 위로 떠올랐다. 미국으로 건너간 첫 해의 어느 저녁, 나는 잠을 자려고 침대에 누웠다. 내 머릿속은 아랍과 이슬람에 대한 생각으로 정신없이 돌아갔고, 그 핵심에는 소외감이 있었다. 그리고 꿈속에서 가족의 단 하나뿐인 진정한 아웃사이더에 대한 기억이 떠올랐고, 아버지에게 애원하던 어머니의 목소리가 아득하게 들려왔다. "우리가 동의했던 건 이게 아니잖아. 어머니께 말씀드려, 제발."

"나보고 어쩌라고? 내 어머니인데…."

"난 당신 아내야!"

"어머니는 그냥 도와주시려는 거야." 아버지의 목소리가 들렸다. 아버지는 이렇게 말한 뒤 출근하거나 텔레비전을 켜거나 물담배에 쓸 숯을 준비했다.

내가 떠올렸던 것들이 진짜 있었던 일이든, 그저 지어낸 얘기이든, 내가 할 수 있는 일은 없었다. 그저 기억을 한데 모아 하나의 이야기로 짜깁기하여 내면에 어머니의 세계를 구축하는 것뿐이었다.

나는 몇 달 동안 전화번호부와 인터넷을 뒤지며 어머니를 찾았다. 미국에 있다고 확신할 수는 없었지만, 어머니는 왠지 모르게 지리적으로나 정신적으로 나와 가까이 있을 것이라는 생각이 들었다. 온갖 곳을 찾아보았지만 믿을 만한 정보는 없었다. 어머니는 발견되기를 원치 않았던 걸까? 설령 어머니를 찾는다고 해도, 아랍과 이슬람에 관한 멍청한 질문들 때문에 혼란에 빠진 모습으로, 엉망진창인 청년의 모습으로 찾아가야 하는 것이다. 어머니 고유의 독특함이 내게 위안을 줄까, 아니면 나를 정상 범주에서 더 멀리 벗어나게 만들까?

미국 유학 첫 해에 고립에서 잠시 벗어난 적이 있었다.

봄 방학이 끝나고 나는 도서관에서 의예과 여학생 두 명을 만났다. 나는 한 달간 거의 매일 테네시 출신 여자애들의 기숙사 방에서 시간을 보냈다. 여자애들은 남부의 가스펠을 귀가 멍멍할 정도로 세게 틀어 놓았다. 나는 손뼉을 치며 함께 노래를 불렀다. 가사는 몰랐지만 열성적인 미소를 지으며 배우려 노력했다. 나는 처음으로 파티에 초대된 것이 행복했다. 그러던 어느 날 나는 무심코 여자애들에게 비너스와 세레나 윌리엄스처럼 보인다고 말했다. 여자애들은 긴 시간을 할애해 미국의 인종 차별과 노예 제도, 마틴 루터 킹과 시민권 쟁취의 역사에 대해 가르쳐 주었다. 그리고 더는 나를 기숙사 방에 부르지 않았다. 미국에서 인종이란 여러 세대를 걸쳐 내려온 이야기임을 느끼며 나는 홀로 남겨졌다. 또한 이제 나 역시도 그 이야기 속의 새로운 장이 될 수밖에 없다는 것을 깨닫기 시작했다. 그러나 당시 내게는 눈앞에서 내 민족과 종교에 관한 고정 관념과 거짓말이 만들어지는 것을 잘 받아넘기도록 도와줄 마틴 루터 킹이 없었다.

나는 이슬람에 대해 생각했다. 우리 가족에게는 종교적인 시간이 없었고, 아버지는 암 투병 중에 신을 받아들였다. 병세가 악화되어 꼼짝도 못하게 되기 전에 아버지는 나를 금요 예배에 데려갔다. 나는 아버지를 따라가 함께 기도를 올렸다. 우리는 앞줄에 앉은 남자들에게서 힌트를 얻었다. 이 새로운 의례에는 독특한 매력이 있었다.

앞줄이 무릎을 꿇으면 우리도 무릎을 꿇었고, 앞줄이 팔짱을 끼면 우리도 팔짱을 꼈다.

그러다 이상한 기분이 들었다. 나는 무릎을 꿇는 남자들의 넓은 등과 코앞의 엉덩이를 바라보았다. 남자들에 대한 생각이 머릿속에 침투했고, 나는 나 자신과 싸워야 했다. 신은 자신의 집에서 내가 이런 생각을 하는지 알 수 없을 것이다. 나는 눈을 감고 신과 함께 하는 현재에 집중했다. 하지만 눈을 뜨고 남자들의 몸을 한 번 더 훔쳐보고 싶은 유혹이 집중력을 금세 흩뜨려 버렸다.

아버지가 돌아가시고 모스크를 잠시 방문했을 때 나는 그것만으로 감사했다. 그때 나는 혼란스러운 감정을 마주하고 다룰 수 없었다. 함께 모여 기도하는 광경도 지겨웠다. 앞에 앉은 남자들의 몸에 감탄하며 그들을 향해 내달리는 마음을 멈출 방법이 없었다. 결국 내게 남은 것은 나를 둘러싸고 있던 남자들의 모습과 체취에 대한 기억이었다. 나는 그 기억을 비밀 새장에 가둬 두고 끊임없이 신의 자비를 구했다.

도서관의 먼지 쌓인 책장 사이에서 오랫동안 자기 성찰을 한 덕인지, 1학년 말이 되자 어쩌면 이슬람이, 아니 이슬람뿐 아니라 종교 자체가 내면에 있는 모순의 원천일 수 있겠다는 생각이 들었다. 몇 시간 동안 기도하며 흐늘거리는 손목 단련도 하고, 수년 동안 밤마다 여자를 사랑하게 해달라고 기도하며 열심히 요구하고 협상하고 간청도 해 봤지만, 신은 끝내 내 기도를 들어주지 않았다. 모두가 나를 외면했다. 그래서 나는 마르크스에게 돌아섰다.

미국에서 1학년을 마치고 집으로 돌아온 나는 테타와 나 사이에 터키 커피에 생기는 얇은 막과 같은 장벽이 생겼음을 알게 되었다. 나는 곧장 테타에게 신을 믿지 않는 사회주의자가 되었음을 알렸다.

"신을 믿지 않으면 이드 기간에 케이크도 먹을 수 없다." 테타가 으름장을 놓았다.

"케이크를 먹지 못하게 하면 꾸란에 침을 뱉을 거예요." 내가 맞받아쳤다.

나는 흔들리지 않았다. 내가 느낀 분노와 배신감이 모두 계급 투쟁으로 이어졌다. 나는 도리스에게 하루씩 휴가를 주어야 한다고 주장했다.

"매주 하루씩이요." 나는 전쟁과 같았던 한여름 내내 이렇게 주장했다.

"또 다른 건 없니? 점심시간에 여자애들이 상석에 앉는 것도 좋겠네?"

"'여자는 이러네', '필리핀 사람은 저러네' 하는 것도 정말 지겨워요. 맙소사, 할머니는 도리스가 기본적인 노동권 보장도 필요 없는 노예인 것처럼 말하잖아요."

또한 나는 침실 벽에 낡은 어머니 사진을 버젓이 붙여놓았다. 테타가 허락하지 않았기 때문에 나는 수년간 어머니의 사진을 몰래 가지고 있었다. 고등학교 때는 어머니의 사진을 침대 밑에 있는 신발 상자에 보관했다가 가끔 꺼내 보았다. 1980년대에 찍은 오래된 사진들이라 누렇게 변색되어 있었다. 나는 적으면 일주일에 한 번, 많으면 두세 번 정도 사진을 꺼내 보았다. 그리고 사진을 빛에 노출시키지 않고 주기적으로 먼지를 닦으며 늘 조심스럽게 다뤘다. 하지만 무엇보다 사진을 너무 오래 쳐다보지 않으려고 애썼다. 그러고 싶은 마음이 굴뚝같아도 사진이 힘을 잃는 것을 원치 않았기 때문이다.

　사진 속에서 나는 밀짚모자를 쓰고 어머니의 무릎에 앉아 있다. 행복한 모습으로 입에 손가락을 물고 치아 몇 개를 드러낸 채 킥킥거리고 있다. 어머니는 입술을 삐죽 내밀고 마치 나를 간질이려는 듯 내 옆구리에 손가락을 발톱처럼 갖다 대고 있다. 어머니의 입술은 두툼하고 촉촉했고 키스는 과하고 축축했다. 엄마가 나를 포위한 채 키스를 퍼부으며 입으로 간지럼을 태울 때면 나는 자지러지게 웃었다. 어머니의 입술이 색칠한 것처럼 두드러져 보였지만 내 기억에 어머니는 립스틱을 바르지 않았다. 사진 속 어머니는 커다랗고 까만 선글라스를 쓰고 있어 눈을 볼 수 없다. 하지만 어머니의 두 눈은 또렷이 기억난다. 내 눈과 꼭 닮았기 때문이다. 거울에 비친 내 슬픈 얼굴을 바라보면 나를 마주 보는 커다란 초록색 눈동자가 꼭 어머니의 눈동자처럼 보인다. 그리고 나는 다시 슬퍼진다.

어머니는 눈 화장만 했다. 까만색 콜[5]이 초록색 눈동자를 더 두드러져 보이게 했다. 여덟 살 때가 기억난다. 어머니가 알 샤르키예에서 생각보다 일찍 돌아온 날이었다. 보통 어머니는 서너 시쯤 돌아왔고, 나는 강아지처럼 문 앞에서 어머니를 기다렸다. 만약 귀가 시간이 늦어지면 거실을 서성이며 어머니를 잃어버릴까 봐 안절부절 못했다. 그러다 어머니의 열쇠가 현관문 뒤에서 짤랑거리면 나는 기다렸다는 사실을 들키지 않으려고 방으로 뛰어갔다.

그날 어머니는 투명 비닐로 싼 캔버스 네다섯 개를 들고 무거운 다리를 이끌며 평소보다 일찍 귀가했다. 나는 소파에 누워 티브이를 보고 있다가 어머니를 돌아보았다. 고개를 돌린 어머니는 눈가에 콜이 지저분하게 번져 위험한 야생 너구리처럼 보였다. 나를 흘끗 쳐다본 어머니가 황급히 시선을 돌리더니 가방과 열쇠를 바닥에 내려놓고 침실로 뛰어가 방문을 세게 닫았다.

몇 시간 후 아버지가 돌아왔다. 아버지가 방문을 열고 어머니를 찾는 동안 나는 그 뒤를 졸졸 따라다녔다. 흰 시트 아래에 웅크린 어머니의 몸이 불거져 보였다.

"무슨 일이야?" 아버지가 물었다.

"여기서 더는 못 살겠어." 어머니가 시트 안에서 말했

---

5 눈언저리를 검게 칠하는 일종의 아이섀도

다. "종교광이나 통제광과 부딪치지 않고는 길거리를 지나갈 수가 없단 말이야."

아버지는 잠시 침묵했다. 그리고 내게 나가 있으라고 했지만 나는 말을 듣지 않았다. 아버지는 어머니 옆에 누워 속삭였다. "술 냄새 나네. 무슨 일 있었어?"

어머니가 시트를 걷어 내고 일어나 앉았다.

"전시관에 걸려고 그림 몇 점을 가지고 나갔었어. 남자 몇 명이 다가오더니 들판에서 올리브를 줍는 두 여인을 그린 그림을 가리켰어. 그러더니 그림 속 여자가 노출을 했다는 거야. 노출 말이야! 그건 하람이라면서, 내가 외설적인 붓놀림으로 머리카락을 그려서 자기네 나라 여자들을 평가 절하했다더라. 맙소사, 나는 몇 년 동안 알 샤르키예와 시골 마을을 그려 왔어. 그 동안 아무도 하람에 대해 얘기한 적이 없다고. 10년 전에 그린 그림이 어떻게 갑자기 하람이 될 수 있어? 하지만 뭐라고 할 수 있겠어? 그냥 그림을 들고 돌아왔지, 뭐."

"잘했다." 등 뒤에서 테타의 쩌렁쩌렁한 목소리가 들렸다. 어디서 나타난 건지 알 수 없었다. "떠돌이 개하고 놀 때에는 물리더라도 놀라지 말아야 해."

"엄마, 제발요." 아버지가 입을 열었다.

"호들갑 떨 거 없다. 저 애의 감정은 워낙 변화무쌍하잖니, 아들아." 테타가 아버지의 말을 잘랐다. 테타가 어머니의 감성적인 면보다 더 경멸하는 것이 한 가지 있다면, 그것은 아내의 기분을 이해하려고 하거나, 적어도 위로하려는 아버지의 시도였다. "세상을 구하는 꿈을 꿀 만한 어린 나이라면 괜찮다. 하지만 네게도 사내애가 있잖니. 말도 안 되는 그림 따위는 그만둬야 할 때야." 테타는 돌아서서 방을 나갔다.

"사내애"라는 무심한 말이 나의 내면에 묵직한 죄책감을 채워 넣었다. 어머니가 점진적으로 무너진 데에는 내 책임도 있었다. 어머니의 꿈을 지키던 갑옷이 바스러지며 틈이 하나 더 늘었다. 나는 어머니와 테타 사이의 전쟁에서 한낱 무기일 뿐이었고, 더 깊은 진실은 내가 이해할 수 있는 것이 아니었다. 지금도 그때 생각을 하면 이성적으로는 이해가 되지만 감정적으로는 공허함을 느낀다.

그날 저녁 어머니가 식사를 준비하는 동안 나는 식탁 맞은편에 앉아 있었다. 불안이 점점 심해져 어머니는 노래를 부르거나 중얼거리거나 마늘을 다졌다. 그러다 결국 의자를 밀어제치고 자리에서 일어섰다. 내 옆을 지나가는 어머니에게서 시큼한 알코올 냄새와 장미 향이 풍겼다. 어머니는 흠뻑 젖은 싱크대 옆으로 팔을 뻗어 칼을 집었다. 그리고 들판의 여자들을 그린 그림으로 걸어가 캔버스를 대각선으로 죽 그었다. 오른쪽 위에서 왼쪽 아래로, 반대 방향으로도 칼자국을 냈다. 그런 후에 어머니는 싱크대에 칼을 도로 갖다 놓고 다시 마늘을 다졌다.

그로부터 10년이 지나고, 침실 벽에 붙여 놓은 어머니의 사진을 죽일 듯이 쳐다보는 테타의 모습에 나는 통쾌함을 느끼며 미소를 지었다. 여름 내내 테타와 지옥 같은 전쟁을 치룬 후, 나는 새로 발견한 자유를 가지고 학업을 위해 미국으로 돌아갔다.

나는 입국 심사를 기다리며 입국 신고서를 작성했다. 내 이름을 적는 것이 정치적인 성명서를 쓰는 것처럼 느껴졌다. 그것은 더 이상 어머니가 내게 지어 주려고 투쟁했던 단순한 이름이 아니었다. 내 이름은 이슬람의 냄새를 풍겼다. 내 출생지도 더 이상 잘 익은 복숭아와 수박만을 떠올리게 하지 않았다. 흰색 카드에 적힌 나의 국적을 바라보는 행위는 심문을 받게 될 것이라는 위험 신호였다. 바꿀 수 없는 현실이 나의 운명을 아로새겼다. 감염때문에 위험 지역으로 지정된 농장에서 온 소처럼 나는 낙인찍혔다. 나는 잠재적 위험 요소였다.

"어디에 사시죠?" 입국 심사대 직원이 입국 신고서를 건네받으며 물었다.

"여기요." 나는 대답했다.

"선생님은 여기 사시는 게 아니에요." 직원이 말했다. "공부를 하는 거죠. 어디에 사시나요?"

"그냥 무슬림이라고 적을게요. 그걸 알고 싶은 거잖아요, 그렇죠? 나는 무슬림입니다."

"선생님, 지금 장난하자는 겁니까?" 직원이 내 여권을 집어 들었다. "여권 좀 확인하고 올게요. 도망치지 마세요."

그림 사건 후 몇 년이 지난 어느 저녁, 온 가족이 식탁에 모인 자리에서 테타가 어머니를 보며 물었다. "너희 아버지처럼 너도 도망칠 생각은 아니지?"

그 후에도 테타는 항상 예상을 뛰어넘는 완벽한 타이밍을 찾아 어머니에게 같은 질문을 던지곤 했다. 어머니는 주방에서 많은 시간을 보내기 시작했다. 테타는 종교광들과 동맹을 맺고 어머니를 함께 밀어붙여 붓을 놓게끔 만들었다. 어머니는 비서 일을 시작했지만 매번 얼마 되지 않아 그만두었다. 주로 오전에는 직장을 다녔고, 집에 돌아오면 화장대 서랍에서 술병을 꺼내어 주방으로 갔다. 그리고 한 방울도 남지 않을 때까지 술을 따르고 또 따랐다. 어머니는 기분이 상할수록 주방에서 격렬한 감정을 요리하며 더 긴 시간을 보냈다. 요리를 할 때는 도리스와 농담을 주고받았지만 정말 화가 났을 때는 식탁에서 양파를 다졌다.

어머니는 양파를 다지며 눈물을 흘렸다. 하지만 다른 이들이 양파를 다질 때 보이는 일반적인 모습과는 달랐다. 양파는 어머니를 울리다 못해 오열하게 했다. 가끔 도리스와 나는 그 모습을 보며 웃었고, 그러면 어머니도 따라 웃었다. 배를 잡고 웃는 동안, 굵은 눈물이 흘러 다진 양파 위로 떨어졌다. 눈물은 언제나 어머니의 음식에 특별한 짠맛을 더했다. 그 외의 시간에 어머니는 자신만의 세상에 머물렀다. 학교생활, 좋아하거나 싫어하는 선생님, 공부하는 주제에 대해 내가 얘기하면 고개를 끄덕이며 미소를 지었지만, 두 눈은 먼 곳을 향해 있었다.

"뭐라고요, 엄마?" 나는 다시 물었다. "뭐라고 했어요?"

어머니는 내 목소리를 듣고 현실로 돌아왔다. "미안해, 하비비. 무슨 말을 하는 중이었지?"

"됐어요." 나는 화난 목소리로 말했다.

"엄마가 다 잘못했어, 그렇지? 난 정말 나쁜 엄마야."

"아니에요, 엄마. 엄마는 세상 어느 누구보다 최고예요." 하지만 어머니는 더 서럽게 울었다. 그래서 나도 그런 말을 하지 않게 되었다.

어머니는 그날도 몇 시간 동안 양파를 다졌다. 한 달 치 양파를 모두 다져 투명 비닐에 넣고 얼렸다. 어머니가 왜 그런 행동을 하는지 모두 알고 있었다. 테타도, 아버지도, 도리스도 알았다. 그리고 우리가 알고 있다는 걸 어머니도 알았다. 어머니는 계속 양파를 다졌고, 나머지 식구들은 침묵했다. 누군가가 입을 여는 순간 어머니의 허술한 외관이 무너질 것을 알았기 때문이다. 그리고 어머니가 양파 한 바구니 없이도 눈물을 보이기 시작한다면 어머니가 운다는 것은 공공연한 사실이 될 것이고, 우리는 그에 관해 얘기해야만 했다. 찬장에서 양파를 꺼내 다지게 두는 편이 훨씬 나았다.

어머니의 기분이 안 좋은 경우가 많아지면서 모든 요리에 양파가 들어갔다. 포도 잎 쌈, 바미야[6], 달걀 요리, 그리

232

고 금요일마다 먹는 신선한 생선 요리에도 넣었다.

"양파 냄새 때문에 죽을 지경이다." 저녁 식사 자리에서 테타가 말했다. "이런 식으로 날 죽일 생각이니?"

어머니가 일어나 자리를 떠나 버렸다.

"너희 아버지처럼 너도 도망칠 생각은 아니지?" 테타가 내게 밥을 건네주며 말했다.

아버지가 아락을 한 잔 따랐다. 돌아온 어머니가 자리에 앉아 아락을 한 모금 마셨다.

나는 기숙사에서 원룸으로 이사를 갔다. 착한 무슬림 청년의 이미지를 무시한 채 머리를 어깨까지 기르고 담배도 피우기 시작했다. 담배는 믿을 만한 친구였다. 제법 그럴듯한 외모를 갖게 되자 여자들이 처음으로 감탄의 눈빛을 보냈다. 나는 막 이민 온 순진한 아랍인에서 장신에 까무잡잡한 피부를 가진 신비로운 외국인 유학생으로 변신했다. 나는 언제나 사색에 잠겨 있었고, 강의실 밖에서 당당히 담배를 피우며 너무 가깝지도, 멀지도 않은 그 중간쯤을 응시했다.

그날도 나는 담배를 피러 나와 담뱃불을 붙이고 계급 투쟁에 대해 생각하고 있었다. 그때 볕에 짙게 그을린 피부에 굵은 적갈색 곱슬머리를 가진 한 여자가 밝은 노란

---

6 아욱과인 오크라를 익혀 만드는 스튜

색 자전거를 타고 앞뜰을 가로질러 왔다. 여자는 풀숲을 헤집고 나와 바로 앞에서 끼익 하는 소리를 내며 멈추어 섰다.

"담배 한 대만 주실래요?" 여자는 강한 프랑스식 억양으로 말했다. 귀 뒤에 노란 꽃을 꽂은 여자는 건방져 보였고, 최근 사회주의자로서의 정체성을 찾은 내 눈에는 엄청나게 세련되어 보였다.

나는 담배 한 대를 건넸다. 여자는 자전거에 기대어 담뱃불을 붙였다. 그리고 담배를 깊게 빨아들였다가 한쪽 입가로 연기를 내뿜었다. 나는 연기가 무성한 곱슬머리 사이로 섞여 들어가는 모습을 바라보았다.

"세실이라고 해요." 여자가 가볍게 포옹을 하며 말했다. 부드러운 피부에서 파파야 로션 향이 났다.

"전 라사예요." 나는 말했다.

"어느 클럽 소속이에요?"

"아직 소속된 곳은 없어요."

세실이 충격받은 듯한 표정을 지었다. "정말요? 클럽 활동은 사회생활을 할 수 있는 유일한 통로예요. 미국에서는 모든 게 그렇듯이 친구를 사귀는 데에도 대가를 지불해야 하거든요. 그건 그렇고 어디 출신이에요?"

내 대답을 들은 여자의 푸른색 눈동자가 빛났다.

"프랑스에 아랍 친구들이 많아요. 피에 느와르[7]는 아니지만 어쩌다 보니 그 친구들의 사랑스러운 면을 알게 됐죠."

딱히 대꾸할 말이 생각나지 않았다. 그리고 그렇게 우리는 친구가 되었다. 나는 나중에서야 세실을 표현할 완벽한 단어를 찾았다. 세실은 환상적인 친구였다. 세실은 내가 미국이라는 정신 나간 세계를 탐험하도록 도와주었고, 곁에서 지속적으로 마리화나를 공급해 주었다. 마리화나 덕에 특히 서고를 정리하는 몇 시간이 따분한 허드렛일에서 스릴 넘치는 모험으로 바뀌었다. 나는 먼지 가득한 책상 사이를 떠다니며 가장 재미없는 코너에서조차 엄청나게 심도 있는 단어들을 찾아냈다. 그 보답으로 나는 세실이 자신에 대해 사색한 내용을 털어놓을 귀 한쪽을 내어 주었다.

내가 만났던 수많은 미국인은 아랍인들과 거의 접촉하지 않으며 나를 불신과 두려움의 눈으로 쳐다보았다. 그에 비해 프랑스 출신인 세실은 프랑스를 '아랍인들로 가득한' 나라라고 설명하며 경멸에 거의 가까운 친근감으로 나를 대했다. 친근감은 내가 완전히 이해하지 못한 아랍인이라는 새로운 정체성을 근간으로 했다. 그럼에도 불구하고 반가운 변화였다.

우리의 우정은 세실의 광범위한 인간관계와 달리 소박했다. 세실에게는 미국에서의 삶이 있었다. 맥주 파티, 여

---

7 pied-noir, 알제리 출신 프랑스인

학생 클럽, 여자 친구들과의 외출, 피자 가게 데이트, 미술 작품 전시회. 그리고 내가 있었다.

그래도 괜찮았다. 술에 취해 금방이라도 아랍인다움에 대해 이런저런 참견을 늘어놓을 적대적인 학생들이 모인 사회적 환경에는 적응하기 어렵다는 사실을 나는 빠르게 깨달았다. 그 대신 우리는 목재로 꾸민 카페나 먼지 쌓인 중고 책방에서 만났다. 또는 세실이 영화 수업 시간에 알게 된 잉마르 베리만의 영화를 그녀가 다른 여학생 네 명과 함께 사는 원룸에서 보기도 했다.

나는 친구들을 여러 개의 상자로 구분하고 기분에 따라 고르는 세실의 방식에 점점 매혹되었다. 사회생활을 구분하여 필요에 맞게 정리하는 세실의 능력이 부러웠다. 세실은 친구를 만나고 싶으면 시간을 냈다. 반대로 친구를 만나고 싶지 않으면 그렇게 하지 않았다. 반면 테타는 누군가가 나를 보고 싶어 하면 그 사람을 먼저 찾아가라고 가르쳤다. 내가 뭘 원하는지는 중요하지 않았다. 에이브의 명확성이 욕구의 모호성을 능가하기 때문이었다. 그래서인지 타인의 생각에 상관없이 원하는 대로 행동하고 말하는 세실에게는 뭔가 사람을 끄는 점이 있었다.

어느 날 세실이 내게 남자 친구를 소개했다.

"네게 미리 알려 줘야 할 것 같아서." 세실이 나와 통화하는 중에 말했다. "레이는 좀 괴짜야."

두 사람이 원룸에 찾아왔다. 세실은 곧장 집 안으로 들어왔고, 레이가 그 뒤를 느릿느릿 따랐다. 나는 레이가 누군지 알아보았다. 마지막으로 봤을 때 레이는 후드 티셔츠로 얼굴 대부분을 가린 채 길모퉁이에 구부정하게 앉아 있었다. 지금은 지저분한 청바지에 커다란 검정색 카우보이모자와 지나치게 큰 선글라스를 쓰고 있었다. 하지만 제멋대로 자란 긴 수염과 머리카락 덕에 퍼즐 조각을 맞출 수 있었다.

"넌 그때…." 내가 말문을 열었다.

"멋진데, 친구." 레이가 말했다. 그리고 손을 뻗어 악수를 청했다. 나는 물어뜯긴 손톱과 그 밑에 낀 검은 때를 보고 최대한 빨리 손을 씻어야겠다고 생각했다.

"그래, 우리 작년에 만났었지… 내가 현금도 주고…" 나는 말을 멈추었다. 레이가 노숙자라는 사실을 세실도 알고 있을까? 나는 세실을 돌아보았다. "두 사람 어떻게 만났어?"

"아주 재밌는 사연이 있었지. 시내 은행 앞에 앉아 있던 레이가 내게 잔돈 좀 있냐고 물었어. 에 부왈라[8]!로 대화가 시작됐지."

"멋지네." 나는 가능한 한 담담하게 말했다. 사람들은 이런 상황에서 뭐라고 할까? 세실을 평생 노숙자나 쫓아다니는 매춘부로 낙인찍을 것이다. 레이가 소형 냉장고를

---

8 et voilà, 여기요

열어 보는 동안 나는 사실을 알릴 가장 좋은 방법을 찾으려 애썼다.

"와우, 훔무스네." 레이는 이렇게 소리치며 직접 샌드위치를 만들기 시작했다. 사향 냄새가 레이를 따라 방 안에 퍼졌다.

"세실――" 나는 입을 열었다.

"있잖아, 라사." 세실이 내 말을 끊더니 담뱃불을 붙이고 방 가운데에 있는 작은 테이블에 앉았다. "중요한 부탁이 있거든? 레이가 아주 잠깐만 너희 집에서 지낼 거야, 알겠지? 너도 알잖아, 내 룸메이트들은 너무 보수적이라…." 세실이 두 팔을 흔들었다. "그렇게 길게 있지는 않을 거고…, 요리사 일을 시작할 계획이거든. 면접도 여러 개 잡아 놨어. 하지만 일단 기본적인 생활은 해야 하잖아. 날도 점점 추워지고…. 몇 주만 지낼게, 알았지?"

"그럼, 물론이지." 나는 말했다. 어떻게 안 된다고 할 수 있겠는가? 만약 거절한다면 신들이 에이브 쓰나미를 퍼부을 것이다. "그런데 보다시피 방이 좀 작아. 원룸이라서…, 어디서 자야할지 모르겠지만…. 침대를 쓰게 하고 난 바닥에서 자야겠다. 그리고――"

"메흐시, 내 사랑. 쉽지 않다는 거 알아. 늦어도 2주 안에 나간다고 약속할게."

그날 저녁, 테타와 통화를 하는데 레이가 내 어깨를 두드렸다.

"이봐, 친구. 남는 수건 있어? 없으면 네 거 좀 써도 될까?"

"내 수건 써." 나는 테타가 듣지 못하도록 휴대 전화를 막고 속삭였다.

"좋았어." 레이가 고개를 끄덕이며 말했다.

"누가 있니?" 테타가 물었다.

"아무도 없어요, 할머니." 원룸에서 노숙자와 함께 지내게 되었다는 걸 어디에서부터 설명해야 할까?

"목소리가…, 그 남자는 누구니?" 테타가 물었다.

"시장님 아들이랑 함께 지내고 있어요. 집을 개조하고 있대서 들어오라고 했거든요."

"착하구나. 잘 대접해 줘라, 알았지? 침대도 내주고 넌 바닥에서 자. 시장 아들과 친해지면 너한테도 좋을 테니…."

어느 날 아침, 잠에서 깬 나는 몇 달째 테타 외에 다른 사람과 아랍어로 대화하지 못했다는 사실을 깨달았다. 영어로만 말하니 여유로움이 줄어들어 다른 사람이 되어 갔다. 하지만 아랍어를 다시 시작하자니 초조해졌다. 혀에 슨 녹이 나를 절망의 구렁텅이에 던질 것이라는 생각에 두려웠다. 아랍어를 쓰지 않으면서 표현의 한계로 인해 몇 가지 핵심적인 감정들을 빼앗긴 것 같았다. 아랍어로 말을 하면 왠지 모르게 내가 더 친절하고 열정적이며 인간적인 사람으로 느껴졌다.

어렸을 때와는 사뭇 다른 감정이었다. 그때는 아랍어 수업을 빠질 새로운 방법을 찾는 것이 내 주요 걱정거리 중 하나였다. 우리는 영어 수업 시간에 페이머스 파이브 (The Famous Five)와 주디 블룸(Judy Blume) 시리즈, 『파리대왕』, 『로빈슨 크루소』 등을 읽었다. 그리고 등장인물에게서 내 모습을 보며 감정 이입을 했다. 반면 아랍어 수업은 죽은 세상 같았다. 수업 시간에 쓰는 커다란 교재에는 꾸란의 짧은 이야기들과 옛 민족주의자들이 쓴 지옥처럼 지겨운 시가 담겨 있었다. 문법도 너무 어려웠다. 실생활에서 자연스럽게 흘러나오는 유연한 아랍어가 아니었다. 목구멍을 거칠게 밀치며 나오는 아랍어는 딱딱하고 이질적이었다. 그래서 마즈와 나는 꾀병을 부리거나 화장실에 숨어 있었다. 오줌 냄새가 났지만 적어도 원하는 농담과 대화를 할 수 있었다.

그 무렵 우리는 바스마와 친해졌다. 바스마는 인기가 좋은 친구였기 때문에 우리 둘 모두에게 좋은 일이었다. 초콜릿색 피부와 위협적인 눈빛, 무성한 곱슬머리를 가진 바스마는 예리한 눈으로 체제를 다룰 수 있었고, 그렇게 하는 것을 두려워하지 않았다. 그런 면이 바스마에게 힘을 부여했다.

바스마 역시 아랍어 수업을 싫어했기 때문에 우리 셋은 함께 땡땡이를 쳤다. 우리는 방치된 계단을 올라가 제

일 꼭대기 층, 흡연자들의 천국에서 어울려 놀았다. 고등학생들이 담배를 피거나 키스를 하며 시간을 보내는 곳이었다. 선생님들은 한 번도 흡연자들의 천국에 올라와 보지 않았다. 특히 겨울에는 더욱 기피하는 장소였다. 계단이 외부에 노출된 데다 바람이 지나는 통로에 있어 우라지게 추웠기 때문이다.

대부분의 아이들은 우리를 그냥 내버려 두었다. 우리는 무해한 존재였다.

마돈나에 한창 미쳐 있던 마즈가 방백에 가까운 노래를 흉내 내는 동안 바스마와 나는 추위를 피해 바짝 붙어 앉아서 마즈를 보며 킥킥거렸을 뿐이다.

열한 번째 생일을 하루 앞둔 밸런타인데이에, 우리는 흡연자들의 천국에서 세 시간이나 놀았다. 학교 복도로 내려와 보니 얼굴은 새빨갛고 손은 냉동된 생선 튀김 같았다.

마즈에게 밸런타인데이는 특별한 날이었다. 마즈도 나처럼 텔레비전에 푹 빠져 있었기 때문에 어떻게 기념하는지 알고 있었다. 마즈는 매년 자신에게 익명의 카드와 꽃다발, 빨간 풍선 몇 개를 보냈고, 그해에는 더 많은 정성을 쏟았다. 마즈는 자신에게 장미 열두 송이와 빨간 풍선을 선물했다. 물론 그 일로 점심시간에 얻어맞아야 했다. 발로 차이는 동안에도 마즈는 풍선을 품에 꼭 안고 소리를 질렀다. "난 싸움꾼이 아니라 사랑꾼이라고!!"

어쨌든 교장 선생님에게 잡힌 건 우리에게 다행스러운 일이었다. 나드와 선생님은 무척 괴팍한 할머니였다. 지푸라기 같은 머리카락과 성치 않은 한쪽 눈 때문에 허수아비와 해적 사이의 어디쯤에 있는 것처럼 보였다. 나드와 선생님은 복도를 걸으며 성한 눈으로 학생들을 노려보다가 큰 소리로 뭔가를 지적했다.

"바지 안에 셔츠 넣으렴. **야 아이니 알레이크**, 아주 잘한다, 잘해…. 너는 여기가 무슨 정글인 줄 아니?"

"애야, 친구 어깨에서 손 내려라. 여긴 디스코장이 아니야."

한 번은 흡연자의 천국에서 나오자마자 나드와 선생님이 머리를 불쑥 내밀었다.

"도망쳐!" 바스마가 외쳤다.

우리는 꽁지가 빠지게 달아났다. 복도 반대편 끝까지 달려가 오른쪽으로 꺾었다. 바스마가 선두였고 마즈와 나는 그 뒤를 따라갔다. 당시 어머니는 매우 불행했고, 매일 밤 양파를 한 바가지씩 다졌다. 밤새 어머니가 깨어 있었어도 다음날 새로운 그림이나 조각은 보이지 않았다. 어머니는 그저 그곳에 앉아 양파를 다지며 도리스에게 속닥거렸다. 어머니가 불행한 날은 내 속이 더부룩하고 배 속에 가스가 가득 찼다는 것을 의미했다. 복도를 따라 달리니 배 속이 마즈의 빨간 풍선처럼 빵빵해졌다. 나는 바스마를 따라가려고 안간힘을 썼다.

"얄라," 바스마가 재촉했다. "더 빨리!"

나는 있는 힘을 다해 엉덩이를 바짝 조이고 뒤뚱거리며 바스마를 쫓아갔다. 배에서 꾸르륵거리는 소리가 났다. 모든 방귀를 그 안에 가둬 놓고 있으니 토할 것 같았다. 안간힘을 쓰느라 이마에 땀이 맺히기 시작했다. 지금 모든 걸 놓아 버리면 전교생을 질식사시킬 것 같았다. 방귀 홀로코스트.

"어디로 가?" 마즈가 소리쳤다.

"지하! 지하로 가!" 바스마가 쏜살같이 계단을 내려가며 소리쳤다. 나는 멈추어 서서 다리를 꼬았다. 조금이라도 더 뛰었다가는 기절할 것이 분명했다.

"뭐하는 거야?" 바스마가 한 번에 세 계단씩 뛰어 내려가며 소리쳤다.

"잠깐만." 나는 신음했다.

그리고 나드와 선생님이 포기했기를 기대하며 뒤를 돌아보았다. 그러나 선생님은 여전히 헐떡이며 우리를 쫓고 있었다. 그 앞에서 아슬아슬하게 뛰어오던 마즈가 밸런타인데이 선물에 걸려 비틀거렸다. 빨간 꽃잎이 마즈의 동선을 따라 한 줄로 떨어져 있었다.

"꽃을 버려." 내가 소리쳤다.

"안 돼!" 마즈는 꽃다발을 꽉 움켜쥐었다. 달려오는 마즈 뒤를 빨간 풍선이 통통거리며 따라왔다.

나는 숨을 고른 후 비틀거리며 계단을 내려갔다. 바스

마는 두 층 아래에 있었다. 바스마의 빠른 걸음 소리가 계단에 울렸다. 한 층을 내려간 후 위를 올려다보았다. 위층 계단에 도착한 마즈는 붙잡히기 직전이었다. 나드와 선생님은 계단을 내려가려는 마즈에게 달려들었다. 그리고 셔츠 깃을 붙잡아 복도로 끌고 갔다.

"빨리 도망가!" 마즈가 선생님의 강철 같은 손아귀에 잡혀 버둥대며 소리 질렀다. "계속 달려!"

"그만해!" 나드와 선생님이 날카롭게 소리쳤다. "바스마, 라사. 너희들인 거 다 알고 있다."

우리는 달리기를 멈추고 돌아섰다.

바스마가 옆에서 나불거리는 동안 마즈와 나는 귀를 잡힌 채 교장실로 끌려갔다. "부모님께 전화할 거야. 정학받을 줄 알아."

"하지만 전 여자잖아요!" 바스마가 두 팔을 휘저으며 외쳤다. "제 명예를 더럽히고 싶으세요, 선생님? 제 가족의 얼굴에 먹칠을 하고 싶으시냐고요? 경고해 드리는 거예요, 선생님. 만약 그렇게 하시면 책임지셔야 할 거예요! 아시겠어요?"

늘 그랬듯 협박은 효과적이었고, 바스마는 우리에게 키스를 날리며 교장실을 빠져나갔다. 마즈와 나는, 글쎄. 명예고 나발이고 학교에서 부모님께 연락을 했다. 마즈는 나드와 선생님을 설득하려고 애썼다.

"저기요, 선생님. 다 제 잘못이에요. 애들한테 같이 가자고 했어요. 아시겠지만 앞으로도 그럴 거예요. 가능하다면 전교생을 꼬드겨서 재미없는 아랍어 수업 대신 흡연자의 천국에 데려가고 싶거든요. 아시잖아요, 선생님. 수업 자체가 문제라고요. 멍청한 당나귀가 바보 같은 교재로 가르치는데 어떻게 아랍어와 사랑에 빠질 수 있겠어요? 제 말 좀 들어보세요, 선생님. 저도 수업에 집중할 수 있어요. 그럴 만한 수업이라면 말이에요. 그냥 아무에게나 그렇게 자격을 주면 안 돼요." 마즈는 손가락으로 딱 하고 소리를 내더니 두 손을 엉덩이 위에 얹었다. "선생님, 저를 즐겁게 해주시면 저도 관심을 드릴게요."

나드와 선생님이 책상 뒤로 가서 라디오에 연결된 검은색 전선을 뽑아 마즈의 옆구리에 휘두르는 것까지가 하나의 동작처럼 이어졌다.

"으악!" 마즈가 울부짖었다. "그런다고 수업을 다시 듣지는 않을 거예요."

그때 어머니가 휘청거리며 교장실로 들어왔다. 어머니는 내 눈을 쳐다보더니 손가락으로 나를 가리켰다.

"너 이번에는 된통 걸린 줄 알아." 어머니가 혀 꼬부라진 소리로 말했다.

"무슨 말을 그렇게 하세요?" 선생님이 꽥 소리를 질렀다. "여기는 시장통이 아닙니다, 어머님."

마즈가 웃음을 터뜨렸다. 웃음을 참으려고 볼 안쪽을 깨물었지만 코웃음이 새어 나왔다. 몸을 들썩거리며 돼지

처럼 끅끅대고 웃는 모습에 나도 그만 터져 버렸다. 웃음
이 멈추지 않았다. 나는 배를 부여잡고 방귀를 참기 위해
꿈틀거렸다. 하지만 아무 소용없었다. 방귀가 트럼펫 소리
처럼 밖으로 쏟아져 나왔다. 마즈는 바닥 위를 데굴데굴
굴렀다. 눈물이 줄줄 흘렀다. 나드와 선생님은 악을 쓰며
소리를 질렀다. 나는 고개를 돌려 어머니를 쳐다봤다. 어
머니도 더는 참을 수 없었는지 낄낄대며 웃고 있었다.

　레이가 들어온 지 한 달쯤 지난 어느 밤이었다. 레이가
내게 빌린 돈으로 술을 마시러 나간 사이, 세실과 나는 음
식을 배달시켰다. 중국 음식을 먹으며 영화를 볼 계획이었
다. 음식 값은 똑같이 나누어 냈다. 세실은 내게 플라스틱
포크를 주고 자신은 수저를 가져갔다. 그리고 나이프로 동
그란 깐풍기 접시에 담긴 걸쭉한 빨간 소스에 선을 그었다.
　"여기까지만 먹어." 세실이 통보했다. 나는 초승달 모양
의 할당량을 쳐다보았다. 그리고 몇 분 만에 내 몫을 해
치웠다. 조금 더 먹으려고 하자 세실이 수저로 내 포크를
탁 쳐냈다.
　"네 건 이미 다 먹었잖아." 세실이 짜증스러운 표정으
로 말했다. "젠장, 선 너머에 있던 것도 먹었네. 나머진 내
거야, 알겠지?" 세실이 조롱하듯 반쯤 사라진 구불구불
한 선을 가리켰다. "넌 늘 욕심이 과해, 라사."
　10분 후, 세실의 관심이 영화로 옮겨 가고 나서 충분한

시간이 지났지만 나는 여전히 깐풍기를 쳐다보고 있었다. 분노와 수치심이 점점 더 커졌다. 나는 욕심 많은 아랍인이라고, 정해진 양보다 더 많이 먹었다고 비난받았다. 하지만 음식 값은 겨우 6달러였고, 세실은 그날 밤에 자기 몫을 다 먹지 않을 것이 분명했다. 정해진 몫보다 조금 더 먹는다고 누가 신경이나 쓸까? 생각하면 할수록 더 화가 났다. 세실이 거리에서 데려온 쥐새끼 같은 세실의 연인은 가을 학기 내내 손가락 하나 까딱하지 않고 내 침대에서 잠만 잤는데, 내가 밥 한 숟가락 더 먹었다고 그렇게 짜증을 부린다? 전형적인 자본주의자의 모습 아닌가? 세실은 가장 신성한 선물인 음식조차 나누어서 사유화했다. 정말 쩨쩨한 부르주아 유럽인이라고 생각하며 담배에 불을 붙였다. 하지만 뭐라고 할 수 있겠는가? 나는 아무 말도 하지 않았다. 자본주의에 대해서도 잊어버렸다. 무엇보다 6달러짜리 중국 배달 음식을 가지고 왈가왈부하는 것은 **에이브**였다. **에이브** 중에서도 단연 최고의 **에이브**였다.

"그나저나 나 레이랑 헤어지려고." 세실이 수저로 깐풍기를 한 입 퍼먹으며 말했다. "공짜로 얻어먹으려는 경우가 너무 많아."

정말 단호하면서, 나쁜 년이라는 생각이 들었다. 화가 가라앉지 않았다. 하지만 나는 이제 떼어 낼 때라고 말해 주었다. 영화가 끝나자 세실은 다음날 점심으로 먹겠다며 남은 깐풍기를 싸갔다.

세실은 늘 그런 식이었던 것 같았다. 어린 여자애가 인형을 나누듯 친구를 분류하는 것부터 음식 값을 세세히 나누고 기근이라도 온 것처럼 음식을 나누어 배급하는 것까지, 세실의 행동은 미국의 축소판에 불과했다. 여기 사람들은 모두 자신의 공간을 가지고 작은 땅, 책, 음식, 돈, 법, 규칙, 권리를 맹렬히 보호했다. 그리고 자신이 소유한 것들을 관리 가능한 부분들로 나누었다. 모든 것이 질서 정연해 보였고, 우리나라에서였다면 **에이브**나 **하람**으로 치부되었을 것들이 여기에 영향받지 않고 법에 따라 운용되었다. 미국에는 **에이브**가 없었다. 법과 인권만이 있을 뿐이었다.

그날 밤 나는 현관문을 잠그고 술에 취해 돌아온 레이를 집 안으로 들여보내 주지 않았다.

"이제 떠나야 해, 레이." 나는 말했다.

"미리 알려 주지도 않고 그냥 쫓아내면 안 되지." 레이가 문을 두드리며 혀 꼬부라진 소리로 말했다.

"몇 주 동안 물어 봤잖아. 이제는 내 말대로 해."

레이는 현관문을 발로 몇 번 차다 갑자기 멈추었다.

"이런 일은 뭔가를 불러일으켜, 알아? 우리 아빠가 날 쫓아낼 때의 기억을 떠오르게 하고 있어."

"넌 늘 욕심이 과해, 레이." 나는 세실을 흉내 내는 것을 즐기며 말했다. "내 집에서 나가, 안 그러면 경찰을 부를 거야. 내게도 권리가 있어, 알잖아!"

나는 다시는 레이를 만나지 않았다. 깐풍기 사건 이후로 세실과도 거리를 두고, 대부분의 시간을 혼자 보냈다. 욕실에 혼자 있을 때 말고 테타의 집에서 혼자였던 적은 거의 없었다. 나는 남는 시간에 계속 책을 읽으며 처음 알게 된 상상의 세계를 탐험했다. 더 중요한 것은 그 시간에 어머니를 생각할 수 있었다는 점이다.

나는 어머니를 되살리고 과거를 캐내어 어머니에게 무슨 일이 있었는지 최대한 많이 알아내야 했다. 어머니는 그림을 그만두기로 결정하고도 오랫동안 붓을 내려놓지 못했다. 낮에는 직장을 옮겨 다니며 비서 일을 하고, 며칠 밤을 새우며 술병을 손에 쥔 채 끝내지 못한 작업을 이어 갔다. 어머니는 밤새워 일을 하곤 했다. 절반만 완성된 그림들과 점토 작품들로 주방이 어질러졌고, 담배꽁초를 감추는 10대처럼 어머니는 그것들을 테타에게 숨기려고 필사적으로 애를 썼다. 하지만 아이디어가 즉흥적으로 떠오르면, 어머니는 구겨진 종이, 다양한 색의 얼룩들, 딱딱하게 굳은 채로 더러운 물 안에 담가진 붓 뭉치를 그대로 남겨둔 채 황급히 어디론가 떠났다.

나는 침대에 누워 원룸의 흰 벽을 쳐다보며 그 기억들을 떠올렸다. 청소년기 최악의 외로움을 이겨 내게 해준 조지 마이클의 앨범이 큰 소리로 반복하여 재생되었다.

어느 저녁, 나는 빈 벽을 쳐다보다 문득 깨달았다. 만약 어머니를 전화번호부에서 찾지 못하면 외조부모님의 세부 정보를 찾아봐도 될 것 같았다.

나는 외조부모님을 만난 적이 없다. 어머니는 부모님에 대해 거의 이야기하지 않았기 때문에 서로 가깝지 않다는 사실은 알고 있었다. 어머니는 8~9개월에 한 번씩 부모님과 통화를 했다. 그러고 나면 어머니는 심한 초조함과 심란함 때문에 담배 연기 밑에서 서성이며 혼잣말을 했다. 한 번은 어머니가 드디어 부모님이 여름에 방문하실 거라고 했지만, 여름이 지나가는 내내 아무도 찾아오지 않았다. 다행히 외조부모님의 성함을 알고 있어서 외할아버지의 전화번호를 금방 찾았다. 외할아버지는 내가 살던 지역의 반대편에 있는 대학에서 의사와 교수로 활동하다 은퇴했다. 나는 쪽지에 전화번호를 적고 머뭇거리다 휴대 전화를 들었다.

세 번째 신호음에 전화가 연결되었다. 외할아버지가 "여보세요?"라고 말했다. 예상보다 더 미국인 같으면서 위엄 있는 목소리였다. 가능할 것이라고 생각하지 못한 조합이었다. 나는 끔찍한 실수를 저질렀음을 깨달았다.

"여보세요?" 외할아버지가 다시 말했다.

나는 축축해진 손으로 휴대 전화를 움켜쥐고 가만히 듣기만 했다. 하고 싶었던 말이 목구멍에 박혀 생각처럼 나오지 않았다.

"여보세요?" 외할아버지가 세 번째로 물었다. 나는 어머니를 보고 싶지 않았다. 어머니에 의해 다시 소모되고, 심문당하고 산 채로 잡아먹힐 생각을 하니 끔찍했다. 어머니는 내가 비밀 새장에 감춰 놓은 것들을 알아볼까? 그렇다면 어떻게 반응할까? 더 끔찍한 것은 내 존재를 받아들이고, 그 과정에서 내 죄책감과 수치심을 노출시킬지도 모른다는 것이었다. 테타는 그런 면에서 쉬운 상대였다. 그렇다. 테타가 가끔 가학적이거나 변덕스럽긴 하지만 우리는 서로 넘지 말아야 할 선을 알고 있었고, 서로의 수치심이 자라도록 그냥 두었다. 테타는 수치심을 감출 수 있게 도와주는 협력자였다. 하지만 어머니는 가족의 수치심 중에 들쑤시지 않은 돌은 없는지, 검토되지 않은 채 남은 그림자는 없는지 확인하려고 애쓰던 사람이었다. 그런 어머니를 만난다면 내 비밀 새장에서 무엇이 드러날까? 눈길 한 번만으로 내 모든 비밀을 들춰 낼 것이다.

나는 떨리는 손으로 전화를 끊었다. 그리고 벽에 기댄 채 아래로 쭉 미끄러져 내려갔다. 비록 계획은 무산됐지만 수치심이 위협받지 않았다는 사실에 안도했다. 어머니에게 이렇게 가까이 접근하는 것은 테타의 규칙에 대한 심각한 도전이었다. 한 번의 통화는 폴스카사트를 천만번 본 것과 비슷했다. 그날 밤 테타가 평소처럼 수다를 떨기 위해 전화를 했고, 나는 꾀병을 부리며 몇 분 만에 전화를 끊었다.

나는 잠이 드는 동안 어느 아침을 떠올렸다. 어머니가 알 샤르키예에서 눈물을 흘리며 집으로 돌아와 다시는 그림을 그리지 않겠다고 맹세한 뒤 며칠 지나지 않은 날이었다. 테타가 집에 있는 날이면, 어머니는 느지막이 일어나 주방 창문 옆에서 네스카페 한 잔을 하며 담배를 피웠다. 그리고 앞마당에 있는 야자나무를 말없이 내다보고는 했다. 하지만 그날 아침 테타는 친구들을 만나러 나가고 없었다. 그래서 집 안에는 어머니와 나 둘뿐이었다. 테타의 지적을 두려워할 필요 없이 허무맹랑한 생각들을 마음껏 떠올려도 되었다. 그런 순간들이 곧 끝날 것을 알았다면 아마 더 감사하며 실컷 즐겼을 것이다. 그날 어머니는 일찍 일어나 곧장 술병을 집어 들었다. 그리고 레미 반달리의 노래를 들으며 잠옷 차림으로 춤을 추었다. 나는 어머니의 품에 안겨 노래를 따라 불렀다. 아침밥을 먹은 후 나는 한 손에 담배를 든 어머니와 함께 식탁에 앉아 내 생일 파티를 계획하기 시작했다.

"사람을 너무 많이 부를 수는 없어." 어머니가 말했다. "스무 명 정도?"

나는 진지하게 고개를 끄덕였다. "그 정도면 괜찮아요."

"그리고 음식은, 미니 피자는 당연히 있어야 하고…"

"레이지 케이크는?"

"그래, 그래. 그것도 있어야지." 어머니가 고개를 끄덕였다. 그리고 담배를 한 모금 빨아들이며 우리 쓰레기를 가져가는 청소부들을 창밖으로 내다보았다. "사람들 걸음걸이가 우스꽝스러워 보이지 않니? 움직이면서 두 팔을 휘젓는 모습이 꼭 외계인들 같아. 우리는 우리 자신도 외계인 같으면서 왜 그렇게 외계인을 무서워하는 걸까?"

"엄마, 제발 집중해요. 생일 파티 준비해야죠." 나는 애원했다.

"미안해. 그래, 네 생일 말이지. 어디까지 했더라? 광대 불러 줄까?"

"나도 이제 열 살이에요, 엄마. 광대를 부르기엔 나이가 많다고요."

"그럼 코끼리는 어때? 덤보처럼 입히면 되잖아. 개네들 언제 서커스 가는지 아니?"

"코끼리를 어디에서 구해요? 여기에는 없잖아요. 게다가 우리 집에 들어올 수도 없어요."

어머니가 새 담배를 꺼냈다. "그래." 어머니가 박수를 쳤다. 너무 활짝 웃어서 찡그린 것처럼 보였다. "코끼리. 완벽해. 아주 완벽해."

미국에서의 두 번째 겨울에 역대 최고의 한파가 몰아닥쳤다. 벽돌집 주변으로 눈이 쌓이고 거리는 얼어붙었다. 내 궁금증에도 칼날 같은 혹한이 불어닥쳤다. 어머니는 왜 내게 먼저 연락하지 않은 걸까? 왜 떠나야만 했을까?

아랍 세계가 흔히 경멸하는 다른 모든 것들처럼, 정신 건강과 중독 또한 그런 취급을 당하기 때문이었을까? 어쩌면 세실의 말이 옳았다. 그리고 텔레비전의 전문가들 역시 옳았다. 왜 뚜렷한 계획 없이 인샬라[9]만 외쳐 대며 모든 일을 진행할까? 아랍 세계의 특성에 화가 났냐고? 그렇다, 나는 화가 났다. 나는 구조적인 문제를 극복하지 못해 사라진 가능성과 기회를 잃은 수백만 명의 청년 때문에 너무 화가 났다. 나는 법과 질서의 부재에 화가 났다. 혼돈과 상실의 복잡한 미로를 헤매느라 유년을 잃어버린 내 자신에게도 화가 났다. 내가 받았던 교육에도 화가 났다. 잘못된 믿음과 빤한 거짓말로 점철된 낡고 엄격한 교수법의 유일한 목표는 비판하는 방법과 도전적인 질문을 잊게 하는 것이었다. 그리고 무엇보다 어머니에게 화가 났다. 어머니는 그림을 버리듯 나를 버리고 아주 멀리 떠나 버렸다. 그리고 그것은 우리 사회의 잘못이었다. 우리에게는 깐풍기에 그어졌던 그 빌어먹은 선들이 더 많이 필요했다.

봄이 오면서 세실도 내 삶으로 다시 돌아왔다. 세실은 더 조심스럽고 관대한 태도로 라자냐와 캐서롤을 만들어 주고 미술관 전시회에도 초대했다.

"넌 참 이상한 애야." 전날 밤 파티에서 있었던 일을 이

---

9 신이 원하신다면

야기하던 세실이 불쑥 이렇게 말했다. 4월이었고, 그때 나는 상당히 어두운 질문만 던지고 있었지만 봄이 세실을 낙관적으로 만들었다. 세실은 거실에 있는 얼룩진 갈색 소파 위에 척 기대어 앉았다. 소파 팔걸이에 얹어 놓은 세실의 하얀 다리가 창문으로 들어오는 햇빛을 받아 반짝거렸다.

"왜?" 내가 물었다.

"항상 그렇게 고통스러운 표정을 하고 있거든."

"그래?"

"응." 세실이 말했다. "걸음걸이도 웃겨. 마치 어깨에 세상의 무게를 다 짊어지고 다니는 것 같아. 이렇게." 세실은 소파에서 뛰어내려 어깨를 구부리고 두 팔을 늘어뜨린 채 발을 끌며 방 안을 걸어 다녔다. 유인원처럼 보였다. "기운 좀 내!"

기운 좀 내. 마치 한 손가락으로 버튼만 누르면 무게를 덜어 낼 수 있다는 듯이 말이다.

2학년을 마치고 집으로 돌아왔을 때 테타는 나를 한참 안아 주고 얼굴에 키스를 퍼부은 후 옷을 벗고 샤워를 하라고 지시했다.

"너한테도 그 사람들 냄새가 나." 테타가 말했다.

"누구요?"

"그 사람들 말이야." 테타는 학내 컴퓨터 상점에서 할

인받아 산 커다란 노트북 쪽을 애매하게 가리켰다. "**알 아 자넵**, 외국인들."

"그래요? 외국인들한테 무슨 냄새가 나는데요?"

"나도 몰라." 테타가 잠시 멈추었다 대답한다. "버터 냄 새 같아."

테타는 가방에 들어 있던 짐을 전부 세탁기에 넣고, 장 미수와 올리브 오일 향이 나는 특별한 샴푸를 사다 주었 다. 그리고 물이 부족하니 너무 오래 샤워하지 말라고 했 다. 물탱크에 남아있던 마지막 물방울들이 머리 위에 떨 어졌고, 나는 샴푸를 씻어 냈다. 아주 잠시 집에 온 기분 이 들었다.

공격이 시작된 것은 3학년 때였다. 미국은 한 나라를 침 공한 후 또 다른 나라를 쑤시고 싶어 안달이 나 있었다. 외할아버지의 전화번호를 적은 쪽지가 책장 위에서 나를 비웃었다. 나는 매일 아침 쪽지를 밖에 던져 버리자고, 처 음부터 없었던 것처럼 잊자고 다짐했다. 하지만 저녁이 되 면 하루만 더 쪽지를 가지고 있기로 마음을 바꿨다.

미국에서 내 아랍인다움을 발견하고 철저한 조사와 공 격을 통해 그것을 마주한 후, 나는 감정의 일부를 쏟아 낼 곳이 필요하다고 느꼈다. 나는 여러 강사가 진행하는 '제3세계의 정치학'이라는 선택 과목에 등록했다. 강사들 은 지구 상의 난해한 지역에 관해 각자 자신만의 전문성 이 있었다. 구릿빛 피부의 젊은 강사들은 소매를 걷어 올리고 최근에 낯선 이름의 오지를 모험하다 얻은 상처를 경쟁하듯 보여 주었다.

어느 날 아침, 수업 시간이었다. 학생들은 의자에 축 늘어져 비몽사몽간에 수업을 들었고, 내 시선은 그들 너머에 있는 한 사람에게 머물러 있었다. 이제껏 만나온 그 누구보다 아름다운 남자였다. 턱수염은 일주일 정도 기른 것 같았고 불에 태운 가지 색깔의 머리카락은 그의 얼굴 위에 제멋대로 흘러내려 눈을 가리고 있었다. 아랫입술의 은색 피어싱이 강의실의 환한 조명에 반짝거렸다. 남자는 아프리카의 설사병과 식민지주의 유산 사이의 구조적 연관성을 설명하는 강사에게 집중하고 있었다.

남자에게서 눈을 뗄 수가 없었다. 외모도 출중했지만 수업에 집중하며 머리카락을 귀 뒤로 차분히 쓸어 넘기는 모습, 종종 고개를 숙이고 손톱을 점검하는 모습, 아랫입술을 깨물어 은색 피어싱을 좌우로 흔들리게 하는 모습에서 나는 부드러움을 발견했다. 나는 그렇게 느긋한 모습으로 세상에 존재하는 누군가와 가까워지고 싶었다. 적어도 그 남자에게서 그런 모습들을 배울 수 있을 것 같았다.

몇 개월이 지나서야 남자와 대화를 나눌 수 있었다. 나는 남자에게 바짝 다가가 앉았다. 나는 캠퍼스 주변에서 남자를 훔쳐보기도 했다. 그리고 기다렸다. 무엇을 기다렸던 걸까? 나도 모르겠다. 남자와 얘기하고 싶었지만 그렇게 하기가 너무 무서웠던 나는 어중간한 상태에 갇혀버렸다. 누군가를 그렇게 적극적으로 따라다녀 본 것은 그때가 처음이었다.

나는 남자를 쫓아다니기 시작했다. 최대한 많은 것을 알아내는 것이 목표였다. 남자가 애용하는 커피숍은 유기농 커피와 채식 케이크로 유명한 카페 듀퐁이었다. 듀퐁은 재활용한 나무 벤치, 사파티스타 작품, 반전 전단지로 꾸며져 있었다. 코듀로이 바지 차림에 턱수염을 기른 남자들과 젖은 흙냄새를 풍기는 레게 머리 여자들이 시를 낭송하고 민속 음악을 들으며 저녁 시간을 보냈다. 커피 값이 일반 커피숍보다 두 배나 비쌌지만, 나는 남자를 훔쳐보기 위해 시간이 날 때마다 듀퐁을 찾았다. 나는 남자의 습관과 수업 일정을 확인하고 그에 맞춰 남자의 주변을 맴돌았다.

그리고 드디어 남자를 만났다. 겨울 방학을 앞두고 '제3세계의 정치학' 기말고사를 치러 간 저녁이었다. 시험 스트레스로 몇 주를 보낸 후 긴 휴일을 맞은 캠퍼스의 공기는 한껏 들떠 있었다. 그때 나는 극도의 흥분 상태였다. 그날 밤이 지나면 개강까지 남자를 향한 갈망을 만족시킬 수 없다는 사실을 알고 있었기 때문이다.

북적거리는 시험장을 두리번거렸지만 남자를 찾을 수 없었다. 얼마 후 나는 스노글로브처럼 도시를 에워싼 세찬 눈보라 속을 걸었다. 시험은 쉬웠음에도 불구하고 나는 깊은 좌절감을 안은 채 버스 정류장으로 향했다. 그러다 신발 끈을 묶기 위해 잠시 멈추어 섰다. 추위로 새빨개진 두 손이 얼얼했다.

걸음을 멈춘 곳에 남자가 있었다. 그냥 그렇게 우리는 마주 보았다. 눈보라 속에서 남자는 신기루처럼 나타났다. 지퍼가 열린 겨울 코트 안으로 파란 스웨터와 카키색 바지가 보였다. 가까이에서 보니 남자의 얼굴에서 결함도 발견됐다. 목에 있는 점, 살짝 비뚤어진 두 앞니, 그리고 피부의 잡티.

남자가 먼저 입을 열었다.

"우리 구면이던가요?" 남자의 목소리는 예상보다 부드러웠다.

"라사라고 해요." 나는 쉰 목소리로 말했다. 처음 듣는 것처럼 내 목소리가 낯설었다.

남자가 미소를 지었다. "알아요. 난 수피안이에요."

"아랍 이름이네요." 내가 경직된 목소리로 말했다. 내 비밀을 미국인에게 들키면 그 사람으로 끝이지만, 아랍인에게 들키면 다음 날 모든 아랍인이 나에 대해 알게 될 것이었다. 그러면 테타도 내 비밀을 알게 될 것이다. 너무 끔찍해서 더는 생각하고 싶지 않았다.

"원래는 아랍 사람이에요." 수피안은 엘머 퍼드처럼 r을 w로 발음하며 말했다. "하지만 미국에서 나고 자랐죠."

수피안은 내게 사는 곳과 전공에 대해 물었다. 그리고 자신은 철학과 아랍어를 전공하고 있으며 졸업 후에 중동을 여행하고 싶다고 말했다. 수피안이 말하는 도중에 기지개를 켜자 그의 배가 재킷 아래로 살짝 드러났다. 가느다란 검은색 털이 듬성듬성 난 밝은 갈색의 피부가 엿보였다. 내가 집에 대해 이야기하자 수피안은 미소를 지으며 나를 가까이 들여다보았다. 나는 수피안이 말할 때 손목을 획획 움직이는 모습을 유심히 살펴보았다. 살짝 여성스러웠다. 어쨌든 희망이 있었다. 게다가 내 이름도 알고 있었다.

나는 집까지 펄쩍펄쩍 뛰어갔다. 눈보라조차 눈부시게 아름다웠다. 눈송이가 마치 수피안이 다가온 순간 하늘로 솟아오른 폭죽에서 떨어지는 불씨 같았다.

그 후 한 달 동안 나는 원룸에 틀어박힌 채 수피안을 생각했다. 우리가 공유한 몇몇 순간들에 대한 기억이 맹렬한 추위 속에서 나를 따뜻하게 지켜 주었다. 나는 눈을 감고 가능한 한 생생하게 기억을 떠올렸다. 세세한 감각까지 그 모든 것을 정확하게 다시 그려 보았다. 얼굴 위로 떨어지던 눈송이, 혹한을 베어 내고 들려오던 맥주에 취한 학생들의 환호성, 수피안의 갈색 눈동자와 수줍은 미소. 나는 정확히 기억했다. 내가 서 있었던 위치와 내 말을 들으며 기대어 서서 머리카락을 귀 뒤로 넘기던 수피안의 모습, 엉덩이 위로 올라가 있던 수피안의 코트, 그리고 캐러멜색의 복부가 몇 차례 속살을 드러냈던 기쁨의 순간들. 나는 시간의 주인이었다. 수피안이 오롯이 내 것이었던, 내게만 시선을 주었던 그 순간을 몇 시간에서 심지어 며칠까지 길게 늘일 수 있었다. 나는 각각의 이미지와 냄새, 소리와 감정을 쪼개어 우리가 함께했던 시간을 넓혔다.

나와 침대에 누운 수피안을 상상했다. 나는 베개를 수피안이라고 생각하며 껴안았다. 잠에서 깬 수피안이 나를 돌아보며 게슴츠레한 눈으로 웃는 모습을 그려 보았다. 그리고 수피안에게 키스하며 아랫입술의 피어싱을 탐색하는 모습을 상상했다. 나는 미소를 띤 채 침대에 누워 조지 마이클 포스터를 올려다보았다. 다른 사람들이 그렇게 속 편해 보이는 이유를 그제야 이해할 수 있을 것 같았다.

그 후부터는 쉬웠다. 습관과 일과를 다 파악하고 있었기 때문에 나는 늘 수피안과 함께 있으려고 노력했다. 수피안과 마주칠 때를 대비해 이야깃거리도 준비했다. 나는 최근 사건들에 대해 읽었고, 수피안의 가방에서 언뜻 본 무명 밴드들의 시디에 대한 정보도 찾아보았다. 또 도서관 데이터베이스로 수피안의 대출 목록을 확인했다. 플라톤, 아리스토텔레스, 이븐 칼둔과 같은 초창기 철학자들부터 안토니오 그람시, 로자 룩셈부르크와 같은 근대의 정치 이론가들까지 다양했다. 나는 수피안의 도서

목록대로 대출을 하여 라사가 아닌 수피안처럼 책장을 넘기며 책을 읽었다. 수피안과 가까워지는 나만의 방식이었다. 수피안처럼 사고하고 그를 진정으로 이해할 수 있다면, 그리고 그런 것들이 옳다고 느껴진다면, 우리는 분명 이어질 것이기 때문이었다.

수피안 프로젝트는 미국의 분위기를 오염시킨 전쟁 선언에서 벗어날 훌륭한 취미 활동이었다. 미국은 우리와 같은 종교나 언어를 가진 나라들을 폭격했다. 그 나라들은 하나씩 무너지며 국가로서의 지위를 상실했다. 나는 미국이 전쟁을 결정하면 침략당한 나라는 저절로 그런 상황에 놓인다는 사실을 알게 되었다. 역사와 사람과 노래와 예술이 쏠려 나가버리면, 그 나라는 새로운 차원의 정치적 사건이 되어 하나의 이야기를 떠들어댄다. 바로 미국의 이야기다.

쌀쌀한 화요일 아침, 듀퐁에서 주문한 커피를 기다리고 있는데 누군가가 어깨를 툭툭 쳤다. 돌아보니 수피안이 나를 향해 웃고 있었다.

"안녕하세요." 나는 말했다. 아침 9시가 되기 전이었지만, 우중충한 하늘색과 잿빛 구름에도 그날 하루가 행복할 것만 같았다.

수피안이 막 뭐라고 하려던 찰나에 노란색 레게 머리를 한 장신의 바리스타가 끼어들었다.

"로스 고객님, 아메리카노 나왔습니다." 바리스타가 하얀 종이컵을 들고 소리쳤다. 나는 커피를 받아 들고 수피안을 향해 돌아섰다.

"방금 로스라고 부른 거예요?" 수피안이 미간을 찌푸리며 물었다.

"이게 더 쉬워요" 나는 갈색 설탕 한 봉지를 넣으며 말했다. "그러지 않으면 이름 때문에 어디 출신이냐고 물을 거예요. 그리고 '거기에서 일어나는 일'이 얼마나 끔찍한지에 대해 얘기한 후에 컵에 '로스'라고 적어줄 걸요."

수피안이 온화해진 눈으로 빙긋 웃었다. "다음에는 내 이름을 오사마라고 해야겠네요. 그러면 못 알아들을 리 없잖아요."

나는 웃음을 터뜨렸고, 수피안이 음료를 주문하는 동안 잠시 기다렸다.

"이번 토요일에 반전 시위 갈 거예요?" 수피안이 물었다.

"그럴 계획은 없어요. 그런다고 진짜 뭐가 달라질까요?"

"아무리 작은 일이어도 인생의 모든 것에는 어느 정도 의미가 있어요." 수피안이 말했다. 그리고 아랫입술을 둥그렇게 입안으로 말아 치아로 피어싱을 좌우로 굴리며 가지고 놀았다.

"그러면 가야겠네요." 내가 이렇게 말하자 수피안이 내 어깨를 꽉 쥐었다.

며칠 뒤 나는 수피안의 말에 대해 생각했다. 아주 작은 일들에도 의미가 있다. 나는 이것이 신호라고, 우리의 의미심장한 미소와 수줍은 대화 속에 뭔가 중요한 것이 있다고 확신했다. 수피안에게는 나를 시위에 초대해야 할 이유가 있었다. 나와 가까워지기를 바란 것이다. 그냥 알 수 있었다. 나 역시 뭔가를 원한다는 사실을 수피안이 알고 있길 바랐다. 오, 그러나 우리는 말할 수 없었다. 위험 요소가 너무 많았다. 우리가 할 수 있었던 일은 부정할 수 없는 순간이 올 때까지, 벼랑 끝에 설 때까지 그저 가까워지는 것뿐이었다. 점차 가까워지고 있으니 다음에 수피안을 만나면 우리의 관계를 궁지에 몰아넣어서 돌이킬 수 없게 만들기로 다짐했다.

이튿날 나는 중고 가게에서 옷을 고르다 세실에게 반전 시위에 가지 않겠느냐고 물었다.

"난 시위 같은 건 믿지 않아." 세실이 끝이 해진 밀짚모자를 집으며 말했다. 세실은 밀짚모자를 삐딱하게 쓰고 자신의 모습을 거울에 비춰 보았다. "시위에 나가는 사람들 대부분은 보통 개인적인 괴로움을 정치에 대한 분노에 투사하지. 그건 건강하지 않아."

"난 시위에 참여하는 게 중요한 일이라고 생각해." 나는 단호히 말했다. "전 세계에서 사람들이 죽어 가고 있잖아."

"그러면 가 봐, 자기야." 세실이 밀짚모자를 옷 더미 위에 다시 올려놓았다. "가라고."

비 내리는 어느 날, 나는 시위에 나갔다. 그리고 악마의 뿔을 단 미국 대통령의 사진을 붙인 반전 피켓을 따라 수피안이 말했던 시위의 거점에 도착했다. 진압 경찰들이 수만 명을 포위하고 있었다. 나는 신난 듯 대화를 나누고 구호를 외치는 군중을 지켜보았다. 내 눈이 수많은 사람들의 얼굴 사이에서 방황했다. 화가 난 얼굴, 의기양양한 얼굴, 그저 냉담한 얼굴. 수피안을 우연히 마주치는 일은 불가능했다.

도시를 행진하는 동안 매서운 바람이 사람들의 얼굴을 때렸다. 반전 동맹에서 성난 붉은 글씨로 "석유를 위해 피 흘릴 수 없다."라고 적힌 피켓을 나눠 주었다. 나는 팻말을 겨드랑이에 어설프게 끼고 행진을 하며 두 손이 얼어붙지 않게 계속 비볐다. 피켓은 들었지만 구호를 외치지는 않았다. 내 두 눈은 수피안을 찾느라 정신이 없었다.

15분쯤 지났을 때, 검은색의 긴 레인코트를 입은 젊은 여자가 빨간색과 흰색의 물방울무늬 우산 밑에서 나를 지켜보고 있다는 것을 깨달았다. 여자는 어두운 곱슬머리에 동그란 선글라스를 쓰고 있었다. 나는 한동안 여자의 시선을 애써 외면했다. 그러다 두 눈이 마주쳤고, 여자가 나를 향해 걸어왔다.

"아랍 사람이에요?"

여자가 매우 진지한 태도로 물었다. 여자가 맨 가방 안에는 『탈식민주의 이그조틱(The Postcolonial Exotic)』이라는 제목의 두꺼운 책이 들어 있었다.

나는 잠시 망설이다 대답했다. "네."

"그럴 거 같았어요." 여자가 내 손을 흔들며 말했다. 그리고 몽톡한 손톱 끝을 물어뜯었다. "도서관에서 봤어요. 그리고 여기서 다시 마주쳐서 물어본 거예요."

나는 내 출신 지역을 말해 주었다.

"나도 거기 출신이에요. 교외에 살아요?"

"살았죠. 지금은 시내에 살아요." 나는 잠시 말을 멈추었다. "아니, 지금은 여기에 살고 있죠. 하지만 전에는——"

여자의 눈이 반짝거렸다. "전 시내가 좋아요. 정말로요. 서부 외곽 지역에 사는 건 정말 질색이에요. 그래서 집에 갈 때마다 너무 짜증이 나더라고요. 같이 걸을래요?"

나보다 두 살 위인 레일라는 탈식민지 여성 문학의 박사 과정을 밟고 있었다. 우리는 함께 행진하며 고향에서의 삶에 대해 이야기했다. 알고 보니 레일라의 집은 부모님이 계실 때 우리 가족 모두 함께 살았던 동네와 멀지 않은 곳에 있었다. 우리는 아랍어로 대화를 나누었다. 다른 사람과 아랍어로 대화를 나누는 건 정말 오랜만이었다. 아랍어 실력이 예전과 같지 않았지만 필요한 영어를 이따금 섞어 가며 계속 아랍어로 말했다. 미국에서 아랍어를 말하니 이 정신 나간 외국 도시의 차갑고 바람 부는 저녁에 나를 위한 집을 만드는 것 같은 느낌이 들었다. 우리는 대화에 깊이 빠져들었다. 그리고 나는 곧 레일라가 마즈의 육촌이며 우리 사이에 공통된 지인이 많다는 사실을 알게 되었다. 20분 만에 나는 수피안을 찾겠다는 생각은 까맣게 잊어버렸다. 그리고 수피안에게 집착하느라 얼마나 많은 레일라들을 못 보고 지나쳤을지 생각했다.

"정치에 관심이 있다니 기쁘네요." 레일라가 말했다. "미국에 온 아랍인들 대부분은 대마초를 피우거나 술을 퍼 마시며 카지노에서 살잖아요. 아주 심각한 문제예요."

행진을 하면서 나는 알게 되었다. 레일라는 리얼리티 티브이 프로그램부터 전 세계적인 페미니스트 운동까지 모든 것에 대해 충분히 숙고하였고, 매우 비판적 시각을 가지고 있었다. 그래서인지 모든 것이 문제라는 식의 결론을 자주 내렸다.

"아랍어로 말하는 겁니까?" 턱수염을 지저분하게 기른 중년의 미국인 남성이 우리의 대화에 끼어들었다. 한 손에는 확성기를, 다른 손에는 "전쟁을 멈춰라."라고 적힌 피켓을 들고 있었다.

"네." 나는 말했다, 그리고 상황 파악이 끝나기도 전에 남자가 확성기를 내 손에 떠넘겼다.

"구호를 외쳐요. 뭐든 아랍어로요."

나는 확성기를 쳐다보았다. 그저 수피안을 보러 시위

에 왔을 뿐인데 갑자기 확성기를 들고 수천 명 앞에서 구호를 외쳐야 했다.

"뭐라고 말하죠?" 나는 레일라에게 물었다.

"Bil roh, bil dam, nafdeeki ya bilad." 레일라가 말했다. 그리고 스카프로 쓰고 있던 카피예를 벗어 내 어깨에 걸쳐 주었다.

"Bil roh, bil dam, nafdeeki ya bilad." 나는 확성기에 대고 말했다. 매서울 정도로 차가운 기운에 나는 카피예를 더 단단히 둘렀다.

"더 크게." 레일라가 재촉했다. "구호를 외쳐요."

"Bil roh, bil dam, nafdeeki ya bilad!"

"바로 그거예요!" 레일라가 박수를 쳤다.

"Bil roh, bil dam, nafdeeki ya bilad!" 차가운 빗방울이 얼굴을 때렸다.

텔레비전 카메라가 우리를 향해 돌진해 왔다. 나는 카메라의 깜박이는 붉은 빛을 노려보았다.

"Bil roh, bil dam, nafdeeki ya bilad!"

"그게 무슨 뜻입니까?" 마이크를 든 남자가 내 옆에서 구호를 따라 외치던 레일라에게 물었다.

"조국을 위해 우리의 영혼과 피를 바쳐 희생하겠다는 의미예요. 사람들이 독재자를 찬양하는 데 사용했던 문구지만 독재자의 이름 대신 '조국'을 넣어서 의미를 바꿔 쓰고 있어요." 레일라는 구호를 무척 뿌듯해하는 것 같았

268

다. 군중이 내 주위를 둥글게 에워싸기 시작하자 이번에는 카메라가 나를 비추었다.

"Bil roh, bil dam, nafdeeki ya bilad!"

나는 구호가 수피안을 내게로 이끌어 주기를 바라며 목소리를 높였다. 나는 다시 구호를 외쳤다. 크게, 더 크게. 그리고 머리 위로 주먹을 뻗으며 혹한의 공기를 밀어 냈다. 나는 군중을 훑어보며 수피안을 찾았지만 눈에 보이는 것은 끝없는 인파뿐이었다. 사람들은 파카와 레인코트 차림으로 피켓을 들고 주먹을 흔들며 무리 지어 걸어가고 있었다. 하나의 생각과 원칙을 위해 추운 거리로 나온 이들은 비에 젖은 채 상기된 얼굴로 온기를 나누려고 바짝 붙어 있었다. 얼마 지나지 않아 나는 수피안을 잊었다. 대신 내 스승인 카를 마르크스, 파사 채터지, 에드워드 사이드를 생각했다. 나는 구호를 외치며 힘과 제국주의에 대해 생각했고, 그 모든 것은 연결되어 있으며 거짓과 탄압에 저항하는 것도 사랑 때문이라는 사실을 깨달았다. 수피안을 향한 사랑은 나의 동력이 되었다. 수피안을 향한 감정은 구호를 입 밖으로 크게 내지를 힘을 주었다. 나는 주먹을 공중에 뻗으며 구호를 외쳤다. 레일라도 옆에 서서 함께 구호를 외쳤다. 사랑과 저항의 눈부심 속에서 길을 잃을 때까지 말이다.

"국민의 목소리가 되어 주셔서 감사합니다." 중년 남성이 확성기를 가져가며 내게 말했다.

하지만 나는 이미 흥분 상태였다. 그곳에 남아서 최대한 오래 시위를 하고 싶었다. 개개인이 여기서 포기하고 집으로 돌아간다면 우리가 단결하여 만들어 낸 집단의 힘이 파괴될 것이었다. 그러나 가랑비가 얼음처럼 차가운 폭우로 바뀌었다. 레일라의 물방울무늬 우산 아래로 몸을 피했지만 금세 속옷까지 젖어 버렸다.

"여길 빠져나가요." 레일라가 말했다. "활동가 친구들이랑 이 근처 술집에서 만날 거예요. 같이 갈래요?"

나는 고개를 끄덕였다. 집에 들어갈 때마다 스미는 불가피한 외로움을 지연시킬 만한 일이라면 뭐든 할 생각이었다.

비에 젖은 거리를 철벅거리며 술집을 향해 달리던 와중에 휴대 전화가 울렸다. 세실이었다.

"너 방금 뉴스에 나왔어." 세실이 소리를 질렀다. "연단에 올라서 구호 외치는 걸 봤어. 너라는 게 믿기지 않더라. 지금 그 장면이 온갖 곳에서 방송되고 있어!"

테타가 떠올랐다. 내가 찍힌 장면이 내일 아침 테타의 텔레비전에도 방송될지 궁금했다. 야단맞을 것이 뻔했다. 하지만 구호를 선창하는 내 모습을 티브이에서 우연히 보게 되더라도 테타가 당장 할 수 있는 일은 없었다. 어쨌든 나는 제국주의자들의 침략에 저항하고 있었다. 그 동안 테타는 뭘 하고 있었는가? 카드놀이와 뉴스 시청뿐이다. 전쟁 상황이 악화되는 동안에도 테타의 자비심은 텔레비전에 야유를 퍼붓는 것 이상으로 확대되지 않았다.

내게는 함께할 사람들이 있어, 나는 내 자신에게 말했다. 그리고 걸음을 내딛을 때마다 미국의 침략자들을 짓이기려는 듯 부츠를 신은 발로 흙탕물 웅덩이를 힘껏 밟았다. 내게도 목소리가 있었어, 제길. 나는 전쟁이나 테타의 **에이브**와 관련된 일이라면 그 어떤 것도 용납하지 않기로 했다.

술집은 떠들썩했고 아랍인들로 가득했다. 그렇다, 아랍인들이었다. 하지만 현지 사람들과는 다른 모습이었다. 여자들은 머리를 직모로 펴지 않고 뒤얽힌 곱슬머리로 두었고, 남자들은 모두 턱수염을 덥수룩하게 기르고 어깨에 카피예를 두르고 있었다. 활기가 넘치는 분위기라 나는 덩달아 들떴다.

우리는 녹아내린 초와 담뱃갑, 반쯤 비운 맥주잔과 두꺼운 책이 어지러이 놓인 테이블에 앉았다. 전쟁과 점령을 비판한 놈 촘스키, 에드워드 사이드, 노먼 핀켈슈타인의 책들이었다. 활동가들은 서둘러 '성명서 작성'과 '연대 확립'에 대해 이야기했다. 마치 미국에서 읽었던 마르크스와 저항 등의 모든 내용이 알코올과 토론의 자욱한 안개 속에서 끝나 가는 것 같았다. 나만의 생각에서 벗어날 수 있을 만큼 편안한 분위기였다. 활동가들의 대화는 부모님이 수년 간 열었던 파티를 떠올리게 했다. 나는 맥주를 마시고 토론하는 사람들 사이를 돌아다니며 열띤 토론의 단편과 들뜬 속삭임을 들었다. 머릿속이 다양한 견해와 맥주로 소란스러워졌다.

"아메리카 원주민들과 더 강하게 결속해야 해." 검은 테 안경을 쓴 예쁜 아가씨에게 기대어 앉은 긴 곱슬머리의 남자가 말했다.

"아룬다티 로이의 소설은 문제가 너무 많아." 레일라가 젊은 여성들에게 설명했다.

"성명서를 작성할 때 시오니스트 압력 단체의 호전적인 문구를 언급하면 안 돼. 그러면 그들을 인정하고 권한을 넘겨주는 꼴밖에 안 돼." 키 큰 남자가 쪽지를 흔들며 말했다.

"체제를 전체적으로 분석하지 않고 그 지역의 한 가지 탄압 사례만을 선택할 수는 없어." 올리브색 눈동자를 가진 여자가 얇게 만 담배를 피우며 말했다.

"정말 꾸란이 반여성적이지 않다는 거야?" 내 뒤에서 대화를 나누던 무리에서 질문이 나왔다. 뒤를 돌아보니 작은 체구에 서양 배의 모양처럼 하체가 풍만한 여자가 서 있었다. 여자는 손에 든 맥주로 코가 둥글납작한 남자를 가리키고 있었다.

그리고 코가 둥글납작한 남자 바로 뒤로 수피안이 보였다. 무리들 틈에서 홀로 떨어져 구석자리에 앉아 있었다.

272

수피안은 생각에 잠긴 채 반쯤 마신 맥주병을 응시하고
있었다. 길고 아름다운 머리카락을 자르고 수염도 다듬
은 모습이었다. 수피안을 발견한 기쁨이 초조함을 압도했
고, 나는 홀린 듯 수피안에게 걸어가 어깨를 두드렸다.

"여기서 널 만나다니." 수피안이 돌아보더니 말했다.
나는 수피안의 얼굴을 찬찬히 살펴보았다. 나를 만나 기
쁜 눈치였다.

"친구들이랑 같이 왔어." 나는 일부러 무심하게 말했
다. "시위할 때 안 보이더라."

"뭐, 미국에서 열린 가장 큰 시위였으니까…." 수피안
이 싱긋 웃었다. 그리고 맥주병을 내려다보았다. 나는 수
피안의 섬세한 손끝이 차가운 병의 주둥이 주변을 따라
가는 모습을 지켜보았다. "사실 네가 연단에서 아랍어로
구호를 외치는 걸 봤어."

"오, 정말?" 나는 더 가까이 다가갔다. "어땠는데?"

수피안은 미소를 지었다. "멋졌어. 내게도 선창을 부탁
했지만…."

올리브색 눈동자의 여자가 우리의 대화에 끼어들었다.
"그래, 하지만 넌 아랍어를 더럽게 못하잖아. 아랍어 단
어 아인스를 미국인처럼 발음하지." 여자가 웃었다.

수피안은 화난 것처럼 보였다.

"머리 잘랐구나." 나는 재빨리 화제를 바꾸었다.

"너무 길어서." 수피안이 한 손으로 머리를 쓰다듬으며

말했다.

"왜 혼자 앉아 있어?"

"재미없어서. 술도 취했고. 나가고 싶긴 한데 집에 가긴 싫어."

"우리 집에 대마초가 좀 있거든." 맥주를 마셔서인지 없던 용기가 났다. 우리 둘 사이에서 가능성의 불꽃이 번개처럼 번쩍거렸다.

우리는 사람들에게 작별 인사를 하고 내 원룸으로 걸어갔다. 별다른 대화는 하지 않았다. 비는 이미 멈춘 상태였고, 술집의 흥분된 분위기와 달리 거리의 공기는 고요했다. 거리에 울려 퍼지는 우리의 발소리만이 침묵을 채웠다.

나는 현관문을 열고 마치 수피안의 눈으로 보듯 방 상태를 살폈다. 청바지와 티셔츠가 침대 위에 널려 있었다. 담배꽁초가 넘쳐 나는 커다란 재떨이가 침대 테이블로 쓰는 책 더미 위에 놓여 있었다. 조지 마이클 포스터의 절반은 벽에서 떨어져 한쪽 끝이 축 늘어져 있었다. 싱크대는 더러운 접시와 컵으로 가득했다.

"빨아 놓은 옷이야." 내가 티셔츠와 청바지를 옆으로 밀어 놓으며 설명했다. "치울 시간이 없었어. 앉아."

수피안이 침대에 앉아 방 안을 둘러보았다. 나는 바닥에 앉아 대마초를 말기 시작했다.

"자주 피워?" 수피안이 물었다.

"뉴스가 얼마나 심각하느냐에 따라 다르지." 나는 종이에 침을 발라 완성한 대마초를 수피안에게 건넸다.

"굉장히 오랜만에 피워 보네." 수피안이 대마초를 보며 말했다. "난 더 나은 사람이 되기 위해 이런 쓰레기 같은 것들에서 벗어나려고 노력 중이야. 그래도 오늘밤은 그냥 보내기에는 너무 아쉽네." 수피안이 대마초에 불을 붙여 깊게 빨아들였다. 침대에 편안히 눕는 수피안의 얼굴에 미소가 번졌다. 나는 냉장고에서 맥주 두 병을 꺼내 한 병을 수피안에게 건넸다.

"너희 가족은 전쟁에 영향을 받지 않니?" 수피안이 불쑥 물었다.

"우리 모두 어떤 방식으로든 영향을 받지. 전반적으로 문제가 심각해." 처음으로 그런 말을 써보니 재밌었다. "너희 가족은 안 그래?"

"만약 그렇더라도 절대 인정하지 않지. 요즘 우리 부모님은 심각하게 미국에 대한 애국심에 매달리고 있어. 편집증에 가까울 정도지. 그렇게 하지 않으면 쫓겨나거나 어떻게 될 거라고 생각하셔." 수피안이 이렇게 말하고 씩 웃었다.

"넌 어때?" 내가 물었다. 수피안은 침대에 누워 천장을 보고 있었다. "가끔 그런 것들로부터 소외감을 느끼니? 나는 가끔 그렇거든. 모든 것 사이에 갇힌 느낌이야. 가끔은 아랍인이 아니었으면 싶기도 해. 나한테 너무 많은 문제를 일으키거든. 그 대신 난 구름이 됐으면 좋겠어, 진심이야. 아니면 새여도 좋아. 그러면 민족의 역사라는 굴레에서 벗어날 수 있겠지."

수피안이 팔을 괴고 누워 내 눈을 쳐다보았다.

"나? 난 백인 자유주의자들의 위선에 정말 신물이 나." 수피안은 자신의 말이 어떻게 보일지 확인하려는 듯 잠시 말을 멈추었다. 그리고 이내 만족한 표정으로 팔을 이마에 얹고 똑바로 누워서 다시 천장을 올려다보았다. 천장이 무척 마음에 들었던 모양이다.

그동안 내 관심은 수피안의 발로 옮겨 갔다. 더 정확히 말하면 신발을 벗은 채 내 얼굴 앞에서 맴도는 한쪽 발에 관심이 갔다. 나는 발의 윤곽과 회색 면양말 위로 드러난 발가락 모양을 자세히 살펴보았다. 세탁 세제 냄새와 하루치 발 냄새가 훅 풍기며 내면의 욕구를 깨웠다. 나는 수피안의 발에 가까이 다가가고 싶었다. 그 냄새가 내면의 뭔가를 어떤 식으로든 달래 줄 것 같았다. 나는 냄새를 더 맡기 위해 고개를 숙이고 숨을 깊게 들이마셨다. 냄새가 온몸으로 퍼지면서 머리에 바람이 통하고 손가락이 따끔거렸다. 갈망이 더 커졌고, 나는 두려웠다. 얼마나 더 깊게 들이마셔야 할까? 이 감정들을 충족시키려면 이 냄새를 얼마나 많이 맡아야 하지? 먹이를 줄수록 욕구는 더 커지기만 할까?

"눈앞에 보이는 모든 곳에 폭력이 있어." 수피안이 말을 잇는다. 발에 쏠려 있던 집중력이 분산된다. 수피안은 두 팔로 머리를 받치고 누워 천장을 올려다보았다. 그러나 수피안의 발은 여전히 내 얼굴 앞에 있었다. "누가 가장 폭력적인 이미지를 업로드하고 전송하는지 경쟁하는 것 같아. 학살된 아이들, 잔인한 방식으로 살해된 사람들. 어린 애들 같은 이미지 말이야. 어떻게 어린 애들을 죽일 수 있지? 무분별한 학살이 너무 많아. 영상을 하나 봤는데, 본인들은 아랍 국가라고 했지만 멕시코였고 마약 범죄 조직과 관련된 사건이었어. 아무튼 영상을 보면 남자 둘이 바닥에 누워 있고 어떤 남자가 전기톱을 들고 와서 한 남자의 머리를 잘라. 그냥 그렇게 머리가 잘렸고 그걸로 끝이었어. 죽은 사람 옆에 있던 또 다른 남자는 자기 차례를 마냥 기다리는 거야. 그 남자는 무슨 생각을 하고 있었을까? 자기 머리가 톱으로 잘릴 예정이라는 걸 미리 아는 건 어떤 기분일까? 나는 폭격을 당하는 느낌이었어. 어떻게 해야 할지, 더 무엇을 이해해야 할지 알 수 없었어. 내게 남은 건 이…, 나를 포위해 오는 메스꺼움뿐이야.

"말도 안 되는 일이지." 나는 이렇게 말하며 대마초를 한 모금 피우고 수피안에게 건넸다.

"인터넷은 또 어떻고." 수피안이 이렇게 말하고 대마초를 빨아들였다. "갑자기 모든 것에 대한 접근이 너무 쉬워졌어. 모든 걸 그냥… 여기서 볼 수 있잖아, 그렇지?"

나는 다시 수피안의 발로 관심을 돌렸다. 그러다 무의식중에 팔을 뻗어 발을 잡았다. 나는 새로 발견한 보물을 잠시 두 손에 쥐고 어쩔 바를 몰랐다. 나는 회색 양말을 쳐다보았다. 깨끗하고 보송보송하고 완벽해 보였다. 그 양말을 빨아서 말리고 세심하게 접어 서랍에 넣어 둘 수 있는 사람이 되고 싶었다. 수피안이 불편함 없이 지낼 수 있도록 매일 양말을 빨아 줄 생각이었다. 나는 발가락 주위를 부드럽게 쓸어내리며 발톱 하나하나를 어루만졌다. 그리고 수피안의 발을 마사지하기 시작했다. 부드럽게 시작해서 점점 강하게. 양말 속에 있는 부드러운 피부를 꾹 누르자 수피안이 깊은 한숨을 내쉬며 팔을 옆으로 늘어뜨리고 누웠다.

나는 발을 내려놓고, 이번에는 팔을 들어 밝은 올리브색 피부를 살펴보았다. 피부는 부드러웠지만 손등의 혈관은 두꺼웠다. 나는 손가락으로 혈관을 따라갔다. 혈관으로 흐르는 혈액의 압력이 느껴졌다. 수피안의 살과 피, 영혼까지 모든 부위를 빨아들이고 싶었다. 나는 수피안의 혈관에 부드럽게 키스했다.

수피안이 일어나 앉아 나를 쳐다보았다. 알 수 없는 미소를 띠고 있었다. "이제 정말 우리 둘뿐이네." 수피안이 말했다. 그렇게 말함으로써 우리의 사생활에 새로운 의미를 부여했다. 수피안은 몸을 내밀어 내 얼굴을 빤히 쳐다보았다. 나는 수피안의 미소를 보며 몇 달간 꿈꿔 온 일이 마침내 현실이 될 것임을 깨달았다. 두려워진 나는 더 진전되기 전에 멈추길 간절히 바랐다. 하지만 수피안의 입술이 너무 가까웠다. 은색 피어싱이 코앞으로 다가왔다. 멈추려는 시도를 하기도 전에 일이 벌어졌다.

수피안은 들판에서 풀을 뜯는 양처럼 부드럽게 키스했다. 그러나 내가 얼마나 자신을 원하는지 감지한 후에는 탐욕스럽고 거칠게 변했다. 수피안은 바닥에 앉아 있는 나를 덮쳤다. 수피안의 체중이 느껴지며 묵직함이 나를 짓눌렀다. 경험하거나 상상해 본 적 없는 느낌이었다. 수피안은 체중으로 나를 누른 채 두 팔을 움켜잡고 키스를 퍼부으며 얼굴과 목을 핥았다. 나는 두 손으로 수피안의 굵고 검은 머리카락을 쓸어내렸다. 내 손이 수피안의 머리카락과 뒤엉켜 우리가 영원히 연결되기를 바랐다.

하지만 그런 일은 일어나지 않았다. 어쩌면 우리가 그 상황을 잘 풀어 간 평행 우주에서는 가능했을지 모른다. 평행 우주를 떠올리는 것은 내가 가끔 사용하는 선택적인 기억 방식이다. 적어도 그 속에서 나는 모든 것을 조정할 수 있고, 테타와 대통령이 그렇듯이 기억을 진실로 만들 수도 있다. 하지만 내가 살아가는 세상의 현실은 그저 차가울 뿐이다. 나는 수피안의 혈관에 부드럽게 키스했다 그리고….

"너무 취했나 봐. 집에 가야겠다." 수피안의 목소리가 흐릿한 생각들을 흩뜨렸다. 나는 수피안의 손을 놓았다.

수피안은 침대에서 일어나 얼굴을 비비더니 반쯤 뜬 눈으로 나를 내려다보았다.

"원하면 여기서 자고 가도 돼." 내가 말했다. 수피안의 손을 다시 잡으려고 팔을 뻗었지만 수피안은 내 손을 밀어냈다. 그리고 아름다운 손으로 머리카락을 쓸어 넘기고 작은 소리로 트림을 했다.

"고맙지만 집에 가야 할 것 같아."

수피안은 현관문을 나서서 계단을 내려갔다. 발소리가 점점 희미해지더니 거리에서 울리는 경찰차 사이렌 소리에 묻혀 사라졌다. 집 안에는 공허함만이 남았다. 나는 현관문을 잠그고 빈 방을 물끄러미 쳐다보았다. 침묵이 내 안으로 스며들었다. 자정이 훨씬 넘은 시각이었지만 테타의 집은 아침일 것이었다. 나는 테타에게 전화를 걸었다.

이튿날 저녁 나는 미국 대통령의 엄숙한 선전 포고를 들었다. 나는 우리 동네와 비슷한 도시에 폭탄이 떨어지는 장면을 지켜보았다. 그리고 지금부터 내가 죽을 때까지 그 도시는 이전과 같을 수 없을 것이었다. 그 나라는 더 이상 존재하지 않는다. 첫 번째 폭탄이 어두운 하늘을 가로질러 떨어진 그 순간 모든 게 바뀌었다. 전쟁의 첫 번째 희생자는 도시 그 자체였고, 하나의 개념, 하나의 역사, 하나의 문화였다.

네 삶은 분명 굉장히 흥미로웠겠지. 나는 오하이오에서 자랐어. 우리에게는 전쟁과 정치, 그런 것들이 없었어.

나는 너무 순진했다. 너무 오랫동안 순진했다. 이 끔찍한 영화를 멈춰야 했다. 자리에서 일어나 모두의 눈을 가리고 소리치고 싶었다. "충분해! 이 정도면 충분하다고! 다 틀렸어, 이건 도가 지나쳐. 모든 것이 잘못되었고, 당신들은 그 모든 걸 오해했어."

하지만 나는 영화 속에 갇혀 버렸다. 엉망진창인 상황을 멈출 유일한 방법은 거리에 서서 "이것은 진짜가 아니다. 당신은 모든 것을 잘못 알았다."라는 글귀가 적힌 피켓을 드는 것이다. 하지만 내가 미국에서 배운 게 있다면, 그건 바로 피켓은 들고 있을 수 있겠지만 그 피켓과 당신이 앵글에 잡히지 않을 때까지 다른 곳에 눈을 돌리는 것은 아주 쉽다는 사실이었다.

그날 밤 이후 나는 열흘 동안 수피안을 만나지 않았다. 처음 며칠은 아픈 척을 하며 수업에 빠졌다. 듀퐁처럼 수피안이 자주 가는 장소도 피했다. 우연히 마주쳐도 괜찮을 거라는 생각이 들고서야 나는 레일라와 점심을 먹으러 나갔다. 우리는 다마스쿠스 익스프레스라는 레스토랑에서 만났다. 그리고 기막히게 맛있는 메제와 달콤한 페퍼민트 차를 주문하고 크나페도 한 조각 나눠먹었다.

"요전에 집에 갔을 때 너무 많은 여자들이 히잡을 쓴

걸 보고 놀랐었어." 레일라가 점심을 먹으며 말했다. "예전에는 그만큼 많이 쓰지 않았던 걸까, 아니면 내가 몰랐던 걸까?"

"그러고 보니 우리 동네 여자들도 히잡을 많이 쓰고 있었어." 내가 빵 조각을 훔무스에 찍으며 말했다. 파투쉬를 내가 더 많이 먹은 것 같은데도 레일라는 신경 쓰지 않았다. "미국에 오기 전까지는 그렇게 생각해 본 적 없어."

"엄밀히 말해서 미국이 의미를 갖다 붙이기 전까지는 히잡에 아무 의미도 없었어." 레일라가 고개를 저었다. "이 나라는 남의 머리를 가지고도 지랄이라니까."

"이제 곧 돌아가지?" 내가 물었다.

"인샬라. 현장 조사를 좀 더 하려면 수용소에 가봐야 해." 레일라는 집에 갈 때마다 난민 수용소를 방문했다. 그곳에 있는 난민 여성들의 구술 역사를 연구하고 있었기 때문이다. 레일라는 난민 여성들과 자주 이야기를 나누었고, 주부들로 이루어진 특정 그룹과 골무만 한 잔에 펄펄 끓는 차를 부어 마시며 며칠씩 오후 시간을 함께 보냈다. 여성들은 신나게 이야기를 쏟아 냈다. 그러고 나서 레일라를 끌어안고 음식을 주며 남편감은 언제 찾을 건지 묻거나 옷 입는 법에 대해 조언했다. 레일라는 매번 잘 웃어넘겼지만 그것 때문에 괴로웠던 것이 분명했다. 난민 여성들은 레일라의 도덕적 나침반이자 초자아였다. 얼마나 많은 책을 읽고 글을 썼느냐는 상관없었다. 난민 여성들은 레일라의 머릿속에 머물며 언제쯤 정착하여 남편을 구하고 여성처럼 옷을 입을지 물었다.

우리는 그날 오후 다마스쿠스 익스프레스에서 왕처럼 식사를 즐겼다. 되는 대로 음식을 나눠 먹었고 음식 값을 나누지도 않았다. 나는 음식 값을 계산하면서 금전 등록기 옆에서 담배를 피우던 뚱뚱한 주인아저씨와 잡담을 나누었다.

"어디서 왔어요?" 주인이 물었다. 그리고 내 대답을 듣더니 씩 웃었다. "**환영합니다.** 가족이니 할인해 줄게요. **빌라드**[10]에서 왔을 줄 알았어요. 당신 눈 속의 고통이 이쪽 세상에 사는 우리 같은 사람들의 고통과 다르거든요. 이봐요, 형제. 여기든 거기든 우리 아랍 사람들은 항상 어떤 고통을 지니고 다녀야 할 거예요."

나는 어쩔 줄 몰라 하다 감사의 인사를 하고 밖으로 나왔다.

수피안과 우연히 마주칠 일이 없으니 삶의 목적을 잃은 것 같았다. 나는 우리가 함께한 시간을 되돌아보며 잘못된 점이 무엇인지 알아내려고 애썼다. 모든 것이 제대로 된 방향으로 흘러가고 있었던 것처럼 보였다. 아마 수

---

10 나라, 조국

피안은 자신의 감정을 마주할 준비가 되지 않았던 것 같다. 아니면 내가 내 자신을 너무 잘 숨겼던 걸까? 그래서 사회로부터 안전할 수 있었지만, 그 대가는?

물론 그 후에도 수피안을 본 적은 있다. 나는 다마스쿠스 익스프레스에서 평소 즐기는 자리에 앉아 터키 커피를 마시며 그람시의 옥중수고 선집을 읽고 있었다. 그리고 우연히 고개를 들었다가 카운터에서 주문을 하는 수피안을 발견했다. 뒤돌아 있었지만 나는 수피안을 알아볼 수 있었다. 수피안의 머리 모양과 각진 넓은 어깨를 기억하고 있었기 때문이다. 오후의 햇살이 가방에 매달린 적갈색 플라스틱 물병과 그 안에서 출렁거리는 물에 반사되어 반짝거렸다. 수피안이 틀림없었다.

나는 책에 얼굴을 파묻었다. 심장이 쿵쾅거렸다. 책에 집중하려 했지만 머릿속이 너무 정신없이 돌아가는 통에 아무것도 이해할 수 없었다.

"너의 행위가 동일한 조건에서 모든 사람의 행위의 규범이 될 수 있도록 행위하라."라는 칸트의 준칙은 언뜻 보기처럼 그렇게 단순하거나 명백한 것은 아니다. '동일한 조건'이란 무엇을 뜻하는가? … 따라서 이런 지식인으로서의 행위자는 '동일한 조건'의 담지자이자 실로 그 창조자였던 것이다. 말하자면 그는 자신이 모든 인류에게 확산되어 있다고 여기는 '모델'에 따라서, 즉 자신이 그것을 이루기 위해 노력했으며 또 그것을 해

체하려고 위협을 가해 오는 세력에 대항해 보존하려고 한 문화
형태에 따라서 행위할 수밖에 없는 것이다.[11]

나는 그 단락을 서너 번 반복해서 읽었다. 그람시는 자
신의 특정 사고가 전 인류에게 보편적이라고 믿는 지식인
을 맹공격했다. 나를 발견한 수피안이 나를 잠시 쳐다보
았다. 올려다보지 않아도 느낄 수 있었다. 카페 안의 기운
이 움직이기 시작했다. 마치 자기장이 우리를 끌어당기
듯 수피안이 나를 향해 천천히 걸어오기 시작했다. 나는
책에 몰두하고 있는 척하며 올려다보지 않았다. 책장을
넘기는 손가락이 떨렸다. 몇 달간 맨 정신으로 지내다가
보드카 한 방울을 맛본 알코올 중독자처럼 혈관으로 아
드레날린이 마구 뿜어져 나왔다.

수피안이 내 테이블 앞에 멈추어 섰다.

"여기서 만나다니 재밌네." 수피안이 말했다. 그제야
나는 고개를 들었다. 수피안은 코코아 잔을 들고 희미한
미소를 띠었다.

"그러게." 나는 억지웃음을 지으며 말했다. 그리고 책
을 닫았다. 수피안의 시선이 책 표지에 닿았다. "그람스키
알아?" 내가 물었다. 사실 나는 몇 달 전에 수피안이 그
책을 대출했다는 사실을 알고 있었다.

---

11   그람시, 이상훈 옮김(1999), 『그람시의 옥중수고 2』, 거름, pp. 225-227

수피안이 웃었다. "그 사람 이름은 그람스키가 아니라 그람시로 발음해. 그람시는 폴란드 사람이 아니라 이탈리아 사람이거든."

"아."

"그람시를 좋아하니?"

"사랑하지." 나는 빠르게 대답했다. 수피안이 얼굴을 찡그렸다. "그런 식으로가 아니라——"

"그래."

나는 수피안에게 그람시를 좋아하냐고 물었다.

"나쁘지 않지." 수피안이 말했다. 그리고 체중을 반대편 다리로 옮기며 카페를 둘러보았다.

"앉아." 나는 맞은편 의자를 발로 밀었다. 그러나 수피안은 의자를 보고도 앉지 않았다.

"이런 곳에서 너를 볼 줄은 몰랐어." 수피안이 말했다.

"그게 무슨 의미야?"

수피안은 웃기만 할 뿐 아무 대답도 하지 않았다.

"말해 봐, 무슨 뜻인데?" 나는 다시 물었다.

"넌 아랍 카페에서 시간을 보낼 만한 남자처럼 보이지 않았거든." 목소리에서 날카로움이 묻어났다.

"왜?"

수피안이 어깨를 으쓱했다. "내가 한 말은 그냥 잊어버려."

나는 수피안의 힌트를 받아들이고 그냥 잊어버렸어야

했다.

하지만 한편으로는 수피안이 어떤 반응을 보이게 하고, 나에 대해 추측하게 만들었다는 사실에 우쭐해졌다.

"글쎄, 아랍인인 내가 여기 있는 게 왜 이상한지 모르겠어."

"그래, 아랍인이긴 하지만…, 넌 서양화된 아랍인 같아."

초조해진 나는 어색하게 웃었다. "서양화됐다니 그게 무슨 말이야?"

"옷 입는 방식도 그렇고…."

"청바지랑 셔츠를 입고 있잖아." 나는 내 옷을 내려다보았다. "너도 청바지랑 셔츠를 입었고. 모두가 청바지를 입어."

"맞아, 하지만 넌 항상 영어만 쓰잖아."

수피안이 말했다.

"너도 아랍어 쓰지 않잖아!" 내가 웃으며 말했지만 수피안은 따라 웃지 않았다.

"내가 보기에 넌 아랍과 아랍 문화에 대해 일종의 경멸을 가지고 있는 게 확실해."

"이해가 안 돼." 나는 말했다. 테이블 밑에 있던 두 손이 떨렸다. 나는 두 손을 허벅지 옆에 얌전히 올려놓았다. 얼굴이 달아오르는 것을 느꼈다.

"내 말은, 네 모습을 봐. 텔레비전에 나오는 미국식 억양과 벽에 붙어 있던 조지 마이클 포스터. 조지 마이클이라니." 수피안이 웃었다. "너는 연단 위에 서서 아랍의 자유를 위해 구호를 외쳤지만, 몇 시간 후에 아랍인이 아니었으면 좋겠다고 말했어. 그리고 심지어 이런 서양 이론을 읽으면서 백인들과 듀퐁에서 어울리고 있잖아. 넌 식민화되었어, 친구."

입을 벌리고 있다는 것을 깨달았지만 나는 평정을 유지하려 안간힘을 썼다.

수피안이 체중을 다시 반대편 발로 옮겼다. 코코아 한 방울이 흰 머그잔에서 흘러나와 수피안의 검지에 묻었다. 열흘 전에 나는 저 손에 키스를 했었다. 그리고 지금 우리는 이곳에 있다. 어떻게 여기까지 오게 된 걸까?

"그날 밤 일 때문에 이러는 거야?" 내가 물었다.

"무슨 밤?"

"우리 집에 왔던 날 밤 말이야."

"그날 밤 일은 기억나지 않아." 수피안이 재빨리 말했다. "게다가 난 술도 끊었어."

나는 페이지 모서리를 접어 놓은 옥중수고를 내려다보았다. 알파벳이 전과 달리 거슬렸다.

"나 때문에 열 받았구나." 수피안이 말했다. "그람시를 마저 읽도록 자리를 비켜 줄게." 수피안은 돌아서서 구석에 있는 빈 테이블로 걸어갔다.

수치심 때문에 토할 것 같았다. 나는 플라스틱 테이블

과 의자 사이에서 춤을 추며 반쯤 비운 홍차 잔을 집고 있는 아랍인 웨이터들을 바라보았다. 한 남자는 땀으로 범벅이 된 얼굴로 샤와르마를 길게 자르고 있었다. 친숙하고 편안했던 분위기가 이질적이고 위협적으로 바뀌었다. 나는 아랍인이 되는 것처럼 간단한 일조차 제대로 해내지 못한 거짓말쟁이, 살찐 부르주아 바퀴벌레였던 걸까?

나는 카페에서 나와 스모그 가득한 한낮의 도로를 따라 걸었다. 갈수록 분노가 거세졌다. 분노들이 서로 부딪쳤다. 나는 뭔가를 더 기대했기 때문에 화가 났을까? 아니면 실낱같은 진실을 포함한 뭔가에 대해 왜곡된 방식으로 지적당했기 때문에 화가 났을까? 내가 했던 말 중에 무엇이 아랍인들을 경멸했다는 인상을 주었을까? 전문가들과 세실을 내가 그렇게 많이 내면화했던 걸까? 나는 수피안과 나눴던 모든 대화를 열심히 열거해 보았다. 그리 어려운 일은 아니었다. 고등학교 시절 아랍어 수업에서 배웠던 빌어먹을 교재의 첫 장에 등장하는 꾸란 문구와 애국주의자들의 옛 시를 강제로 암기했을 때처럼 모든 대화를 아주 세세하게 기억하고 있었기 때문이다. 그것 때문이었을까? 어쩌면 아랍어 수업을 빠질 때마다 그렇게 되었을 수도 있다. 나는 아랍인이 되는 법을 가르치는 수업을 놓쳤다. 어쩌면 그 수업 어딘가에 내가 놓친 요소가 있었을지 모른다. 빌어먹을 마즈와 빌어먹을 흡연자들의 천국. 우리가 도망쳤던 모든 시간이 되돌아와 나를 괴롭혔다.

나는 고개를 숙이고 생각에 잠긴 채 집으로 걸어갔다. 그러다 차량 신호등에 녹색 불이 켜진 줄도 모르고 길을 건넜다. 차 한 대가 끼익하는 소리를 내며 내 앞에 멈춰 섰다. 나는 뒤로 넘어졌다. 흑인 남자가 운전석 창문으로 고개를 내밀었다.

"앞 좀 잘 보고 다녀, 개자식아." 남자가 소리쳤다. 나는 몸을 일으켜 세우고 청바지에 묻은 먼지를 털어 냈다. "멍청한 백인 계집애가 도로를 제 집 안방처럼 돌아다니고 있어."

"백인이 아니라 아랍인이야!" 내가 소리쳤다. 남자가 놀란 표정을 지었다. 나는 남자가 무슨 말을 꺼내기 전에 얼른 도망쳤다.

수피안의 비난이 내 양심에 불편하게 자리 잡았다. 나는 욕실 거울로 내 모습을 자세히 들여다보았다. 진정한 아랍인이 되기에는 너무 유행에 맞춰 옷을 입었는지 모른다. 티셔츠가 좀 꽉 끼고 청바지는 과하게 찢어져 있다. 영어 발음도 너무 지나치게 정확하다. r 발음을 너무 자연스럽게 굴려서 그런가? 내 영어 발음에서 아랍인의 느낌이 별로 없었던 걸까? 턱수염이 너무 지저분했나? 아니면 더 지저분해야 하나? 내 동성애적 성향 때문이었을까? 아니면 내 영혼 깊은 곳에 있는 이질적인 뭔가가 원인이었을까?

그것이 무엇이 되었든, 나는 변화를 되돌릴 필요가 있었다. 수피안의 비난은 나를 무인도에 남겨 두었다. 수년 동안 내 곁을 지켜 주었던 영어 책들에 대한 낯섦과 두려움 말이다. 나는 다마스커스 익스프레스를 멀리하고 원룸에서 공부하며 하루하루를 보냈다. 수피안뿐 아니라 어느 누구와도 마주치고 싶지 않았다. 간파당할 것이 두려워 아랍인들을 마주할 수 없었고, 영향을 받을까 봐 미국인들과도 함께 있을 수 없었다. 외부 일정은 모두 서둘러 끝냈다. 도서관의 어두운 구석이나 캠퍼스 건물 지하의 눅눅한 컴퓨터실에 도착할 때까지 나는 고개를 숙인 채 땅만 보며 걸었다.

그렇지만 이 시기만큼 어머니를 가깝게 느꼈던 적도 없었다. 그제야 어머니가 떠나야 했던, 테타의 규칙에서 벗어나야 했던 이유를 이해할 수 있었다.

이와 관련해 본격적인 생각을 하려던 차에 캠퍼스 건물 지하의 눅눅한 컴퓨터실에서 우연히 세실을 만났다. 컴퓨터실로 들어설 때 뭔가가 잘못되었음을 깨달았어야 했다. 몇 년째 해가 들지 않는 그 빌어먹을 컴퓨터실에서도 세실은 빛이 났다. 세실은 환하게 웃고 있었다. 그길로 돌아서서 곧장 집으로 돌아간 후 다시는 세실과 얘기하지 말았어야 했다. 하지만 나는 기어이 세실의 맞은편에 가방을 던져 놓고 안부를 물었다.

"대단했지." 세실이 재빨리 대답했다. 두 눈이 반짝이고 있었다.

"왜?"

세실이 새침하게 말했다. "널 믿어도 될까?"

"응…."

"아무한테도…."

"물론이지."

"네가 늘 가는 허름한 커피숍에 갔었어, 듀퐁 맞지? 네 말대로 커피 맛이 정말 좋더라. 어쨌든 거기에서 누굴 만났는데…, 아주 특별한 사람이었어. 혼자 앉아 있는 모습을 보자마자 내 사람이라는 생각이 들었어."

세실이 자신과 수피안에 대해 뭐라고 말했는지는 기억나지 않는다. 수피안이라고 했던 것과 이름을 잘못 발음했던 것만 기억난다. u 발음이 너무 강했고 yan은 끝까지 발음하지 않았다. 말 그대로 모든 것이 엉망이었다. 그날 있었던 일에 대해 들으며 두 사람이 듀퐁의 화장실에서 발정 난 들개처럼 서로에게 격렬하게 덤벼드는 모습이 머릿속에 각인되었다. 나는 수피안의 건장한 몸이 세실의 몸을 파고드는 동안 검은색 스커트가 허리까지 끌어올려진 세실의 모습을 상상했다.

나는 누가 먼저 시작했는지 묻지 않았다. 알고 싶지도 않았다. 세실이 먼저 수피안을 덮쳤다고 생각하는 것이 나았다. 물론 자신의 조상들이 그랬던 것처럼 세상과 그 안의 모든 것에 대한 권리를 주장할 자격이 있다고 생각했던 것은 세실이었다. 수피안은 한 인간이 아닌 정복의 대상일 뿐이었다. 그는 가엾게도 공정 무역 커피숍의 화장실에서 그런 처지에 놓이고 말았다. 수피안이 세실에게 뭐라고 속삭였을지 생각해 봤지만 그런 모습은 상상조차 할 수 없었다. 두 사람은 어울리지 않았다.

"내 얘기도 했어?" 내가 물었다. 목덜미가 뜨거워지고 피부가 축축해지며 구역질이 났다.

"네 얘기를 왜 해? 어쨌든 오늘밤에 또 만나기로 했어." 세실이 말을 이었다. "데이트 할 거야…, 당연히 듀퐁에서."

나는 눈을 감았다. 비밀 새장에 가둬 둔 새들이 어지럽게 원을 그리며 날았다. 깐풍기. 깐풍기.

"그 이름을 그렇게 발음하면 안 돼." 차분하게 말하려 했지만 목소리가 떨렸다.

"뭐라고?"

"내 말은," 나는 다시 말했다. "이름을 그렇게 부르면 안 된다고."

"미국 사람이니까 "

"아니, 그 사람은 젠장, 미국인이 아니야." 나는 쏘아붙였다. "그 사람은 아랍인이야. 그건 아랍 이름이라고. 이름을 마구잡이로 부르면 안 돼. 수프엔이 아니라 수-피안으로 발음해야 해. 우리를 엿 먹일 생각이 아니라면 적어도 이름은 똑바로 불러야지."

세실은 폭탄을 터뜨리겠다는 협박이라도 들은 것처럼 나를 쳐다보았다.

"그리고 날 아랍 친구라고 소개하는 것도 그만해."

"라샤, 그건 그냥 노웅다암이야."

"그런 거 재미없어. 재미없다고. 어떻게 그 사람과 잘 수 있지? 잘 알지도 못하잖아!" 나는 소리를 질렀다. "넌… 그냥 잤다는 거지. 그… 알지도 못하는 남자랑? 너 창녀니? 여자 친구라도 있으면 어쩌려고 그래? 그 사람의 삶에 대해 아는 게 하나도 없잖아. 왜 그러는 거야? 결과도 생각하지 않고 그냥 되는 대로… 이 멍청한… 즐거움만 좇는 개인주의적인 자유는 동물이나 변덕과 충동의 노예처럼 행동한다는 걸 뜻하는 거야. 넌 부끄러움도 없니? 그 따위로 살아도 되는 거야?"

나는 떨리는 두 손을 내려다보았다. 몇 분간 우리는 아무 말도 하지 않았다. 나는 작업을 하려고 컴퓨터로 돌아갔다.

"대체 왜 그러는 거야?" 세실이 마침내 물었다. 그리고 나를 미친 사람처럼 쳐다봤다. 어쩌면 정말 미쳤었는지도 모른다. 완전히 돌아버렸던 것 같다.

"미안해."

"그래서 넌 내가 창녀라고 생각한단 말이지? 문란한 그런 여자?"

"그런 뜻이 아니라…."

자리에서 일어선 세실은 가방을 집어 들고 컴퓨터실을 뛰쳐나갔다. 나가기 전에 세실은 뒤를 한 번 돌아보았다.

"그거 아니, 라사? 가끔은 너도 그래. 빌어먹을, 아랍인."

나는 빈 컴퓨터실에 앉아 있었다. 주위에서 여러 대의 컴퓨터가 윙윙거렸다.

여러 가지 생각이 머릿속을 질주했다. 어떻게 이 모든 일이 듀퐁에서 일어났을까? 그곳은 우리가 제일 좋아하는 커피숍이었다. 원룸 사건이 있었던 몇 주 전만 해도 나는 고통 속에 있었다. 하지만 일말의 희망은 남아 있었다. 이제는 아무것도 남아 있지 않았다.

내가 수피안과 그 화장실에 있었어야 했다. 나는 눈을 감고 수피안과 내가 칸막이 화장실에서 서로를 움켜잡고 있는 모습을 상상했다. 손 건조기의 바람 소리가 우리의 신음을 감춰 주었다. 컴퓨터 소리가 갈수록 더 거슬렸다. 세실의 검정색 펜슬 스커트를 입은 내 모습을 그려 보았다. 수피안이 그 스커트를 거친 손길로 단번에 끌어올리고 나를 밀어붙이는 장면을 상상했다.

스커트를 입은 내 모습이 슬픔을 분노로 바꿨다. 컴퓨터가 포효하고 있었다. 나는 일어나 컴퓨터를 전부 떨어뜨려 산산조각 내고 빈 컴퓨터실에서 악다구니를 쓰고 싶었다. 어디에도 내가 찾는 답은 없었다. 내가 읽었던 모든 책에도 답이 없었다. 내 생각이 어두워지고 있음을 느겼다. 컴퓨터실을 당장 나가지 않으면 듀퐁의 버려진 커피처럼 갈수록 쓴맛만 더해질 것이 뻔했다.

나는 그 자리를 떠났다. 그리고 봄날 저녁의 쌀쌀함으로 걸어 들어갔다. 나는 빠른 걸음으로 도시를 지났다. 오후에 내린 비 때문에 공기가 상쾌했다. 곧 익숙한 고독감이 내 위로 내려앉았다. 나는 그 감정을 껴안고 그것으로 나를 감쌌다. 머릿속에서 윙윙거리던 소리가 점차 작아지고 쿵쾅대던 가슴 통증도 서서히 무뎌져 갔다.

군복을 입은 남자가 내게 다가왔다.

"우리 영웅들을 위해 남은 잔돈을 주시겠소?" 남자가 플라스틱 양동이를 흔들어 동전 소리를 내며 물었다.

나는 아무런 대꾸 없이 어깨를 밀치며 지나갔다. 그러면서 나는 매우 큰 즐거움을 느꼈다. 우리나라에서 그와 같은 군인을 밀치고 지나갔다면 체포되거나 더한 일을 당했을 것이다. 하지만 여기 미국에서라면, 어디 한 번 나를 막아서 보라지.

나는 원룸에 도착하자마자 침대 위로 올라갔다. 그리고 이불을 뒤집어쓴 채 숨 막힐 듯한 어둠 속에 누워 있었다. 울고 싶었지만 울 만한 일이 없었다. 나는 잃은 것이 없었다. 나는 다시 내 자리로 돌아왔다. 한 번도 떠난 적이 없었기 때문이다. 이불은 잠과 담배의 악취를 풍겼다. 나는 이불의 그 퀴퀴한 냄새 속에서 숨을 쉬며 내 감정들 속에 웅크렸다. 나를 둘러싼 모든 것에서 고독과 거절의 냄새를 맡았다. 그리고 그것은 버터 향과 같았다.

이불 속에서 나는 다시 열한 살로 돌아간다. 이드, 명절 전날 밤이다. 아버지는 병원에서 밤샘 근무를 한다. 아버지는 어머니를 부양해야 한다는 부담을 늘 기꺼이 받아들였다. 감정적인 아내를 다루는 것은 아버지의 역할 중 하나였다. 어머니는 아버지가 주는 사랑을 모조리 집어삼키고도 더 많은 사랑을 요구했다. 밤샘 근무가 있는 날이면 어머니는 구멍 난 풍선처럼 시들었다. 오늘밤 어머니는 평소보다 더 불안해하며 저녁 내내 양파를 다지고 있다. 지금껏 본 것 중에 가장 큰 그릇이다. 어머니는 몇 시간 동안 맹렬히 양파를 다졌다. 얼굴이 퉁퉁 붓고 상기되어 있다.

"엄마, 괜찮아요?"

"그럼, 하비비. 엄마는 괜찮아."

"제발 양파는 그만 썰어요." 나는 애원한다. "더는 못 먹겠어요."

어머니가 나를 올려다본다. 어머니의 눈물이 코를 따라 흘러내려 팔뚝에 떨어진다. 어머니는 눈물이 그렁그렁한 눈으로 코를 훌쩍이고 팔 뒤쪽으로 코를 문지른다.

"네 말이 맞아." 어머니가 말한다. 어머니는 칼을 내려놓고 도마 옆에 놓인 술을 한 모금 마신다. "오늘 밤부터 안 할게."

어머니는 조용히 코를 훌쩍이며 나를 침대에 눕힌다. 어머니가 옆에 눕자 알코올의 시큼한 냄새가 나를 감싼다. 어머니는 눈물로 젖은 휴지를 손에 쥔 채 긴 손톱으로 내 등을 쓰다듬는다. 등을 긁어 주는 방식이 평소와 다르다. 원래는 손톱으로 느긋하게 긴 원을 그렸는데 오늘 저녁에는 유난히 더 서두른다.

"내가 편지를 보내면 답장 쓸 거야?" 어머니가 묻는다.

"왜요? 어디 가요?"

"엄마가 아파, 하비비…."

"엄마, 등을 너무 세게 긁고 있잖아요."

"엄마는 널 너무 사랑해." 어머니가 내게 다가와 키스를 한다. "때로는 누군가를 너무 사랑하는 것이 너 자신으로 살아가는 걸 방해할 수 있다는 사실을 언젠가 이해하게 될 거야."

나는 몇 시간 뒤 누군가가 크게 흐느끼는 소리와 테타의 찢어지는 듯한 비명에 잠에서 깬다. 방 안이 칠흑같이 어둡다. 나는 잠이 덜 깬 눈으로 비틀거리며 침실에서 나와 어두운 복도를 따라 거실로 걸어간다. 어머니는 꽃과 가지가 대칭으로 그려진 페르시안 카펫 위에 쭈그려 앉아 있다. 피범벅이 된 두 손에 깨진 병이 들려 있다. 도리스가 어머니 옆에 무릎을 꿇고 있다. 테타는 멀찌감치 떨어져 있다. 테타는 초콜릿 한 박스와 에이디에[12]가 든 봉투, 그리고 다양한 색의 구슬로 가득 찬 비닐봉지를 들고

있다. 나는 피도 디도(Fido Dido) 잠옷을 입은 채 말없이
서 있다. 어머니가 피 웅덩이에 얼굴을 묻고 흐느낀다. 그
러다 잠시 나를 올려다보고 다시 얼굴을 가슴에 묻는다.
흐느낌이 더욱 격렬해진다.[12]

"엄마가 아프단다, 하비비. 엄마가 아파." 어머니는 같
은 말을 반복한다.

테타가 도리스를 향해 돌아선다. "무슨 일이야?" 테타
가 큰 소리로 묻는다.

"모르겠어요." 도리스가 말한다.

"몇 년간 그렇게 귓속말을 해대더니 이제 와서 모르는
척을 해?" 테타가 호통을 친다.

테타는 나를 돌아본다. 테타의 눈빛이 무시무시한 어
둠을 발산하며 독수리처럼 나를 향해 돌진한다. 나는 타
협을 모르는 테타의 눈빛을 피하기 위해 잠이 덜 깬 눈을
비빈다.

"넌 무슨 일인지 알고 있니?" 테타가 차분한 목소리로
묻는다.

나는 어깨를 으쓱하고는 울기 시작한다. 왠지 모르게
흐르는 눈물을 멈출 수가 없다.

"그만 울어." 테타가 날카롭게 외친다. 나는 더 심하게
운다. "사내답게 좀 굴어라, 맙소사!"

---

12 이드 때 어린 아이들이 어른들에게 받는 용돈

참아 보려고 했지만 울음이 계속 터져 나온다.

"네 방으로 가." 테타가 빨간 매니큐어를 칠한 손가락으로 방을 가리키며 명령한다. 나는 발을 끌며 고분고분 내 방으로 돌아간다. 나는 눈물을 흘리며 남은 생 동안 계속될 슬픔을 느낀다.

발작하듯 오열하는 어머니를 뒤로 하고 나는 방문을 닫는다. 그리고 침대로 뛰어든다. 나는 두렵고 화가 난다. 어머니 때문에 두렵고 어머니 때문에 화가 난다. 이런 상황에 말려든 것이 화나고, 어머니가 이드를 망친 것이 화나고, 어머니 때문에 먹어야 했던 저 빌어먹을 양파 생각에 화가 난다. 나는 이불 속으로 들어가 방귀를 뀌고 눈물을 흘리며 거친 생각을 한다.

"내버려 둬요." 거실에서 어머니의 비명이 들려온다. "우리 집에서 나가!"

"지금 네 아들한테 무슨 짓을 하고 있는지 아니?" 테타가 소리를 지른다. 그 말을 들으니 자기 연민이 밀려와 온몸에 퍼진다. 나는 집 안 어디에서나 들리도록 큰 소리로 흐느낀다. 이런 감정을 느끼게 한 죄로 어머니가 벌을 받길 바란다. 테타의 발소리가 침묵을 가르며 내 방으로 다가온다. 나는 극적인 요소를 추가하기 위해 눈물과 콧물을 얼굴에 마구 문지른다. 그리고 숨을 참았다가 최대한 무겁고 절망스럽게 내뱉는다. 방문이 벌컥 열린다. 테타의 커다란 몸이 폭풍처럼 내게 달려온다.

"하비비." 테타가 나를 품에 안고 키스를 퍼부어 숨을 쉴 수가 없다. "울지 말거라. 네 엄마 때문에 울지 마."

나도 과장된 흐느낌을 쏟아 낸다. 콧속이 장미수 향수 냄새로 가득 찬다. 나는 마침내 어머니에 맞서서 테타의 편에 섰다. 하지만 이것이 그렇게 놀랄 일인가? 전혀 의심의 여지가 없다. 나는 테타의 자식이다. 할머니가 어머니에게 가르치려고 했던 것들을 내가 다 집어삼켰다. 비록 제대로 된 가족이 무엇인지 정확히 알 수는 없었지만, 나는 우리가 제대로 된 가족으로 기능했음을 확인시켜 주었던 테타의 말만 받아들일 수 있었다. 복도에서 어머니가 도리스의 위로를 받으며 새로운 탄식을 내뱉는다. 그 소리가 나를 더 크게 울린다.

이튿날 어머니는 사라졌다. 그 일이 아니었다면 여느 날과 다름없었을 날이었다. 그리고 그날의 기억은 흔적도 없이 사라졌을 것이다. 하지만 그날의 질감은 바로 오늘 일처럼 선명하게 남아 있다. 밤샘 근무를 마치고 돌아온 아버지는 몇 시간이나 전화기를 붙잡고 번호를 수차례 눌러 가며 작은 목소리로 통화를 했다. 2월의 잿빛 하늘이 금방 비라도 뿌릴 것처럼 낮게 깔려 있었다. 침대에 막 누우려는데 하늘이 열리더니 크고 무거운 빗방울이 도시를 적셨다. 나는 어머니가 어디에 있을지, 비를 맞고 있는 건 아닌지, 아니면 여기처럼 비가 오지 않는 더 먼 곳으로 간 건 아닐지 생각했다.

그날 밤에는 아버지와 테타가 나를 침대에 눕혀 주었다. 나는 엄마가 어디로 갔는지, 다시 돌아오는지, 그리고 엄마를 찾으러 갈 것인지 물었다. 그때 아버지가 내게 해준 말은 이후에도 줄곧 내 마음속에서 맴돌았다.

"하비비, 신을 가장 잘 아는 사람은 신이 무엇을 주든 받아들이는 사람이야."

"그리고 신은 우리에게 네 엄마를 주셨지." 테타가 덧붙였다.

아버지는 더 이상 말하지 않았지만 그 말이 아주 오래도록 내 마음속에 머물렀다. 아버지는 중요한 것들에 대해서만 말했다. 중요하지 않은 것들, 사소하고 명백한 것들은 늘 어머니의 몫이었다. 어머니가 집을 나가자 그런 것들을 얘기할 사람이 없어졌다. 게다가 나는 아버지의 반응을 어머니의 갑작스러운 부재가 명백한 사실이며, 논의할 필요가 없는 것이라는 뜻으로 받아들였다.

그 후로 나는 더 질문하지 않았다. 그러나 해가 갈수록 어머니를 향한 그리움은 커져만 갔고, 그 그리움은 아무리 새장 안에 가두어 놓아도 매번 철창을 부수고 나와 버렸다. 테타는 아버지와 내게 사생활이 무엇인지 가르쳤다. 테타에 따르면 사생활은 타인의 시선으로부터 우리 삶의 부끄러운 면을 감추는 방법이었다. 오랫동안 어머니는 우리의 사생활을 가능한 많이 무너뜨리고 우리의 수치심에 가장 큰 몫을 차지하기로 작정하고 있었다.

그 수치심이 어떤 누구도 아닌 바로 당신에게만 쏟아지도록 애쓰면서 말이다. 아마도 단순한 도발이었을 수도 있고, 아니면 우리 가족을 난제로 밀어 넣어서 수치심과 마주하게 하거나 우리 마음속 비밀스러운 구석으로 당신을 밀어 보내게 하려는 것이었을 수도 있다. 하지만 수치심 쪽이 더 강했고, 어머니가 없게 되자 우리의 수치심을 휘저을 사람은 더 이상 없게 되었다는 일종의 안도감마저 들었다.

세실과 수피안 사이에 있었던 일을 듣고 난 이튿날 아침, 나는 새로운 분노와 함께 잠에서 깨어났다. 미국과 그 안의 사람들, 수피안, 세실, 그리고 만약 미국에 있다면 내 빌어먹을 어머니까지 모두 될 대로 되라는 심정이었다. 나를 버린 사람들의 최선의 의도를 추측하려고 하거나 척박한 장소에서 외로움을 누그러뜨리려는 노력을 그만두기로 했다. 결국 나는 내 자신에 대한 분노로 가득 찼다. 나는 지금껏 미국에 뭔가가 있다고 생각하면서 내 자신을 속여 왔다. 그러나 나는 줄곧 내 꼬리를 쫓았고, 그 과정에서 나를 잃어버리고 있었다.

그리고 삶은 내 고통을 감지하지 못한 채 계속 흘러갔다. 내 깊은 외로움은 아름다웠고, 내면의 혼란을 감춰 왔던 지난 몇 년이 내 삶을 지탱하도록 도와주었다. 그해 봄, 수피안과 세실은 함께 많은 시간을 보냈다. 신경 쓰지 않으려고 했지만 강의실과 듀퐁에서 늘 마주쳐야 했다. 나는 두 사람을 무시하고 레일라와 어울렸다. 레일라는 진지하고 책임감 있고 믿을 만한 사람이었다. 세실이 했던 짓, 미국이 했던 짓을 절대 하지 않는 사람이었다. 그런 식으로 나를 배신할 리 없었다.

"내가 너무 서구화된 것 같아?"

나는 도서관에서 집으로 걸어가면서 레일라에게 물었다.

"그게 무슨 말이야?"

"수피안이라는 친구가 내게 그러더라고."

"그 미국 남자? 네가 충분히 아랍인다운지에 대해 미국 사람이 판단하게 둔 거고?"

"걔도 원래는 아랍 사람인데──"

나는 입을 열었다.

"오, 제발. 아랍계 미국인들은 백인들보다 더 해. 걔들은 보고 싶은 대로만 봐. 고정 관념과 부모님 세대의 아주 오랜 기억에 근거해서 너를 다 안다고 생각하지. 그리고 자신들이 생각했던 모습과 다르면 무서워해. 걔들은 아랍 문화를 쇼윈도에 진열된 옷처럼 걸치거든. 하지만 속살은 눈처럼 하얗지."

"그런 것 같아." 나는 말했다.

"무아자나트, 아랍 빵들. 난 걔네들을 이렇게 불러."

"빵이 무슨 상관인데?"

"걔네들은 빵에 집착하거든." 레일라가 말을 이어 갔

다. "한번은 아랍계 미국인 단체에서 주관한 저녁 식사에 간 적이 있어. 사람들이 무아자나트 네 개를 얹은 요리를 한 접시 주문하더니 그걸 스무 명에게 나눠 주는 거야! 비둘기들처럼 무아자나트 조각을 집어 들고 앉아서 얼마나 만족해했는지 몰라."

  나는 흑백 카피예를 사서 보호막처럼 자랑스럽게 목에 감았다. 나는 서양의 식민 지배 역사를 강력히 비난했다. 우리나라의 문화는 복잡하고 색달랐다. 우리의 **인샬라**는 약속의 결핍이 아니라, 규칙과 규정만이 당신을 더 멀리 데려갈 수 있다는 인식이었다. 만약 미국에서 인간답게 살 수 없다면 이러한 고정 관념을 부당하게 안고 살아야 한다면 왜 그것을 가지고 도망쳐 이점으로 사용하지 않는가? 나는 카피예를 나부끼며 거리를 걸었고, 나를 적대시하라며 행인들을 부추겼다. 그러나 행인들은 그저 길 반대편으로 건너가 걸음을 재촉할 뿐이었다.
  게이로 사는 것은 나를 위한 것이 아니었다. 동성애적 성향은 어딜 가든 나를 소외시켰다. 미국의 게이 세계는 문헌과 이미지, 그리고 자신의 성 정체성을 자랑스럽게 알리는 남녀와 나누는 대화를 통해 내 삶의 가장자리를 건드렸다. 내가 볼 때에는 자랑스러울 점이 하나도 없었다. 고통, 모욕감, 수치심만이 있을 뿐이었다. 만약 내가 게이 세계에 합류한다면, 자랑스러운 척 연기를 하며 거절과 외로움의 감정을 감춰야 했다. 그리고 미래에 대한 두려움을 그 사람들에게 보여 줬다면, 그릇된 방향으로 인도된 사람 혹은 이슬람과 아랍인다움의 희생양으로 여겨졌을 것이다. 하지만 확신할 수 있었던 것 한 가지는 내 감정만큼은 잘못된 방향으로 인도되지 않았다는 것이다. 그리고 나는 이슬람이나 아랍인다움을 비난의 대상으로 생각하지 않았다. 만약 게이 세계에 합류했다면, 비밀에 대한 억압에서 자랑스러움에 대한 억압으로 옮겨갈 뿐이었다. 나는 내 수치심을 경멸하지 않았다. 그럴 이유가 없었다. 내 수치심은 세상에 대한 강렬한 애착과 타인과 연결되고 싶은 욕구에 빛을 더했다.

나는 나의 모든 분노를 활동주의, 인권과 정의, 명확하고 단순한 것들에 쏟아 부었다. 그리고 부당한 전쟁, 잔인한 점령, 어린이 학살, 이윤을 위한 인간 착취, 새로운 시장 개척에 대해 열정적으로 화를 냈다. 화를 내면 낼수록 외로움에 대해 덜 생각하게 되었다. 당시에는 절대 인정하지 않았지만 내가 정말 원했던 것은 삶을 통해 세상의 불공평함에 대한 내재적 감정을 충족시키는 일뿐이었다.

컴퓨터실 사건 후 몇 달이 지난 어느 날, 누군가가 내 기숙사 방문을 두드렸다. 방문을 열자 세실이 비에 흠뻑 젖은 채 캐서롤 접시를 들고 서 있었다. 접시를 덮은 은박지 가운데가 움푹 꺼져 있었고, 그곳에 빗물이 고여 있었다. 세실은 울고 있었다. 평소 생기 있던 곱슬머리는 두 뺨에 들러붙어 있었다. 세실이 얼굴에 묻은 눈물과 빗물을 한 손으로 닦아 냈다.

"그 사람 주려고 채식주의자용 라자냐를 만들었어." 세실은 빗물이 떨어지는 접시를 든 채 울음을 터뜨렸다.

"들어와." 나는 세실에게 담요를 가져다주고 식탁 맞은편에 앉았다. 캐서롤 접시는 우리 사이의 완충 지대에 놓였다.

"채식주의자용 음식을 만든 건 살면서 처음이야." 세실이 흐느끼는 중간에 설명했다. "이렇게 하면 수피안이 좋아할 줄 알았어. 정성을 다 쏟아서 만들었다고. 지난 몇 주간 기운이 없어 보여서 기운을 북돋아 주고 싶었거든."

"그랬구나."

나는 담뱃불을 붙이고 세실을 지켜보았다. 처음으로 세실이 연약해 보였다. 자신의 문제에 너무 매몰되어서 주변 세상이 지옥으로 변해 가는 걸 보지 못했던 걸까? 여전히 틀린 발음이었지만 수피안의 이름이 들리자 마음 한구석에서 익숙한 흥분이 느껴졌다.

"내 전화를 받지 않아. 거의 2주 동안이나 못 봤어. 그동안 수피안은 무슬림 단체의 진지한 남자들과 캠퍼스 안을 몰려다녔어. 절대 이해할 수 없다고 했더니 오늘도 전화를 받지 않더라. 집으로 찾아가서 현관문을 두드리니까 몇 주 동안 면도도 하지 않은 얼굴로 나오는 거야.

그리고 라자냐를 보더니 더 이상 집에 찾아오지 말라고, 이제 끝이라고 했어."

"그래서 여기로 온 거야?"

"무슨 일인지 모르겠어."

세실이 코를 풀었다. 흰색 휴지의 잔해가 코 주변에 남아 있었다.

나는 세실에게 다가가 한 번 안아 주고 담배를 한 모금 피웠다. 세실은 내 어깨에 얼굴을 묻고 자신의 제국주의적 눈물로 카피예를 적셨다. 나는 차갑게 식은 라자냐를 바라보며 먹어 봐도 되냐고 언제쯤 물어야 적절할지 고민했다.

그 후 우리는 우리가 버려뒀던 곳을 찾아 다녔다. 세실은 실연의 아픔을 금세 극복하고 자신을 만족시킬 만한 새로운 정서적 위기를 찾았다.

수피안은 조용히 활동가 모임에서 빠져나가 턱수염 난 남자들과 폐쇄된 공간에서 더 많은 시간을 보냈다. 수피안도 턱수염을 길렀다. 처음에는 가벼운 까끌까끌한 수염으로 시작해서 빽빽한 이크완(Ikhwan) 턱수염으로 바뀌었다. 결국 세실도 나도 수피안을 곁에 둘 수 없었다. 수피안의 새로운 턱수염이 입술 아래의 피어싱 자국을 덮었다는 사실에 무척 슬펐다. 은색 피어싱은 가장 처음 눈길이 갔던 대상이기 때문이다. 피어싱의 부재는 그때의 모든 것이 두터운 털 무더기 아래에 가려졌다는 확증과 같았다.

졸업 후에 썩 내키지는 않았지만 나는 미국에 남아 있으려고 했었다. 하지만 레일라와 함께 구직 활동을 하면서 제대로 된 연줄 없이는 절대 직장을 구할 수 없다는 것을 깨닫게 되었다. 그리고 유행에 민감한 힙스터들이 다양한 색상의 카피예를 착용하기 시작했다. 한때 공포의 대상이었던 카피예가 공포와 전혀 무관한 것이 되어 버렸다. 나는 의미를 잃어버린 카피예를 벗어 버렸다. 집으로 돌아갈 시간이었다.

나는 미국을 떠나기 전에 한 가지 숙제를 해치웠다. 세실에게 내 비밀을 말하는 것이었다. 나는 세실의 집에 있는 방 하나를 빌려 마지막 여름을 보냈다. 우리는 아침마다 대마초를 피우고 자전거로 도시의 공원을 돌았다. 또 비트 문학을 닥치는 대로 읽고 밥 말리의 노래를 들었다. 곧 집으로 돌아갈 것이라는 생각에 안심한 나는 세실을 내 세상으로 들여보내 주었고 세실의 세상에 발 디딜 용기도 생겼다.

출국 전날, 세실과 나는 공원에 갔다. 우리는 수정처럼 맑고 푸른 호수 옆 잔디밭에 온종일 누워 있곤 했다. 대마초를 실컷 피워서인지 더는 약에 취하지 않았지만 담요를 뒤집어 쓴 것처럼 윙윙거리는 소리는 계속 들렸다. 피부가 햇볕에 타서 따끔거렸다. 우리는 구름과 머리 위에서 부드럽게 흔들리는 나무를 바라보았다. 그리고 따뜻한 여름 저녁의 일몰을 응시했다.

원래는 세실에게 말할 생각이 없었다. 그날 우리의 대화는 느긋하고 차분했다. 하지만 미국을 떠나기 전에 누군가에게 말해야 한다는 생각이 들었다. 집에서 아주 먼 곳에 있는 사람에게 말하면 비밀이 새어 나가더라도 충분히 안전거리를 유지할 수 있기 때문이었다. 그리고 세실은 비밀을 말하기에 완벽한 사람처럼 보였다. 세실은 감정을 숨기거나 내 감정을 배려하느라 돌려 말할 사람이 아니었다. 만일 이 비밀을 누군가에게 털어놓는다면 그 상대방이 내게 보일 반응이 진실한지 의문을 품는 일은 없기를 바랐다. 하지만 세실은 빠르고 솔직한 판단을 내릴 것이었다.

대화가 잠시 잠잠해졌다. 우리는 쓰러진 자전거 옆에서 일몰을 보며 맨발로 잔디를 어루만졌다. 세실은 내 고백에 놀라지 않은 것 같았다. 잠시 침묵이 흘렀다.

"그 얘기를 왜 지금 하는 거야?"

세실이 마침내 물었다.

"모르겠어. 그래야 할 것 같았나 봐. 미국까지 와서 아무에게도 털어놓지 못하고 떠날 수는 없었어. 집에 돌아가면 정말 많이 후회할 거 같았거든."

"거기 사람들이 널 죽일까?"

세실이 물었다.

"그렇지는 않을 거야." 나는 잠시 말을 멈추었다. "있잖아, 텔레비전에 나오는 것처럼 사람들이 서로를 막 그렇게 죽이지는 않아."

"어쨌든," 세실이 내 다리를 꽉 쥐었다. "내게 말해 줘서 기뻐."

Ⅲ. 결혼식

나도 모르는 새 잠이 들었다가 테타의 침실 문이 삐걱거리는 소리에 잠에서 깬다. 현재로 다시 떠밀린 나는 눈을 비비고 주변을 둘러본다. 칠흑처럼 새까만 방 안이다. 일어나려다 미끄러진다. 나는 나체로 빈 욕조에 앉아 있다. 변기에서 케케묵은 담배 냄새가 난다. 휴대 전화를 보니 이제 막 오후 6시를 지났다. 욕실에서 많은 시간을 보냈다면 그날은 그다지 좋은 날이 아니다. 나는 다시 누워 어둠을 응시한다. 나는 여기에서 얼마 동안이나 아주 오래전 일을 꿈꾸며 있었던 걸까? 왜 이렇게 과거에서 헤어나오지 못하는 걸까? 현재는 도무지 손쓸 수 없는 상황이기 때문에 뭔가를 변화시킬 힘을 가졌던 시간으로, 기억 속에서만이라도 돌아가려는 것이다.

　나는 욕조에서 빠져나와 벌거벗은 채 욕실 한가운데에 선다. 테타가 카펫 위로 발을 끌며 걸어오는 소리가 형언하기 힘든 실망감으로 나를 채운다. 미국에서 돌아온

후로 줄곧 테타와 함께 사는 것은 악몽이라고 생각했다. 테타는 까다로운 여성이었다. 늘 자신의 의자에 앉아 뉴스를 보며 내 동향을 살폈고, 외출할 때마다 수없이 많은 질문을 던졌다. 한 번은 이사를 가려고도 했지만 테타는 자기를 버리고 떠난다며 나를 비난했다. 이제 나는 결혼을 하거나 테타가 세상을 떠나지 않는 한 이 집을 떠날 수 없다. 그러나 머잖아 내가 결혼하는 일은 결코 없을 것이라는 사실을 신은 알고 있다. 그러니 나는 계속 테타를 피해 다니며 침실에서 책을 읽거나 욕조에서 꿈을 꿀 것이다.

아주 오래전부터 테타의 발소리를 연구한 덕에 걸음의 횟수만 세어도 테타가 내 방문 앞에 와 있는지 알 수 있다. 뭔가를 엿듣거나 염탐하려는 목적일 것이다. 테타는 나이 들었고 테타의 믿음은 케케묵었다. 테타의 생각은 오래전에 죽었어야 했지만 마치 방귀처럼 공기 중에 머물러 있다. 테타, 그리고 테타와 같은 사람들이 타이무르와 나를 갈라놓는 것이다. 이 연로한 여성은 사랑이 뭔지 모르는 걸까? 늙은 나이와 오랫동안 묵혀 둔 수치심이 테타의 심장을 말려 버린 것일까? 에이브, 테타는 말할 것이다. 에이브. 남들의 평가에 대한 집착이 테타의 인간적인 면을 앗아 갔다.

발 끄는 소리가 다시 들리기 시작하더니 욕실 앞에서 멈춘다. 나는 숨을 참는다. 테타가 어젯밤에 뭘 봤을지 누가 알겠는가? 비명이 들리기 전까지는 여느 여름밤과 다름없었다. 블라인드 사이로 시원한 공기와 재스민 향이 미풍에 실려 들어왔다. 침대에 누운 타이무르와 나는 서로에게 푹 빠져 있었다. 나는 똑바로 누워 있는 타이무르에게 애교를 부리며 머리카락을 어루만지고 목과 뺨에 키스를 했다. 내가 망쳐 버렸다. 아니, 망쳐 버린 정도가 아니라 파멸시켰다. 우리가 함께 있는 모습은 무척 혐오스러웠을 것이다. 그리고 테타는 이 집의 가장인 손자가 다른 남자에게 애교를 부리는 모습을 지켜보았을 것이다. 나는 변태이고, 역겨운 병자이다. 잘못된 길로 빠져, 테타의 집에서 남자들을 유혹하는 지경까지 온 것이다.

나는 욕실 벽의 차가운 타일에 머리를 기댄다. 그리고 알 수 없는 뭔가를 기다린다. 아마도 테타가 문을 두드리거나 발로 차서 열기를, 아니면 어젯밤처럼 고함을 지르며 문을 두드리기를 기다리는 것 같다. 테타는 내 귀를 잡고 욕실에서 끌고 나가 집 밖으로 내쫓을 것이다. 그런데도 내가 떠나지 않으면 경찰을 부르거나 이웃집 아들을 시켜 나를 끌어낼 것이다. 모르겠다. 내가 혼자이며 욕실이 견딜 수 없게 덥다는 사실 말고는 확신할 수 있는 것이 별로 없다.

테타는 욕실 앞에 가만히 서 있다. 침울한 두 영혼이 엉성하기 짝이 없는 나무 문을 가운데 두고 서 있다. 나는 몸을 숙여 문고리에 걸어 둔 속옷을 조심스럽게 집어

든다. 그리고 열쇠 구멍을 들여다본다. 테타의 갈색 눈동자와 마주칠 것 같았다. 하지만 보이는 것은 흰색 잠옷뿐이다. 테타가 움직이자 잠옷이 초저녁의 부드러운 바람에 바스락거린다. 테타는 깊은 한숨을 내쉬고 주방으로 천천히 걸어간다.

"도리스!" 테타가 소리친다. 그리고 조용하지만 내 귀에 들리게 말한다. "쟤 저기서 얼마나 있었어?"

도리스의 대답은 들리지 않는다. 나는 식탁에 앉은 테타가 내 움직임에 대한 새로운 정보를 도리스한테서 전해 듣는 모습을 상상해 본다. 도리스는 평소보다 일찍 귀가한 나를 누가 데려다 줬는지 목격했다. 테타와 도리스는 셜록 홈즈와 왓슨처럼 동맹을 맺고 내 움직임이 어떤 식으로든 타이무르와 연결되지 않는다는 것을 확인하기로 한 것 같다.

나는 문에서 물러나 전등 스위치를 켠다. 켰다 껐다를 반복해 보지만 불이 들어오지 않는다. 또 빌어먹을 정전이다. 나는 두 손으로 어둠 속을 더듬으며 라이터를 찾는다. 그리고 라이터 불을 켜 거울을 들여다본다. 몰골이 형편없다. 눈 밑에 다크서클이 선명하다. 머리는 헝클어져 있고 피부는 잿빛이다. 여기서 탈출할 방법은 없다. 나는 미국에 있을 때 이미 기회를 허비했다. 기회는 이제, 타이무르처럼, 테타처럼, 영영 멀어졌다.

나는 감옥과도 같은 내 몸을 살펴본다. 나는 떠돌이 고양이들처럼 모순들이 서로 치고받는 감옥 안에서 살아간다. 나는 여기에도 저기에도 없다. 미국도 이 나라도 아니다. 내 일부만 있을 뿐이다. 그리고 그것들이 모두 합쳐지면 남는 것은 샤스뿐이다.

아나 샤스, 나는 샤스다.

제대로 발음하면 소리가 살짝 울린다. 샤스, 단어 중앙의 aa는 느긋한 파도를 타듯 호흡하며 발음한다. 샤스. 완벽하지는 않았지만 어조는 그럴 듯한 단어였다. 샤스: 괴상한, 정상을 벗어난, 비참한. 나를 샤스하게 만드는 것은 내 동성애적 성향일까, 아니면 또 다른 무엇일까?

나는 거울 속 내 모습을 뿌리치고 비데 옆에 있는 초에 불을 붙인다. 샤워기를 틀어 보지만 물이 나오지 않는다. 아무래도 그 장난 같은 결혼식에 더러운 모습으로 가야 할 것 같다. 게다가 나는 타이무르에게 밑바닥을 보이고 말았다. 나는 이성을 잃은 채 알몸으로 비명을 멈추라고 테타에게 애원했다. 그런데도 아직 나와 도망칠 마음이 남아 있다면 약간의 더러움이 문제될 리는 없다. 나는 옷을 입고 욕실 문을 연다.

복도는 어둡고 조용하다. 그러나 주방에서 뭔가가 움직이고 있다. 나는 살금살금 방로 돌아가 조심스럽게 문을 닫는다. 석양을 받아 길어진 그림자와 빈 커피 잔이 침실용 탁자를 채우고 있다. 나는 초에 불을 붙여 선반 위에 올려놓고 침대에 눕는다.

이 침대와 이 방은 곧 타이무르이다. 내 인생의 모든 것이 타이무르이다. 미국에서 돌아와 테타의 집으로 다시 들어왔을 때, 나는 테타가 시도 때도 없이 방에 들어오지 못하도록 자물쇠를 달았다. 테타는 모순적인 미국 티셔츠와 완벽하게 찢어진 청바지를 모두 내다 버리고(테타는 그 바지가 나를 거지처럼 보이게 한다고 말했다.), 나를 오래된 도시의 작고 엉성한 가게로 데려가 가장 추레해 보이는 옷들을 신중히 골라 주었다. 나는 마즈와 바스마에게 연락했고 예전으로 돌아간 것 같다고 느꼈다. 옛 시절이 돌아왔지만 그 누구도 감히 언급하지 못할 때의 그 느낌, 어떻게든 외과적으로 제거되었으며 우리를 밖에 남겨 둔 채 그 상처가 아물었음을 깨닫는 그 기분에서 허우적거리고 있던 것만이 달랐다. 얼마 후 내 첫 번째 라마단이 돌아왔다. 집에서 근신하며 오프라 쇼를 보고, 담배를 피우고, 테타와 브리지 카드 게임을 수도 없이 했다(솔직히 지금껏 살면서 속임수를 그렇게 많이 쓰는 사람은 처음이었다). 라마단 기간이 끝나자 술집들이 다시 문을 열었다. 나는 구아파에서 술을 잔뜩 마시고 마즈의 차에서 라디오헤드의 노래를 큰 소리로 들으며 거리를 달리다가 창문 밖으로 구토를 했다. 나는 폐허가 되어 가는 시내의 한 박물관을 방문한 후, 문화 유물에 대한 정부의 관리 부재에 관해 블로그에 혹평의 글을 올렸다. 그리고서 나는 처음으로 온라인에서 남자를 만났다. 우리는 남자의 집 주변을 빙빙 돌다가 그의 부모님이 떠나는 것을 확인하고 집 안으로 몰래 들어가 후다닥 섹스를 했다. 섹스는 순식간에 끝났고, 나는 수치심을 안은 채 집으로 돌아왔다. 그리고 또 다른 폭력의 물결이 수많은 난민들을 데려와 이 도시를 가득 채웠다. 어느 밤에는 술에 취한 마즈가 내게 키스를 하려 했고, 이튿날 장난이었다며 웃어넘겼다. 그리고 나는 알 샤르키예에서 온 남자와 잤다. 스키니 진을 입은 그 남자는 미국에 건너가 개를 키우고 사는 것이 꿈이라고 했다. 그 때부터 나는 내 삶과 날려 버린 기회, 그리고 미국에서 4년간 뭘 하면서 어떻게 지냈는지에 대해 심한 죄책감을 느꼈다. 아무것도 한 것이 없었다. 정말 그랬다. 그리고 내 월급이 구아파에서 단지 맥주 서른 병을 사 먹을 수 있는 액수라는 것을 알게 되었고, 택시 기사들과 비참한 대화를 천 번쯤 나누고 낯선 사람들과 편집증적인 인터넷 채팅을 백만 번쯤 했고(이름도, 사진도 없이 masc4masc-남자다운 게이가 남자다운 게이 찾음), 십 대 소년을 때리는 경찰관을 못 본 척 지나갔고, 결혼한 친구들이 하나둘 늘어나면서 언제 결혼을 할 거냐는 질문을 듣기 시작했고, 테타도 결혼을 언제 할 거냐며 묻기 시작했고, 여자들이 내 성(姓)과 수입과 사는 동네(물론 결혼 여부도)에 대해 묻기 시작했고, 핑곗거리가 떨어진 나는 여자들과 데이트를 시작했다. 그리고 이 모든 일을 겪은 후에 나는 타이무르를 만났다. 그리고 타이무르는 내 전부가 되었다.

나는 우연히 한 여자를 만났다. 당시에는 몰랐지만 여자는 타이무르의 가까운 친구였다. 사실 그 여자는 마지막이라는 생각으로 만난 사람이었다. 우리는 몇 차례 데이트를 했고 돌이킬 수 없는 지점에 이르렀다. 만남을 이어갈지 말지 결정해야 했다. 오랫동안 결정을 미뤄 온 결과, 내게는 결혼과 아이들, 테타의 허락, 그런 것들에 대한 궁금증만 남아 있었다.

우리는 구아파에 갔다. 데이트는 지루했고, 우리의 연애는 내려놓아야 하는 병든 강아지처럼 여자와 나 사이에 매달려 있었다. 내가 영화관에 가고 싶으냐고 묻자 여자가 말했다. "모르겠어." 그리고 한숨을 쉬었다. 시위 전에는 모두가 지루해했다. 이 상태가 영원히 변하지 않을 것이라는 사실에 기가 꺾여 체념한 상태였다. 우리는 구아파에 앉아 침울한 분위기를 지켜보았다. 나는 대화를 지속하기 위해 맥주를 제법 많이 마셨고 나를 느긋하게 만드는 약간의 취기를 유지하기 위해 애썼다. 그곳에 폴스카사트 채널이 끊겨 욕구 불만에 좌절한 청소년들 같은 우리, 혁명 전의 끝이 보이지 않는 체념 속에 놓인 이 나라 전체와 나, 우리 모두가 있었다. 그리고 타이무르가 찾아왔다.

타이무르는 트레이닝용 반바지와 버지니아 대학교 티셔츠에 야구 모자를 쓰고 있었다. 타이무르는 내 손을 꽉 쥐며 악수를 한 뒤에 우리 테이블에 앉았다. 타이무르의 다리가 무척 마음에 들었다. 근육질인 데다 털도 많았다. 타이무르가 내 시선을 알아챘고, 나는 재빨리 고개를 돌렸다. 땀으로 범벅이 된 타이무르는 생기가 넘쳐 보였다. 술집 안을 훑어보는 시선에서 나와 같은 방식으로 세상을 본다는 것을 확인할 수 있었다. 나는 살면서 겪은 모든 일들이 바로 이 순간으로 나를 이끌기 위한 것이었음을 깨달았다. 나는 타이무르를 보면서 사람들이 말하는 운명이 실재한다는 것을 느꼈다. 그것은 수많은 역경에도 불구하고 우리가 서로를 발견하고야만 무한한 가능성이었다.

타이무르가 맥주를 주문했다. 내가 무슨 일을 하느냐고 묻자 의사라고 답했다.

"그런 거 말고요." 여자가 다그쳤다. "진짜 좋아하는 일이 뭔지 말해 줘요."

타이무르는 피아노, 바이올린, 기타를 연주하며 노래도 부른다고 말했다.

"음악을 하는 의사군요." 내가 이렇게 말하자 타이무르가 미소를 지었다. 웃음을 쉽사리 보일 것 같지 않은 타이무르를 웃게 했다는 사실이 무척 뿌듯했다.

그날 늦은 밤까지도 나는 타이무르에 대해 거의 알아내지 못했다. 타이무르는 무척 과묵했다. 우리의 대화를 듣다 적절한 시점에 고개를 끄덕였고, 우리가 담배 연기를 얼굴에 뿜으면 기침을 했다. 그럼에도 불구하고 나는 타이무르가 좋은 집안 출신이며 올바른 예의범절을 갖추도록 교육받았다는 것을 알 수 있었다. 만약 타이무르가 여자였다면 당장 집으로 데려가 테타 앞에 자랑하고 싶었다. 내가 그런 여자를 찾았다는 사실에 테타도 무척 감격했을 것이다.

그날 밤, 너무 행복했던 나는 술을 끊임없이 들이키며 헤어짐을 뒤로 미뤘다. 술자리가 파할 때쯤 나는 더없이 행복한 만취 상태였다. 타이무르가 우리 둘을 집으로 태워 주기로 했다. 여자를 먼저 내려 준 타이무르가 나를 보며 여자 친구냐고 물었다. 그런 질문을 하는 모습이 너무 귀여웠다. 애써 태연한 척 했지만 그 질문 뒤에 숨겨진 호기심을 감지할 수 있었다.

"아마도 그럴걸." 내가 대답했다.

"그런데도 넌 나와 차 안에 있는 거야?"

내가 여자 친구가 있느냐고 물으니 타이무르가 킥킥거리며 웃었다. 그리고 한동안 침묵이 흘렀다. 하지만 그 침묵 속에서 더 진지한 대화가 빚어지고 있었다. 그때까지는 가벼운 대화 말고는 다른 대안이 없었다. 우리는 고요함 속에서 긴장을 풀었다. 갑자기 타이무르가 흥얼거리기 시작하더니 조용히 노래를 불렀다. 향수를 자극하는 부드러운 목소리였다.

차가 우리 집 앞에 도착했고, 나는 타이무르를 집 안으로 초대했다. 타이무르가 승낙했다. 아직 확신은 없었지만 우리는 비밀의 세계로 서로를 이끌었다. 내가 현관문을 여는 동안 타이무르는 옆에 가만히 서 있었다. 나는 침실에서 들어가자마자 침대 밑에 감춰 놨던 위스키 병을 꺼냈다. 테타도 알고 있었지만 한 가지 일탈 정도는 눈감아 주려는 듯 모르는 척 했다. 나는 조명을 끄고 초 몇 개에 불을 붙인 후 위스키를 한 잔씩 따랐다. 그리고 도리스와 테타가 깨지 않도록 조심스럽게 라디오를 틀었다. 타이무르가 부모님과 함께 사느냐고 물었고 나는 절대 아니라며 있는 그대로의 사실을 말했다. 어머니와 아버지에 관해서라면 나는 아무것도 숨기지 않았다. 우리는 서로의 눈을 들여다보았다. 거짓말을 하면 눈을 깜박일 테고 우리가 창조하고 있던 것을 망칠 것이었다. 라디오에서 흘러나오는 움 칼숨의 목소리가 방 안을 떠다녔다.

오, 내 마음아, 사랑이 어디로 갔느냐고 묻지 말아다오….

타이무르가 침대 테이블에 놓인 책을 집어 들었다. 『북으로 가는 이주의 계절』[1], 제목을 크게 소리 내어 읽더니 책에 얼굴을 파묻고 퀴퀴한 냄새를 맡으며 페이지를 넘겼다. 나는 책 속의 글자가 되어 들숨을 따라 타이무르의

---

1 타예브 살리흐, 이상숙 옮김(2014), 도서출판 아시아

몸에 들어가고 싶었다. 타이무르가 나를 돌아보고 손가락으로 책의 겉표지를 더듬으며 물었다. "여기에서는 소속감이 느껴지지 않아?"

"그 어디에서도 소속됐다는 느낌은 들지 않아."

타이무르가 고개를 숙이며 웃었다. "대학 졸업 후에는 거의 오지 않았었어. 다시 돌아와서 사회의 틀에 나를 맞춰야 한다는 생각만으로도 너무 부담스러웠거든."

"우리 같은 사람들은 절대 맞출 수 없는데도?"

타이무르가 어깨를 으쓱했다. "적어도 우리는 이곳의 게임이 어떤지 알잖아. 사회가 어떻게 돌아가는지도 알고. 한 발만 담그고 규칙을 따르면 맞출 수 있어. 그게 유일한 방법이야. 사회에 너무 깊게 빨려 들어가면 존재하지 않는 뭔가의 극심한 고통에 갇혀 버릴 거야. 그렇다고 너무 멀어지면 길을 잃어버리겠지."

"우리 아버지가 아랍의 가장 중요한 협력 관계는 가족과 공동체라고 했어."

"나도 그 말에 동의해." 타이무르가 말했다. "사회가 없다면 뭐가 남겠어?"

그날 밤 우리는 오랜 시간 대화를 나누며 하품을 참고 침묵의 순간들을 쫓아냈다. 그런 것들이 이별의 순간으로 이어질까 봐 두려웠다. 우리는 내 방에서 새로운 세계, 우리만의 사회를 창조하고 있었다. 그리고 이 세계를 거침없는 생각과 두려움으로 채우고 있었다. 그 세계를 실재하는 것들로 채워야 한다는 것을 알고 있었다. 진심으로 대화를 나누며 살아간다는 것은 매우 기분 좋은 일이었다.

무에진이 신도들에게 기도 시간을 알리기 시작했다. 그 소리가 우리의 세상과 저들의 세상 사이에 놓인 다리처럼 우리를 바깥세계로 다시 데려갔다. 타이무르가 집에 가야 한다고 말했지만 나도 '잡아야 해.'라고 느꼈다.

"침대가 널찍해서 두 사람도 잘 수 있어." 나는 최대한 무심하게 말했다. 그러면서 손으로 때려잡아 주기를 기다리는 모기처럼 우리 주변을 날아다니던 속마음을 넌지시 내비쳤다. 타이무르는 잠시 고민하더니 이내 고개를 끄덕였다. 나는 티셔츠와 깨끗한 반바지를 찾아 주었다. 옷을 갈아입는 동안 나는 고개를 돌리고 있었지만 그 전에 이미 갈색 털로 덮인 다부진 가슴을 스치듯 보았다. 나는 청바지와 티셔츠를 벗고 촛불을 끈 후 침대로 올라갔다. 우리는 나란히 누워 어두운 천장을 쳐다보았다. 갑자기 타이무르의 휴대 전화가 울렸다. 어머니였다. 전화를 받은 타이무르는 낮은 목소리로 통화를 했다. 나는 조명을 켜고 휴대 전화를 만지작거렸다. 타이무르는 어머니의 말을 인내심 있게 들었고, 아까의 심각한 모습으로 되돌아갔다. 나는 끔찍한 사고라도 난 줄 알았다. 통화를 끝낸 타이무르는 실망한 듯 보였다. 나는 괜찮으냐고 물었다.

"아무 일도 아니야. 난 그냥… 집에 가야 해. 어머니가 걱정하시는 것 같아." 타이무르는 긴 한숨을 내쉬고 휴대 전화를 배 위에 얹어 놓은 채 다시 누웠다. 나는 타이무르의 휴대 전화 불빛이 꺼질 때까지 아무 말도 하지 않았다. 그렇게 우리는 다시 어둠에 뒤덮였다.

나는 타이무르 옆에 나란히 누워 그에게 고개를 돌렸다. "가족에 대해 얘기해 줘."

타이무르는 어머니, 아버지, 가정부에 대해, 그리고 어떻게 다 함께 사는지 얘기해 주었다. 겉으로는 모든 것이 정상처럼 보인다. 부모님은 웃는 얼굴로 손을 맞잡고 모임에 다닌다. 하지만 집에 돌아오면 어머니는 이층 침실로, 아버지는 자신의 침실로 들어간다. 타이무르는 아버지가 가정부와 바람을 피우다가 어머니에게 들켰던 사건에 대해서도 말해 주었다. 어떻게 어머니가 저택에 한 층을 더 올리게 되었는지, 어머니가 거처를 옮긴 후 어떻게 매일 밤 가정부가 아버지의 침실로 기어들어 갔는지, 그리고 어떻게 삼촌과 이모, 사촌과 조부모님까지 아무도 모를 수 있었는지 설명했다. 그렇게 해서 어머니에게는 타이무르만 남았고, 어머니는 타이무르를 잃을까 봐 무척 두려워한다고 했다.

"이 비밀의 일부가 되었다는 게 날 정말 화나게 해. 일련의 사건들이 정말 말도 안 되는 상황으로 나를 밀어 넣었는데도 겉으로는 모든 게 정상으로 보인단 말이지."

오, 얼마나 맞는 말인지. 마치 우리 둘의 이야기를 예언하고 있는 것 같았다. 물론 그때는 우리 둘 다 앞날을 전혀 알지 못했다. 타이무르는 나를 바라보며 말했다. "오늘 밤 널 만나기 전까지는 내가 얼마나 헤매고 다녔는지 인지하지 못했었어. 너도 그렇게 느끼니? 수년간 헤매다 이제야 서로를 다시 찾은 것처럼 느끼고 있어?"

타이무르가 내 엉덩이에 손을 올려놓았다. 우리는 어둠 속에 누워 있었다. 타이무르의 손은 평행 우주에서 온 침입자 같았다. 나는 타이무르의 표정을 살폈고, 타이무르는 내 허리에 손을 얹고 가볍게 원을 그리며 움직이기 시작했다. 손을 뻗어 타이무르의 볼을 만지니 따뜻한 입김이 느껴졌다. 나는 손가락으로 광대와 턱의 윤곽을 따라갔다. 내가 지문을 남기고 있으니 우리가 발각되면 증거 때문에 빼도 박도 못할 것이다. 나는 이것이 의미하는 것이 두려웠다. 하지만 타이무르의 말처럼 우리는 너무 오랫동안 헤매었고, 이제야 서로를 찾았다. 우리는 같은 고통으로 상처 입은 영혼들이었다. 타이무르의 떨림이 느껴졌다. 마치 함께 침대에 누워 내 등에 손을 얹는 단계까지 다다르기 위해 자신이 가진 모든 용기를 쥐어 짜낸 것 같았다.

"괜찮아." 내가 속삭였다.

그리고 우리는 서로에게 달려들었다. 옷과 가면과 망상을 남김없이 벗어던지고 이제 날것 그대로 피부를 맞댄 우리 둘뿐이었다. 우리는 실오라기 하나 걸치지 않은 채 한 몸이 되었다. 앞에 있는 버려진 영혼을 두 팔로 감싸 안고 다시 하나가 되기 위해 안간힘을 썼다. 우리는 깨질 수 없는 관계였다. 그리고 잠시 누워 있었다. 15분쯤 지나자 타이무르가 장난기 가득한 눈빛으로 나를 쳐다보았다. 타이무르는 나를 더 세게 끌어당겼다. 마치 폭력을 통해 수치심을 떠나보내기라도 하려는 듯 이번에는 더 거칠게 엎치락뒤치락하며 서로를 밀어냈다. 다시 한 번 절정을 느낀 후 우리는 나란히 누워 몇 분간 숨을 헐떡이며 땀을 흘렸다.

동틀 무렵 타이무르가 집을 나섰다. 내가 현관문을 열어 주자 타이무르가 무척 진지한 표정으로 내 손을 잡았다. 나는 타이무르에게 갈망이 담긴 짧은 키스를 하며 그 입술의 부드러움을 만끽했다. 나는 공기처럼 가벼운 기분으로 타이무르의 뒷모습을 바라보았다. 마치 수년간 나를 짓누르던 무게가 사라진 것 같았다. 그리고 나는 이제 다른 사람들과 같았다.

침실로 돌아왔을 때 나는 침대 옆 바닥에 놓인 타이무르의 빨간색 사각팬티를 발견했다. 잊은 걸까, 아니면 나를 위해 놓고 간 걸까? 내 속옷을 찾아봤지만 어디에도 보이지 않았다. 트레이닝용 반바지를 입으면서 내 속옷을 입었다는 사실을 분명 알아차렸을 것이다. 어쩌면 그것은 메시지, 다시 돌아온다는 약속일지도 몰랐다. 나는 타이무르의 속옷을 입었다. 몇 시간 전까지 타이무르의 성기가 닿아 있던 부드러운 면의 감촉이 내 것에서 느껴졌다.

그러나 블라인드 사이로 햇빛이 기어들어 오자 걱정이 시작됐다. 새들의 지저귐이 들려왔다. 머지않아 도리스가 침실에서 나와 아침 식사를 준비할 것이다. 테타도 일어나 내 방에 들이닥칠 것이다. **얄라, 라사. 얄라, 하비비.** 나는 분명하며 직접적인 위험을 느꼈다. 나는 방을 청소하고 위스키 잔을 침대 밑에 숨겼다. 햇빛이 창문으로 들어오자 내 안의 수치심도 깨어났다.

아침 식사 시간이 되자 타이무르가 또 보고 싶어졌다. 나는 구시렁대는 테타의 맞은편에 앉았다. 그날 아침에는 무엇 때문에 화가 났냐고 물어볼 수도 없었다. 그저 고개를 끄덕이며 도리스가 테이블에 차려 놓은 할루미 치즈와 무를 집었다. 그날은 어떤 것에도 관심이 가지 않았다. 나는 간절히 원했던 모든 것을 가지게 되었다. 그 과정에서 내 자신을 바꾸지 않고도 행복할 수 있다는 사실을 처음 깨달았다. 타이무르가 내게 그 방법을 알려 주었다. 그동안 참석했던 결혼식의 모든 커플이 이런 기분이었을까?

그 빌어먹을 결혼식이 오늘 밤에 열린다. 그냥 집에서 속옷 차림으로 저녁 시간을 보내고 싶은 마음이 굴뚝같다. 담배를 피우며, 희망이 남아 있는 다른 장소 혹은 다른 시간에 있는 상상을 하며 있고 싶다. 하지만 결혼식을 놓치면 너무 많은 질문을 받게 될 것이다.

나는 옷장을 열어 양복을 꺼낸다. 내가 가진 양복은 단 두 벌뿐이다. 첫 번째 양복은 아버지기 몇 년 전에 사준 것이다. 아버지는 자신의 장례식에서 입을 양복을 미리 준비해 주었다. 양복을 사는 이유를 따로 설명하지는 않았지만 자신의 병에 대해 알고 나서 가장 처음 했던 일이 나를 시내의 양복점에 데려가는 것이었다. 우리는 차를 주차하고 오래된 건물의 다락방에 있는 조용한 가게로 들어갔다. 희끗희끗한 콧수염을 기른 할아버지 재단사가 말없이 내 허리와 다리 안쪽의 길이를 쟀다. 나는 아버지의 눈이 빨갛고 축축해져 있다는 사실을 어렴풋이 알고 있었다. 지금 돌이켜 보니 실제로 눈물이 맺혀 있었는지, 아니면 나중에 덧붙여진 기억인지 확실하지 않다. 어쩌면 나는 당시 우리를 에워쌌던 분위기와 곧 잃어버릴 것들에 대한 비탄과 슬픔을 모두 응고시켜 아버지의 두 눈에 맺힌 단단하고 둥근 눈물로 나타내고 싶었던 것 같다.

그날 아버지는 전형적인 검은 양복을 골랐다. 나는 회색 양복을 갖고 싶었지만 아버지의 선택을 따랐다. 넥타이도 짙은, 거의 검은색으로 골랐다. 햇빛을 받을 때만 짙은 파란색으로 보였다. 집으로 돌아왔을 때 아버지는 넥

타이를 매주며 아주 진지한 목소리로 말했다. "넥타이 매듭은 풀지 말거라. 그러면 다시 맬 필요가 없을 거야."

그 양복은 아버지의 장례식 날 딱 한 번 입었다. 그리고 금속 옷걸이에 걸려 곧바로 옷장 구석으로 직행했다. 검푸른 넥타이도 매듭이 묶인 채 그 위에 걸려 있었다. 그런데 미국에서 1학년을 마치고 돌아오니 양복이 사라지고 없었다.

"양복 어디 갔어요?" 나는 옷장에 걸린 셔츠와 바지 사이를 뒤지며 도리스에게 물었다.

"테타가 버렸어요." 도리스가 말했다.

나는 거실로 뛰어나가 양복을 어떻게 했냐고 테타에게 물었다.

"그 쪼끄마한 거? 너무 작아서 내가 내다가 버렸다."

"내다 버리다니, 그게 무슨 말이에요?" 나는 고함을 쳤다. 테타 앞에서 언성을 높인 것은 그때가 처음이었다. 하지만 단단한 매듭, 그리고 아버지의 손길과 숨결이 남아 있는 양복과 넥타이를 잃어버렸다는 생각에 도무지 견딜 수가 없었다.

"왜 소리를 지르고 그래?" 테타가 날카롭게 말했다.

"아버지가 사준 거란 말이에요." 나는 말했다.

"자기 장례식에 입고 오라고 사준 거잖아. 맙소사, 왜 그런 걸 가지고 있으려는 거니? 네 아버지를 그렇게 사랑했다면 왜 더 행복한 기억을 걸어 놓지 않는 거냐?"

"기억을 고르고 선택하고 싶지 않아요." 나는 말했다. "역사를 다시 쓰는 걸로 치면 우리가 정부보다 더해요. 땅 속 어딘가에서 썩어 가고 있는 걸 알면서 웃고 있는 사진을 걸어 놓는 게 더 끔찍하다고요."

테타가 충동적으로 내 뺨을 때렸다. 테타는 손을 거두며 얼굴을 붉혔다. 그리고 다른 손의 무력행사를 막으려는 듯 자신의 손목을 꽉 잡았다.

"부끄러운 줄 알아라." 테타가 말했다. "부끄러운 줄 알아야 해."

몇 년이 지난 후 미국에서 돌아온 나는 친구들이 결혼이라는 시궁창에 파리처럼 떨어지는 걸 보며 새 양복을 한 벌 샀다.

나는 지금 그때 산 양복을 입는다. 그리고 아흐메드 아들의 사진을 셔츠 주머니에 찔러 넣는다. 사진에는 타이무르에게 보내는 나의 편지가 쓰여 있다. 그리고 거울로 내 모습과 특별할 것 없는 양복을 비춰 본다. 재단사나 치수 측정, 그런 것들은 전혀 없었다. 나는 옷걸이에 걸린 똑같은 양복 수백 벌 중에 하나를 무작위로 집었다. 결혼식에 갈 때에만 입는다는 사실이 양복을 더 불쾌하게 만든다. 결혼식은 얼마나 돈을 많이 버는지, 어느 집안 출신인지에 과하게 집착하는 가장 냉소적인 행사이다. 결혼식은 아름다움과 사랑이라는 말로 치장한 가장 부당한 교환 행위이다. 결혼식에 갈 때마다 양복은 증오로 더욱 얼룩진다. 여름은 결혼철이기도 하다. 그리고 무엇보다 오늘 밤의 결혼식은 허례허식의 정점이다. 오늘 밤 결혼식에서 벌어질 허튼 짓거리의 양을 고려하면 이 싸구려 양복은 그 어느 때보다 더럽혀져 내일 아침에 내다 버려야 할지도 모른다.

나는 결혼식을 위해 양복을 갖춰 입고 침실에서 나와 주방으로 걸어간다. 심장 박동이 빨라진다. 나는 침실로 다시 뛰어 들어가고 싶은 마음을 억누른다. 두 사람이 내 발소리를 들을 것이다. 다시 돌아갈 수는 없다. 마지막 순간에 꽁무니를 빼거나 남은 생을 침실에 틀어박혀 살지 않기 위해 일부러 쾅쾅 소리를 내며 복도를 걷는다. 주방 문 앞이다. 도리스와 테타가 나를 돌아본다. 두 사람의 얼굴이 황혼의 검푸른 그림자에 일부 가려져 있다. 촛불 하나가 오른 옆의 구석에서 깜박인다.

"일어났구나." 테타가 식탁에 앉은 채 말한다. 호박을 먹기 좋게 잘라 담은 냄비와 호박에 넣을 소가 가득 든 형광 녹색의 플라스틱 양동이가 그 앞에 놓여 있다. 그리고 껍질을 벗기지 않은 양파가 식탁 중앙에 놓여 있다. 상황이 험악해질 수 있다는 경고였다. 테타가 나를 쳐다본다. 어젯밤 열쇠 구멍으로 나를 들여다봤을 때처럼 벌거벗은 느낌이다. 테타가 호박과 형광 녹색 양동이, 그리고 재수 없는 양파에 둘러싸인 채 나를 쳐다보고 있다. 양파를 뺏으며 양파 없이 울어 보라고 요구하고 싶다. 하지만 사실 테타는 우리 모두에게 호의를 베풀고 있지 않은가?

"전기도 들어오지 않고 심지어 물도 나오지 않아요."
내가 말한다.

도리스가 난로 옆에서 프라이팬을 지키고 서 있는 동
안 테타는 한숨을 내쉬고 다시 호박에 소를 채워 넣기 시
작한다. 나는 냉수기에서 물 한 잔을 따른다. 등 뒤로 테
타의 시선이 느껴진다. 내가 돌아보자 테타는 손에 든 호
박으로 재빨리 시선을 옮긴다. 그리고 평생 기억에 남을
만큼 많은 양의 소를 호박에 채워 넣는다. 먼저 쌀과 고
기를 수저로 퍼 호박에 담고 엄지손가락으로 빠르게 다
져 넣는다. 안쪽까지 꾹꾹 누르고 나면 플라스틱 양동이
에 다시 던져 넣는다. 테타의 긴 손톱에 고기와 소스가
말라붙어 있다.

도리스와 나는 침묵 속에서 테타가 의도하는 방향이
무엇인지, 어젯밤 일에 대해 어떤 말이라도 꺼낼 것인지
확인하기 위해 기다린다. 만약 오늘 뉴스를 봤다면 영화
관 사건에 대해 알 테니 그에 관한 얘기가 대화의 물꼬를
터줄 것이다. 나는 먼저 물어보려다 논쟁을 불러일으킬
까 봐 무서워 입을 다물기로 했다. 무슨 말을 꺼내도 어
떤 식으로든 어젯밤 사건과 연결될 것 같아 나는 두려움
으로 얼어붙은 채 주방에 서 있다.

"저 여자를 이해할 수가 없어." 테타가 호박에 시선을
고정한 채 도리스를 가리키며 마침내 입을 연다. "물이 아

까우니 바닥 청소를 매일 하지 말라고 했거든. 이제 물이 없어서, 금요일에 배달 올 때까지 기다려야 해. 많으면 이틀에 한 번, 적으면 일주일에 한 번만 청소하랬더니. 네가 말해 봐라, 그걸 이해하는 게 그렇게 어렵니?"

"테타——."

"매일 청소할 필요가 없어. 그럴, 필요가, 없단, 말이야!" 테타가 자신의 메시지를 강조하기 위해 속을 채우던 호박을 집어던진다. 프라이팬을 보고 있던 도리스가 잠시 고개를 들었다가 다시 어깨를 축 늘어뜨리며 고개를 숙인다.

"테타, 마알레쉬, 괜찮아요, 그냥 두세요."

"다 소용없어. 왜 저러는지 모르겠다. 간단한 지시를 따르는 게 뭐 그렇게 힘드니?"

"할머니는 청소를 하면 물 낭비라고 하고, 청소를 안 하면 게으르고 더럽다고 하잖아요. 어떻게 해도 할머니를 만족시킬 수 없다는 걸 모르겠어요?"

"인권 변호사처럼 굴지 마라. 신이시여, 공부하라고 미국에 보냈더니 돌아와서는 우리더러 노예를 부린다고 하네요. 진짜 문제는 네가 도리스를 망쳐 놨다는 거야. 도리스를 좀 봐라, 응석받이처럼 굴지 않니. 네가 같이 농담하고 웃고 그러니까 일할 필요가 없다고 생각하는 거야. 내가 청소하라고 돈을 주지 네 친구나 하라고 돈을 주겠니?"

나는 도리스를 쳐다본다. 도리스를 사랑한다고, 결혼하고 싶다고 하면 테타는 어떤 반응을 보일까? 타이무르와 함께하는 것보다 더 낫다고 생각할까? 공개적 망신이라는 기준에서 볼 때, 이 나라에서 가장 명망 높은 가문 출신인 남자와 사랑에 빠진 것과 가정부와 사랑에 빠진 것 중 무엇이 테타를 더 수치스럽게 할까?

나는 이곳을 벗어나야 한다.

"마즈를 만날 거예요." 내가 말한다.

"마즈만?"

"네."

"어디서?" 테타가 묻는다.

"구아파에서요."

"너는 툭하면 구아파구나. 거기보다 더 나은 장소는 없니?"

"전 구아파가 좋아요." 나는 이렇게 말하고 물을 들이켠 후 빈 컵을 싱크대에 내려놓았다.

"구아파만큼 공부하는 걸 좋아했어 봐라. 옷은 또 왜 그렇게 입었니?" 테타가 호박으로 나를 가리킨다. "구아파에서 결혼도 할 작정이야?"

"이따가 결혼식에 가야 해요."

"누구 결혼식?"

나는 망설인다. "대학 친구요."

"그러면 구아파는 왜 가는 거니?"

"결혼식은 한참 후예요, 할머니. 거기에서 바로 출발할 거예요."

"네 마음대로 해라." 테타는 속을 채운 호박을 양동이 안에 떨어뜨린다.

"차 좀 빌려 써도 돼요?"

"나도 써야 해."

"차를 어디에 쓰시려고요? 오늘 밤에 어디 가세요?"

"아니." 테타가 말한다. "그래도 차가 없는 건 싫다. 죄수가 된 것 같아. 마즈더러 태우러 오라고 하면 안 되니?"

"괜찮아요. 그냥 택시 탈게요."

"괜히 문제 일으키지 마라. 밖에 나가면 골치 아픈 일 투성이잖니. 문제에 휘말리지만 마."

"안 그럴게요." 나는 지갑과 열쇠를 집어 들며 말한다.

"요즘 우리는 수치심 공화국에 살고 있어."

"칼라스, 그만, 걱정은 그만 하세요." 나는 주방에서 걸어 나가다 문 앞에서 멈춘다. 지금 아무 말도 하지 않으면 어젯밤 사건에 대해 대화할 기회가 또 있을까? 다른 집이었다면 흠씬 두들겨 맞거나 옷가지만 들고 무일푼으로 쫓겨났을 것이다. 하지만 그런 일은 일어나지 않았다. 내게 테타가 필요한 만큼 테타도 내가 필요하기 때문이다. 아마 테타가 더 간절할 것이다. 내가 집을 나가면 테타는 더 이상 나를 통제할 수 없게 된다. 그리고 혼자가 될 것이다. 어젯밤 테타가 할 수 있었던 일은 두 팔을 휘저으며 알아들을 수 없는 비명을 지르는 것뿐이었다. 그리고 지금은? 아무 것도 할 수 없다. 부정하는 것 말고는. 나는 돌아서서 테타의 등을 쳐다본다. 테타는 여전히 호박 속을 채우고 있다. 어깨가 쪼그라들어 있다. 테타는 내가 뒤에 서서 자신을 쳐다보고 있다는 것을 알고 있다. 만약 내가 이렇게 나가면 테타가 이기는 것이다. 테타는 자신의 뜻대로 할 것이고, 타이무르는 어머니처럼 쓰레기통에 버려질 것이다.

"저한테 할 얘기 없어요?" 내가 묻는다. 테타의 등이 굳어진다. 테타는 속을 채우던 호박을 양동이 안에 떨어뜨린다. 물기를 머금은 호박이 호박 더미 위에 툭 떨어지는 소리가 들린다. 테타는 의자를 돌려 나를 마주 본다. 내가 자신에게 도전하고 있음을 알고 있는 눈빛이다. 테타가 꼬리로 쥐를 잡은 고양이처럼 입술을 핥는다.

"마즈는 언제 장가간다니?" 테타가 다정한 목소리로 묻는다. 테타는 자신의 패를 신중히 사용한다. 마즈가 언제 장가를 가느냐니. 나에 대한 기대는 버렸다는 의미일까? 이제 내게 소용이 없으니 다음 사람에게 쓰려는 것이다.

"이제 마즈를 어떻게 해 보시려고요?"

"조금 있으면 혼기를 놓칠 거야."

"마즈 걱정은 하지 마세요." 나는 말한다. "걔한테는 잔소리할 엄마가 있으니까요."

"하람. 마즈는 훌륭한 청년이다. 자기 가정을 꾸리지 않는다면 얼마나 창피한 일이니."

"아랍 사람들은 대체 왜 그래요?" 내가 날카롭게 말한다. "인생의 유일한 꿈과 목표가 결혼이에요?"

테타는 호박을 향해 돌아앉는다.

"구아파에나 가거라." 테타가 의기양양하게 말한다.

구아파에 가서 미국보다 두 배나 비싼 가격으로 얼음처럼 차가운 맥주를 마시고 소금에 절인 수박씨를 먹는다. 그리고 바에 앉아 싸구려 담배를 피우며 휴대 전화를 들여다보는 지식인 무리를 바라본다. 막 7시가 지났다. 결혼식은 9시에 시작한다. 누군가와 말을 섞고 싶지 않고, 집에 가고 싶지도 않다.

구아파는 구시가의 비좁은 도로를 따라가면 나타나는 예스러운 골목에 숨겨져 있다. 주차 공간을 찾으려면 그 주변을 서너 번 정도 돌아야 하지만 그럴 만한 가치가 있는 곳이다. 봄이면 벌을 유혹하는 재스민 덩굴 두 줄기가 한껏 늘어져 입구를 가린다. 게다가 재스민 덩굴은 기가 막힌 향을 내뿜는다. 밤에는 매우 후텁지근하여 구아파로 들어갈 때면 불길로 걸어 들어가는 기분이다. 마즈와 나는 종종 재스민 덩굴 밑에 앉는다. 피부에 맺힌 땀이 가로등 불빛에 반짝인다. 귀가가 견딜 만해질 때까지 우리는 레드 와인을 마시고 담배를 피우며 대화를 나눈다.

바 내부는 어둡고 더러운 데다 맥주로 인한 악취를 풍

긴다. 벽에는 1960년대 아랍 영화의 포스터가 걸려 있다. 바에서 중심적인 역할을 하는 썩어 가는 당구대가 술을 마시며 서로를 지켜볼 수 있는 공간을 제공한다. 에어컨 대신 금방이라도 부서질 것 같은 선풍기 몇 대가 퀴퀴한 바람을 주변으로 날려 보낸다. 가장자리에 있는 사람들은 노트북의 환한 빛을 응시하며 담배를 피운다. 매일 밤 구아파의 직원은 가게 안에 둔 맥북으로 똑같은 노래 목록을 틀어 준다. 맥북은 노라의 것이다. 우울하거나 성난, 혹은 진지한 노래 목록도 노라의 것이다. 마음에 든다.

노라는 불만스러운 사람들이 모일 수 있는 술집을 만드는 데 도가 튼 사람이다. 이런 공간들은 찾기 어렵다. 가끔 무료함에 지친 무카바라트[2]가 노라를 데려가 심문하기도 한다. 무카바라트는 손님들이 왜 즐거워하지 않는지 묻고, 흥미가 떨어질 때까지 몇 주 또는 몇 달간 가게를 폐쇄한다.

구아파가 이렇게 오랫동안 남아 있는 것은 놀라운 일이다. 6년 전에 가게를 넘겨받은 노라는 무명의 싸구려 술집을 제법 알려진 싸구려 술집으로 바꿔 놓았다. 노라는 검은색 티셔츠와 청바지를 유니폼처럼 입는 레즈비언 부대와 늘 함께한다. 그들은 당구를 치거나 사회적 지위와 남편을 위해 이 비밀스러운 삶을 떠날 것인지에 대한

---

2 아랍의 비밀경찰 조직

고민으로 혼란스러워 하는 애인들과 장시간 작은 목소리로 논쟁을 한다.

지독한 땀 냄새와 오래된 맥주에도 불구하고 구아파의 분위기는 따뜻하다. 하지만 진짜 재밌는 일이 벌어지는 곳은 지하실이다. 마즈가 가장 빛나는 곳이기도 하다. 하이힐을 신는 순간 마즈는 강력한 힘을 갖게 된다. 조명 아래에서 반짝이는 선홍색 립스틱, 앞으로 살짝 숙인 머리, 마즈는 방 한가운데에 선다. 심지어 아무런 노력을 하지 않아도 모두의 관심을 한 몸에 받는다. 여장 실력이 좋아서 남자라는 것을 눈치 챌 수 없을 정도이다. 나도 커다란 갈색 눈동자와 눈썹 사이의 깊은 주름으로 겨우 알아본다. 구아파에 너무 오래 있으면 왠지 모르게 내게도 그런 주름이 생길 것 같아 늘 걱정이 됐다. 너무 많이 생각하도록, 항상 반항하도록 강요받기 때문이다. 모든 것에서 너무 멀어지고는 싶지 않다. 주름 없이도 충분히 다르다. 비정상의 흔적을 더 감당할 수는 없다.

누군가가 가까운 의자 위에 어제 자 「뉴욕 타임스」를 두고 갔다. 두 손에 뭔가 할 일을 주기 위해 나는 신문을 집어 들고 한 장씩 넘긴다. 3페이지에 로라의 기사가 실려 있다. 우리나라의 불안정한 상태에 대한 미국의 우려가 커지고 있다는 내용이다. 나는 신문을 다시 내려놓는다. 타이무르에게서 아직 연락을 받지 못했다. 무슨 말을 더 듣고 싶은 것인지는 나도 모르겠다. 나는 휴대 전화를 쳐다본다. 휴대 전화는 테이블 위에 삐기듯 놓여 있다. 이제 내 것이라기보다 타이무르의 것에 가깝다. 그리고 지금 둘은 합심하여 침묵 중이다.

결혼식에서 만나면 아무 일도 없었다는 듯이 행동할 거야? 나는 답장에 대한 기대 없이 문자를 보낸다.

나는 타이무르를 기다리는 고통에 익숙했다. 작년의 어느 저녁, 타이무르가 전화로 몇 주간 만나지 말자고 했다. 새벽에 몰래 집에 들어가다 아버지에게 들켰다는 것이었다. 거짓말을 하라고 했지만 타이무르는 아버지의 기대를 저버리지 못했다. 그래서 나는 매일 접근 금지 조치가 해제됐는지 확인하며 2주를 기다렸다.

그 사건 후로도 나는 타이무르가 연락을 줄지, 집에 들를지를 궁금해하며 기다림으로 수백 시간을 보냈다. 휴대 전화 진동 소리와 함께 딩동 하는 문자 음이 들렸다. 조만간 그 소리에 심장발작을 일으킬 것 같다. 가끔은 **가는 길**이라는 문자가 오기도 했지만 **오늘 밤은 안 돼**가 훨씬 많았다. **오늘 밤은 안 돼**는 항상 내 휴대 전화로 딩동 하고 날아 왔다. 정확히 왜 오늘 밤은 안 된다는 것이었을까? 너무 오고 싶었지만 다리가 없어서 내 침실까지 걸어올 수 없었던 걸까? 아니, 오늘 밤은 안 돼. 너무 무심한 말이다. 만나든 말든 상관없다는 말처럼 들린다. 어쨌든. 어쩌면 우리 둘 다 죽어서 다시는 보지 못할 것이다. 하지만 상관없다. 별일 아니다. 오늘 밤은 안 된다.

나는 맥주잔을 세게 내려놓는다. 맥주가 나무 테이블 위로 튄다. 쏟아진 맥주에서 대규모 시위를 하듯 거품이 일고 쉭쉭 소리가 난다. 나는 거품이 터지는 모습을 지켜본다. 거품 하나하나가 분노와 희망을 동시에 품은 군중의 얼굴처럼 보인다. 혁명을 창조하는 신처럼 쏟아진 거품과 맥주의 혼합물로 무엇이든 할 수 있을 것 같다. 곧 거품이 가라앉는다. 나는 손가락으로 중앙선을 그어 시위자들을 몇 개의 진영으로 분리한다. 내 손가락은 탱크이다. 그 손가락으로 시위 진영 중 하나를 파괴한다. 그리고 손가락을 테이블 위에 쭉 끌며 거대한 혁명의 바다를 만든다. 나는 나무 테이블 위에 전투 부대를 여러 개 만들고 서로 공격하는 모습을 상상한다. 그리고 또 다른 부대를 만들어 둘로 나눈다.

한쪽 구석에서 콧수염을 기른 호리호리한 남자가 내 시선을 끌려고 애를 쓴다. 내가 쳐다보자 남자가 씩 웃는다. 하지만 나는 황급히 시선을 돌린다. 섹스를 하고 싶은 생각이 없다. 어젯밤 침실문 밖에서 테타의 목소리를 들은 후부터 내 페니스는 쪼그라들어 있다. 카펫을 씹다 걸린 개처럼 수치심으로 인해 욕망이 자취를 감추었다.

타이무르를 잃는 것은 시간문제였다. 오랫동안 나는 타이무르를 곁에 두고 싶은 바람과 타이무르를 잃을 것 같은 두려움 사이에서 이러지도 저러지도 못했다. 하지만 그보다 더 두려운 것은 타이무르를 잃지 않았는데도 평생 이런 처지를 벗어나지 못하는 것이었다. 그것을 모두에게 어떻게 설명할까? 테타에게 어떻게 설명할까? 나는 타이무르를 납치하여 방 안에 영원히 가둬 두고 나만의 소유로 만들고 싶은 마음과 타이무르를 죽여서 내 삶에서 없애 버리고 싶은 마음 사이를 오락가락했다. 결국 치정에 의한 범죄냐 명예를 위한 범죄냐는 것이었다.

시간이 지나면 그런 감정들이 점점 더 편하게 느껴질 줄 알았다. 그러나 우리는 서로에게 더 깊이 빠져들었고, 나는 내 감정들과의 전쟁 안에 갇혀 버렸다. 나를 그냥 놓아 버리면 어떤 일이 벌어질까? 타이무르가 너무 가깝게 다가올 때면 나는 에두른 모욕이나 비난을 담은 문자로 타이무르를 밀어냈다. 버려질지도 모른다는 가능성이 관계에 악영향을 미쳤다. 버려짐에 대한 두려움이 우리 사이를 서성이고 있었기 때문에 거절은 항상 존재하는 위협이 되었다. 타이무르와 나는 누가 먼저 떠날지를 두고 경쟁했다. 버려질 지도 모른다는 위협은 버려지는 것보다 더 나쁘다고 생각한다. 나는 기다림을 견딜 수 없었다. 그래서 타이무르를 레일라에게 소개했다.

처음부터 그럴 생각은 아니었다. 나는 레일라에게 종종 만나 봐야 할 아주 특별한 사람이 있다고 했었다. 타이무르에 대해 과하게 칭찬하거나 좋은 말을 해주며 그런 상황을 즐겼다. 타이무르를 소개했을 때, 레일라는 묘한 눈빛으로 미소를 지었다. 얼마 후 나는 만나 본 소감을 물었다.

"나한테 이러지 마." 레일라가 웃었다. "우리 엄마 때문에 압박감은 충분히 받고 있거든" 하지만 이렇게 말하면서도 레일라의 눈에 호기심이 비쳤다. 수년 전 레일라의 마음속에 깊게 자리 잡은 난민 수용소의 주부들도 허락한다는 듯 격렬하게 고개를 끄덕였다.

당시 나는 레일라가 나와 같은 이유로 타이무르를 사랑하는지 확인하고 싶었다. 누군가가 타이무르를 사랑하는 이유를 큰 소리로 말하는 것을 들으면, 그게 내가 아니어도 좋을 것 같았다.

이런 생각을 얘기하자 타이무르는 그냥 웃어넘겼다.

"말도 안 돼." 타이무르가 말했다. "내가 뭐 하러 그러겠어?"

"우리가 함께하는 데 도움이 될 거야. 사람들의 의심도 덜 할 거고, 싫어?

"오늘 밤에 뭔가 나쁜 일이 일어날 거예요." 옆자리에 앉은 여자가 불쑥 이렇게 말하며 쏟아진 맥주로 그린 혁명에 몰두해 있던 나를 현실로 데려온다.

여자는 이십대 후반으로 보인다. 적갈색 머리와 심하게 부르터 자갈처럼 보이는 입술이 눈에 띈다. 여자는 혼자 앉아 있다.

"이 도시에서는 매일 밤이 그렇게 느껴지죠." 내가 대답한다.

"어쩌면요. 여기 온지 얼마 안 돼서 잘 몰라요." 여자는 내가 아닌 당구대를 쳐다보고 있다. 남자 둘이 담배를 입술 끄트머리에 아슬아슬하게 물고 당구를 친다. 남은 공이 얼마 없는 것으로 봐서 곧 끝날 것이다. 당구대의 녹색 천은 담뱃재와 검은 얼룩으로 지저분하다.

"어디서 왔어요?"

"난민 수용소요." 여자가 잘근잘근 씹은 손끝으로 헐겁게 들고 있던 위스키 잔을 벌컥벌컥 들이켠다.

"여긴 왜 왔어요?"

내가 잘못된 질문을 했다는 듯 여자가 나를 힐끗 쳐다본다.

"여기 왜 왔냐고요? 그러는 **당신**은 여기 왜 왔어요? 난 오면 안 되나요?"

"그런 뜻이 아니에요." 맙소사, 이 나라에는 자살 외에 사라지는 방법이 없는 건가? 논쟁을 하기에는 너무 피곤하다. 나는 돌아앉아 타이무르에게 다시 문자를 보낸다.

우리를 포기하지 마. 방법을 찾을 거라고 늘 말했잖아….

우리 관계를 지키기 위해 싸우고 싶지만 나는 지금 혼자 싸우고 있다. 당구 치는 남자들이 입에 물고 있는 담배나 성난 여자가 헐겁게 들고 있는 술잔처럼 나는 끊어진 줄 끝에 매달려 있다. 타이무르는 자포자기하고 우리의 실패를 받아들인 것 같다. 내 마음 깊은 곳의 진실한 내 일부, 실재하는 그것이 사라져 버린다. 이제 모든 것이 하나의 충동으로 환원된다. 타이무르를 만나는 것. 타이무르에게 키스하고 함께 도망쳐 이 거지같은 곳에서 벗어나는 것.

옆에 있던 여자가 지포 라이터를 딸깍하고 열어 불을 켠다. 그리고 곱슬머리에 닿을 만큼 가까이 가져가 담배에 불을 붙인다.

"수용소 밖에 있다가 봉쇄 조치가 내려져서 여기에 온 거예요." 여자가 두터운 연기를 내뿜으며 말한다. "수용소로 돌아갈 수도 없고 허가증도 만료되어서 오도 가도 못 하는 처지이죠."

"안타까운 일이네요." 나는 대답한다. 그리고 맥주잔을 바라보며 대화가 더 진전되지 않기를 바란다.

"난 이 도시가 싫어요." 여자가 말을 이어 간다. "제대로 돌아가는 일이 하나도 없는데 아무도 그걸 인정하려 하지 않아요. 세트장 위를 걷는 것 같아요. 책을 뒤집어 보니 사실은 제목이 적힌 종이 상자인 상황 있잖아요. 모두가 부인하고 있고…. 계속 겉치레나 하면서 모든 게 무너지고 있다는 사실을 애써 외면하죠. 이 빌어먹을 도시 전체가 조현병 환자 같아요."

"수용소에서 산다고 나아질 건 없어요. 동물원의 동물들처럼 그곳에 갇혀 UN의 지원을 기다리는 수밖에 없으니까요."

"적어도 영혼은 남아 있잖아요. 저항도 하고 목표도 있고요."

"야권을 지지하세요?" 내가 묻는다.

여자는 남은 위스키를 내려놓고 씁쓸하고 웃는다.

우리는 수박씨 껍질에 둘러싸인 채 잠시 말없이 담배를 피운다. 나는 맥주에 젖은 혁명으로 다시 돌아가 손가락으로 난민 수용소 몇 개를 그려 넣는다.

사람으로 서서히 채워지고 있는 홀을 바라보다 문득 고통에 압도당해 집으로 돌아가고 싶은 생각이 간절해진다. 무거운 침묵과 수치심이 흐르는 테타의 집이 아니라 부모님이 곁에 있었고, 어머니가 그림을 그렸고, 들뜬 마음으로 현관문 옆에 앉아 어머니가 집에 돌아오기를 기다렸던 그 시간으로. 그리고 양파와 호박과 리세스 피넛 버터 컵과 슬러시 퍼피의 시간으로.

"엉망을 만들어 놨네." 뒤에서 누군가가 말한다. 그리고 내가 만들어 낸 맥주의 폭동을 더러운 천으로 한 번에 쓱 닦아 낸다. 한때 혁명이 일어났던 곳에는 맥주의 흔적이 띄엄띄엄 남아 있다. 돌아보니 노라가 서 있다.

"어젯밤에 일찍 나갔더라." 노라가 의자 하나를 내 옆에 놓고 담배에 불을 붙이며 말한다.

"피곤했어."

"저기 저 남자 보여?" 노라가 손에 든 담배로 한 무리의 외국인들과 함께 술에 취해 웃고 있는 청년을 가리킨다.

"캐나다 대사의 아들이야. 겨우 열네 살이지만 여기서 술을 마시게 해줬어. 몇 달 전에, 저 친구가 우리 가게에 거의 매일 오다시피 할 때 내가 적어도 캐나다 비자 정도는 내줘야 하는 거 아니냐고 그랬지. 영주 비자일 필요도 없고 몇 달짜리 방문 비자면 된다고. 거기서 착한 캐나다 아가씨를 만날 수도 있으니까." 노라가 씩 웃으며 맥주를 한 모금 마신다. "그런데 '네, 물론이죠.'라고 말하고 여태 감감무소식이네. 한 주만 더 기다려 보려고."

"생각해 보니 몇 달 전만해도 우리가 거리로 나서면 세상이 갑자기 개방되어서 비자도 더 이상 필요 없을 거라고 생각했었는데."

노라가 웃는다. "기자가 나에 대한 기사를 쓰고 싶대. 중동에서 지하 술집을 운영하는 레즈비언으로. 만약 그렇게 하면 그 인간을 납치할 거라고 했어. 지금 내게 필요한 건 그것뿐이야. 지하실에서 일어나는 일들을 그 남자가 알았더라면 어땠을지 상상해 봐. 그 남자는 지금쯤 BBC와 통화하고 있었겠지."

나는 억지웃음을 지으며 맥주를 마신다.

"그건 그렇고, 나 오늘도 잡혀 갔었어." 노라가 말한다.

"또? 이번에는 뭣 때문에?"

"난 얌전히 지냈다고, 친구." 노라가 두 팔을 공중으로 쭉 뻗는다. "페이스북에서 전 혁명 그룹도 다 지우고, 활동가 모임도 더 이상 없을 거라고 공지했어. 자중했단 말이야. 그런데 오늘 오후에 놈들이 쳐들어왔어. 나만 정리를 하고 있었던 모양이야. 경찰들은 대화를 원했어. 가게에 대해 일상적인 질문을 할 거라고 하더군. 다섯 시간이 지나서 경찰서를 나왔더니 해가 지고 있더라. 그래서 생각했어. 도대체 무슨 일이 일어난 거지?"

바텐더와 눈이 마주친 나는 맥주를 더 달라는 신호를 보낸다.

노라가 말을 잇는다. "내가 슈퍼마켓에 들어가 여권을 바닥에 던지면서 이슬람 정부를 주문하는 영상을 가지고 있다는 거야." 노라는 씩 웃으며 고개를 흔든다. "그 양반들, 그 왕성한 상상력으로 영화라도 한 편 찍어야겠어."

"지하에 대해서도 물어봤어?"

"몇 가지 질문을 하긴 했는데 너무 애매해. 여기 오는 사람들에 관한 내용이랑 뭐 그런 것들이었어. 그냥 하고 싶은 대로 말하게 놔뒀어. 폐쇄 명령을 받으면 어디 다른 데 가서 또 열지, 뭐."

나는 담뱃불을 붙이고 한숨을 쉰 후 머리 위로 연기를 내뿜는다. 내 휴대 전화에 불이 들어온다. 타이무르의 문자를 읽는 동안 백라이트의 환한 빛에 술이 다 깬다. **미안해. 어젯밤 일 때문에 모든 게 달라졌어. 오늘 밤에는 오지 않는 게 좋을 것 같아⋯.**

제발 날 거부하지 마, 나는 답장을 보낸다. 그리고 휴대 전화를 내려놨다가 다시 금방 집어 들고 또 문자를 보낸다.

네가 그러면 우리 둘 다 불행해질 거야.

"표정이 너무 안 좋아 보여." 노라가 말한다. "무슨 일 있어?"

나는 어젯밤 일을 노라에게 말할지 잠시 고민하다 그러지 않기로 결정한다. 노라는 아마 매일 나와 같은 사연을 들을 것이다. 그 사연들은 슬픈 가족사진처럼 구아파의 벽에 걸려 있다.

"난 괜찮아. 그냥 좀 힘든 하루였어." 내 사연도 언젠가 저 벽에 걸리겠지만 지금은 혼자 간직하고 싶다.

수용소에서 온 여자가 떠나고 그 자리에 장발의 두 청년이 앉아 언더그라운드 음악을 만드는 신인 디제이들에 대해 토론한다.

"일렉트로닉이랑 전통 아랍 음악, 그리고 공격과 전투에서 포착한 소리의 혼합체 같아." 한 청년이 이렇게 말하자 다른 청년이 감탄하며 고개를 끄덕인다.

자욱한 연기 너머로 마즈가 걸어오는 모습이 보인다. 마즈는 검은색 청바지와 흰색 티셔츠, 그 위에 꽉 끼는 검은색 조끼를 입고 한쪽 어깨에 더플백을 매고 있다. 마즈는 한 손으로 앞머리를 매만지며 주변을 둘러본다. 내가 두 팔을 흔들자 마즈가 사람들을 헤치고 내게 다가온다. 여기에서도 눈 아래의 붓기가 보인다.

"부모님한테는 멍 자국을 어떻게 설명했어?" 나는 가

방을 바닥에 내려놓는 마즈에게 묻는다. 가발의 긴 갈색 머리카락 몇 가닥이 가방 한쪽에 삐져나와 있다. 마즈는 가방을 테이블 밑으로 툭 차 넣고 담배에 불을 붙인다. 얼굴에 말라붙은 피딱지가 없으니 훨씬 나아 보인다. 하지만 가까이서 보면 입술의 베인 상처와 퍼렇게 멍든 오른쪽 눈은 여전하다.

"싸웠다고 했어. 일장 연설을 들어야 했지만 벌써 잊으셨어. 아마 눈치는 챘을 거야. 하지만 아무 말씀 안 하시더라고. 우리는 늘 그렇듯 부정이라는 익숙한 춤을 췄지."

노라가 다가와 마즈에게 키스한다. 그리고 눈 밑의 멍 자국을 만지며 능글맞게 웃더니 바 뒤로 가서 마실 것을 준비한다.

나는 멍 자국을 쳐다본다. "안 좋아 보여. 진찰은 받았어?"

"실제보다 더 안 좋게 보이는 거야, 진짜." 마즈가 무덤덤하게 말한다. "성욕 때문에 늘 곤혹스럽지. 지난번에 얘기했던 그 아파트에 투자했어야 해. 그러면 사생활은 철저히 보장받았을 거야. 가구도 전혀 필요 없어. 정말이야, 매트리스랑 시트 몇 장만 있으면 돼. 하지만 우리는 돈을 전부 여기에 갖다 바쳤지."

"술값도 안 내면서 돈을 어디다 썼다는 거야?" 노라가 바 뒤에서 고함을 지른다.

"아무것도 아니야." 마즈가 말한다.

"너 그런 영화관 가는 거 정말 끊어야 해." 나는 마즈에게 말한다. "안전하지 않아."

"그것 때문에 일어난 일이 아닌 거 알잖아."

"그럼 뭣 때문인데?"

"내가 하는 일 때문이지." 마즈가 말한다. "내가 경찰들의 직권 남용에 대한 증거를 수집하고 있다는 걸 알고 있었어."

"여하튼 남자들 꾀러 다니지 않았으면 꼬투리 잡힐 일도 없잖아."

"그게 아니어도 꼬투리 잡을 거리는 많아."

"그러면 더 안전한 일을 찾아보던지."

"꼭 우리 엄마처럼 말하네. 게다가 내가 수집한 정권의 직권 남용에 대한 증거가 실제로 누군가의 분노를 조금이라도 일으켰다면 더 위험했겠지…."

노라가 위스키 여섯 잔이 담긴 쟁반을 들고 돌아온다.

"마셔, 그놈들이 오늘 밤 우리를 지켜볼 테니 원하는 대로 취해 주자고." 노라가 말한다. "그게 나라의 안정을 위해 더 나아."

우리는 각자 두 잔씩 마신다. 위스키를 삼키자 식도가 화끈거린다. 위장에 불이 난 것 같다. 나는 얼굴을 찡그리고 담배에 불을 붙인다.

"그래, 마즈." 노라가 말한다. "영화관에서는 재미 좀 봤어?"

"화장실 칸막이 안에서 잡혔어. 알 샤르키예에 산다는 어떤 남자랑 있었거든. 근사한 물건을 가지고 있었지. 그런데 그 미친놈들이 들이닥친 거야. 제복도 입지 않은 상태였어. 그래서 다른 남자들이랑 비슷해 보였던 거야. 사람들이 비명을 지르며 달아났어. 아마 출입구를 막아 놓고 우리를 양떼처럼 한 곳으로 몰았던 것 같아. 막다른 길로 몰렸거든. 몸수색을 하면서 사탄의 도구를 찾는다고 했는데….'

마즈가 어느 때보다 자신감 있고 활기차 보인다. 목소리가 기관총처럼 두두두두 하고 나온다. 체포와 모욕, 그리고 "성적 취향을 확인"하기 위한 항문 검사가 마즈의 자신감을 북돋운 것으로 보인다. 마즈는 엉덩이에 달걀이 박혔던 경험을 명예 훈장처럼 가지고 다닌다. 자신에게 어떤 일이 있을 수 있었는지는 신경 쓰지 않는 걸까? 마즈가 그렇지 않다고 해도 나는 분명히 신경 쓰인다.

"오늘 밤 공연에 멍든 눈을 녹여 낼 방법을 찾을 생각이야." 마즈가 킥킥거리며 말한다.

"음, 그때까지 가게 문이 열려 있길 바라자." 노라가 말한다.

"우리는 게이라는 이유로 어디에서든 공격당해." 나는 말한다.

"게이라서 공격당하는 게 아니야." 마즈가 대답한다. 마즈가 말하는 동안 어느 때보다 깊어 보이는 눈썹 사이의 주름이 움찔거린다. "화난 사람들과 약자들을 괴롭히는 건 정권이야. 짓밟히고 억압받는 사람들, 가난한 사람들, 여성과 난민, 불법 이민자들도 마찬가지지. 오늘 경찰이 몇 시간 만에 날 풀어 줬어. 왜 그러는 줄 알아? 내가 영어를 유창하게 하고 서부 외곽 지역에 살기 때문이야. 날 죽이기에는 정치적으로 감당해야 할 대가가 너무 크거든."

"당연하지." 노라가 술잔을 들며 말한다. "저항을 위하여!"

"그 구호는 이제 게이들을 싫어하는 종교광들이 장악하고 있잖아." 나는 말한다. "어떻게 그런 건배사를 할 수 있어?"

노라가 손가락 하나를 추켜든다. "독실하다고 해서 반드시 게이들에 반대하는 건 아니야. 많은 사람들은 그저 서양에 의해 도입된 엄격한 성적 체계에 반대하는 거야. 무분별하게 동성애를 반대하는 사람들은 꾸란을 잘못 이해하고 있는 거고."

"그건 사실이 아니야." 나는 반박한다. "예언자 롯의 이야기 기억 나? 이슬람은 노골적으로 동성애를 비난해. 그리고 다른 견해를 가졌다는 소위 진보적인 성직자들도 망상에 빠져 있어."

마즈는 소리 내어 웃는다. "독실한 성직자가 된다는 것의 진정한 본성은 반드시 망상으로 연결돼. 게다가 아랍 사회는 이슬람과 상관없이 그 이전부터 아주 오랫동안 동성애를 수용해 왔어. 파티를 망친 건 얌전한 척 하던 빅토리아 시대의 사람들이야."

"네 말은 잘못되었어, 라사." 노라가 말한다. "신이 소돔과 고모라를 파괴한 건 동성애 때문이 아니야, 당시에 만연했던 탐욕과 범죄, 방탕함 때문이었어, 정말…"

"구아파처럼 말이지." 마즈가 빈정거린다.

"그래, 비슷하다고 볼 수 있지. 정말 지옥이 있다면 우린 지옥의 불구덩이에 던져질 거야."

"어찌 보면 이 대화야말로 내가 생각하는 지옥이야." 내가 말한다.

"어쨌든," 노라가 말한다. "난 정권에 반대하는 모든 사람을 위해 잔을 들겠어."

나는 고개를 젓고 마법처럼 눈앞에 나타난 새 맥주를 마시기 시작한다. 세 번째인지, 네 번째인지 확실하지 않지만 억압받는 느낌이 조금씩 사그라들기 시작한다. 타이무르와 내게 일어난 일을 정권의 탓으로 돌리고 싶다. 그리고 화도 내고 싶다. 나는 담배를 공중에 흔들며 정권의 몰락과 제국주의의 종말을 요구할 수 있었다. 하지만 정말 내가 할 수 있는 건 무엇일까? 테타의 몰락을 요구하는 것?

"난 모든 사람이 개혁 절차에 서명하면 좋겠어." 나는 말한다. "모두가 협상을 해야 하지만, 정말 진심이야."

"개혁 절차라." 노라가 비웃는다. "그건 우리의 자율적 결정을 보고 싶어 하지 않는 서양이 주도하는 거잖아. 그들은 사형 집행 영장에 직접 서명하라고 우리에게 펜을 줬어. 그런데 정작 우리는 잉크 색을 가지고 논쟁하고 있단 말이야."

"게다가," 마즈가 생각의 속도를 따라잡으려는 듯 더 빠르게 말한다. "수십 년간 우리 삶을 지옥으로 만든 범죄자 정권과 협상해야 한다고? 그놈들의 두 손에 묻은 피는 어쩌고? 그 빌어먹을 놈들 다 지옥에 가야 해."

"손에 피 묻히지 않은 사람이 어디 있어?" 나는 말한다. "요즘 같은 세상에 손에 피를 묻히지 않았다는 건 아무런 힘도 없다는 뜻이야. 정 그러면 손에 피를 묻힌 사람들도 심판대에 올려. 상관없어. 난 그 사람들이랑 붙어먹으려는 게 아니라 이 모든 멍청한 짓을 멈추게 하고 싶을 뿐이야."

"저항하는 자들이 승리할 거야." 노라가 말한다. "그리고 난 정권의 마지막 쥐새끼들이 모조리 사라질 때까지 그들 곁에 서 있을 거야."

두 사람 모두 내게 다른 걱정거리가 있다는 것을 모르는 것 같다. 혁명가들에게는 더 중요한 걱정거리가 있을 것이다. 절망한 나는 더 말하고 싶지 않아서 화장실에 간다. 금방이라도 무너질 듯한 계단을 내려가는 동안, 음악이 강렬한 비트로 바뀐다. 소변기 앞에 서서 깨진 벽을 바라보는데 주머니에서 문자 음이 들린다. 나는 소변을 누면서 한 손으로 휴대 전화를 꺼내든다.

힘든 거 알아…. 타이무르의 문자다.

나는 바로 돌아간다. 마즈 혼자 앉아 있다. 마즈는 옆 자리에 앉는 나를 지켜본다.

"방금 네가 아침에 보낸 문자 읽었어." 마즈가 말한다. "진짜 할머니한테 들켰어?"

"응."

"왜 더 빨리 말하지 않았어?"

"너도 걱정해야 할 문제들이 있잖아."

"미안해." 마즈가 말한다. "하필이면 어젯밤에. 타이무르하고 아직 얘기 안 해 봤어?"

"문자만 몇 개 주고받았어." 타이무르를 보러 레스토랑에 갔던 일은 건너뛴다. "우리 사이에 아무 일도 없었던 것처럼 행동하면 어쩌지? 지난 3년은 그저 나만의 망상이라는 듯 말이야. 어쩌면 나만 그렇게 생각했던 건지도…."

"너도 아닌 거 알잖아." 마즈가 내 어깨에 손을 얹는다.

"그런가?" 입에서 신음이 새어 나온다. 괴로움이 위장의 구덩이로 가라앉는다. 금방이라도 울음이 터져 나올 것 같다. "너라도 그렇게 단언할 수는 없어. 내가 거짓으로 모두 꾸며 낸 후에 너를 내 환상 속으로 끌고 들어온 걸 수도 있잖아. 지금 타이무르와 나 사이는 비밀이라 관계가 깨지면 아무것도 남지 않아. 아무 일도 없었다는 듯 흔적도 없이 사라지지. 남는 건 단지 기억뿐이야. 그리고 난 내 기억을 믿을 수 없어."

"네가 뭔가를 입증하는 데 타이무르가 꼭 필요한 건 아니야."

"그래, 하지만 타이무르와 얘기를 해야 해. 어젯밤 일이 그저 악몽이 아니었기를 확인할 수만 있으면 좋겠어."

"결혼식에 가지 마."

"가야 해. 결혼식에 가지 않는 건 에이브야."

"에이브의 횡포군." 마즈가 한숨을 쉰다.

나는 이마를 문지르고 남은 맥주를 마신다. 담뱃재가 죽은 물고기처럼 맥주 위에 둥둥 떠 있다. 셰릴 크로의 노래가 배경 음악으로 깔린다. 하루하루는 꾸불꾸불한 도로와 같으며 우리 모두 갈수록 더 기분이 좋아진다는 내용이다.

"있잖아." 나는 마즈를 향해 고개를 돌린다. "타테마에라는 일본 말이 있어. 어떤 사람이 믿는 척하는 무엇, 또는 사람들이 사회의 요구를 충족시키기 위해 보여야 하는 행동이나 의견을 뜻하는 단어야. 적어도 일본은 그 단어가 가식이라는 걸 인정해. 하지만 우리에게는 에이브일 뿐이야. 모든 게 보여 주기 위한 것이라는 인식조차 없지."

"하지만 너도 여전히 그걸 믿잖아. 이 도시 최고의 겁쟁이를 위해 울고… 타이무르는 정권의 지지자야. 그 이유가 뭔 줄 알아? 무서워서 그래. 정권의 지지자 중에서도 최악의 유형이지."

"넌 타이무르의 상황을 모르잖아."

"그럼 너도 겁쟁이야." 마즈가 말한다. "두려움 때문에 놔주지 못하고 있으니까. 다들 두려움의 반대가 욕망이라고 하지. 우리는 두려운 것으로부터 도망쳐 욕망하는 것을 향해 가. 하지만 두려움과 욕망은 그보다 더 복잡해. 모든 욕망의 중심에 두려움이 있고, 모든 두려움의 중심에 욕망이 있어. 그래서 궁금해. 타이무르를 향한 욕망 속에 정확히 어떤 두려움이 있는 거야?"

"있잖아, 마즈. 난 너와 달라. 내게는 수치심이란 게 있어. 괴짜처럼 굴면서 돌아다닐 수 없다고."

"그게 대체 무슨 개소리야?" 마즈가 의자를 밀어제치며 쏘아붙인다.

"그런 뜻이 아니야." 나는 말한다. "난 그냥 보내주지 못하겠어. 왜냐하면 테타, 타이무르는…, 나와 함께해야 할 내 전부니까."

"그럼 난 뭐라고 생각하는데?" 마즈가 날카롭게 말한다. 이마의 주름이 사납게 움찔거린다. "넌 늘 혼자가 되는 것에 대해 말하지. 근데 우린 모두 혼자야. 이 나라 사람들 모두 어딘가에 소속되기 위해 오스카상 수상자 수준의 연기를 펼치고 있어. 아르마니 가방을 맨 여자는 어

때? 아니면 하루에 다섯 차례씩 멍든 이마를 바닥에 찧
는 남자는? 아니면 고릴라처럼 가슴을 내밀고 진압봉을
들고 돌아다니는 경찰관은? 모두 내가 가발을 쓰고 춤출
때처럼 똑같이 연기하는 거야. 사람들 모두 연기하고 있
어." 마즈는 손가락으로 나를 가리킨다. "네 문제는 말이
야, 라사. 융합되고 싶어 한다는 거야. 하지만 주위를 둘
러봐. 진짜 융합될 수 있는 건 없어."

　내가 미처 반응을 보이기도 전에 마즈는 자리에서 일
어나 담뱃갑을 집어 뒷주머니에 넣는다. 그리고 준비를
하기 위해 더플백을 들고 계단을 쏜살같이 내려간다.

　마즈가 지하로 내려가자마자 나는 바스마의 차에 올라
탄다. 바스마의 용수철 같던 곱슬머리는 곧게 펴진 채 의
도적인 웨이브에 의해 얼굴 양쪽으로 흘러내린다. 바스마
는 결혼식이 열리는 호텔을 향해 출발한다.

　우리는 도로를 질주한다. 라디오에서 테크노 음악이 시
끄럽게 쾅쾅 흘러나온다. 바스마는 한 손을 핸들에 얹고
다른 한 손으로 대마초를 말고 있다. 나는 조수석에 기운
없이 앉아 있다.

　타이무르를 만날 시간이 조금씩 가까워진다. 얼굴을
보자마자 심장이 발아래까지 털썩 내려앉을 것이다. 나
는 비밀 연애의 위험성을 늘 인지하고 있었다. 그런 사랑
은 확인이 불가능하다. 한 번 훅 풍겼다가 언제든 흔적도

없이 소멸할 수 있는 달콤한 장미 향과 같다. 만약 관계가 정말 끝난다면 누구도 우리 사랑의 존재를 알지 못할 것이다. 내일 아침에 일어나 인생의 빈 구멍을 감추기 위해 가면을 쓸 수 있을까? 내일은 고사하고 당장 오늘밤부터 그럴 수 있을까? 모든 것이 산산이 무너져 버린 과정에 대한 언급 없이도 사람들과 대화를 나눌 수 있을까? 내게는 가면을 쓸 힘이 남아 있지 않다. 감정들이 내 안에서 거짓을 위해 썩어 가게 둘 수 없다. 그러기에는 너무 슬픔과 외로움이 너무 크다.

"검문소가 있어." 바스마가 말한다. "보이지 않게 빨리 숙여."

나는 몸을 둥글게 말아 조수석과 대시보드 사이의 공간에 숨는다. 메이크업 상자와 향수병들이 옆구리를 찌른다.

바스마는 잠시 속도를 늦췄다가 다시 액셀을 밟는다.

"검문소에서 멈출 필요 없었어. 여자들에게만 주어지는 특전이지." 바스마가 키득거린다. "이제 일어나도 돼."

"난 사회가 싫어." 나는 바닥에서 몸을 일으켜 세우며 말한다.

"사회도 널 싫어할 거야. 자." 바스마가 대마초를 건넨다. "이게 필요할 거야. 취하면 안 되는 결혼식이잖아."

"둘 다 독실하지 않아서 상관없을 거야."

나는 이미 용납할 수 없을 정도로 취해 있지만 몇 잔은 더 마실 수 있다.

"하객들을 불쾌하게 하고 싶지 않을 텐데."

"취하면 안 되는 결혼식이라니, 난 이미 불쾌한 걸." 나는 말한다. "불쾌할 만한 문제가 아닌가?"

"응, 아니야. 어쨌든 옆집에 사는 바 매니저가 우리 삼촌 친구야. 얘기를 잘 해놨으니 몰래 몇 잔은 줄 거야."

나는 대마초에 불을 붙이고 빨아들인다. 이제 이걸로 끝이다. 오늘 이후로 난 혼자가 될 것이다. 하지만 온전한 혼자도 아니다. 내 마음이 슬픔 속에 홀로 남겨져 있는 동안에도 대외적인 나는 웃는 낯으로 사람들 속에 섞여서 함께 가식을 떨 것이다.

대마초가 나를 강타한다. 모든 것이 멍하고 흐릿해지기 시작한다. 항상 이런 기분이라면 그렇게 나쁠 것도 없을 것이다. 나는 한 모금을 더 빨아들인다.

"이 결혼식이 열리다니 믿을 수가 없어." 나는 라디오 소리보다 더 크게 외친다. "완전 허울이라고. 레일라는 대학 때부터 알았어. 그때만 해도 지독히 정치적인 친구였는데 지금은….."

"그리고 지금은 나라에서 가장 부유한 가문들 중 한 곳의 자녀와 결혼을 하지. 그러니까 여전히 정치적이라고 할 수 있어." 바스마가 내 대마초를 가져가 담배처럼 손가락 사이에 끼운다. 바스마의 손톱은 짙은 진홍색으로 칠해져 있다.

"가식적인 인간." 나는 혼자 중얼거린다. 차 안에 연기가 가득하다. 음악 때문에 머리가 아프다. 음량을 낮추려고 버튼으로 손을 뻗자 바스마가 내 손을 쳐낸다.

"마즈랑 같이 있었어?" 바스마가 묻는다.

"응. 들었어?"

"뭘 들어? 내가 무슨 얘기를 들을 시간이 있다고 생각해, 하비비? 난 죽도록 일만 하다가 지긋지긋한 수면제 한 알 먹고 바로 잠들거든."

차가 신호등 앞에 멈춰 선다. 낯선 차가 우리 옆에 선다. 살라피[3] 스타일의 턱수염을 기른 중년의 운전자가 바스마에게 창문을 내리라고 손짓한다. 바스마는 잠시 실랑이를 하다 창문을 내린다. 연기가 살짝 열린 창문 틈으로 빠져나가 공기 중에 흩어진다.

"왜요?" 바스마가 말한다.

"저녁 기도 시간이에요." 남자가 말한다. "예의 좀 지킵시다, 음악도 끄고요. 하람이에요."

"여자들 일에 간섭하다니 에이브인 줄 아세요." 바스마가 에이브를 비장의 카드처럼 들먹이며 말한다. "본인 일이나 신경 쓰시라고요." 바스마는 창문을 올리고 내게 대마초를 건넨다.

"어딜 가나 에이브, 에이브, 에이브. 대체 에이브가 아

---

3 극우파 무슬림

닌 게 뭐야?" 나는 중얼거린다. 신호등이 녹색으로 바뀌고, 우리는 다시 출발한다. 그리고 우회전하여 결혼식 피로연이 열리는 호텔로 이어지는 도로에 들어선다. 호텔은 5년 전 걸프 머니로 지어졌다. 건물은 모래 색깔의 돔 형태로 아라비안나이트의 테마파크처럼 생겼다. 밝은 노란색의 스포트라이트가 호텔 벽과 기둥을 비추어 모래 색깔의 벽이 금을 바른 것처럼 보인다. 거의 매일 밤 호텔의 첨탑 지붕에서는 지평선을 향해 파란색 레이저를 쏜다. 레이저는 도시로부터 호텔을 보호하는 힘의 장벽 같다. 알라딘이 라스베이거스의 레이저 쇼를 만난 것이다. 어디서든 반짝이는 호텔을 볼 수 있다, 마치 시내 한복판에 착륙하여 그곳에 머물기로 결정한 우주선처럼. 정전 중에도 레이저가 꺼지지 않는 몇 안 되는 건물이다. 물론 심문소도 마찬가지이다.

우리는 주차장으로 들어선다. 주차장은 꼬마전구로 장식된 커다란 야자나무에 둘러싸여 고립되어 있다. 호텔의 보안 체계는 세 단계로 이루어져 있다. 첫 번째는 지면에 솟아 있는 금속 스파이크로 차량 진입을 막기 위한 것이다. 바스마는 스파이크 앞에서 차를 공회전 시킨다. 무장한 보안 요원이 끝에 거울이 박힌 조잡한 금속 봉을 들고 차 주변을 도는 사이, 다른 보안 요원은 안테나처럼 생긴 막대기로 차를 겨누며 마찬가지로 차 주변을 돈다. 그 모습을 보니 미국 공항의 보안 검색대를 지나면서 보았던 경고문이 떠오른다. 엑스레이 기계를 통과한 후에 나는 한쪽으로 끌려가서 몸수색을 받았다. 보안 요원이 내 몸을 더듬고 있는 동안, 나는 보안 요원의 뒤에 있는 책상에 붙여진 경고문을 보았다. 그 경고문은 타임즈 뉴로만체로 큼지막하게 적혀 있었다. **기억하라! 당신은 1차 방어선이다!** 그걸 보자 모두가 몸을 사리는 이유가 나 때문이라고 느낄 수밖에 없었다. 호텔 보안 요원들이 얼마나 자주 자신을 1차 방어선으로 생각할지 궁금해진다.

보안 검사를 통과한 후 바스마가 차 열쇠를 주차 요원에게 준다. 우리는 호텔 입구로 들어가 금속 탐지기와 엑스레이 기계로 걸어간다. 각 보안 단계마다 특권층의 보호막 안으로 더 깊이 들어가는 기분이다. 나는 금속 탐지기 앞에서 휴대 전화와 벨트, 라이터, 담배를 꺼내어 플라스틱 바구니에 넣는다. 나는 정치적 견해를 꺼내어 바구니 안에 깔끔하게 넣는 모습을 상상한다. 보안 검색을 당하는 것에 대한 숨겨진 분노를 꺼내어 바구니에 넣는 모습도 상상한다. 나는 이 결혼식에서 내 분노, 나는 결코 이런 결혼식을 할 수 없을 것이라는 슬픔, 그리고 시위를 나가거나 단체를 조직하거나 성명서를 발표해야 하는 때에 결혼식에 온다는 것 자체에서 느끼는 위선을 꺼낸다. 나는 이 모든 감정을 바구니에 넣고 금속 탐지기를 통과한다.

나는 휘황찬란한 로비에 들어선다. 멋진 양복을 입은

남자가 홀 중앙에서 그랜드 피아노를 연주하고 있다. 나는 차 바닥에 쭈그리고 있느라 먼지로 뒤덮인 양복을 내려다본다.

"전부 금이네." 나는 혼자 중얼거린다.

"결혼식장은 어디예요?" 바스마가 안내원에게 큰 소리로 묻는다. 안내원은 우리를 커다란 문으로 이어지는 붉은 카펫으로 안내한다. 나는 걸으며 바닥을 내려다본다. 빨갛고 하얀 장미꽃 잎이 카펫 위에 뿌려져 있다. 일부 꽃잎에는 신발 자국이 남아 있다. 안내원이 육중한 문을 열자 결혼식장이 나타난다.

결혼식장이 정말 으리으리하다. 향수 냄새로 숨이 막힌다. 이탈리아식 정장을 입은 남자들과 입술을 칠하고 고급스럽게 머리를 한 여자들이 서로에게 키스를 날리며 얼마나 행복한지에 대해 이야기한다. 몇몇은 레일라의 부모님에게 인사하려고 줄을 서서 기다리고 있다. 마치 집행대 앞에서 총살을 기다리며 서 있는 것 같다. 한쪽에 밴드가 준비되어 있다. 신나는 수다에 묻혀 클래식 음악은 들리지 않는다. 결혼식장 중앙에 이니셜 L과 T를 새긴 하트 모양의 조각이 있는 분수가 서 있다. 도르래에 달린 카메라가 공중을 날아다니며 거대한 결혼식장의 전경을 조감으로 촬영하고 있다. 무슨 말을 꺼내려는 차에 불빛이 번쩍한다. 나는 깜짝 놀라 움찔한다. 잠시 귀가 멍해지고 별이 보인다.

"이게 우리가 해야 할 일이구나." 바스마가 진홍색 손톱으로 입술을 두드리며 말한다.

옆에 있는 한 무리의 여자들이 신나서 떠든다. 모두 발끝이 트인 구두를 신고 있다. 다양한 톤의 분홍색을 깔끔하게 칠한 발톱이 보인다. 여자들의 완벽하게 관리된 발에 감탄하고 있는데 바스마가 팔을 잡아당기더니 한 무리의 남자들을 가리킨다.

"저기 신랑이 있다. 가서 인사하자."

"바빠 보여." 나는 문득 초조해져 말한다. "나중에 인사하자."

"라사, 여기까지 와서 신랑에게 인사를 안 하다니. 에이브야!" 바스마가 내 손을 움켜쥐고 사람들 쪽으로 당긴다. 남자들은 떼 지어 모여 있다. 우리가 걸어가는 동안 누가 막 상스러운 농담을 했는지 남자들이 웃음을 터뜨린다. 저런 자신감을 가지고 사람들과 쉽게 사귀는 게 어떤 기분일지 궁금하다. 어느새 남자들은 흩어지고 나는 타이무르와 마주한 내 자신을 발견한다.

"축하해." 바스마가 타이무르의 목을 끌어안으며 말한다. 고가의 양복을 입은 타이무르의 뺨이 조명 아래에서 빛난다. 나는 타이무르의 후줄근한 모습을 좋아했지만 오늘 밤은 날 위해 차려입은 것이 아닌 듯하다. 타이무르는 바스마의 어깨 너머로 나를 쳐다본다. 공허한 미소로 도배된 표정이다. 바스마가 놓아주자 타이무르는 내 손을 힘껏 잡고 흔든다. 타이무르의 손바닥에서 신호를 찾아보지만 아무것도 없다. 그저 빠르고 강한 악수뿐이다. 그리고 다시 텅 빈 손으로 돌아간다.

"레일라는 어디 있어?" 바스마가 묻는다.

"위층에서 준비하고 있어." 타이무르가 대답한다. "머리 손질에 문제가 있나 봐." 오, 레일라. 웨딩 마피아라는 개념을 받아들인 후에도 여전히 작은 문젯거리라도 찾고 있구나.

"가서 도와줘야겠다." 바스마가 말한다. "라사, 테이블 좀 잡아 줄래?"

바스마가 사라지고 둘만 남자 타이무르의 미소가 사라진다.

"오늘 일은 미안해."

"괜찮아. 축하해." 나는 말한다.

"난 복 받은 사람이야."

"오, 제발."

"멋져 보인다, 라사."

"고마워, 타이무르. 이 옷이랑 웨딩드레스 중에 고민을 했거든, 그래서…."

타이무르가 내 팔을 붙잡고 한쪽으로 끌고 간다.

"점잖게 굴지 않을 거라면 오지 말았어야지." 타이무르가 쉿 하고 주의를 준다.

"보고 싶었어. 얘기하고 싶었다고."

"여기서 얘기할 건 없어." 타이무르가 나와 저 앞에 있는 여자들을 빠르게 번갈아 보며 속삭인다.

"알았어, 갈게." 내가 걸음을 떼자 타이무르가 내 팔을 다시 붙잡고 끌어당긴다.

"지금 가면 안 돼. 사람들이 수군댈 거야."

"그러라고 해."

"제발 부탁이야. 레일라는 네가 있어 주길 바랄 거야. 나도 그렇고."

"좋아. 저기, 네게 줄 게 있어." 나는 압달라의 사진 뒷면에 쓴 편지를 꺼내려고 주머니에 손을 넣는다.

"뭔데?" 타이무르가 묻는다. 여자들이 겨우 몇 미터 거리에 있다. 타이무르가 여자들에게 공허한 미소를 지어 보인다.

"지금은 안 돼. 잠깐 틈이 날 때 찾아 와. 그때 다시 얘기하자."

타이무르가 대답하기도 전에 여자들이 우리를 향해 다가온다. 그리고 타이무르를 빙 둘러싸는 바람에 나는 원 밖으로 밀려난다. 나는 곁눈질하지 않으려 애쓰며 거대한 유리 샹들리에가 걸린 천장을 올려다본다. 예쁘게 화장한 여자들과 하이 파이브를 하며 축하 인사를 하는 남자들로 이루어진 이 사회는 내 것처럼 느껴지지 않는다. 내 자신이 부자연스럽게 느껴진다. 입에서 해골이 튀어나

올까 봐 말하기 두렵다. 너무 많이 돌아다니다 내 비밀의 악취가 결혼식장에 퍼질까 봐 두렵다. 썩어 가는 시체의 역겨운 냄새처럼 지독할 것이다.

나는 "신부 입장"의 재즈 버전을 연주하는 밴드 쪽으로 걸어간다. 그 옆에서 타이무르의 어머니가 하객들에게 인사하고 있다. 나는 축하 인사를 건넬까 고민하다 오늘 오후에 레스토랑에서 만났던 일을 기억할까 봐 그만둔다. 괜히 대화를 하다 내가 정확히 누구이며 어젯밤에 아들이 어디에 있었는지에 대한 세부 사항을 흘릴지도 모른다. 만약 타이무르가 가족을 잃는다면 우리는 다시 대등해질 것이다. 타이무르의 곁에 나만 남을 것이고, 나와 함께할 수밖에 없을 것이다. 다시 우리 둘이서 세상과 맞설 것이다.

하지만 나는 분수 주위에 놓인 매끈한 유리 테이블로 걸어간다. 그리고 몇 년 전 타이무르와 욕실에서 탱고를 추었던 때를 떠올린다. 우리 둘뿐이었고, 지루했고, 더 재밌는 일을 찾지 못했다. 우리는 손을 맞잡고 앞뒤로 행진하듯 걸었다. 그리고 나는 타이무르에게 아이를 가질 생각을 해 봤느냐고 물었다.

"만약 도망칠 수 있다면 여자와 결혼할 일은 없겠지만, 결혼을 한다면 아마 아이를 갖겠지."

타이무르가 한 손으로 나를 감싸 안았고 나는 타이무르에게 기댔다.

"남자랑 산다면 입양할 생각은 있어?" 나는 머리 위에서 왔다 갔다 하는 타이무르를 바라보며 말했다.

"전혀 없어." 타이무르가 단번에 나를 일으켜 세웠다. "이상하잖아."

"사랑하는 두 남자가 아이를 입양하는 게 이상하다고? 왜?"

"모르겠어. 그냥 이상해." 타이무르가 말했다. "사회를 거스르는 일이니까." 우리는 서로의 발에 걸려 넘어졌다. "원-투-쓰리-턴이야, 맞지?"

나는 고개를 끄덕였다. "사회가 뭐야? 그러니까 사회의 규칙이란 게 대체 뭐냐고?"

"그건 그냥 사회를 거스르는 일이야." 타이무르는 같은 대답을 하고 내게 키스 했다.

그리고 이튿날 나는 마즈에게 남자 둘에게 입양이 허용되어서는 안 된다고 말했다. 나는 단지 어떤 느낌인지 확인하기 위해 그 주장을 내 입으로 직접 말해 보았다. 그런데 놀랍게도 마즈는 내 의견에 동의하며 입양은 동성애를 거세하는 이성애적 행위라고 말했다.

나는 결혼식장을 둘러본다. 그리고 이것이 사회라고 내 자신에게 말한다. 주머니에서 휴대 전화 진동음이 들린다. 나는 전화기를 꺼내어 마즈의 문자를 읽는다.

오늘 밤 일은 안 됐다. 나중에 만나서 얘기하자, 알겠지?

"레일라와 타이무르에게 한 마디 해주실래요?" 등 뒤

에서 낯선 누군가가 말한다. 휴대 전화를 주머니에 넣고 돌아보니 빨간 드레스를 입은 여자가 한껏 들뜬 모습으로 두 여성 하객들에게 카메라를 들이대고 인터뷰 중이다. 여자는 페르시안 고양이처럼 폭신폭신한 흰색 마이크를 들고 있다.

"오, 세상에. 마브룩, 축하해. 얘들아!" 감청색 드레스를 입은 여자가 새된 목소리로 소리친다. 긴 머리카락이 한 치의 오차도 없이 손질되어 있다.

"마브루우우크." 옆에 있던 여자가 아양을 떨며 말한다. "섹스 많이 하고."

두 여자는 킥킥거리며 사라진다. 마이크를 든 여자는 시선이 나와 마주치자 내게 저돌적으로 다가온다. 카메라맨이 전선을 요리조리 피하며 기를 쓰고 따라온다.

"레일라와 타이무르에게 한 마디 해주시겠어요?" 여자가 흰색 마이크를 내 얼굴에 갖다 대고 말한다.

나는 말없이 카메라를 응시한다.

"웨딩 비디오에 넣을 거예요." 여자가 거든다.

"글쎄요." 나는 말한다. "두 사람 행복하게 살길 바라."

여자는 만족스럽지 못한 표정이다. "또 다른 건 없나요?" 여자가 묻는다.

"없어요."

"조언 같은 것도 없어요?"

카메라 렌즈에 비친 내 모습이 얼핏 보인다. 머리카락

은 헝클어져 있고 두 눈은 아주 작고 까만 조약돌 같다. 불빛을 따라 나온 야생 동물처럼 보인다. 나는 숨을 깊게 들이쉰다.

"서로 아끼고 사랑하는 두 사람이 함께하게 되어서 행복해요. 언젠가 우리 모두 두 사람처럼 행운을 만날 것이라는 희망을 갖게 되네요."

여자는 만족한 듯 보였다. 카메라가 다른 하객을 찾아 줌 아웃 한다.

몇 달 전 약혼 파티가 열렸던 밤에 나는 타이무르가 준비하는 것을 도왔다. 그날 밤처럼 사회에서의 역할을 연기할 때, 타이무르는 종종 초조하거나 멍해 보였다. 타이무르는 우리가 만든 작은 세상과 아주 동떨어진 곳에 있었다. 처음에는 우리만의 세상으로 돌아오지 않을 것 같아 걱정했었다. 하지만 얼마 지나지 않아 그것이 타이무르의 원래 모습임을 받아들였고, 그럼에도 불구하고 타이무르를 향한 사랑을 멈추지 않았다.

그러나 그날 밤, 넥타이 묶는 법을 보여 주는데 타이무르가 갑자기 손을 붙잡고 내 눈을 들여다보았다.

"라사?" 타이무르의 목소리가 간절하게 들렸다.

"왜?"

"내가 왜 이러고 있는 걸까?" 타이무르의 눈에 눈물이 차올랐다. "난 가족을 바라보며 그들이 얼마나 행복해하는지 지켜 봐. 모두가 기뻐하고 있지. 하지만 내 기쁨은 거짓이라는 생각만 들어. 내 삶의 모든 것이 거짓이야."

나는 넥타이를 놓고 타이무르의 뺨을 어루만졌다. "하지만 우린 거짓이 아니야."

"그럼 우린 뭐지? 뭐라도 되나? 가끔은 우리가 여기처럼 밖이나 현실이 아니라 내 머릿속에만 존재하는 것 같아. 우리가 현실이 될 수 있을지 모르겠어."

"다른 사람들한테 내 얘기 해?" 내가 물었다.

"가끔." 타이무르가 바닥을 내려다보며 말했다.

"어떤 얘기를 하는데?"

"그냥 대화하다 보면 나와. 왜 안 그러겠어? 내 머릿속은 온통 네 생각뿐인데."

"그러면 계속 그렇게 해, 알았지? 계속 내 얘기를 해."

나는 타이무르가 가장 좋아하는 요리를 해주고 싶었다. 또 타이무르를 가족에게 소개하고 싶었다. 타이무르와 레일라가 사귀기 시작한 후에도 두 사람의 교제가 우리의 비밀을 안전하게 지켜줄 것이라고 믿었다. 나는 타이무르가 공적인 삶과 사적인 삶을 아슬아슬하게 병행하는 모습을 지켜보았다. 그의 더러운 비밀이었던 나는 사회의 얼마나 많은 부분이 연기인지 볼 수 있었다. 또 타이무르가 얼마나 훌륭한 연기를 할 수 있는지, 그리고 그게 얼마나 위험한 일인지에 놀랐다. 사회는 당신을 높은 곳으로 데려갈 수 있지만 그 모든 것을 순식간에 앗아가 버릴 수도 있다. 이제는 안다. 우리는 우리 자신을 위해 만들었던 거짓말에 너무 깊이 빠져들었다.

나는 발 옆에 있는 빨간색 풍선을 걷어차고 합석할 테이블을 찾아 주변을 두리번거린다. 오른쪽 첫 번째 테이블을 쳐다보지만 여자들이 이미 여섯 자리 중 네 자리를 차지하고 있다. 나는 여자들과 어울리는 것을 좋아하고, 여자들의 유머와 감정을 공유한다. 함께 있으면 걱정이 사라진다. 하지만 테이블의 유일한 남자가 되고 싶지는 않다. 궁금증만 유발할 것이기 때문이다. 왜 저 남자는 줄곧 여자들과 앉아 있지? 아내감을 찾는 걸까? 오, 아니. 라사는 그럴 리 없어.

"라사, 이리 와서 앉아." 뒤에서 누군가가 나를 부른다. 고등학교 친구인 미미가 분수 옆 테이블에 앉아 손을 흔든다. 끈 없는 청록색 드레스 위로 드러난 맨 어깨가 다이아몬드처럼 빛난다.

"요즘은 어디서 지내?" 미미가 묻는다. "왜 전화 안 했어?"

질문과 조사가 시작된다. 왜 전화 안 했어? 어디 가는 거야? 넌 언제 결혼할 거야? 문은 왜 잠겨 있었어? 그 안에 누구랑 있었어? 이 나라 사람들은 모두 탐사 보도 저널리스트이다. 이런 질문을 받는 것도 내 잘못인가? 내 표정이 다른 사람들을 내 개인사에 참견하게 만들었을까? 사람들의 발밑에 누워서 내 목을 밟고 지나가게 하는 걸까?

"바빴어." 나는 미미의 볼에 키스를 하며 말한다. "넌 어떻게 지냈어?"

"패션 주간 때문에 엄청 바빴지. 룰루랑 도디 알아?" 미미가 자신의 오른쪽에 앉은 연인을 소개한다. 도디의 얼굴에는 바늘로 칠한 것 같은 아주 가느다란 검은색 염소 수염이 있다. 룰루는 두터운 입술과 부드러운 눈을 가지고 있다. 두 사람은 이곳의 여느 연인들처럼 평범해 눈에 띄지 않는다.

"미미의 결혼식에서 만났던 것 같아요." 룰루가 말한다. "여기는 제 남편 도디예요."

"반갑습니다." 나는 미미를 돌아본다. "바스마도 올 거야."

"트레비앙, 좋아. 남은 자리에 앉으면 되겠다. 함자도 같이 앉을 거야."

"함자라니?" 내가 묻는다.

"고등학교 동창 함자 말이야."

내가 기억하는 함자는 나를 무자비한 공포에 몰아넣었던 그 함자뿐이다. 마즈를 처음 만났던 그날, 우리를 골목 귀퉁이로 몰아넣고 마즈를 진흙 위로 걸어찼던 함자. **카왈**이라는 단어를 처음 알려 준 함자. 근육질의 똘마니들과 함께 다니면서 기회가 있을 때마다 우리를 고문하는 것을 무척이나 좋아했던 그 함자. 함자 덕에 나는 고등학교 시절 내내 고개를 숙이고 다니며 튀는 행동을 삼갔다. 눈에 띄는 것이 무서웠던 나는 너무 크게 웃지 않으려고 조심했고, 나를 알아채지 못하길 바라며 늘 아이들 틈에 섞여 있었다. 우리가 눈에 띌 때마다 그 애들은 우리를 복도 벽에 밀치고 사타구니를 비비며 귓가에 신음 소리를 냈다. 가끔 나는 함자가 그 일을 마저 끝내는 것을 생각하며 자위를 하곤 했다.

"괜찮아?" 미미가 묻는다.

나는 고개를 끄덕이고 미미의 옆자리에 앉는다. 나를 괴롭혔던 사람과 같은 테이블에 앉아 저녁 시간을 보내느니 몸을 아주 작게 말아 사라지고 싶다.

"잘 지냈어?" 나는 미미에게 묻는다.

"끔찍했지." 미미가 물 잔의 가장자리를 손가락으로 쓰다듬으며 말한다. "아버지의 이탈리아 출장이 전부 거기에 있는 또 다른 가족 때문이었다는 게 밝혀졌거든. 제발 부탁인데 아무한테도 말하지 마."

"힘들었겠다." 미미의 가족에 대해 기억나는 것은 아버지가 수출입 전문가이고 이 도시에서 손꼽히는 대가족이라는 것뿐이다. 미미의 아버지는 담배와 의료용 호흡 장치를 모두 수입함으로써 수요와 공급의 끝없는 순환을 만들어 내고 있다.

나는 주위를 둘러보며 타이무르를 찾는다. 타이무르는 레일라의 아버지, 삼촌과 이야기를 나누고 있다. 그리고 악수를 한 뒤 결혼식장 밖으로 나간다. 지금 따라 나가서 편지를 줄까 고민하던 차에 누군가가 내 어깨를 잡는다. 돌아보니 함자가 서 있다. 함자는 위협적인 미소로 나를 내려다보고 있다. 그 미소가 경멸로 바뀌기를 조금 기대해 본다. 함자가 뼈를 으스러뜨릴 것처럼 내 손을 꽉 잡고 흔든다.

"라사, 야, 잘라메. 어떻게 지냈어?"

이제 나는 **잘라메**이다. 이 **잘라메**가 닫힌 문 뒤에서 무슨 짓을 하는지 네가 알면 더 좋을 텐데.

"함두릴라, 잘 지내." 나는 중얼거린다.

"이게 몇 년 만이야. 우리 페이스북 친구던가? 지금 친구 맺어야겠다." 함자가 주머니에서 휴대 전화를 꺼낸다. 잠시 후 휴대 전화에서 알림 음이 들린다. **함자님이 친구 추가를 요청하였습니다.** 프로필에는 군복을 입고 헬리콥터에서 뛰어내리는 사진이 걸려 있다. 함자는 제임스 본드를 흉내 낸 듯 레이밴 선글라스를 쓰고 있다.

술이 간절해진다.

"분수 정말 멋지다." 룰루가 남편에게 말한다. "그렇지 않아, 베이브?"

룰루는 "베이브"를 "드위브"처럼 발음한다.

바스마가 돌아와 내 옆에 있는 빈자리에 앉는다.

"이제 곧 내려올 거야." 바스마가 말한다.

음악이 멈추고 샹들리에에 불빛이 어두워진다. 스포트라

이트가 식장 저편의 발코니로 구불구불하게 이어지는 하얀 대리석 계단의 꼭대기를 비춘다. 흰색 샤르왈[4]을 입은 남자 셋이 발코니에 나타난다. 남자들은 타블라를 겨드랑이에 끼고 계단을 내려오며 팽팽한 동물 가죽을 두 손으로 힘차게 두드린다. 타블라 소리가 격렬해지고, 남자 넷이 더 따라 나온다. 남자들은 둘씩 서서 발을 구른다.

남자들 뒤로 보이는 커튼이 서서히 걷힌다. 레일라와 타이무르가 발코니로 나와 하객들을 내려다본다. 하객들 사이에서 감탄하는 듯한 숨소리와 만족스러운 한숨이 잇따른다.

"신부가 예쁘다." 미미가 내 귀에 속삭인다.

신부와 신랑은 하객들을 쭉 훑어본다. 레일라는 커다란 올림머리에 하얀 치자 꽃으로 만든 왕관을 쓰고 있다. 레일라는 긴장한 듯 머리를 쓰다듬으며 볼 안쪽을 씹는다. 그 옆에서 타이무르는 입술을 꽉 다문 채 미소 짓고 있다. 타이무르는 한 손으로 레일라의 팔을 잡고 남은 손은 쥐었다 폈다 하고 있다.

"사회에 어울리지 않는 것의 좋은 점이 뭔지 알아?" 나는 바스마에게 속삭인다. "이렇게 멍청한 상황에 놓일 일이 절대 없다는 거야."

"언젠가 하얀 꽃으로 만든 왕관을 쓰고 싶지 않아?" 바

---

4 아랍식의 헐렁한 바지

스마가 씩 웃으며 농담을 한다.

　레일라와 타이무르가 하얀 계단을 내려오자 춤추던 남자들이 노래를 부르기 시작한다. 가족과 친구들이 뱀처럼 두 사람 뒤를 따라간다. 몇몇 여자들은 손가락을 입술에 대고 재거릿[5]을 코러스로 넣는다.

　"라라라라라라라라" 떨림 음에 등골이 오싹해진다. 행렬이 댄스 플로어를 향해 이동하자 하객들이 레일라와 타이무르 주위를 바짝 둘러싼다.

　"나가서 손뼉 치자." 바스마가 말한다. 그리고 거절하려는 내 말을 단박에 자른다. "어서, 난 손뼉 쳐야 해. 레일라가 우리 오빠 결혼식에서 춤췄단 말이야."

　바스마는 나를 댄스 플로어의 원 안으로 끌고 간다. 모두가 하얀 이를 드러내고 활짝 웃으며 눈을 가늘게 뜬 채 음악에 맞춰 격렬하게 손뼉을 치고 있다. 빨간색, 금색, 흰색의 휘황찬란한 원형 불빛이 식장의 벽과 바닥, 하객들의 얼굴을 빠르게 훑고 지나간다. 하객들이 타블라 박자에 맞춰 발을 구르자 바닥이 흔들리기 시작한다. 음악과 조명, 드럼 그리고 바닥까지 흔들리니 지진의 한복판에 있는 기분이다.

　어쩌다 보니 발 구르기가 더욱 격렬해진다. 고음으로 진동하던 재거릿이 어느새 대통령 지지 구호로 바뀐다.

5　전통 춤을 출 때나 축하할 때 내는 떨림 음

"국민과 대통령은 하나다!" 하객들이 일제히 외친다. 누 군가가 나눠 주기 시작한 폭죽이 금방이라도 폭발할 듯 지글거리는 다이너마이트처럼 공중에서 흔들린다. 나는 하객들 틈바구니에 꽉 끼어 숨 쉴 때마다 지독하게 달달 한 향수 냄새와 담배 냄새를 벌컥벌컥 들이켠다. 금방이 라도 쓰러질 것 같지만, 설사 그런다 해도 축하 행사는 멈 추지 않을 것이다. 하객들은 나를 밟고 지나가며 축하라 는 명분하에 아픈 사람을 죽도록 밟아 뭉갤 것이 분명하 다. 그리고 내가 한 줌의 먼지로 변할 때까지 발을 구를 것이다.

레일라와 눈이 마주친다. 내 얼굴을 얼핏 보는 레일라 의 표정에 걱정이 묻어 있다. 나는 정신 나간 사람처럼 이 를 모두 드러내고 활짝 웃어 보인다. 그리고 레일라가 돌 아서는 타이밍에 맞춰 웃음을 멈춘다. 하지만 레일라가 또 다시 나를 흘끗거린다. 그래서 이번에는 미치광이처럼 활짝 웃어 주는 것뿐 아니라 손뼉도 치고 대통령이 이름 을 연호하면서 웃는 낯을 유지한다.

마침내 타블라 소리가 멈추고 바닥의 흔들림도 멈춘 다. 하객들이 흩어지기 시작한다. 공기가 더 시원하게 느 껴지고 숨쉬기도 수월하다. 조명이 꺼지고 어둠이 찾아 오자 내 미소도 빠르게 사라진다. 흰색 스포트라이트가 레일라와 타이무르를 비춘다. 두 사람은 머뭇거리며 서로에게 다가가 바짝 붙어 선다. 타이무르가 두 팔로 레일라의 허리를 감싸고, 레일라는 타이무르의 가슴에 머리를 기댄다. 두 사람의 실루엣이 하나처럼 보인다.

록시 뮤직의 '모어 댄 디스(More Than This)'의 도입부 기타 리프가 시작된다. 뒤에서 미미가 소리 지른다.

"이 노래 너무 좋아." 바스마가 말한다. 나는 바스마의 손을 잡고 댄스 플로어로 이끈다. 바스마는 내 목 안쪽에 턱을 기댄다. 우리는 음악에 맞춰 몸을 흔든다. 나는 바스마의 머리 너머로 레일라와 춤추는 타이무르를 관찰한다. 눈을 마주치고 싶지만 타이무르는 눈길 한 번 주지 않는다. 아마 그럴 여유가 없을 것이다. 타이무르가 고개를 숙여 레일라에게 귓속말을 한다, 노래를 따라 불러 주고 있었다.

내게만 노래해 주겠다던 약속을 잊은 걸까?

시위를 처음 시작했을 때 나는 바스마, 타이무르, 마즈, 레일라와 구아파에서 저녁 시간을 보냈다. 우리는 맥주를 마시고 다른 과도기적 사법 절차의 장점에 대해 토론했다. 나는 부패 혐의로 재판에 회부되어야 하는 정권의 유력 관계자들의 이름을 적었다. 레일라는 큰 지도와 빨간색 마커 펜을 꺼내어 국가 통합을 상징하는 여정의 일환으로 방문해야 할 마을에 동그라미를 쳤다. 우리는 몇 시간 동안 경쟁하듯 촌각을 다투며 정신없이 이야기했다. 해야 할 일이 너무 많았다. 우리는 어렸고 나라의 변화를 목전에 두고 있었다. 그리고 더 나아가 세상을 바꾸고자 했다.

그날 밤 늦게 타이무르가 레일라를 집에 내려주고 나를 보러 왔다. 우리는 함께 내 방으로 올라와 껴안고 키스하고 웃었다. 그러다 문득 타이무르가 레일라와 결혼해도 괜찮겠다는 생각이 들었다. 모든 것이 붕괴되기 직전이었고, 곧 어떤 것이든 가능해질 것이기 때문이었다. 우리는 테타의 핸드크림을 윤활유로 활용했다. 라디오가 개혁 절차에 대한 소식을 방송하고 있었다. 우리가 알고 있었던 것들은 그저 정부가 국민의 진실 요구를 방해하기 위해 계획한 연기에 불과했다. 타이무르가 내 안으로 들어왔고, 타이무르의 몸이 내 품 안에서 떨렸다. 그리고 나는 타이무르의 숨소리와 테타의 핸드크림이 개혁의 미래와 밀접하게 연결되는 낯선 경험을 했다.

그날 밤 우리가 느꼈던 것은 치기 어린 이상향이었을까? 무모한 순진함이었을까? 그게 무엇이었든 타이무르와 레일라가 춤추는 모습을 보며 나는 그것이 이제 죽고 없음을 깨닫는다. 슬프고 화가 난다. 또 한편으로는 묘한 안도감도 느낀다. 마지막으로 남아 있던 일말의 희망마저 사라진 기분이다. 아마 좋은 일일 것이다.

갑자기 타이무르가 고개를 든다. 그리고 결혼식장을 훑어보다 나를 찾아낸다. 우리는 레일라와 바스마의 어깨 너머로 서로를 바라본다. 레일라가 귓가에 뭔가를 속삭이자 타이무르가 시선을 거둔다. 나는 눈을 감고 내 뺨을 바스마의 뺨에 붙인 채 타이무르와 춤추고 있다고 상상한다.

　밤이 더 부드럽게 흘러가기 시작한다. 산발적으로 이어지는 대화는 많은 경우 아랍어로 시작하여 영어로 넘어간다. 폭력적인 남자 친구 같은 영어는 절대 우리 곁에서 떨어지지 않는다. 바스마는 우리 테이블 주변을 어슬렁거리는 웨이터들에게 손짓을 하며 끊임없이 내 앞에 술을 놓아준다. 술을 마실수록 대화가 잘 구분되지 않는다. 나는 무모하지만 만족스러운 만취의 구렁텅이로 깊게 빠져든다.

　"시어머니 때문에 미치겠어." 미미가 오른쪽 귀에 속삭인다. "시도 때도 없이 쳐들어와서 요리와 아이, 음식을 가지고 뭐라고 해. 남편한테 하소연해 봤지만 어머니는 잘못한 게 없다고 그러는 거야. 제발 다른 사람한테는 말하지 말아 줘."

　"진 토닉 두 잔이요." 나는 웨이터에게 조심스럽게 50달러를 건네며 나지막이 말한다.

　"게다가 새 가정부 때문에 불쾌한 문제도 있었잖아. 우리 엄마가 오래 같이 있던 가정부를 스리랑카로 기어이 돌려보낸 거 알지? 쓰나미 이후에 그쪽에 닥친 어려운 상황을 돕겠다고 그런 거고, 그런 식으로 감사함을 갚으려

했던 것도 알아. 하지만 그건 정말 최악의 결정이었어. 그 뒤에 가정부 운이 정말 없었거든. 새 가정부를 또 구했지만 할 줄 아는 게 하나도 없었어. 인도네시아 사람이었거든. 그래, 말 안 해도 알아. 어쨌든 도저히 참을 수 없어서 다시 돌려보내고 새 가정부를 들였어."

나는 미소를 지으며 고개를 끄덕이지만 미미의 코가 계속 거슬린다. 원래는 심각한 매부리코였다. 미미의 코는 이목구비 중에서도 피에스 드 레지스탕스(pièce de résistance), 즉 걸작이었다. 그러나 졸업 직전에 코를 반이나 깎아 내면서 중력의 법칙을 거스른 채 우스꽝스럽게 들린 아치형 코만 남았고, 찡그린 표정으로 완전히 바뀌었다. 오늘 밤 그 들린 코끝이 유난히 도드라져 보인다.

"저기, 마즈 얘기 진짜야?" 미미가 날카로운 목소리로 내 주의를 끈다.

"무슨 얘기?" 나는 혀 꼬부라진 소리로 묻는다.

"어젯밤에 남자들하고 영화관에 있다가 체포됐다던데."

"당연히 아니지. 마즈는 그런 사람들하고 달라." 나는 무의식중에 대답한다.

"함두릴라, 다행이네. 잠깐 걱정했었어. 그런 곳은 불결하잖아."

"난 가끔 내 자신이 코알라처럼 보이는 것 같아요." 룰루의 말이 들린다. 나는 룰루의 눈 주변에 두툼하게 칠해진 파운데이션을 쳐다본다.

"그럴 수도 있지만 나빠 보이지는 않아요." 바스마가 대답한다.

"불결하지 않아. 그 사람들도 인간이야." 나는 룰루의 눈을 쳐다보며 이렇게 말하고 있다.

"넌 요즘 뭐하면서 지내냐, 라사?"

웨이터들이 양고기 스튜와 구운 고기를 갖다 주는 사이, 맞은편에 앉은 함자가 묻는다.

"바스마랑 통번역 회사를 시작했어."

"통번역 회사? 돈은 별로 안 되겠다, 그렇지?" 함자가 말한다.

"외국인 고객이 많을 거야." 미미가 끼어든다. "안 그래, 라사?"

나는 고개를 끄덕이며 함자에게 무슨 일을 하느냐고 묻는다.

"행정부에서 일해." 함자가 말한다. "괜찮은 직업이야. 점심도 공짜고."

나는 함자의 농담에 웃어 준다. 상대를 치켜세우려는 반사적인 반응이다. 결국 함자 같은 남자들은 자신을 찬양하는 호구들에게 잘 대해 준다. 그래서 그런 행동은 짐승들과 싸우지 않기로 결심한 우리 같은 사람들의 생존 기제가 된다. 하지만 진심으로 두렵다. 고등학교 때 날 괴롭히던 놈이 정권의 폭력배가 되다니.

"넌 남자들하고 얘기할 때 목소리가 변하더라." 미미가 내게 말한다.

"어떻게?"

"더 남자다워져, 더 잘라메 같다고 할까."

나는 술잔을 내려놓는다. 테이블 중앙에 예쁜 꽃 장식이 있다. 우리 테이블로 걸어오는 레일라를 보고 모두 일어나 축하 인사를 건넨다.

"눈부시게 아름답다." 나는 레일라의 뺨에 키스를 하며 말한다. 진심이다. 레일라는 정말 눈부시게 아름다워 보인다. 화장에 비싼 머리 손질까지 한 모습은 처음 본다. 대학 때 살이 다 드러나도록 잘근잘근 씹어 놓았던 손톱도 이제는 길러서 예쁘게 손질되어 있다.

"고마워." 레일라가 말한다. "끔찍한 기분이야. 그러니까 이렇게 스트레스 받는 건 처음인 것 같아. 그냥 빨리 끝났으면 좋겠어."

"모든 게 정말 멋지니까 긴장 풀어." 나는 술을 한 모금 마신다. "행복하니?"

"지금은 그저 고통스러울 뿐이야. 그러니까 말 그대로 두개골에 핀을 박아 넣은 것 같아. 머리 모양이 망가지면 안 된대. 그러니까 진심으로 지금 두개골에서 피가 흐르는 느낌이야. 결국 재미없는 결혼식으로 끝나 버린다는 게 화가 나. 정말 구시대적이야. 그리고 방금 알았는데, 요리사들이 케이크에 루어팍 버터를 약간 넣었대. 덴마크

상품을 보이콧 중인데 재앙이 따로 없지. 그리고 오늘 아침에 있었던 테러 때문에 하객 몇몇은 결혼식에 오는 게 무서웠다는 거야. 그러니까 정말 터무니없는 일이지. 주변을 둘러 봐, 아무런 문제도 없잖아."

대학에서 레일라의 말은 확고하고 과감했다. 레일라는 명확하게 답하고, 자신의 생각과 감정을 파고들어 분명한 언어로 표현하는 일에 자부심을 느꼈다. 하지만 요즘 레일라의 말은 '그러니까'나 '약간'과 뒤섞여 있다. 사실과 사실이 아닌 것도 확신하지 못하겠는지 일단 모든 것을 사실이라고 추정하고 말하는 탓이다.

"모든 걸 문제 삼으려고 하지 마." 이렇게 말하자 레일라가 웃으며 나를 안는다.

"넌 어떻게 지냈어?"

"잘 지냈어. 구아파에는 이제 안 오더라."

"결혼식 준비 때문에 너무 바빴어." 레일라가 주변을 향해 손을 흔들며 말한다. "타이무르의 어머니가 모든 걸 완벽하게 준비하길 원하셨어. 그래서 갑자기 감당하기 힘들어지더라."

"무슨 말인지 알겠어." 나는 이니셜이 새겨진 하트 모양의 조각을 가리키며 말한다.

레일라가 웃는다.

"머리 상태는 일단 접어두고, 행복하니? 네가 원했던 게 이거야?"

레일라는 슬픈 미소를 짓는다. "싱글 여성의 삶은 녹록치 않아. 나이도 들어가고 있고. 있잖아…, 좋아질 거야. 적어도 부모님에게서 벗어날 수 있을 테니까. 행복해지겠지."

"그 사람 사랑하니?"

"사랑이 뭔지 모르지만, 그런 것 같아." 레일라는 콧방귀에 가까운 웃음을 내뱉고 내 팔을 잡는다. "타이무르한테 얘기 들었어? 우리 걸프 쪽으로 이사 갈까 생각 중이야."

나는 크게 침을 삼킨다. "아니, 그런 얘기 못 들었어." 당연히 타이무르는 떠날 가능성을 언급하지 않을 것이다. 아니면 벗어나고 싶다고 어젯밤에 했던 말이 그 뜻이었던 걸까? 걸프 지역에서 두 사람의 삶은 어떤 모습일까? 아마 크레인과 건설 장비들로 어질러진 해변에서 행복해할 것이다. 화려한 쇼핑몰에서 우유와 빵을 사고 매일 밤 디브이디 박스 앞에서 잠들 것이다.

"정말로, 타이무르가 오늘 아침에 처음 꺼낸 말이야."

"수용소 여성들 일은 어쩌고?"

"여기 상황이 좋지 않아, 라사." 레일라가 말한다. "그냥 잠시 이곳을 벗어나서 기다릴 필요가 있어."

나는 아무 말도 하지 않는다. 뭐라고 할 수 있겠는가? 타이무르가 사회 속에 섞여 살기로 결심한 순간부터 내 위치는 사회의 더러운 비밀 중 하나로 굳어졌다는 것을 나는 알고 있었다. 사람들 속에서 나는 빈껍데기에 불과하다. 이것이 내가 선택한 결과였다. 다른 대안을 선택해서 우리의 사랑을 사라지게 할 수는 없었다. 우리의 사랑이 더러운 비밀의 안식 속에서라도 신성하게 남을 수 있는 세상에 사는 것이 나았다. 적어도 사랑을 곁에 두고 함께 있을 수 있다. 여기 아래, 가장 취약한 위치에서 나는 사회의 속임수를 드러내는 마술사의 작은 문을 들여다볼 수 있다.

이런 생각이 머릿속에 자리 잡자마자 나는 타이무르의 옷깃을 붙잡고 고함을 지르고 싶어진다. 진실을 요구하고 싶은 충동에 사로잡힌다. 환상을 깨부수고 작은 문을 드러내고 싶다. 마이크를 붙들고 타이무르는 내 것이며 결코 행복한 결혼 생활을 할 수 없을 것이라고 세상에 말하고 싶다. 그러면 나는 우리의 사랑을 스포트라이트와 샹들리에의 환한 빛 아래로 가져와서는 누군가 지하에 감춰 놓았던 치명적인 약점을 그의 눈앞에 들이미는 셈이 될 것이다. 어쩌면 우리 둘만 남기고 모두 떠날지도 모른다. 그러면 우리를 찢어 놓으려는 사회 없이 함께 행복하게 살 수 있을 것이다.

"다른 사람들한테도 인사해야 해." 레일라가 불현듯 말한다. "있잖아. 다음에 구아파에서 한 잔 하자. 엄청 오래된 일인 것 같다." 이렇게 말하는 레일라의 눈을 들여다보니 그럴 일은 없을 것 같다. 레일라는 내 팔을 한 번 꽉 쥐고 발길을 돌린다.

웨이터가 술을 가져다준다. 나는 한 잔을 받아 크게 한 입 마시고 다른 잔은 바스마에게 준다. 웨이터가 자리를 떠나자 50달러를 주고 잔돈을 받지 못한 것이 생각난다. 술 한 잔에 15달러면 충분할 것이다. 그러니 적어도 20달러, 많으면 25달러까지 거슬러 받아야 한다. 최소 20달러는 남을 텐데 아무리 고급 호텔이라도 팁으로 주기에는 너무 큰돈이다.

"저기요." 뒤늦게 외쳐 보지만 웨이터는 이미 저만큼 가서 다른 테이블에 서빙을 하고 있다.

"여기 사람들은 바비큐의 고마움을 몰라요." 도디가 시시 타우크를 씹으며 같은 테이블 사람들에게 말한다. "매일 태양이 뜨는 게 문제예요. 런던에 있을 때 보니까 거기 사람들은 태양을 고마워하더군요. 좋은 바비큐에 대해서도 마찬가지였고요. 거기 사람들은 태양을 당연하게 여기지 않아요."

"애들도 마찬가지예요." 함자가 말한다. "시골에 가면 여자들이 애를 열 명씩 낳아요. 그중에 한 명쯤은 어디 가서 자살 폭탄 테러를 해도 상관 안 한다니까요."

오, 결혼식은 정말 지긋지긋하다. 속으로는 서로를 증오하는 것 같은 거만한 부모들과 의기양양한 연인들 옆에 앉아 무의미한 대화를 함께 해야 하는 것이 혐오스럽다. 신부는 명화 수준의 정밀함으로 화장을 하고 파운데이션을 두텁게 발라 피부 톤을 밝게 한다. 그리고 머리카락을 커다랗게 부풀려 복잡하게 설계한 하나의 부케처럼 만든다. 신랑은 호탕하게 웃으며 상스러운 농담을 던지고 수익과 시황에 대해 자랑한다. 모두 매우 정교한 가면을 쓰고 있어 그 안에 정말 무엇이 있는지 도무지 알 수가 없다. 나는 이 모든 것을 혐오한다. 그리고 나는 거나하게 취했으며 잔돈도 돌려받아야 한다.

나는 웨이터를 찾아 두리번거린다. 테이블 근처에 두 명이 있다. 돈을 받은 웨이터가 땅딸막한 사람이었는지, 아니면 키 크고 마른 사람이었는지 기억나지 않는다. 내 기억으로는 키가 작으면서 마른 사람이었다. 아마 내 돈을 훔치려고 한 사람으로 변신한 것 같다. 나는 눈이 마주친 땅딸막한 웨이터를 손짓하여 부른다.

"당신 아니면 당신 친구한테 술 두 잔을 주문하고 50달러를 줬어요. 그러니 잔돈을 받아야겠어요."

"저는 아닌데요." 남자가 말한다. "다른 친구한테 확인해 보고 알려 드릴게요."

"웨이터가 전부 몇 명이죠?" 내가 묻는다.

"제가 아는 한 이 테이블 담당은 저 친구와 저뿐이에요. 인상착의를 기억하세요?"

나는 고개를 젓는다. 남자가 다시 돌아오겠다며 이내 사라진다.

"너만 알고 있어." 미미가 시큼한 진 토닉 냄새를 풍기며 내 귓가에 속삭인다. "가끔 내가 제대로 된 선택을 했는지 궁금해. 난 부모님이 바라는 대로 대학을 마치고 다시 돌아왔어. 그리고 부모님의 기대에 맞춰 결혼을 했지. 정작 내가 원하는 건 해본 적이 없는 것 같아. 다른 사람들한테는 말하지 마."

"시내에 케이크 가게를 개업할 거라고 얘기했던가?" 룰루가 도디의 팔을 꼭 잡고 몸을 앞으로 내밀며 말한다. "가게 이름은 머핀 탑이라고 지을 거야."

주변을 둘러보지만 땅딸막한 웨이터는 어디에도 보이지 않는다. 대신 나는 키 크고 마른 웨이터를 부른다.

"다른 웨이터는 어디 있어요?"

"모르겠는데요."

"잔돈을 받아야 해요. 당신들한테 50달러를 줬잖아요. 아마 줬을 거예요. 모르겠네요. 어쨌든 내 잔돈을 돌려받아야겠어요."

"알겠습니다. 확인하고 알려 드릴게요."

"무슨 일이야?" 바스마가 술을 마시다 묻는다.

"웨이터한테 50달러를 줬어. 그래서 잔돈을 받아야 해."

"결혼식이 끝나고 몇 명이서 세이지에 갈 거예요." 룰루가 담배를 물고 음악에 맞춰 느긋하게 박수를 치며 말한다. "옥상에 새로 개업한 클럽인데 우리도 초대 명단에 있거든요."

"시지?" 미미가 묻는다.

"시지가 아니라 세이지. 전쟁 용어가 아니라 허브 이름이야. 세이지."

땅딸막한 웨이터가 우리 테이블을 쏜살같이 지나간다. 웨이터를 불러 보지만 바쁘게 지나간다.

"우리 모두 짝을 찾았다는 게 귀엽지 않니?" 룰루가 주위를 둘러보며 말한다.

미미가 한숨을 쉰다. "다 그런 거지, 뭐. 난 사람들하고 어울리려고 결혼했어."

"언제쯤 결혼할 것 같아요, 라사?" 룰루가 묻는다.

"이 웨이터들 왜 이러는 거지?" 내가 날카롭게 말한다. "솔직히 서비스가 엉망진창이야. 도둑놈들이라고."

"정착할 사람을 어서 찾으세요." 룰루가 말한다. 그리고 도디를 돌아본다. "결혼하면 여러 가지로 좋아요. 그렇지 않아, 베이브?"

"결혼만 한 게 없지, 빕." 도디가 대답한다. "결혼하면 정말 좋아. 야 잘라메." 도디는 이렇게 말하며 건성으로 동의한다.

처음에는 웨이터들의 음모, 그리고 지금은 룰루의 질문들. 모두가 공모하여 나를 괴롭힌다.

"만나는 사람 있어?" 미미가 묻는다. "우리한테 말해도 돼, 아무한테도 말 안 할게."

"만날 시간이 없어." 나는 말한다. 누군가를 사랑하고 있다고 말하고 싶다. 큰 소리로 외치고 싶다. 내게도 특별한 사람이 있어. 오늘밤 그 사람이 결혼식을 올리고 있어. 내가 한 턱 쏠게!

"요즘 소를 뭐 하러 사지? 모두가 자기네 우유를 공짜로 나눠 주는데 말이야." 함자가 낄낄거리며 웃는다.

나는 바스마를 힐끔 쳐다본다. 바스마는 눈알을 굴리더니 반쯤 먹은 양고기와 밥을 내려다본다. 갑자기 귀가 웅웅거린다. 모든 것이 나를 포위해 오는 기분이다.

"라사도 준비되면 결혼할 거야." 바스마가 끼어든다. "아직은 경력을 쌓는 중이니까. 이제 다른 얘기 하자. 다들 아랍 엄마보다 잔소리가 심하네."

대화는 계속된다. 룰루가 결혼이 가져다주는 안정감에 대해 아주 즐겁게 얘기하는 동안, 나는 무대 위에서 웃고 있는 타이무르를 바라보며 새로 꺼낸 담배 뒤에 숨는다.

또 다른 웨이터가 레일라의 어머니 옆을 빠르게 지나간다. 레일라의 어머니는 고민스러운 표정으로 하객들을 매섭게 훑어보고 있다. 공기에서 강한 알코올 향이 난다. 레일라의 어머니는 극심한 공포를 숨긴 채 미소 지으며 중년의 여성들과 대화를 나누고 있다.

"그래요, 맞아. 애들은 과하다니까요. 과해요." 여러 번 충분히 말하면 사실이 되기라도 하는 듯 레일라의 어머니는 반복해서 말한다.

나는 웨이터의 주의를 끌기 위해 일어선다. 두 손을 흔드는데도 웨이터는 내 옆을 휙 지나가버린다.

"아직 돈 때문에 그러는 거야?" 바스마가 양복을 붙잡아 나를 주저앉힌다.

"큰돈이잖아." 나는 털썩 주저앉으며 말한다.

"내가 알아서 할게." 바스마가 한숨을 쉰다. 그리고 땅딸막한 웨이터와 눈을 마주친 후 권위적인 손짓으로 웨이터를 부른다. 바스마는 웨이터의 턱에 연결된 보이지 않는 끈을 잡아 당기 듯 검지 하나로 웨이터를 끌어당긴다. 웨이터가 몸을 숙여 바스마의 진홍색 입술에 귀를 바짝 갖다 댄다.

"이봐." 바스마가 한 단어씩 힘주어 말한다. "여기 내 친구가 한 시간째 거스름돈을 기다리고 있어. 돈이 어디서 오는지, 누구 잘못인지는 알고 싶지 않아. 하지만 10분 내에 거스름돈을 가져오지 않으면 오늘 밤을 끝으로 이 직장에서 쫓겨날 줄 알아."

웨이터가 고개를 끄덕이더니 급히 사라진다. 그리고 5분 후 지폐 뭉치를 가지고 돌아온다.

"진작 그렇게 했어야지." 바스마가 축축한 내 손바닥에 지폐를 쥐어 주며 말한다.

나는 손 안에 쥔 지폐를 바라본다. 토할 것 같다.

"팁을 줘야 할까?" 나는 바스마에게 묻는다.

"그런 일을 겪고도 팁을 주고 싶어? 저 사람들이 받을 만한 팁은 없어. 너 외국에서 너무 오래 살았나 봐, 라샤.

저런 사람들에게 말하는 법을 잊어버렸구나."

미미는 여전히 내 귓가에 대고 맹렬히 속삭인다. "난 지금 너무 고통스러워, 넌 모를 거야. 얼마 전에 리포 레이저를 받아서 온몸이 멍투성이거든. 그래, 나도 알아. 꼭 필요한 시술은 아니지만 몇 년 동안 다이어트에 실패한 지방질 부위를 제거했을 뿐이야. 살찐 부위를 알고 있거든. 이건 체중 감량 문제가 아니라고, 알겠어? 제발 아무에게도 말하지 말아 줘."

우리의 혁명을 강탈한 이슬람주의자들처럼 아마도 알코올이 내 사고와 행동을 강탈하여 대신하는 것 같다. 갑자기 미미와 미미의 비밀에 연결된 것 같은 기분이 든다. 나는 아무 생각 없이 미미의 진 토닉을 움켜쥐고 귓가에 속삭인다. "어젯밤에 타이무르랑 침대에 있다가 우리 할머니한테 들켰어."

나는 이 말을 단숨에 내뱉고 진 토닉을 크게 한 모금 마신다. 미미의 표정이 잠시, 아주 찰나의 순간 동안 굳어 있다. 그리고 아무 말 없이 고개를 돌리더니 결혼식이 끝날 때까지 내게 한 마디도 하지 않는다. 이제야 다른 사람들의 대화가 들린다.

"그건 공중도덕의 문제야." 함자가 말한다. "난 게이들을 반대하지 않아. 하지만 사생활의 영역인 집 안과 공공장소인 영화관에서의 행동에는 차이가 있어야 해."

"영화관 얘기를 하는 거야?" 내가 묻는다.

"역겨워." 룰루가 말한다. "난·인권을 존중해. 게이들이 원하는 거라면 게이들의 권리도 마찬가지로 존중하고. 하지만 사람이 없는 데서 해야지, 맙소사."

"그 사람들은 마땅히 갈 곳이 없어서 영화관에 갔던 거야." 내가 말한다.

"그렇다고 공공장소에서 그런 행위를 하는 건 용납할 수 없어." 함자가 말한다. "자기 집에서 개인적으로 무엇을 하든 상관할 바 아니지. 하지만 그 남자들은 영화관을 성적인 놀이터로 이용한 변태 성욕자들이야. 병을 옮긴다고. 어린애가 그 영화관에 불쑥 들어갔다고 상상해 봐."

"그 영화관에서 뭘 하는지 누구나 다 알아. 어떤 곳인지 영문도 모른 채 가는 사람은 없어. 그리고 사람들을 두들겨 패고 항문에 달걀을 쑤셔 넣는 게 어떻게 공중도덕일 수 있지?"

함자가 손을 흔들며 내 질문을 쳐내어 버린다. "우리에게는 규칙과 규정이 필요해. 공공장소는 말 그대로 공공장소라고. 간단한 문제야. 그래서 도덕법이 필요한 거야. 도덕법은 게이들을 처벌하기 위한 게 아니라 공공장소에서 섹스하고 싶어 하는 변태들을 처벌하기 위한 거거든."

"왜 그렇게 예민하게 구는 거야, 야 잘라메?" 도디가 묻는다.

"이 친구만큼 예민하진 않아." 나는 함자를 가리킨다. 바스마가 테이블 밑으로 내 다리를 걸어찬다. "그 남자들은 어쩔 수 없이 거기에 간 거란 말이야. 작은 원룸 아파트에서 아내와 아이들, 사촌과 함께 살기 때문에 다른 탈출구가 없는 거야. 유럽이나 미국으로 날아가 사적인 공간을 가질 만큼 여유롭지도 않지. 솔직히 까놓고 말해서 그건 사람들의 관심을 식료품 값 상승과 시위에서 딴 곳으로 돌리려는 정부의 전략일 뿐이야. 낡고 더러운 영화관에서 만나는 힘없는 빈민가 사람들을 십여 명쯤 체포하게 두는 거지."

"이건 경제나 테러범들과 상관없는 일이야." 함자가 말한다. "경제는 잘 돌아가고 있어. 주변을 둘러 봐. 5년이나 10년 전에 우리가 이런 결혼식을 할 수 있었다고 생각해? 정부가 우리나라에 자유를 준 거야. 서부 외곽 지역에서 공항까지 한 번에 이어질 새 고속 도로도 만들고 있어. 시내나 형편없는 지역들을 거쳐 갈 필요가 없게 됐지. 공항으로 가는 길이 더 안전하고 편리해질 거야. 이 사업은 기적과 같다고. 외국인 투자를 엄청나게 끌어들일 거야."

"눈을 뜨고 나머지 국민들이 어떻게 사는지 똑바로 봐. 우린 굶주리면서도 그에 대해 입도 뻥끗 할 수 없어."

"야 잘라메, 내 앞에서 공산당 같은 소리 나불대지 마라." 함자가 낄낄거리며 웃는다. "사람들은 늘 정부를 비난하고 싶어 하지. 테러범들이 권력을 가졌다면 지금 네가 여기 앉아서 진 토닉을 마실 수 있을 거라고 생각해?"

"난 오늘 빈민가에 갔었어." 나는 포크로 함자를 가리키며 소리친다. "그리고 사람들이 사는 모습을 봤지. 더럽고 비위생적이었어. 그냥 인정해. 우리가 사람들을 굶기는 경찰국가에 살고 있다고 말이야."

"이제 딴 얘기하자." 바스마가 제안한다.

"정부를 비난하는 건 너무 쉬운 일이야." 함자가 바스마의 말을 무시하고 말한다. "야 잘라메, 분명히 말하지만 문제는 정부가 아니야. 나도 정부에서 일해. 이 나라를 더 좋게 만들려고 애쓰는 좋은 사람들이야. 우린 교육을 중요하게 여기지 않는 주민들을 상대하고…, 그 사람들은 교육을 받지 않은 데다 꾸란을 인용하고 죄 없는 사람들에게 폭탄을 터뜨리는 것 말고는 아무것도 하려고 들지 않아. 이봐, 국가를 운영하는 걸 거대 기업을 운영하는 것처럼 생각해 보라고. 직원들이 민주적으로 최고 경영자를 선출해? 아니잖아. 왜냐하면 직원들은 이윤 창출에 뭐가 필요한지 모르니까…. 미친 지하드 놈들도 나라 운영에 대해서는 쥐뿔도 몰라. 다 망쳐 버릴 거라고."

"기업에 대한 비유가 썩 와 닿지는 않네." 나는 중얼거린다.

"영부인이 지난 10년 동안 해온 자선 사업을 봐." 함자가 말한다. "보그지 표지에도 실렸어. 보그라고! 야 잘라메, 영부인은 슬럼가에 학교를 열다섯 개나 설립하고 직접 방문하기까지 했어. 하지만 아무도 학교 따위에 관심을 가지지 않아. 그러니까, 배우길 원치 않는 거야. 그게 우리 사회의 문제야. 사람들이 교육을 원치 않는다고."

"그만 좀 해." 나는 말한다. "영부인의 남편은 빈민의 숨구멍을 짓밟고 있어. 경찰을 민병대처럼 휘두르며 저항하는 사람들을 공격하지. 대부분의 사람들은 경찰이 와서 자신을 두들겨 팰 때만 정부를 경험해. 어떻게 해야 너 같은 사람들이 제대로 눈을 뜰까? 살해된 사람들의 시신을 파내서 집집마다 문 앞에 똑바로 앉혀 놔야 해. 그러면 네가 얻은 안정감의 대가가 무엇인지 깨닫게 되겠지?"

이제 옆 테이블까지 조용하다. 사람들의 시선이 전부 우리를 향해 있다.

"이봐." 함자가 묵직한 입질을 느낀 어부처럼 잔뜩 흥분한 채 눈을 깜박거리며 말한다. "반란도 처음에는 좋았겠지만 지금은 지하드와 테러리즘으로 타락했어."

"오, 그래." 나는 두 손을 공중으로 뻗는다. "지하드와 테러리즘. 지하드와 테러리즘. 충분히 반복해서 말하면 사실이 될 수도 있지."

"바보 같이 굴지 마. 이 나라 정부는 선하고 공정해. 게다가 테러 위협도 실제로 존재해. 완벽하지는 않지만 어떤 대안보다 나아. 빈민가에 갔었다니 너도 그 사고방식에 대해 알겠네. 위험한 사고방식이지. 지난주에 빈민가에서 칼 든 살라피스가 나왔다는 얘기 들었냐? 이건 중세 시대나 다름없어. 만약 너나 너랑 비슷한 사람들이 정부에 대해 조금이라도 꾸며 내고 싶은 거라면, 곧 놀라게 될 거야."

피가 끓는다. 얼굴이 달아오르는 것이 느껴진다. 룰루가 뭐라고 입을 열지만 어떤 말도 귀에 들어오지 않는다. 나는 함자를 가리킨다. "넌 정권의 괴물이야. 그리고 지금까지 발생한 모든 죽음에 대해 책임이 있어. 다 너 같은 사람들이라고!"

"술은 그만 마셔야 할 것 같다." 바스마가 내 손에서 진토닉을 가져가며 말한다. "집에 가서 잠을 좀 자는 게 좋겠어, 라사. 아침이 되면 좀 나아질 거야."

"달라질 건 없어. 낮이든 밤이든 저 깡패 새끼들은 계속 날 넌더리나게 할 거야. 맨 정신이었다면 더 견디기 힘들었겠지." 주먹을 꽉 쥐니 손바닥에 들고 있던 지폐가 구겨진다.

"진정해." 룰루가 호소한다. "화제를 바꿀 수 없을까? 중요하지도 않은 얘기를⋯."

"오, 입 좀 닥치시지." 나는 일어서서 모두에게 말한다. "이건 중요한 문제야. 모르겠어? 미치도록 중요한 문제라고." 테이블 위로 던진 냅킨이 물 잔에 떨어지고, 물 잔이 내 접시 위로 쓰러진다. 물이 양고기 기름과 밥에 섞여 들어간다. 다른 테이블 사람들이 속닥거리기 시작한다.

"오, 맙소사. 모두 쳐다보잖아." 미미가 두 손으로 머리를 감싸고 이렇게 말한다. 미미의 목소리는 이제 저 멀리에 있다.

나는 곁눈질로 레일라가 드레스를 끌고 걸어오는 모습을 본다. 하이힐 위에서 넘어질 것처럼 위태롭다. 그 뒤에서 타이무르가 입을 떡하니 벌린 채 나를 쳐다보고 있다. 나도 모르게 테이블을 돌아 거드름을 피우며 능글맞게 웃고 있는 함자의 자리로 간다. 함자가 일어서며 무슨 말을 하려고 하지만 내가 힘껏 밀어 버린다. 두 다리가 공중에 붕 뜨면서 함자가 의자 위로 넘어지더니 분수 안으로 물을 튀기며 떨어진다.

"부도덕한 새끼." 나는 물속에서 팔다리를 휘저으며 캑캑거리는 함자를 보며 말한다. 음악이 멈춘다. 나는 주위를 둘러본다. 모두가 나를 쳐다보고 있다. 나는 술에 취해 비틀거리며 고가의 드레스와 양복을 입은 하객들을 헤치고 출입구로 뛰어간다,

출입문에 다다랐을 쯤 누군가가 어깨를 잡더니 나를 돌려세운다. 타이무르가 복잡한 감정이 담긴 눈으로 나를 쳐다본다. 어깨를 잡고 있던 손이 쓱 올라와 셔츠 깃 바로 위의 목을 만진다. 타이무르와 나는 친구이다. 사실 아주 좋은 친구이다. 결혼식 날 밤, 친구가 내 목을 사랑스럽게 만지는 것은 너무 자연스러운 일 아닌가? 피부가 맞닿자 침대 위에 벌거벗고 누워 눈물이 맺히도록 웃었던 우리의 모습이 아른거린다. 셔츠를 벗은 채 삐걱거리는 덧문을 조심스럽게 닫는 내가 보인다. 달콤한 향이 나고, 느긋하게 기타를 튕기는 소리도 들린다. 동이 틀 무렵

타이무르가 내 방에 몰래 들어와 옷을 벗고 침대로 스르륵 들어오는 모습이 보인다. 도시를 돌고 또 돌며 우리가 무엇을 할 수 있을지, 어디로 갈 수 있을지에 대해 생각하고 얘기하며 함께 마셨던 강한 블랙커피의 맛을 느낀다. 그리고 나는 타이무르와 레일라를 본다. 희미하게 빛나는 마천루 옆 해변에서 남자애 둘을 그네에 태워서 밀어주고 있다. 식탁에서 양파를 다지는 레일라의 모습도 보인다. 두 팔을 들어 묶은 머리를 단정히 하는 레일라의 귓가에 타이무르가 흥얼거리는 소리도 들린다. 여러 이미지들이 카드처럼 뒤섞인다. 그리고 타이무르가 내게서 손길을 거둔다.

"나한테 줄 게 있다고 했지?" 타이무르가 부드럽게 묻는다.

나는 바짝 다가가 볼에 키스한다. "하비비, 미안해."

타이무르가 고개를 젓는다. "여기서 그렇게 부르면 안 돼."

나는 웃는다. "하지만 그게 너잖아. 나의 하비비."

타이무르의 가면에 금이 가기 시작한다. "제발." 타이무르가 속삭인다. "부탁인데 그렇게 부르지 마. 그 말이 날 곤란하게 하는 게 안 보여?"

나는 타이무르의 얼굴을 바라본다. 두 눈에 눈물이 맺혀 있다. 견디기 힘든 침묵이 우리 사이에 자리 잡는다. 결국 나는 돌아서서 타이무르로부터, 침묵으로부터 멀어진다. 출입문까지 몇 걸음을 걸어간다. 떠나기 전에 나는 마지막으로 한 번 돌아본다. 그리고 저기 서 있는 남자가 나를 배신하지 않았음을 깨닫는다. 나를 배신했던 사람은 다름 아닌 나 자신이었다.

나는 출입문을 벌컥 열고 나간다. 문이 쾅하고 닫히는 소리와 함께 결혼식장의 소음이 사라진다. 나는 물속에 있다. 심장 소리가 전쟁터의 북소리나 나 혼자만의 자페[6] 처럼 쿵쾅거린다.

다량의 알코올이 혈관을 타고 흐른다. 나는 호텔 앞에서 간신히 택시를 잡아타고 집 주소를 말한다. 내가 저지른 짓을 현실로 자각하기 전에 마치 그림자처럼 도시 속으로 서서히 사라지길 바랄뿐이다. 함자는 나를 찾을 것이다. 끝까지 쫓아와 작은 새를 잡은 고양이처럼 나를 파괴할 것이다. 그러지 않더라도 저들 앞에 내가 다시 얼굴을 들이밀 일은 없을 것이다.

"도심을 피해서 가주세요. 차가 엄청 막혀요." 나는 택시 기사에게 말한다.

"오늘은 텅 비었어요." 기사가 말한다. "군부대가 11시부터 외곽 지역에서 들어오는 길목을 폐쇄했거든요."

나는 휴대 전화를 들여다본다. 막 자정을 지난 시각이

---

6   신랑 신부 행진

다. 룸 미러를 통해 기사의 회색 눈동자를 쳐다본다. 무척 익숙한 눈이다. 아주 오래전부터 알고 지낸 사람 같다.

"볼일 있는 사람들은 어쩌고요?" 나는 기사의 얼굴을 유심히 살피며 묻는다.

"볼일이 있어도 안 돼요." 기사가 껌을 씹으며 딱 소리를 낸다. "동네를 벗어나면 안 돼요. 모두 집에 있어야 해요."

그날 밤 나를 데려다주며 턱으로 냈던 그 소리이다. 우리는 전에 만난 적이 있다. 마즈와 공부를 했던 그날 밤. 빨간 셔츠를 입은 택시 기사. 정말 그 사람인가? 지금은 나이가 더 들어 보인다. 배도 둥글게 나왔고 관자놀이가 희끗하다. 세월이 흘러 그때의 바람이 다시 한 번 우리를 이곳에 데려다주었다.

"정부가 동부 지역을 공격하고 있나요?" 내가 묻는다.

"포격은 없어요." 기사가 말한다. "테러범과의 충돌이 있을 뿐이죠."

"오늘 알 샤르키예 사람들하고 얘기했을 때 테러범들은 안 보이던데요. 그러면 그 충돌은 야권과 벌이는 건가요?"

"네, 맞아요." 기사가 말한다. "충돌이 좀 있죠. 하지만 테러범들의 점령지만 그래요."

나는 운전석 뒤를 붙잡는다. 그리고 얼굴이 거의 맞닿을 정도로 기사에게 다가간다.

"하지만 여자들과 아이들은요? 방금 군부대가 이동을 통제하고 있다고 했잖아요? 그 사람들이 무슨 범죄를 일으켰나요?"

"글쎄요, 테러범들을 동네에 살게 했으니까 어쩔 수 없죠." 기사가 초조한 눈으로 나를 흘끗 보고 다시 딱 소리를 낸다.

"내 질문은 그게 아니에요." 나는 버릇없는 아이처럼 손바닥으로 운전석을 세게 친다. "동네에 사는 누군가가 총을 가지고 있다고 하더라도, 여자들과 아이들은 무슨 죕니까?"

기사가 침묵한다. 우리는 "국민과 정부는 하나다."라고 적은 팻말을 들고 대통령 지지 시위를 벌이는 남자들 옆을 지난다. 근처에 세워진 탱크 안의 군인들이 소총을 흔들고 있다. 우리가 지나가자 군중이 환호한다. 나는 기사에게 다시 묻는다.

"나 기억 못 하죠?"

기사가 침을 꿀꺽 삼킨다. "무슨 말을 하는지 모르겠네요."

"가족은 안전해요?"

"아내와 아이들은 피신시켰어요. 무력 충돌이 벌어지고 있는 곳에 집이 있거든요."

"결혼했군요?"

"세 명의 여자와 했죠." 기사가 말한다. 가로등이 기사의 피곤한 얼굴에 공허한 노란색 불빛을 드리운다. 대통령 동상을 지나면서 기사가 오른팔을 뻗어 앞에 있는 언덕을 가리킨다. 동상 옆에 있는 군인 둘이 거리 순찰을 돌고 있다.

"이걸 원해요?"

기사가 화난 얼굴로 나를 마주본다. "내가 샤스라고 생각해요?"

"우리는 모두 일종의 샤스예요." 내가 말한다. "우리가 다를 수 있다는 사실을 받아들이지 못하죠. 하지만 우리는 각자의 방식으로 달라요."

기사는 운전대를 꽉 움켜쥔 채 아무 말도 하지 않는다. 우리는 휑한 거리를 따라 다리를 건너고 뱀처럼 도시를 휘감고 있는 터널을 지난다. 이제 결정의 시간이다. 모두가 국가와 테러리즘, 명예와 수치심, 공동체와 거짓말 사이에서 하나를 선택했다. 하지만 나는 어떤 것도 선택하고 싶지 않다.

"그러면 아내와 딸들은 지금 어디 있어요?" 나는 기사의 귓가에 속삭인다.

"시내에 있는 처제와 함께 지내요."

"집을 잃을 만큼 잘못한 게 있어요? 정부가 다시 지어줄까요?"

기사는 말이 없다. 그리고 깊은 잠에서 깬 듯 소리친다. "약속을 했어요!"

휴대 전화가 울린다. 로라다. 나는 전화를 받는다.

"이번에는 어떤 얘기예요?" 나는 소리친다. "어서요. 그게 뭐든 던져줘 봐요."

"취했어요?" 로라가 묻는다.

"단순히 취한 게 아니에요, 로라. 살아있는 거예요."

"잘 들어요, 지금 당신이 필요해요. 정부에서 방금 아흐메드의 아들 압달라의 시신을 찍은 사진을 유포했어요. 알 샤르키예에서 압달라가 살해됐어요."

나는 움 압달라의 얼굴, 아들 얘기를 할 때의 눈빛, 식탁의 빈자리를 떠올린다. "내가 할 수 있는 일은 많아요, 로라. 하지만 죽음을 돌이킬 수는 없어요. 믿어 줘요, 나도 노력했어요."

"라사, 내 말 좀 들어 봐요." 로라가 쏘아붙인다. "야권에서 무장 반란을 선언했어요. 이건 전쟁이라고요. 대통령이 곧 중요한 담화문을 발표할 거예요. 이쪽으로 와서 시민들 인터뷰를 도와줄 사람이 필요해요. 비용은 두 배로 지불할게요."

"두 배든, 세 배든 안 해요. 아무것도 안 한다고요. 그 일에 조금도 엮이고 싶지 않아요. 대통령과 야권 반대! 사회의 모든 사람과 거짓 연기도 반대해요. 모든 것에 반대! 그냥 다들 서로 죽이게 놔둬요. 그렇게 다 사라지면 새로 시작할 수 있잖아요.

나는 전화를 끊고 주머니에서 아흐메드의 아들 사진을

꺼낸다. 그리고 천천히 사진을 펼쳐서 소년의 얼굴을 사각으로 나눈 주름을 편다. 나는 압달라의 눈을 들여다본다. 내가 옳았다. 압달라의 눈에는 슬픔이 있지만 희망도 있다. 희미하더라도 희망은 희망이다. 나는 사진을 뒤집어 오늘 낮에 타이무르에게 깨알 같은 글씨로 쓴 편지를 바라본다. 글자 사이가 너무 좁다. 간절한 마음에 생각나는 모든 말을 적어 넣어 흰색 바탕이 거의 보이지 않는다. 나는 사진을 잘게 찢어 창문 밖으로 던져 버린다.

저 멀리서 사람들이 구호를 외치고 있다. 타이어 타는 냄새가 희미하게 풍겨 온다.

나는 전화기를 꺼내 마즈에게 전화한다. 다섯 번째 연결 음에서 마즈가 전화를 받는다.

"라사?" 마즈의 목소리가 환호성과 쾅쾅 울리는 음악 소리가 만들어 내는 익숙한 불협화음에 묻혀 잘 들리지 않는다. 마즈는 구아파에 있다.

"응, 그래. 나야. 내 목소리 들려?" 내가 소리친다.

"어디야?"

"그건 알 필요 없고 당장 우리 집으로 와. 해야 할 일이 있어."

메스꺼움이 묵직하게 밀려와 나를 움켜잡는다. 나는 기사에게 말해 차를 세우고 문을 열어 도로 위에 잠시 구토를 한다. 구토가 끝나자 나는 손으로 입을 닦고 다시 자리에 앉는다. 귀 안이 시끄럽게 웅웅거린다. 눈이 충혈

되고 열도 나는 것 같다. 하지만 토하고 나니 술기운이 가신다. 죽을 것 같던 기분도 조금 나아진다. 걱정스러운 듯 룸 미러로 나를 지켜보는 기사에게 어서 가자고 손짓한다. 택시가 다시 출발한다.

우리는 터널을 빠르게 통과한다. 오른쪽에 새로 만든 콘크리트 벽에 누가 스프레이로 "아이들을 위한 용기"라고 적어 놓았다. 새 도로와 터널은 도시가 커다란 야망을 품고 어떤 식으로든 새로운 세기로 진입하고 있음을 시사한다. 하지만 이런 약속들은 너무 차갑고 요원해 보인다. 나는 그 약속에 속하지 않는다. 만질 수도 없다. 나는 이곳에 속하지 않는다. 내가 아는 것은 차에서 내릴 수 없다는 것뿐이다. 차 안은 통제 가능하다. 좁은 공간이고 뒷좌석은 내 것이다.

지지직거리는 라디오에서 움 칼숨의 목소리가 흘러 나와 두꺼운 연기 구름처럼 공기에 스민다. 노래는 '알 아틀랄(Al Atlal)'[7]로 타이무르와 처음으로 함께했던 그날 밤, 방 안에 흐르던 곡이다.

오, 내 마음아, 사랑이 어디로 갔느냐고 묻지 말아다오

수년 전 어느 밤 삶이 지금보다 훨씬 단순했을 때, 아버지는 내게 음악 듣는 법을 가르쳐 주었다. 아버지는 평소 좋아하는 의자에 앉아 있었다. 매일 밤 팔을 얹어 놓아

---

7 폐허

갈색 가죽의 색이 연했다. 아버지는 양손에 위스키 한 잔과 물담배를 각각 들고 자리에 앉아 움 칼숨의 노래를 몇 시간씩 들었다. 두 눈은 감겨 있었고 그녀의 목소리를 따라 살짝 치켜든 머리가 부드럽게 흔들렸다.

눈을 뜬 아버지는 자신을 쳐다보고 있는 내게 가까이 오라고 손짓했다. 내가 곁에 다가가 앉자 아버지가 말했다. "아들아, 파이루즈의 노래에 깨어나고 움 칼숨의 노래에 잠들어야 한다. 아침에는 파이루즈, 저녁에는 움 칼숨. 지금 해 보자. 이리 와서 눈을 감아봐."

난 당신을 잊지 않았어요.

아버지가 옳았다. 고운 지저귐 같은 파이루즈의 희망찬 목소리에 아침이 힘차고 산뜻해진다. 구슬픈 목소리는 영혼을 북돋운다. 파이루즈와 함께하면 세상이 밝아진다. 가사 이면에 늘 슬픔이 담겨 있지만 파이루즈의 목소리는 상쾌하기 그지없는 파란색 하늘 아래의 푸르른 언덕 꼭대기로 나를 데려간다. 하지만 밤에는, 특히 이런 날 밤에는 움 칼숨의 노래를 들어야 한다. 한 곡이면 충분하다. 그 노래는 깊은 잠에 빠져 내가 기억 속으로 들어갈 때까지 길게 이어지기 때문이다. 향수에 젖은 여행은 잠시 현실의 나에게서 도망칠 수 있는 여유가 생기는 하루의 끝에 하는 것이 가장 좋다.

택시가 어둠 속을 달린다. 우측으로 정부 건물이 보이고 넓은 심문실의 작은 창문에서 불빛이 새어 나온다. 저 멀리 동부 지역의 언덕에 알 샤르키예의 그림자가 어렴풋이 보인다. 나는 눈을 감고 담배의 연기 구름 같은 움 칼숨의 깊은 목소리를 타고 하늘 높이 올라간다. 그리고 별들 사이에서 낡은 택시의 뒷좌석에 웅크린 나를 내려다본다.

노래가 멈추더니 속보가 나온다.

"속보입니다." 아나운서가 숨 가쁘게 말한다. "알 샤르키예 지역의 테러범들을 소탕하기 위해 정부가 공습을 시작할 것이라는 사실을 확인했습니다. 테러범들아, 우리가 너희를 부숴 버릴 거다!" 아나운서가 외친다.

택시 안에 침묵이 내려앉는다. 움 칼숨의 목소리가 다시 흘러나온다.

참을 만큼 참았어, 이제 세상은 내 거야.

휴대 전화 액정이 환하게 켜진다. 화면에 바스마라고 뜬다. 나는 불빛이 꺼져 화면이 다시 어두워질 때까지 문자를 확인하지 않는다. 도로를 잽싸게 가로지르는 길고양이 때문에 기사가 급제동을 한다. 나는 눈을 감고 자리에 푹 눌러앉는다. 나는 평생 어두운 시궁창에서 희망을 찾아다니며 가질 수 없는 것을 갈망했다. 어머니, 타이무르, 혁명. 내가 찾고 있는 혁명은 무엇일까? 혁명은 내 마음속에만 존재한다. 수많은 아름다운 대의명분에 의해 흉하게 훼손된 시신들은 역사 속에 흩어져 있고, 한때 희망적이었던 영혼은 전쟁과 배신에 두들겨 맞으며 어두워지고 비뚤어졌다. 왜 대의명분이 달라져야 하는가? 한때는 우리가 무적으로 보였다. 그리고 지금 우리는 행진하며 담배를 나눠 피웠던 때를 까맣게 잊었다. 더 이상 최루가스의 고통을 줄이기 위해 서로의 눈에 펩시를 뿌려줄 거라고 믿지 않는다.

사랑은 모든 것을 이기며, 세상의 어떤 힘보다 더 강하고 효과적이라는 것을 증명하고 싶었다. 하지만 타이무르와의 관계에서조차 그것을 증명할 수 없었다. 타이무르와 나는 우리 사랑을 인질로 붙잡아 두었다. 완전한 솔직함 없이는 타이무르뿐만 아니라 어느 누구도 사랑할 수 없음을 이제는 안다. 진정성을 지킬 수 없다면 사랑의 목적을 어디서 찾아야 하는가? 지금 여기서 끝내는 것이 낫다. 손실을 멈추고 각자의 길을 가게 두자. 하지만 나는 어디로 가야 할까? 타이무르와 혁명을 향한 사랑…, 그것이 내 나침반이었고, 진실이라고 느껴지는 방향으로 나를 인도했다. 그리고 어머니는? 어머니는 지금 어디에 있을까? 나는 아주 오랫동안 어머니와 아버지를 죽을 만큼 그리워했다. 나 혼자 그 조각들을 줍게 한 부모님이 그리우면서 미웠다. 나는 모두가 반대 방향을 가리키는 상황에서 깨진 나침반에 의지해야 하는 탐험가다. 지금 방황하고 있으면 내일은 더 악화될 것이고, 모레는 내일보다 더, 글피는 모레보다 더 힘들어질 것이다.

타이무르가 사회가 원하는 역할을 연기하면서 살고 싶

어 한다면, 나는 그러지 말라고 말해야 할까? 목을 비틀어서라도 그가 원치 않는 길로 데려가야 할까? 만약 그랬다면 나는 정권과 테타, 함자와 다를 바가 없었을 것이다. 누군가에게 자유를 강요할 권리 따위는 없다. 내 의무는 타이무르를 향한 사랑이 아니라 그 사랑이 대변하는 무언가에 있다. 그리고 내 자신에게만 있다. 나란히 달리는 두 개의 평행선 같은 타이무르와 나는 어느 한쪽이 꺾여야만 함께할 수 있을 것이다.

아버지의 임종 후 몇 주가 지난 어느 늦은 저녁, 나는 마즈네 집에서 우리 집으로 걸어가고 있었다. 평일 저녁이라 도로는 텅 비어 있었고, 귀뚜라미 울음소리만 가득했다. 집까지는 10분 거리였다. 길을 따라 걷다 공터를 하나 지나면 되었다. 나는 고개를 숙이고 흰색 테니스화를 보며 걸었다. 그러다 인도의 노란색 돌을 피해 분홍색 돌만 밟는 데 집중하기 시작했다. 나는 노란색 돌에 떨어지면 사각의 불구덩이에 집어삼켜질 것이라고 상상하며 분홍색 돌만 폴짝폴짝 디뎠다.

헤드라이트 불빛이 등 뒤에서 거리를 환히 비췄다. 나는 뒤를 돌아보았다. 불빛은 어두운 진입로에 세워진 차량에서 나오고 있었다. 헤드라이트가 꺼졌다가 다시 켜졌다. 그 차량은 내게 윙크를 하며 내 존재를 인지하고 있음을 알렸다. 나는 다시 돌아서서 빠르게 걸었고, 노란색 돌도 더 빠르게 다가왔다.

엔진이 빠르게 회전했다. 차가 나를 향해 다가왔다. 나는 뛰기 시작했다. 어쩌다 뒤를 돌아보니 헤드라이트의 환한 빛 속에서 운전자의 모습이 얼추 보였다. 내가 본 것이 단순한 환영이라기에는 지금까지 너무도 생생히 남아 있다. 운전석에 있던 사람은 맹세코 우리 아버지였다. 아버지의 두 눈이 핸들 뒤에서 나를 쳐다보고 있었다. 나는 얼어붙었다.

차는 도로 중간에 멈추었다. 문이 열리고 아버지가 차에서 천천히 내렸다. 그리고 차 앞으로 걸어와서 가만히 서 있었다. 헤드라이트 불빛 속에 실루엣이 드러나자, 몸 전체가 불 속에 있는 것처럼 보였다. 아버지는 나를 가만히 바라봤다. 그리고 아버지는 기억했던 것보다도, 어떤 인간보다도 키가 컸다. 다리가 엄청 길게 뻗어 있어 내 키의 네 배는 되어 보였다. 옆에 늘어뜨리고 있던 두 손을 들어 올리자 양 손바닥 위에 불덩이가 솟아올랐다. 불꽃이 손가락을 집어삼키더니 팔로 번졌다. 아버지는 무슨 말을 하려는 듯 입을 열었지만 아무 소리도 들리지 않았다. 검은색 입이 점점 더 커지더니 불길에 휩싸인 사진처럼 얼굴을 집어삼켰다.

나는 내달리기 시작했다. 도로 끝까지 달려가 왼쪽으로 꺾은 후 전력 질주로 공터를 가로질렀다. 공터 끝에 우리 집이 있었다. 거실에서 희미한 불빛이 새어 나오고 있었다. 테타가 티브이를 보고 있는 것이 분명했다. 달리는 동안 마른 엉겅퀴와 잡초에 발목이 긁혔다. 공터에 버려진 펩시 캔이 달빛을 받아 삐쭉삐쭉한 파란색 유리처럼 반짝거렸다. 등 뒤에서 아버지의 몸이 활활 타고 있었다. 아버지는 잡초에 불을 옮기며 나를 쫓아왔고, 곧 공터 전체가 화염에 휩싸였다. 나는 화염의 열기에 등을 데였다.

드디어 집 앞 콘크리트 바닥에 도착했다. 나는 멈추어 서서 뒤를 돌아보았다. 공터는 차갑고 어두웠다. 나무 사이를 지나며 바스락거리는 바람 소리만 들릴 뿐, 밤은 아버지처럼 죽어 있었다. 나는 몸을 숙여 두 손을 무릎에 얹고 숨을 골랐다. 밝은 가로등 아래에 서 있으니 상상만으로 겁을 먹은 내 자신이 바보처럼 느껴졌다. 나는 길가에 서서 창문으로 새어 나오는 티브이 불빛을 바라보다 미친 것처럼 웃기 시작했다.

어두운 집 안은 비밀과 함께 춤추고 있다. 나는 침실로 걸어가 나와 테타 사이, 우리와 세상 사이에 있는 문을 연다. 조잡한 나무 문. 널빤지 한 장으로 타이무르와 나를 충분히 보호할 수 있다고 믿은 내가 순진했다. 반대로 우리의 비밀을 지킬 만큼 단단한 것을 찾기도 어려웠을 것이다.

아버지의 낡은 가죽 의자가 방 한구석에 놓여 있다. 알다시피 우리의 세상은 아버지의 죽음과 함께 멈추었다.

썩어 가는 선반, 텔레비전, 접시와 나이프, 의자와 테이블 모두 그때와 똑같다. 우리는 그 시간 속에 너무 오랫동안 갇혀 지냈다.

나는 아버지의 의자에 앉아 아버지처럼 두 팔을 색 바랜 갈색 가죽 위에 얹는다. 그리고 담배를 깊게 빨아들인다. 방금 불을 붙인 담배 끄트머리가 어둠 속에서 빨갛게 타들어 간다. 제트기가 하늘을 가로지르며 포효하고 두 블록쯤 떨어진 곳에서 구급차의 사이렌 소리가 들려온다. 의자 앞의 창문이 열려 있지만 바람 한 점 들어오지 않는다. 방 안 공기가 숨 막힐 듯 답답하다. 이마에 땀이 맺힌다. 올해 들어 가장 무더운 밤이다.

도시가 폭염의 손아귀에 사로잡히고, 모두가 용광로 안에 갇힌다. 몇몇은 불길을 피해 에어컨으로 무장한 쇼핑몰, 국제 인증을 받은 호텔, 값비싼 레스토랑, 공사를 기다리는 커다란 공터의 신기루 안으로 숨어든다. 조심하지 않으면, 마구잡이로 자란 엉겅퀴에 숨어 있던 불타는 영혼들이 과거를 뚫고 나와 당신을 쫓을 것이다. 운 좋은 소수는 웨딩 케이크와 유리, 콘크리트, 강철로 된 타워를 만들어 화염을 피할 것이다. 그동안 방탄조끼를 입은 백인 남녀들은 제국의 대사관 안에서 가시철조망과 무장한 경호원들에 의해 보호받으며 요동치는 유가와 대반란 작전, 안정화 프로젝트, 여권 신장 캠페인에 대해 이야기를 나눌 것이다. 그리고 사람들은 모두 지나치게 자기중심적이고 자기 기만적인 확신으로 가득 차 있다.

빵 한 조각과 일거리를 찾아 알 샤르키예의 빈민가를 나온 청년들에게는, 그 일거리가 신을 기쁘게 할 것이라는 직감에 따라 누군가의 목을 베는 일을 포함하더라도, 어떤 일을 거절한다는 것은 감당할 수 없는 사치다. 이 기만적인 도시는 구원을 찾으라며 깊은 사막으로 청년들을 유혹한 후 그들을 감옥에 가두고 불에 태운다. 불길이 청년들을 휘감아 바짝 말라붙은 입술에서 마지막 남은 수분까지 증발하면 침묵만이 남는다.

그러나 썩어 가고 불타오르는 도시의 한가운데에도 한 줌의 희망이 있다. 그것은 짧은 머리의 여자들이 드레스를 입은 남자들을 격려하는 작고 어두운 지하 바에서 찾을 수 있다. 또 익명의 사람들이 잠시나마 사랑에 빠질 수 있는 버려진 영화관, 그리고 가족이 모여 달콤한 홍차를 마시고 고향을 그리는 친척들과 스카이프를 하며 밤새 장황한 토크 쇼를 보는 거실에서 느낄 수 있다. 제복을 입은 남자들이 심문실에서 누군가의 아들이나 딸의 나체에 곤봉을 휘두르고 전선을 감는다 해도, 감옥에서 꿈과 돈을 위해 가학적인 살인자로 변한다 해도, 이 도시의 거리에는 한 줌의 희망이 여전히 남아 있다.

힘이 자리한 곳도 이 썩어 가는 거리다. 거리의 힘은 초롱초롱한 눈, 날것, 어리석음, 궁전에 사는 정치인들에 의해 이리저리 이용당하고 찢긴 가망 없는 낭만파에게서 나온다. 아주 잠깐 우리는 나라 전체를 손에 쥐었었다. 하지만 다시 움츠러들었다. 거리의 힘은 무너지고 상처 입었다. 우리는 혁명의 시신을 내다 버리고 그 과정에서 우리 자신도 묻어 버렸음을 깨닫지 못한 채 애써 달아나려고만 했다. 그러다 한 사람이 살해당하고, 또 한 사람 그리고 또 한 사람, 사상자가 너무 많아져 한 사람의 목숨은 더 이상 중요치 않게 되었다. 구아파의 여왕이라고 해도 어머니 말고는 누구도 당신을 위해 울어 주지 않을 것이다. 그러나 여전히 한 줌의 희망이 있다. 그리고 거절은 더 이상 선택 사항이 아니다.

나는 창문으로 기어올라 향긋한 꽃으로 나를 감싸 주는 재스민 덩굴을 바라본다. 그 뒤에 유치원이 있고, 그 뒤에 첨탑이 삐쭉 솟아올라 있다. 첨탑 끄트머리가 밝은 녹색으로 빛난다. 피곤해서 그런지 내 눈에는 폭발하는 별처럼 보인다. 첨탑 꼭대기에서 무에진이 곧 목청을 가다듬고 고통받는 도시의 신도들을 부를 것이다. 창문과 덧문이 닫혀 있어도 무에진의 목소리는 바로 옆에 있는 것처럼 크게 들린다.

수년 간 이 방에는 나와 타이무르, 무에진이 있었다. 무에진의 목소리는 타이무르의 귀가를 재촉하는 알람이었다. 나는 어젯밤을 생각한다. 타이무르는 어젯밤이 우리의 마지막이 아니라고 맹세했다. 함께할 방법을 찾겠다고 약속했다. 그러나 하루가 지나고 태양이 제자리로 돌아오는 동안 모든 것이 먼지로 변했다.

어젯밤도 무척 더웠다. 무에진의 마이크 소리가 지지직 거렸다. 타이무르가 내게서 떨어져 나가자 시트가 바스락 거렸다. 그 소리에 익숙한 슬픔, 즉 오늘 아침은 서로를 곁에 두고 맞이할 수 없다는 자각이 올라왔다.

타이무르가 옷을 입기 시작했다. 나는 벌거벗은 채 누워 타이무르를 지켜보았다. 속옷을 입으며 섬세한 근육이 팽팽해지는 모습에 흥분을 느꼈다. 나는 서랍장을 쳐다보았다. 그리고 타이무르와 방에 들어오면서 나도 모르게 엎어 놓았던 아버지 사진이 든 나무 액자를 쳐다보았다.

"조금만 더 있다 가면 안 돼?" 내가 물었다.

타이무르가 싱긋 웃는다. 그리고 침대로 돌아와 이마에 키스를 했다. "좀 일찍 나가야 해. 아침에 혼인 신고서부터 작성할 거거든."

"이렇게 하고 싶은 게 확실해?" 내가 물었다. 이제 타이무르는 다른 사람 옆에서 잠을 잘 것이다. 매일 아침 돌아누웠을 때 타이무르를 볼 수만 있다면 나는 모든 혁명을 포기했을 것이다. 그리고 타이무르의 따뜻한 몸에 바짝 붙어 키스하고 입 냄새를 맡았을 것이다. 사랑하는 사람 곁에 웅크린 채로 깨어나는 행위처럼, 아주 미세한 것에도 아주 많은 의미가 담길 수 있다는 사실이 놀랍다.

타이무르가 양말을 신으며 아버지의 의자에 앉았다.

"이게 옳은 선택이야, 라사."

"기대라도 하는 것처럼 들리네." 나는 말했다. "잘됐다."

타이무르가 걱정스러운 눈빛으로 나를 올려다보았다. "이미 상의했던 일이잖아. 그래도 우리 사이는 변하지 않을 거야."

나는 한숨을 쉬고 돌아누웠다. 타이무르가 거울 앞으로 걸어가 매무새를 점검했다. 그리고 머리를 오른쪽에서 왼쪽으로 넘기며 만지작거리더니 다시 원래대로 헝클어 놓았다. 타이무르의 두 눈에서 이렇게 자문하는 듯했다. 사회가 어떤 머리 모양을 원할까?

밖에서 무에진이 그만 일어나라며 도시를 재촉했다.

비명이 새벽 공기를 뒤흔들었다. 그것은 단순한 울부짖음을 넘어서, 모든 것을 잃은 누군가의 길고 절망적인 울부짖음이었다. 시간이 멈추었고, 움 칼숨이 한 음으로 계속 노래했다. 잠깐 동안이었을까, 아니면 움 칼숨이 정말 한참 동안 같은 음을 길게 늘여 불렀던 걸까? 그전에는 전혀 인지하지 못했던 부분이었다.

그리고 방문 두드리는 소리가 들렸다.

"문 열어, 라사! 당장 문 열어!" 테타가 문 뒤에서 고함을 질렀다.

방이 흔들리기 시작했다. 지진이 난 것처럼 벽이 무너져 내렸다.

나는 벌거벗은 채 침대에서 뛰어내렸고 떨어지지 않으려고 타이무르를 붙잡았다. 우리는 아무 말도 하지 않았다. 숨조차 제대로 쉴 수 없었다. 나는 타이무르에게 매달린 채 방문과 나체로 떨고 있는 나를 쉴 새 없이 번갈아보는 타이무르의 강렬한 눈동자를 쳐다보았다.

문 두드리는 소리가 계속 이어졌다. 원래 문장과 분리하든 합치든 별 의미 없는 성난 말들이 문 뒤에서 날아들었다. 말 자체는 중요하지 않았다. 그러나 테타는 입에서 불을 뿜듯 말을 쏟아 냈다. 테타의 분노가 침실과 방문, 거울에 불을 붙였고 그 불길이 우리까지 집어삼켰다.

"할머니, 뭐라고요?" 나는 아무렇게나 던져 놓았던 옷가지를 황급히 집어 들었다. 그리고 허둥지둥 옷을 입었다. 일단 속옷을 입고 청바지와 티셔츠도 입었다.

"나랑 장난칠 생각 마라, 이 녀석아." 테타가 소리쳤다. 문 두드리는 소리가 더 커지고 험악해졌다. 나이 든 여성이 저렇게 세게 주먹을 휘두르며 격분할 줄은 상상도 못했다. 곧 지붕이 무너지거나 거울이 부서져 내릴 것 같았다.

타이무르가 내 팔을 잡고 흔들었다. "날 여기서 내보내줘, 라사." 타이무르는 간절한 눈빛으로 애원했다. "여기서 나가야 해."

나는 눈을 감고 두 손을 머리에 얹었다. 손을 떼면 머리가 폭발할 것 같았다. 쾅쾅거리는 소리가 더욱 커졌다. 테타가 내 머리를 주먹으로 때리고 비밀의 새장을 부숴 새들이 날아가 버릴 것만 같았다.

"알았어요!" 나는 이렇게 소리치며 눈을 떴다. 문 두드리는 소리가 멈추었다. "알았어요, 문 열게요. 대신 방으로 가 계세요, 할머니. 들려요? 얄라!"

적막이 흘렀다. 곧 테타의 발소리가 복도에 울리더니 문 닫는 소리가 났다.

"나 좀 꺼내 줘." 타이무르가 부탁했다.

"그래, 알았어."

나는 중얼거렸다. 그리고 문을 열어 빈 복도를 살펴보았다. 테타와 도리스의 방문이 모두 닫혀 있었고, 집 안에는 다시 한 번 정적이 흘렀다. 테타는 약속대로 방으로 들어갔다. 모두 내 상상 속에서 벌어진 일은 아닐까? 나는 타이무르를 쳐다보았다. 그렇게 창백한 얼굴은 처음이었다. 두려움이 가득했다. 내 마음을 읽기라도 한 듯 타이무르가 고개를 끄덕였다. 실제 상황이었다.

"정리되면 전화 해." 타이무르가 현관으로 배웅하는 내게 말했다.

나는 타이무르의 손을 잡았다. 그 손을 놓을 수 없을 것 같았다. 다시 침실로 함께 돌아가 문을 걸어 잠가야겠다는 생각이 잠깐 들었다. 문밖으로 나오지 않으면 결혼식과 테타와 터무니없는 모든 일을 피할 수 있을 것이다. 평생 침대에 웅크리고 누워 도리스가 열쇠 구멍으로 넣어 주는 음식 찌꺼기를 먹고 사는 우리의 모습이 그려졌다.

"정리되면 연락 해." 타이무르가 다시 한 번 말했다.

"다시 만날 거라고 맹세 해."

"맹세할게." 타이무르가 마지막으로 한 번 더 내 손을 꽉 잡고 문밖을 나갔다. 그리고 곧장 계단을 뛰어 내려가 어두운 밤 속으로 사라졌다.

나는 타이무르의 모습이 완전히 사라진 것을 확인한 뒤 현관문을 닫았다. 모든 것이 고요했다. 만약 테타의 비명에 이웃 중 누군가가 잠에서 깼더라도 무슨 일인지 나와 볼 만큼 궁금해 하지는 않았던 것 같다.

나는 테타의 침실 문을 두드렸다. 테타가 문을 열었고, 나를 따라 말없이 주방으로 나왔다. 그리고 식탁에 앉아 허공을 바라보았다. 내가 차를 한 잔 타주고 맞은편에 앉는 동안에도 눈길 한 번 주지 않았다. 우리가 침묵 속에서 담배를 피우는 동안, 차는 처음 모습 그대로 우리 사이에 놓여 있었다. 뭐라고 설명을 해 보려 했지만 욕실 거울 앞에서 열심히 연습한 말들은 둘 사이의 공간에서 환영받지 못할 것들이었다. 그동안 준비했던 말들은 나를 위한 것이었을까, 아니면 테타를 위한 것이었을까?

"뭘 보셨어요?" 이렇게 묻는데 목이 멘다. 충격으로 인한 비명과 눈물 때문에 쉰 목소리가 다시 숨어 버렸다.

"볼 만큼 봤다."

"설명할게요."

"그전에도 집에 오는 걸 봤어. 그때는 둘이 마약을·하는 줄 알았다. 이런 일은 꿈에도 생각하지 못했어."

"할머니…."

"너희 세대가 어떤지 알아. 결혼에 의존하는 대신 실험적인 걸 찾고 새로운 걸 시도하지."

"할머니…."

"그 애를 우리 집에서 다시는 보고 싶지 않다, 알겠니?"

나는 대답하지 않았다.

"내 잘못인 것 같다. 너무 만만하고 개방적이었던 것 같아. 변비로 고생할 때 항문에 아몬드를 집어넣어서 그런 거니? 넌 정말 변비가 심한 아이였어. 너랑 만나려는 여자가 널렸을 텐데 왜 남자를 만나려는 거니? 그 못돼 먹은 녀석이 널 꼬드긴 게 분명해. 질이 안 좋은 애란 걸 대번에 알아봤어."

테타의 이런 모습은 처음이었다. 제멋대로 질문을 던지고 우리를 막다른 길로 몰고 가는 패턴이 지겹도록 이어졌다. 그리고 마침내 테타가 깊은 한숨을 내뱉었다.

"이 일은 조용히 묻어 둬야 해." 테타는 내가 아닌 자신을 향해 냉정한 어조로 말하며 담배를 재떨이에 비벼 끄고 일어섰다. 그리고 면 잠옷을 툭툭 쳐서 펴고 주방에서 나갔다. 나는 그 자리에 앉아서 테타가 다리를 끌며 침실로 돌아가 문을 닫는 소리를 들었다. 그리고 나서야 나도 침대로 돌아갔다.

나는 아직도 테타가 열쇠 구멍을 통해 뭘 봤는지 모른다. 우리가 키스하는 것을 봤을까? 우리가 생각했던 대로이마를 맞대고 함께 누워 있는 것을 봤을까? 몇 주 전 타이무르와 내 침실에 함께 있던 때였다. 타이무르가 일어나 문으로 걸어갔다. 그리고 현미경으로 뭔가를 관찰하는 과학자처럼 집중하여 열쇠 구멍 안을 들여다보았다.

"열쇠가 옆으로 돌아가 있으면 구멍으로 볼 수 있겠어." 타이무르가 열쇠 구멍의 작은 공간을 막으려고 열쇠를 다시 돌리며 말했다.

"너무 의심하지 마." 나는 한숨을 쉬며 타이무르를 다시 침대로 끌어당겼다.

우리는 무척 조심했었다. 블라인드를 항상 내렸고 좁은 틈도 철저히 막아 아무리 궁금한 사람이라도 절대 들여다볼 수 없게 했다. 커튼을 치고 방문을 잠그고 빗장도 걸었다. 우리는 우리의 세계를 완전히 밀봉했다고 생각했다. 하지만 어젯밤 테타가 열쇠 구멍의 아주 좁은 틈으로우리를 들여다보고 말았다.

나는 아빠의 의자에서 일어나 드르렁대는 소리를 따라 테타의 방으로 간다. 어렸을 때 나는 갓난아기를 두고 어쩔 줄 모르는 엄마처럼 테타의 코골이가 한밤중에 갑자기 멈출까 봐 걱정했었다. 어머니와 아버지가 그랬듯 나를 버려 둔 채 세상을 떠날지도 모른다는 생각에 괴로웠다. 우리의 침실을 가르는 얇은 벽을 통해 드르렁대는 소리가 들리면 테타가 아직 살아있음을 확인할 수 있었다. 오늘 밤 코골이는 나를 마지막 갈등으로 이끌고 있다.

침실 문이 살짝 열려 있다. 테타는 반듯이 누워 이불을 덮은 채 자고 있다. 잠자는 동안에는 얼굴의 깊은 주름이 더 잘 보인다. 테타의 정신은 어젯밤 일이 일어나지 않은 다른 세상에 가 있다. 테타의 입이 벌어져 있다. 이 여성이 강하고 거친 테타라는 유일한 증거는 목 뒤쪽으로부터 울리는 인상적인 코골이 소리이다. 발 하나가 흰색 시트 아래로 삐져나와 있다. 빨간색 매니큐어를 칠한 발톱은 깔끔하게 손질되어 있다. 목재 가구가 조용히 삐걱거린다. 참 길고 무더운 하루였다.

나는 침대 옆에 서서 테타를 바라본다. 면밀히 들여다보고 읽어 본다. 그렇게 잠든 모습을 지켜보며 내가 테타를 얼마나 사랑하는지 생각한다. 나는 어머니와 아버지에 대한 사랑을 테타에게 쏟았다. 오늘 밤이 지나면 그 사랑을 어디에 쏟아야 할까? 그리고 테타가 아들 대신 내게 쏟았던 사랑은 어디로 가야 할까? 두 번 다시는 이마의 저 깊은 주름 또는 양 볼에 팬 가벼운 주름에 키스하지 않을 것이다. 지칠 대로 지친 가족의 붕괴를 테타의 주름에서 찾을 수 있을 것이다. 내 입술이 어디에 닿았었는지 안다면 테타는 내가 키스하도록 내버려뒀을까?

테타는 나이 든 여성이다. 길고 힘겨운 인생을 살아왔다. 하나뿐인 아들의 죽음도 지켜봤다. 그리고 늘 내게 상기시켰듯 그것만큼 고통스러운 일은 없었다. 이제 테타의 하나뿐인 손자도 죽었다. 손자는 가문의 이름을 죽였고, 그것은 죽음보다 더한 일이다. 가문의 혈통이 이어지고 아들이 자손들을 통해 살아 있을 것이라는 희망을 내동댕이쳤다.

손이 떨린다. 공허감이 밀려들고 독극물을 병째 들이킨 것처럼 신경이 따끔거린다. 나는 테타를 실망시키고 수치스럽게 했다. 고통을 충분히 겪은 노년의 여성을 내 여정에 끌어들였다. 나는 테타를 데리고 마지막 모험 길에 오른다.

베개가 침대 위에 놓여 있다. 나는 베개를 집어 든다. 하얀 면의 시원한 감촉이 손에 느껴진다. 무더운 여름밤이면 테타는 리넨 천을 늘 냉장고에 넣어 시원하게 만들었다. 오렌지 블로섬 향이 나는 부드럽고 시원한 면 베개를 얼굴에 갖다 대고 천천히 누르면 무슨 일이 벌어질까? 노년의 여성은 잠든 채로 질식하여 죽을 것이다. 그러면 이 집은 내 소유가 될 것이다. 아무도 열쇠 구멍을 들여다보지 않을 것이고, 어디에 가는지, 누구와 침대를 함께 쓰는지도 묻지 않을 것이다. 테타의 영혼이 나를 영원히 괴롭힐까? 영혼이 되어서도 열쇠 구멍을 들여다볼까?

테타가 눈을 뜬다. 그리고 두려운 눈빛으로 나를 쳐다

본다. 나는 베개를 떨어뜨린다. 테타가 일어나 앉아 내 얼굴을 어루만진다.

"진[8]처럼 거기 서서 뭐하니?" 테타가 말한다.

내가 곁에 앉자 테타가 트림을 한다. 두툼하고 권위적인 트림이 몇 초간 지속된다.

"저녁에 저 빌어먹을 치즈를 먹지 말았어야 했어."

"오늘 밤에는 뭐 하셨어요?" 나는 테타에게 묻는다.

"형편없는 뉴스로 모두가 어떻게 이 나라를 망가뜨리고 있는지 봤지. 우리는 수치심 공화국에서 살고 있어. 넌밤새 어디에 있었니?"

"결혼식에 갔었어요." 나는 말을 멈춘다. 그리고 떨리는 두 손을 무릎 위에 얹어 안정시킨다. "어젯밤 제 침대에 있던 남자의 결혼식이었어요."

테타가 나를 쏘아보다 쩝 하고 소리를 낸다. "그런 걸나한테 대놓고 얘기하는 게 수치스럽지 않니?"

"수치심하고는 끝이에요." 나는 말한다. "뭐가 에이브인지 아닌지에 관한 규칙도 필요 없어요. 제게도 나름의 규칙이 있어요."

"저 나름의 규칙이 있다네." 테타가 전등갓에 대고 말한다. 그리고 나를 돌아본다. "정확히 누가 또 네 규칙을 따르고 있니? 말해 봐, 누구야? 아니면 너 하나뿐이냐?

---

8 아랍 세계의 정령

다른 사람들이 네 규칙에 대해 뭐라고 할 것 같으냐?"

"하고 싶은 말을 하겠죠."

"네 얘기만 할 거라고 생각하는구나?" 테타가 웃는다. "나는 어쩌고? 나는 상관없는 거냐? 그리고 네 아버지-그의 영혼을 축복하소서-네 아버지까지 사람들 입에 오르내리려야 하니?"

"아버지 걸고넘어지는 것 좀 그만 하세요." 나는 벌떡 일어난다. "저도 제 목소리가 있어요."

"네 목소리를 어디다 쓰게? 남자를 침대에 끌어들이는데? 그게 목소리를 잘 사용하는 거냐? 주변을 봐라. 이 나라를 좀 봐. 목소리를 갖는다는 게 뭔지 보란 말이야. 목소리가 있다는 소리나 하다니." 테타가 잠시 멈추고 숨을 쉰다. "목소리를 갖느니 굴욕을 당하고 입 다무는 게 낫지."

우리는 잠시 휴전한다. 테타는 물을 한 모금 마시고, 나는 휴대 전화를 쳐다본다. 소리를 지르니 도움이 된다. 기분이 나아진다. 그리고 침묵이 흐를 때는 정말 고요하다. 집 안이 쥐죽은 듯 조용하다. 테타와 나만 필사적으로 싸우고 있다.

테타가 목청을 가다듬는다. "네 목소리를 가지고 미국으로 돌아가야겠구나." 테타가 말한다.

"허락은 해주실 거예요? 그러실 거면 어젯밤에 쫓아내셨어야죠. 하지만 아니잖아요. 이 집에서 할머니와 아버지의 규칙을 따르며 살게 했잖아요. 제가 떠났다면 피도 눈물도 없는 배신자가 됐겠죠."

"아니, 아니야." 테타가 고집스러운 아이처럼 머리를 격렬하게 흔든다. "네 아버지가 하늘에서 보고 계신다, 녀석아. 네가 아버지를 이 따위로 말하게 됐다고 생각하게 둘 수는 없다."

"그러면 아버지에 대해 얘기해요." 나는 말한다. "아버지가 돌아가시기 전 6개월 동안 무슨 일이 있었던 거예요?"

내 질문에 테타가 놀란다. 나 역시 그렇다. 이 질문은 존재하는지도 몰랐던 곳에서 튀어나왔다. 우리의 다툼에는 패턴이 있었다. 일단 선을 긋고 논쟁을 해도 되는 것과 안 되는 것에 대해 합의를 했다. 하지만 나는 더 이상 이 선들을 믿지 않는다. 일단 선이 그어지면 선이 견고해지지 않도록, 우리를 영원히 지배하지 않도록 즉시 건너 봐야 한다.

"담배가 어디 있지?" 테타가 이렇게 말하며 일어나려고 하지만 내가 막아선다.

"아버지는 왜 치료를 받지 않았어요?"

"죽은 사람 들먹이지 마라, 라사."

"죽은 사람의 규칙 아래에서 15년을 살았어요." 나는 대답한다.

테타가 침대 옆 탁자에 있는 물을 한 모금 더 마시고 전

등을 켠다. 환한 조명 밑에서 보니 어젯밤에 목격한 장면을 반복해서 돌려 본 사람처럼 테타의 눈꺼풀이 무겁고 칙칙하다.

"뭘 알고 싶은 거냐?" 테타가 마침내 묻는다.

"아버지는 왜 치료를 받지 않았어요?"

"치료는 효과가 없었어, 마지막 몇 달이 더 고통스러워질 뿐이었다." 테타가 면 잠옷을 끌어당기며 쓸쓸하게 말한다. "의사들도 손쓸 방법이 없다고 했어. 신도 그 애를 원했고 나도 그 애를 원했지. 나는 아들의 목숨을 가지고 신과 싸웠다. 하지만 끝내 지고 말았지."

"할머니가 아버지를 죽게 한 거예요." 내가 말한다.

"그런 식으로 말하지 마라." 테타가 쏘아붙인다. "네 아버지가 원했던 건 마지막 남은 몇 달을 나와 함께 지내는 것이었어."

"엄마는요?"

"네 엄마는 무너졌었다."

"엄마는 도움이 필요했어요. 여전히 도움이 필요하고요."

"네 엄마는 자신이 이 가정에 무엇을 불러오는지 알았기 때문에 떠난 거야. 네 엄마가 그렇게 잘못을 저지르는 와중에도 내게 배운 게 딱 한 가지 있어. 바로 수치심이다."

"거짓말이에요. 엄마가 날 그냥 잊어버릴 리가 없어요.

하지만 할머니는 엄마가 우리를 다시는 찾지 않을 거라고 단언했어요. 그리고 예전 삶의 흔적이 하나도 남지 않을 때까지 우리를 멀어지게 하고 단절시켰죠."

"라사, 난 널 보호하려고 했던 거야."

"그런데 한 가지가 남았어요, 안 그래요?" 나는 말한다. "할머니는 사소한 한 가지를 간과했어요. 시내 우체국의 편지함이요. 30년 전에 아버지가 유학을 떠나고 처음 빌렸던 그 편지함 말이에요."

"라사, 과거는 그냥 묻어 둬라."

"엄마가 편지를 보냈어요?" 나는 테타의 어깨를 꽉 쥐고 흔들기 시작했다. "엄마 편지는 어디 있어요?"

테타는 항변하지 않는다. 그저 낡은 인형처럼 몸을 맡긴다. 나는 잠시 멈추고 테타를 바라보며 테타의 생각을 추측해 보려 애쓴다. 테타는 사실 사람들이 자신을 어떻게 생각하는지 신경 쓰지 않는다. 안 그런가? 테타가 신경 쓰는 것은 아들을 잃기 전 몇 년뿐이었다. 얼마나 맹렬히 아들을 지켰는지, 또 얼마나 빨리 아들을 뺏겼는지. 그리고 나는 아주 오랫동안 테타에게 남은 단 하나, '나'를 잃어버리지 않도록 테타를 지켜 주었다.

"라사, 나는 네가 보살핌을 받는 걸 확인하고 싶은 것뿐이야. 만약 네가… 남자를 만난다면, 어떻게 살아가겠니? 나이 들면 누가 널 보살펴 주겠어?"

"편지함 열쇠 주세요!" 내가 소리친다. 집 안 어딘가에 반드시 있을 것이다. 어머니는 분명 내게 편지를 썼을 것이다. 내 사랑, 라사. 말로 표현할 수 없을 만큼 보고 싶었어. 그 마녀 할멈에게 너를 남겨 두고 떠난 후에 엄마는 양파를 다지지 않는단다. 나는 침대 옆 탁자의 서랍을 열어 알약과 스타킹 한 짝, 오래된 사진 한 뭉치 사이를 뒤진다. 그러다 아예 서랍을 통째로 빼내어 모든 내용물을 바닥에 쏟는다. 열쇠는 없다.

테타는 말이 없다. 그저 탁자 위에 있는 아버지의 사진을 물끄러미 바라본다. 갓 태어난 나를 앉고 있는 사진이다. 콧수염을 덥수룩하게 기른 사진 속 아버지의 두 눈에 행복감이 희미하게 반짝인다. 나는 테타의 옷장으로 가서 옷가지를 집어던지며 그 안을 뒤진다. 옷장을 모두 비운 나는 방문으로 걸어간다. 열쇠는 분명 거실에 있다.

"그거 아니, 라사?" 테타가 침실을 걸어 나가는 내게 말한다. 나는 돌아서서 테타를 마주 본다. "넌 네 아빠와 꼭 닮았어. 그 애는 금화 같은 사람이어서 나이가 들수록 더 아름다워졌지. 암 투병 중에도 반짝반짝 빛났단다."

나는 돌아서서 방문을 쾅 닫고 침실로 돌아온다. 그리고 불을 켜고 의자를 옷장 가까이 끌어당긴 후 그 위에 올라서서 책 더미 뒤에 숨겨 둔 신발 상자로 손을 뻗는다. 나는 타이무르에게 받은 각양각색의 편지와 엽서들을 훑어본다. 그날 아침 일찍 넣어 둔 것인데 수십 년 전 일처럼 느껴진다. 나는 신발 상자에서 한 가지를 꺼낸다. 어머니와 함께 찍은 사진이다. 어젯밤 일에 대해 테타에게 말할 필요는 없다. 일단 어머니의 존재를 증명할 편지를 찾고 나서 어머니와 직접 얘기를 할 것이다. 나는 엄마의 아들이지 테타의 아들이 아니다.

나는 어머니의 흔적을 찾아 계속 집 안을 뒤진다. 소란을 피우거나 누군가를 깨우는 것이 더 이상 두렵지 않다. 모두 깨어나게 해서 내가 살아 있음을 알리자. 거실에 나온 나는 테타의 가방을 집어 그 안의 내용물을 쏟아 낸다. 담배, 거친 휴지, 안경, 껌까지 모든 것이 바닥에 떨어진다.

이번에는 벽으로 다가간다. 그리고 벽에 걸려 있던 아버지의 사진을 하나씩 떼어 낸다. 테타와 아버지의 사진이 든 액자를 바닥에 내던져 유리가 산산조각 나는 소리를 들으니 기분이 좋아진다. 나는 사진을 찢어 버리고 열쇠를 찾으려고 액자 안을 들여다본다.

너무 오랫동안 나는 테타의 편에 서서 늘 바르게 행동해 왔다. 테타가 나를 보호했던 것만큼 나도 테타를 보호했다. 하지만 그 대가가 무엇인가?

"어디 있냐고요!" 나는 소파 쿠션을 집어 들어 속이 다 드러나도록 찢어 버린다. 여기에도 없다. 나는 쿠션을 내던진다. 쿠션이 테이블에 떨어지며 유리 재떨이를 밀쳐 떨어뜨린다. 나는 책장으로 달려가 서반에 놓여 있던 티브이를 밀어 버린다. 그리고 카펫 바닥에 떨어지며 부서지는 소리를 들으며 희열을 느낀다.

눈앞에 보이는 모든 걸 뒤집어엎은 나는 잠시 멈추어 거실을 바라본다. 나는 미치광이처럼 헐떡이고 있다. 거실은 온통 산산조각 난 유리 조각과 뒤집힌 가구로 뒤덮여 있다. 어머니의 흔적은 어디에도 없다. 아주 오랫동안 나는 뭔가가 여기에 남아 있을 거라고 믿었다. 이 집이 어떻게든 어머니의 흔적을 가지고 있을 것이라는 희망을 갖고 있었다. 하지만 그것은 나만의 착각일 뿐이었다. 어머니는 여기에 존재한 적이 없다. 유일하게 어머니를 품고 있었던 것은 나였다.

나는 울음을 터뜨리며 욕실로 들어간다. 어머니의 깊은 고통이 결국 나를 덮친 것 같다. 나는 어머니뿐 아니라 나를 위해 울고 있다. 과거의 나, 사람들이 세상을 바꿀 수 있을 것이라고 믿었던 사람, 감옥에서 고문을 받다 사망한 알 샤르키예 출신의 청년에 대해 생각할 때에도 그렇게 무력하지 않았던 사람, 결과에 대한 두려움 없이 미친 듯 사랑에 빠질 수 있었던 사람. 내일 나는 무엇을 해야 할까? 새로 태어난 이 사람은 하루를 어떻게 채워야 할까?

나는 치약을 꺼내 이를 닦기 시작한다. 그리고 거울에 내 얼굴을 비춰 본다. 얼굴이 상기된 채 퉁퉁 부어 있다. 나는 익숙한 뭔가에 이끌려 거울 속 나에게 다가간다. 혈관이 터지면서 콧구멍 주변으로 붉은 핏자국이 기다랗게 남았다. 어렸을 때 어머니는 술을 마시면 늘 구토를 했다. 구토를 할 때마다 몸을 심하게 들썩거렸고, 얼굴 혈관이 터져 코 주변에 핏줄이 불거지고 빨개졌다. 핏발 선 기진맥진한 두 눈이 나를 노려본다. 어머니의 눈이다. 거울 속 내 모습을 통해 나를 응시하는 어머니의 눈빛을, 어머니와 내가 공유한 악마를, 일탈과 특이함을 본다. 그리고 처음으로 나는 혼자가 아니다.

하지만 내가 곧 어머니인 것은 아니지 않은가? 사라져 버린 어머니와 타이무르, 혁명을 고수하려는 불같은 완고함은 테타에게 받은 것이다. 테타는 아이를 키울 시기가 이미 오래 전에 지나갔다고 생각했지만 온갖 어려움을 이겨내며 나를 길렀다. 그 동안 테타를 따라 완고한 길을 걸어온 나도 뭔가를 배웠다. 언젠가 테타가 이 순간을 돌아봤을 때 내 삶을 개척해 낸 것을 칭찬해 주길 바랄 뿐이다.

욕실에서 나왔지만 테타의 침실 문은 여전히 닫혀 있다. 나는 거실로 나가 테타가 카드를 보관하는 먼지 쌓인 서랍에서 펜과 종이를 꺼낸다. 오래전에 적어 놓은 브리지 카드 게임의 점수 목록에서 숫자를 지운다. 종이를 절약하기 위해 여백까지 남김없이 사용하는 것을 테타가 얼마나 강조하는지 알기 때문이다.

난 할머니랑 똑같아요. 나는 급하게 적은 숫자와 계산식 사이의 여백에 이렇게 휘갈겨 쓴다. 테타가 볼 수 있도록 그 위에 동그라미까지 치고 테이블 위에 올려 둔다.

휴대 전화가 주머니에서 진동한다.

밖으로 나와, 마즈가 보낸 문자다.

문이 열리며 삐걱거리는 소리가 난다.

"도련님?" 도리스의 목소리가 집 안의 정적을 타고 떠밀려 온다. 복도로 고개를 돌리니 도리스가 문밖으로 고개를 쑥 내밀고 있는 것이 보인다.

"걱정하지 마세요, 이제 다 괜찮아요." 나는 말한다. 그리고 도리스의 방으로 걸어간다. 침실 용 탁자에 올려놓은 촛불 몇 개가 어둠을 밝히고 있고 바로 위에는 어머니가 그린 아버지의 초상화가 걸려 있다. 마치 사당처럼 보인다. 그렇다면 누구의 사당일까? 어머니, 아니면 아버지?

"나가세요?" 도리스가 속삭인다.

"네."

"밖에는 골치 아픈 일이 너무 많아요. 가족한테 연락이 왔어요. 돌아오래요." 도리스가 잠시 말을 멈추었다가 내 손목을 끌어당겨 손바닥에 조그만 물건을 쥐어 준다.

작고 납작한 열쇠다.

"할머니한테는 말하지 마세요." 도리스가 검지를 입술에 갖다 대며 속삭인다.

나는 집에서 나와 계단을 내려간 후 건물을 빠져나간다. 텅 빈 거리 위로 태양이 떠오르자 알 샤르키예가 불그스름한 여명으로 물든다. 한여름에는 구름을 찾아보기 힘들지만 오늘 아침에는 파괴의 구름이 알 샤르키예를 뒤덮고 있다. 오늘 많은 시민들이 집에서 죽음을 맞이할 것이며, 폭격으로 연기가 꽃처럼 피어오르면 콘크리트와 먼지, 가구와 신체 일부가 모두 가루가 되어 폐허 위를 떠다닐 것이다. 지평선으로 빈민가가 광란의 축제처럼 불탄다. 먼 곳에서는 아주 아름다워 보이지만 이내 검게 그을린 잔해만 남긴 채 사라진다.

마즈의 차가 길모퉁이에 서 있다. 마즈가 나를 보고 헤드라이트를 두 번 깜박인다.

"오늘 밤 일은 안타깝게 됐다." 마즈가 차에 올라타는 내게 말한다. 마즈는 밝은 붉은색 립스틱을 바르고, 멍자국을 가리기 위해 눈 주위에 콜을 칠했다.

"버틸 수 있을지 모르겠어." 내가 말한다.

마즈가 어깨를 으쓱한다. "넌 견딜 수 있을 거야."

"그래야지." 내가 고개를 끄덕인다. "그런데 늙으면 누가 우리를 돌봐 주지?"

마즈가 다가와 볼에 가볍게 입을 맞춘다. "넌 날 돌보게 될 거야. 넌 누가 돌볼지 모르겠다."

나는 싱긋 웃는다. 피곤하고 머리도 아프다. 내일이 어찌될지 모르겠다. 하지만 적어도 수치심으로 시작되지는 않을 것이다.

"뭐 하고 싶어?" 마즈가 차를 출발시키며 묻는다.

"모르겠어." 나는 열쇠를 꽉 쥐었다. 사실 나는 내가 뭘 원하는지 잘 알고 있다. 엄마를 찾아가 괜찮다고 말하고 싶다. 나는 괜찮다고. 나는 마즈를 돌아본다.

"시위하러 가야겠지."

"그래, 그래. 훌륭한 생각이야. 시위하러 가자. 그런데 누구에게 맞서서?"

"모두에게 맞서서. 모든 것에 맞서서."

"좋아." 마즈가 말한다. "하지만 그 전에 구아파에서 한 두 잔 마시고 시작하자."

감사의 말

엄마, 아빠, Sami, Nadeem, Amal, Mona: 여러분의 사랑과 웃음에 감사의 말을 전합니다.

내 에이전트인 Toby Eady, 나와 내 소설을 믿어 주고 집필 과정에서 헤아릴 수 없을 만큼 소중한 격려와 도움을 주었습니다. 엉망인 내 원고로 놀라운 작업을 해준 편집자분들도 감사합니다. Judith Gurewich, 더 명확하고 깊게 그리고 솔직하게 생각할 수 있도록 자극해 주어서 고마워요. Anjali Singh, 초창기부터 보여 준 흔들림 없는 믿음, 인내, 지원, 친절함, 그리고 즐거웠던 스카이프 대화 또한 감사합니다. 그동안 도움주신 Keenan McCracken, Lauren Shekari, Yvonne Cardenas와 Other Press에 계신 모든 분들에게도 감사를 드립니다.

Rowan Salim, Adam Barr, Muhammad El-Khairy, 그리고 Tim Ludford에게도 너무나 큰 도움을 받았습니다.

이 프로젝트가 하나의 작은 아이디어에 불과했던 그 순간부터 나를 믿어 주었고, 몇 년간 수없이 많은 초고를 읽어 주었습니다. 위의 네 분은 제게 보석과도 같은 존재입니다. 그 외에도 아래의 많은 분이 시간을 내어 초창기 초고를 읽어 주었고, 상세하고 사려 깊으며 힘을 주는 조언을 주었습니다. Sami Haddad, Michael Round, Atiaf Alwazir, Nada Dalloul, Jamila El-Gizuli, Thoraya El-Rayyes, Raja Far ah, Giuseppe Caruso, Ginny Hill, Nina Mufleh, Adrienne E. Treeby, Yazan Al-Saadi, Eliane Mazzawi , Danah Abdulla, Joshua Rogers, Tania Tabar, Yasmeen Tabbaa, Sarah Alhunaidi , 그리고 Jehan Bseiso, 고맙습니다.

파리, 런던, 뉴욕에서 집으로 나를 초대하고 진심으로 환대해 준 Djamila Issa, Becky Branford, Joud Abdel Majeid, 2014년 4월 호에 초기 발췌문을 기꺼이 실어 준 Kalimat magazine 고마워요.

무엇보다 내 가장 친한 친구이자 인생의 반려자인 아담에게 감사의 말을 전합니다. 당신의 사랑과 인내가 없었다면 이 책이 존재하지 못했을 겁니다.

움 칼숨의 노래 '알 아틀랄'은 이브라힘 나지(Ibrahim Nagy)가 작사했으며, 아랍 음악 번역 팀의 번역(http://tinyurl.com/nogh49)을 차용하였다.

시내에서 피아노를 치던 남자는 시리아의 폭격당한 야르묵 난민 수용소의 '피아노맨'인 아이함 아흐마드(Ayham Ahmad)에게서 영감을 받아 만든 캐릭터이다. 나는 몇 년 전 아이함의 연주 영상을 보고 눈물을 흘렸고, 그와 같은 캐릭터를 쓸 수밖에 없었다. 아이함의 이야기, 그리고 아이함의 연주 영상은 이곳에서 찾아볼 수 있다. http://tinyurl.com/p9cjfrm

구아파

1판 1쇄 인쇄 2019년 2월 20일
1판 1쇄 발행 2019년 2월 27일

지은이 살림 하다드
옮긴이 조은아
펴낸이 서의윤

펴낸곳 훗
주소 서울시 강남구 테헤란로2길 8, 4층
출판신고번호 제2015−000019호 신고일자 2015년 1월 22일
huudbooks@gmail.com / www.huudbooks.com

ISBN 979-11-89795-00-9 (04890)
       979-11-957367-5-1 (세트)

＊ 이 책 내용의 전부 또는 일부를 재사용하려면 반드시 저작권자와 훗의 동의를 받아야 합니다.

＊ 이 도서의 국립중앙도서관 출판예정도서목록(CIP)은 서지정보유통지원시스템 홈페이지
(http://seoji.nl.go.kr)와 국가자료공동목록시스템(http://www.nl.go.kr/kolisnet)에서 이용하실
수 있습니다. (CIP제어번호: 2019005584)

책값은 뒤표지에 있습니다.
잘못 만들어진 책은 구입하신 서점에서 교환해드립니다.

판매 · 공급 한스컨텐츠㈜
전화 031−927−9279 팩스 02−2179−8103